TOR

KATHRIN TORDASI

NIGHT OWLS

BOTEN DER DÄMMERUNG

TOR

MIX
Papier | Fördert gute Waldnutzung
FSC® C083411

Erschienen bei FISCHER Tor
Frankfurt am Main, März 2024

Lektorat: Nina Bellem
Sensitivity Read: Marius Schaefers
Satz: Dörlemann Satz, Lemförde
Druck und Bindung: CPI books GmbH, Leck
ISBN 978-3-596-70753-9

Für Ellen

… die mich erdet und mit French Toast versorgt
… die Gärten blühen und die Welt heller leuchten lässt

Atlas sprach, »Muss meine Zukunft so schwer wiegen?«

Hera sprach, »Das ist deine Gegenwart, Atlas. Deine Zukunft festigt sich mit jedem Tag, aber sie ist nicht in Stein gemeißelt.«

JEANETTE WINTERSON, **WEIGHT**

ANNÄHERUNG

1

BIRDIE

Die Wolken trieben wie Zugvögel über das Meer. Birdie schaute aus dem offenen Autofenster und bewunderte die Farbschichten, die so typisch für die Küste von Dorset waren: hellgrüne Weiden, gelber Stechginster, ein Streifen blauer Himmel und darüber die Wolken.

Der Fahrtwind strich an ihrer Wange entlang und wehte ihr die losen Haare ums Gesicht. Sie schob sich eine Strähne hinters Ohr, legte die Hand wieder in den Schoß und blickte hinunter auf den Ring, den Nan so lange getragen hatte. Ganz kurz hatte Birdie vor Augen, wie sie mit hochgekrempelten Ärmeln in der Küche stand und Koriandersamen in einem Mörser zerdrückte.

Das Auto machte einen abrupten Schlenker nach links, und das Bild verpuffte.

»'tschuldige«, sagte Rhea. »Die Schlaglöcher werden mit jedem Winter tiefer.«

»In Neuseeland gibt's einen Typen, der zotige Gerüchte über die Stadtverwaltung neben die Schlaglöcher sprüht«, sagte Birdie. »Soll die Verantwortlichen dazu motivieren, die Straßen auszubessern.«

Rhea schnaubte. »Einen Versuch wär's wert!« Sie hatte die Sonnenblende heruntergeklappt, und ihre Augen lagen im Schatten. Die Falten an ihren Mundwinkeln waren jedoch deutlich zu sehen. Die beste Freundin von Birdies Großmutter war älter geworden. Natürlich war sie das. Die letzten fünf Jahre waren für Birdie wie im Flug vergangen, aber die Zeit hatte an den Menschen, die sie hier zurückließ, ihre Spuren hinterlassen. Rheas Gesicht zeigte neue Falten. Und Nan? Nan war drei Tage vor ihrem vierundachtzigsten Geburtstag eingeschlafen und nicht wieder aufgewacht.

Rhea kratzte sich am Nacken, direkt über dem Kragen ihrer Strickjacke. Die Jacke war schwarz. Auf der Beerdigung hatte nur Birdie Farbe getragen. Einen blauen Pullover mit gelben Streifen. Nans Lieblingsfarben.

Das Auto passierte einen Hagebuttenstrauch, und Birdies Herz machte einen Sprung. Sie erkannte den nächsten Streckenabschnitt. Die Straße stieg an, überwand eine Kuppe und gab den Blick auf das Meer frei.

Birdie beugte sich nach vorn. An einem Hang über der Bucht wucherten hohe Hecken, und dazwischen blitzten die weißen Wände eines Hauses auf.

Rhea warf ihr einen Seitenblick zu. »Du musst nicht hier schlafen«, sagte sie. »Ich habe noch ein freies Zimmer, und die nächsten Gäste kommen erst am Wochenende.«

»Danke«, erwiderte Birdie und lehnte sich im Sitz zurück, »aber das passt schon.«

»Sicher?«, fragte Rhea zweifelnd.

Birdie warf noch einen letzten Blick auf das Haus, dann lächelte sie Rhea zu. »Ganz sicher.«

Rhea setzte sie vor dem Gartentor ab. Birdie winkte, bis Rheas kleiner Renault wieder auf die Straße bog und hinter der Hecke verschwand. Nans Haus sah noch genauso aus wie an dem Tag, als Birdie bei ihr eingezogen war. Die geweißten Wände schienen von innen heraus zu leuchten, an der vorderen Ecke des Schieferdachs fehlten zwei Schindeln, und die Wolken spiegelten sich in den Fenstern.

Ein Holunderbaum wucherte neben dem Gartentor, und der herbsüße Duft der Blüten stieg ihr in die Nase. Plötzlich traten Tränen in ihre Augen. Sie legte eine Hand auf den oberen

Rand des Gartentors und spürte das verwitterte Holz unter ihren Fingern. Es war noch warm.

Nan wird nie mehr ans Tor kommen, um mich zu begrüßen. Der Gedanke bohrte sich in Birdies Herz. Sie blickte auf, und ganz kurz sah sie ein kleines Mädchen, das an der Hand seiner Großmutter über den sandigen Pfad zum Haus ging.

Mit einem Seufzen atmete sie aus. »Ach, Nan«, sagte sie. »Ich war zu lange weg.«

Sie wusste, was Nan dazu gesagt hätte. *Entscheidungen zu bereuen ist so sinnvoll, wie Zahnpasta zurück in die Tube zu stopfen. Lass gut sein, Mädchen.* Birdie lächelte, wischte sich mit dem Handrücken über die Augen und öffnete das Tor.

Im Innern des Hauses war die Luft kühl und durchzogen von dem kalkigen Geruch der Wände. Birdie war kaum über die Schwelle getreten, als ein blauschwarzer Schatten den Flur entlanggelaufen kam.

»Nimby«, sagte sie überrascht. Sie sank auf ein Knie, und der kleine, schwarze Kater strich um sie herum.

»Hey, mein Schöner.« Birdie streichelte Nimbus' glattes Fell, hob ihn hoch und stand auf. Der Kater drückte seinen Kopf unter Birdies Kinn. Er war schon immer anschmiegsam gewesen.

»Du hast dich jedenfalls kein Stück verändert«, sagte Birdie, und er schnurrte tief in seiner Kehle, als wollte er das bestätigen. Mit Nimbus im Arm sah Birdie sich das erste Mal richtig um. Die Türen, die rechts und links vom Flur abgingen, standen offen, und ein Streifen Licht fiel über das Fußende der Treppe, die nach oben führte. Die Sträußchen aus getrockneten Kräutern, die sich sonst unter der ersten Stufe befanden, hatten sich aufgelöst, und Rosmarinnadeln lagen überall auf dem Boden verstreut. Birdie schaute nach rechts durch die offene

Tür ins Wohnzimmer. Bestimmt waren die Salzgrenzen auf den Fensterbrettern auch durchbrochen.

»Dann legen wir mal los«, sagte sie. Sie drückte Nimbus einen Kuss auf den Kopf, setzte ihn ab und machte sich daran, Nans Schutzzauber zu erneuern.

Am späten Nachmittag hatte sie das Haus gut durchgelüftet und die Überreste von Salz, Kräutern und den Staub, der sich in den Ecken gesammelt hatte, aufgesaugt. Sie hatte die Siegel an Nans Schränken überprüft und die Schutzzauber neu angebracht. Jetzt blieb nur noch eine Sache zu tun.

Birdie setzte sich auf die Kante von Nans Bett und stellte eine Vase mit Vergissmeinnicht auf den Nachttisch. Die zerkratzte Münze mit dem Affodill-Motiv, die Nan niemals weggeben wollte, lag immer noch neben der Nachttischlampe, und auch sonst sah das Zimmer aus, als hätte Nan es nur kurz verlassen.

Jemand hatte Kissen und Decke ordentlich hingelegt und Nans blauen Quilt über das Bett ausgebreitet. Birdie strich mit der Hand über den Stoff. Hier hatte Rhea Nan gefunden. Birdies Befürchtung, dass sich das Zimmer drückend anfühlen würde, war nicht eingetreten. Dieser Ort war friedlich. Hell und gemütlich, so wie zuvor. Dennoch wollte sie sichergehen, dass nichts zwischen den Wänden zurückblieb, was zur Weiterreise bestimmt war.

Birdie stand auf und ließ Nimbus zurück, der zusammengerollt auf dem Bett lag. Sie ging zum offenen Fenster und zog eine Schachtel Streichhölzer aus der Tasche. Draußen kratzten die Äste des Vogelbeerbaums an der Hauswand, und die Hecken knisterten in der Brise, die aufs Meer hinaus wehte.

Birdie stellte eine Honigkerze auf den Sims, nahm ein Streichholz und schloss die Augen. Der Wind trieb den salzigen Geruch des Meeres zu ihr hinauf und strich über ihre Wangen. Ein einziges Wort klang in ihrem Kopf. *Frei.*

»Nan«, sagte sie. »Du kannst gehen. Es ist alles gut, wir kommen hier klar. *Ich* komme klar. Du fehlst …« Sie schluckte und spürte die Tränen in ihrer Kehle brennen. »Du fehlst, aber du hast mir alles gegeben, was ich brauche. Ich liebe dich sehr, ich hoffe, das weißt du. Ich hoffe, ich habe es dir oft genug gezeigt.« Kummer schnürte ihr die Worte ab, aber gleichzeitig spürte sie die Berührung einer Hand auf ihrer Schulter. Birdie atmete zitternd aus, dann zündete sie das Streichholz an.

»Lass los, Nan«, flüsterte sie. »Geh mit dem Wind.« Sie setzte das Streichholz an den Docht, bis die Kerze brannte. Zufrieden zog sie die Hand zurück, als ein Lufthauch über ihren Nacken strich. Sie erstarrte. Wieder glitt etwas über ihren Rücken. Dieses Mal fühlte es sich an wie Sand, der über ihre Haut rieselte. Ruckartig richtete Birdie sich auf. Die tätowierten Rückseiten ihrer Finger kribbelten.

»Was zum …« Ein Blick über die Bucht, und sie verstummte. Der Horizont war verschwunden. Graue Wellen schwappten zu den Klippen, und in der Ferne versperrte eine schmutzig weiße Wand aus Regen die Sicht. Mit einem Schlag änderte sich die Windrichtung. Ein brüllendes Röhren hob an, und das Unwetter fegte mit rasender Geschwindigkeit auf die Küste zu. Die Kerze auf dem Sims flackerte.

Eisige Kälte kroch unter Birdies Haut, und ihre Brust zog sich schmerzhaft eng zusammen. Sie spürte, wie ihr Herz pochte. Und pochte. Es klang wie der dumpfe Schlag einer Trommel. Oder schlurfende Schritte.

»Jemand kommt«, murmelte sie. Ein Fauchen ließ sie herumfahren, gerade noch rechtzeitig, um zu sehen, wie Nimbus unter dem Bett verschwand.

Der Wind heulte und blies Nans Kerze aus. Dann schlug etwas mit der Wucht eines Donnerschlags gegen die Haustür.

2

NYX

Das Café lag in Whitechapel, im Osten von London. Im Innern roch es nach Kaffee, Kuchen wartete in der verglasten Auslage, und aus den Lautsprechern drang eine Mischung aus Akustikgitarre und Popsongs. Es hätte ein stinknormales Café sein können. Wäre da nicht der nebelgraue Frosch gewesen, der am Riemen einer Laptoptasche hinaufkletterte. Er war so winzig, dass man genau hinsehen musste, um ihn zu bemerken.

Nyx sah sehr genau hin.

Die Person, der die Tasche gehörte, saß am Nachbartisch. Sie war zierlich, trug eine dunkelgraue Beanie und ein schwarzes T-Shirt. Ein Laptop stand aufgeklappt vor ihr. Nyx konnte ihr Gesicht nicht sehen, aber sie hatte das Kinn auf die Hand gestützt und den Rücken gekrümmt. Sie sah müde aus.

Kein Wunder, dachte Nyx. Ihr Blick glitt zu dem Frosch am Riemen der Tasche, dann sah sie sich um. Obwohl es draußen bereits dämmerte, herrschte im Café Trubel wie zur Mittagszeit. Leute bestellten Getränke am Tresen, trugen Tabletts mit Sandwiches zu den wenigen leeren Plätzen. Die meisten Gäste waren vermutlich irgendwas zwischen achtzehn und dreißig. Sie saßen vor ihren Laptops, schmökerten in Taschenbüchern oder unterhielten sich lautstark. Niemand sah in Nyx' Richtung. Niemand bemerkte den Frosch.

Nyx knetete das Papierförmchen, an dem noch ein paar Muffinkrümel klebten. Zu gerne hätte sie den Frosch ignoriert. Oder besser noch: Sie hätte ihn am liebsten gar nicht erst gesehen. Doch für solche Wünsche war es zu spät, denn jede Faser in ihrem Körper drängte sie dazu, den Frosch zu schnappen. Nur wie sollte sie das anstellen? Sie konnte sich ja schlecht zu der anderen Person lehnen und um Erlaubnis fragen.

Entschuldigung, du hast da einen Albtraum an der Tasche, kann ich mir den fix nehmen? Nyx verzog das Gesicht. Wenn es nur so einfach wäre.

Die Laptoptasche hing über der Stuhllehne. Wenn sie mit ihrem eigenen Stuhl ein kleines bisschen näher rückte, könnte sie ihn vielleicht erreichen. So unauffällig wie möglich rutschte sie an den Nachbartisch heran. Der Frosch war beinahe an der oberen Schnalle des Riemens angekommen.

Jetzt oder nie.

Blitzschnell beugte sie sich hinüber und pflückte den Frosch von der Laptoptasche. Dabei stieß sie mit dem Knie gegen ihren Tisch und brachte ihre Teetasse zum Klirren. Elegant war anders.

Überrascht zuckte die Person vor ihr zusammen. Ihr Kopf fuhr in Nyx' Richtung, aber da war die bereits aufgesprungen und hatte sich abgewandt.

»Sorry.« Nyx' Herz hämmerte, während sie den kühlen, weichen Körper des Frosches in ihrer hohlen Hand spürte. Kurz überlegte sie, wie sie ihr Tablett einhändig zur Geschirrsammelstelle bringen konnte, ließ es dann einfach stehen, schnappte sich ihren Rucksack und verließ fluchtartig das Café.

Sie wich zwei Passanten aus, lief noch ein paar Meter den Gehweg entlang und bog dann um eine Ecke. Erst dort hielt sie inne, warf einen Blick über ihre Schulter und sah schließlich hinunter auf den Frosch. Grau und beinahe durchsichtig saß er auf ihrer Handfläche.

Nun, da sie den Frosch hatte, regte sich ihr schlechtes Gewissen. Acht Wochen. Acht Wochen lang hatte sie keine Träume zu sich gelockt. Nyx strich sacht über den Rücken des Frosches und seufzte. Sie hatte gehofft, dass sie dieses Mal länger durchhalten würde.

Der letzte Streifen Sonnenlicht verschwand hinter den Hausdächern, als sie vor dem Buchladen ankam. *Wicked Witch Books* lag zwischen einem südindischen Imbiss und einem Secondhandgeschäft für DVDs, Blu-Rays & Schallplatten. Warmgoldenes Licht fiel vom Schaufenster des Buchladens auf die Straße und das Schild in der Tür war auf »geöffnet« gedreht. Nyx versteckte die Hand mit dem Frosch hinter dem Rücken und betrat den Laden.

Bücherregale standen zu beiden Seiten des Verkaufsraums, und dazwischen führte ein schmaler Korridor zu einer Sitzecke im hinteren Teil des Ladens. Dort hatte es sich eine bunt gemischte Gruppe auf den Sesseln und der Couch bequem gemacht. Der Duft von Kaffee hing in der Luft, und Nyx hörte Freya und die anderen schon vom Eingang aus diskutieren.

Freya Helgesen hatte *Wicked Witch* zusammen mit zwei Freundinnen in den Achtzigern als Frauenbuchladen gegründet. Mittlerweile hatte der Laden ein queer-feministisches Label angenommen, und Freya stand allein am Ruder.

Für Nyx war der Buchladen sowohl Arbeitsplatz als auch Zuhause.

Als sie das *Wicked Witch* zum ersten Mal betreten hatte, war ein Funke in ihr aufgeflackert. Vielleicht lag es an der Buchauswahl, den Regalen voller Fantasy- und Sci-Fi-Schmöker, die direkt neben feministischen Klassikern, Gedichtbänden und Biographien von Maya Angelou, Virginia Woolf und Tove Jansson standen. Vielleicht war es die Liebe zum Detail. Der Tulpenstrauß, der auf einem Tisch neben dem Eingang stand, das Poster von Audre Lorde oder die verstreuten Lichter in der Decke, die Nyx an einen Sternenhimmel erinnerten.

Oder es war einfach einer jener Momente gewesen, an dem ein Mensch unverhofft einen Seelenort betritt.

Immer noch mit der Hand hinter dem Rücken ging Nyx auf den hinteren Teil des Ladens zu. Wie immer stach Freya zwischen den anderen heraus. Sie war mindestens einen halben Kopf größer als der Rest, trug ihr langes Haar in dicken, stahlgrauen Locs und gestikulierte mit beiden Händen. Als sie Nyx bemerkte, hob sie das Kinn und rief über die Köpfe der anderen hinweg: »Hey, Schätzchen. Buchclub?«

Die anderen drehten sich nach ihr um, und Rob, einer der Stammkunden, hob grüßend die Hand.

»Heute nicht, sorry«, antwortete Nyx. »Aber euch viel Spaß!« Freya nickte und wandte sich wieder der Gruppe zu. Das war nur eines der vielen Dinge, die Nyx an ihr mochte. Sie musste Freya nie erklären, warum sie sich bei manchen Events ausklinkte. Kein Nachhaken, keine Überredungsversuche. Freya akzeptierte ein Nein. Nyx winkte Rob rasch zurück, dann trat sie in eine Lücke zwischen die Regale und öffnete die Tür zum Treppenhaus.

Freya hatte das Haus vor zehn Jahren gekauft und bewohnte das Apartment im ersten Stock. Nyx' winzige Wohnung lag direkt unter dem Dach, mit Blick auf die gegenüberliegenden Häuser und das Graffito eines riesigen Kranichs.

Manchmal konnte Nyx ihr Glück immer noch nicht fassen. Fünf Jahre waren seit ihrem überstürzten Umzug nach London vergangen. Damals hatte sie sich wie gestrandet gefühlt, war in der Stadt umhergestreift und besuchte mehrmals in der Woche das *Wicked Witch*. Sie studierte die Regale und war irgendwann mutig genug gewesen, sich in einen der Sessel zu setzen und ein paar Bücher anzulesen. Geld, um sich diese Bücher zu kaufen, hatte sie nicht.

Als Freya sie nach zwei Wochen ansprach, wäre Nyx am liebsten im Boden versunken. Aber Freya war Freya. Unkompliziert, geradeheraus und so warmherzig, dass Nyx schnell Zutrauen zu ihr fasste. Erstaunlich schnell, für ihre Verhältnisse.

Vielleicht erkannte sie etwas in Freya, das ihr bisher gefehlt hatte. In jedem Fall war Nyx zur richtigen Zeit durch die richtige Tür gestolpert. Freya war eine lesbische, Schwarze Frau mit jamaikanischen und schwedischen Wurzeln, die sich Zeit ihres Lebens dafür eingesetzt hatte, sichere Häfen für Menschen zu schaffen, die in London nach einem Zuhause suchten. Nach einem Ort, an dem sie mit all ihren Facetten willkommen waren.

Freya hatte Nyx nicht ausgefragt. Sie hatte nicht wissen wollen, woher ihre Eltern kamen, wie Nyx in der Stadt gelandet war oder warum sie nie ein Buch kaufte. Stattdessen bot sie Nyx einen Job an. Kurz darauf überließ sie ihr die Wohnung unter dem Dach.

Nyx schob die Tür mit der Schulter auf und knipste das Licht an. Der Frosch wand sich in ihrer Hand, und sie schauderte. Mittlerweile spürte sie nicht nur den Frosch, sondern auch den Albtraum, den er verkörperte. Das hatte nichts mit Gedankenlesen oder dergleichen zu tun. Sie wusste nie genau, wovon andere Menschen träumten; was sie erlebten, fürchteten oder herbeisehnten, während sie schliefen. Was bei ihr ankam, waren Emotionen. Schwer zu fassende Stimmungen, die sich in ihrer Vorstellung in Farben und abstrakte Formen verwandelten.

Der Frosch versuchte, sich durch eine Lücke zwischen Nyx' Fingern zu zwängen, und eine blaue Welle aus Angst und Verunsicherung kräuselte sich auf der Oberfläche ihres Bewusstseins. Noch war das Echo des Traums in ihren Gedanken schwach, aber das würde sich ändern, je länger sie den Frosch in der Hand behielt.

»Gleich da«, murmelte sie. »Nur noch ein paar Schritte.«

Während das Tier sich in ihrer hohlen Faust wand, schlüpfte

sie aus ihren Schuhen und Socken. Sie stolperte in Richtung Couchtisch, richtete sich auf und ging zu der Tür, die gegenüber der Couch in der Wand wartete.

Gleich.

Nyx legte die Hand an den Türknauf. *Du weißt, warum du den Frosch angelockt hast*, mahnte eine innere Stimme. *Weil du durch diese Tür gehen wolltest*.

Wieder nagte das schlechte Gewissen an ihr, aber sie schob ihre Schuldgefühle beiseite. Sie hatte eine Aufgabe. Über ihren Mangel an Selbstkontrolle konnte sie sich später den Kopf zerbrechen.

Nyx schloss die Augen und atmete einmal tief durch. Sie stellte sich vor, dass das Licht in den Zimmerlampen erlosch und sich die Dunkelheit wie ein weicher Schleier auf ihre Wohnung herabsenkte. Dann öffnete sie den Wandschrank.

Der Frosch in ihrer Hand hielt nun vollkommen still. Immer noch mit geschlossenen Augen tastete Nyx nach dem Türrahmen. Kühle Luft wehte ihr entgegen zusammen mit einem sauberen Duft wie von frischer Bettwäsche oder aufziehendem Regen. Ihr Herz wurde leicht wie eine Feder, und Sehnsucht zupfte an einer Stelle direkt unter ihrem Brustbein.

Ruhig, sagte sie sich. *Bleib ganz ruhig*.

Sie ließ den Türrahmen los und machte einen Schritt nach vorn. Ihre nackten Füße traten auf eine Oberfläche, die sich seidig wie Wasser anfühlte und dennoch ihr Gewicht trug. Mit einem Lächeln öffnete Nyx die Augen. Wände, Decke und alle anderen Begrenzungen waren verschwunden. Vor ihr breitete sich die Dunkelheit aus wie ein unbewegter Ozean, die Schwärze durchbrochen von Myriaden winziger Lichter, die unter der Oberfläche verstreut leuchteten.

Die Nacht begann in Nyx' Wandschrank, und das Firmament lag unter ihren Füßen.

Nyx ging weiter, den Frosch sicher in ihrer Hand verwahrt.

Sie hörte das leise Klatschen ihrer Schritte, spürte aber keine Feuchtigkeit unter ihren Fußsohlen.

Der Albtraum wisperte durch ihre Gedanken wie Wind durch ein Weizenfeld, aber hier blieb sie entspannt. Mit jedem Schritt fühlte sie sich sicherer, grenzenlos und ruhig wie die Nacht selbst. Nach ein paar Metern ging sie in die Hocke. Sie berührte den Boden, der kein Boden war, dann nahm sie den Frosch in beide Hände und hielt ihn nahe an ihr Gesicht.

»Da sind wir«, sagte sie. »Bereit?«

Der Frosch sah sie mit Augen an, in denen sich die Sterne spiegelten. Nyx blies ihren Atem auf das kleine Tier. Ein Schauer ging durch ihn hindurch, und seine Haut färbte sich perlweiß.

Sie lächelte, dann senkte sie die Hände zum Boden. Der Frosch rutschte von ihren Fingerspitzen und glitt unter die dunkle Oberfläche. In der Bewegung veränderte er seine Form und verwandelte sich in einen winzigen, leuchtenden Fisch, der wie ein Pfeil davonschoss.

»Bon voyage«, murmelte Nyx.

Als hätten die übrigen Lichter auf dieses Signal gewartet, gerieten auch sie in Bewegung, wirbelten umeinander und folgten dem Traum wie ein Schwarm Sternschnuppen.

3

JAMES

Wie hatte er die Stadt vermisst. Mit der Reisetasche über der Schulter und dem Griff seines Rollkoffers in der Hand trat James aus dem Ausgang der U-Bahnstation Covent Garden. Menschen drängten sich an ihm vorbei, rannten durcheinander wie Ameisen. Eine Wolke aus Aftershave glitt vorüber, und von irgendwo wehte der Bratenduft frisch gebackener Pasties her. Nichts hatte sich verändert.

James wich einer Gruppe Touristen aus und spähte die Fußgängerzone hinunter. Die Markthallen von Covent Garden waren immer noch hell erleuchtet, obwohl es bereits halb neun war. Lichtergirlanden hingen unter den Vordächern. Die kleine Terrasse des Nags-Head-Pubs war voll besetzt, und in der Nähe jonglierte ein Straßenkünstler mit bunt flackernden Bällen.

James ließ den Blick zum blauschwarzen Nachthimmel schweifen und dann hinunter auf die Stadt, die wie ein Herzschlag pulsierte.

»Willkommen zu Hause«, murmelte er. Das Handy in seiner Jackentasche vibrierte, aber er holte es nicht heraus. Stattdessen sog er die Nachtluft mit all ihren Gerüchen ein und reihte sich zwischen die Fußgänger, die die Neal Street hinunterströmten.

Eine Stunde später saß er an einem Tisch im Außenbereich einer Pizzeria mit einem Pint und einer Chorizo-Pizza. Die Salami war fast scharf genug, und die frische Petersilie erinnerte ihn an eine großartige Falafel-Pita, die er in Tel Aviv gegessen hatte. Das mochte er an großen Städten am meisten. Hier versammelten sich nicht nur Menschen aus aller Welt, sie brachten auch ihre Rezepte mit, importierten Gewürze und Kräuter, erfanden neue Twists für traditionelle Gerichte, weckten Nostalgie und Fernweh und dieses Gefühl, dass man sich an einem Esstisch einfach am besten begegnete.

James sah sich um. Dieser Hinterhof, Neal's Yard, war das beste Beispiel dafür. Auf den Bänken in der Mitte des Hofs saßen die unterschiedlichsten Leute, lachten, schwatzten, tranken Limos oder Bier, aßen Pizza, Wraps oder den Avocado Key Lime Pie für den das Café mit der blauen Fassade berühmt war.

James nahm einen Schluck seines Pints und lehnte sich auf seinem Stuhl zurück. Als er London vor zwei Jahren verlassen hatte, war Neal's Yard noch ein Geheimtipp gewesen. Das hatte sich in der Zwischenzeit radikal geändert. Nicht, dass ihn das störte. Das Zimmer, das er ab heute mietete, lag direkt um die Ecke. Wenn er nachts das Fenster offen ließ, würde er die Musik und das Raunen der Stimmen aus dem Hof hören. Er mochte das. Solche Geräuschkulissen gaben ihm das Gefühl, zu Hause zu sein.

Seltsam eigentlich, dass er London immer noch so wahrnahm. Mittlerweile war er quer durch die Welt gereist, hatte sich in die Märkte von Marrakesch, die Dachterrassen von Istanbul und die Altstadt Athens verliebt. Trotz allem hatte das nächtliche London eine besondere Wirkung auf ihn. Ja, die Stadt war voll, laut, teuer, oft brutal und voller Abgase. Und dennoch brachte sie mit all ihren Makeln eine Saite in ihm zum Klingen. Dachte er an London, dann dachte er an die 24-Stunden-Läden, in denen sich Baklava neben Hobnob-Keksen neben Dosen mit Tomatensuppe stapelten. Open Mike Nights im

Troy Club. Den Geruch von Bier und Gras auf privaten Partys in versteckten Hinterhöfen. Die Musikerin, die auf einer Bank an der Themse Gitarre spielte.

Er liebte es mitzuerleben, wie die Stadt nach ein Uhr stiller wurde. Wenn Menschen und Autos von den Straßen verschwanden und die Ruhe wie ein großes Tier durch die Häuserschluchten streifte.

Er machte sich keine Illusionen, kannte auch die hässlichen, kalten Seiten der Stadt. Aber das änderte nichts daran, dass London der erste Ort gewesen war, an dem er das Gefühl hatte, jede Seite von sich ausleben zu können. Er traf sich zum Brunchen im Park, ging zum Tanzen ins Fold, ging mit seiner Ziehschwester zu obskuren Sci-Fi-Filmfestivals, aß Jollof Reis auf dem Honest House Market und weinte, weil der Reis fast genauso schmeckte, wie sein Vater ihn früher zubereitet hatte. Dieser Moment gab ihm eine Verbindung zurück, die er seit dem Verlust seiner Eltern vermisst hatte.

Nicht zuletzt wurde London für seine Ziehschwester und ihn zu einer Zuflucht, nachdem sie von zu Hause abgehauen waren. Weit waren sie nicht gekommen – das Haus ihrer Adoptivmutter lag in Surrey, nur eine kurze Zugfahrt entfernt. Aber damals hatte es sich so angefühlt, als hätten sie einen Ozean überquert.

Sein Handy brummte schon wieder. James sah auf das Display und drückte den Anruf weg. Noch nicht. Er legte das Handy zur Seite, überlegte es sich dann anders und scrollte durch seine Kontakte. Nathan. Nesrin. Nyx.

James' Daumen verharrte über dem Namen seiner Schwester. Sein Herz zog sich zusammen, und kurz dachte er an eine Wiese in Surrey und an drei Kinder, die wie ein Haufen Welpen zusammen im Gras lagen.

James klickte auf das grüne Chat-Symbol neben Nyx' Namen und sah auf ihre letzte Nachricht.

Gestern beim Platzregen bis auf die Haut nass geworden. Hoffe, bei dir ist das Wetter besser. Miss U.

Er hatte ihr nicht erzählt, dass er auf dem Weg nach London war. Warum nicht?

Weil du feige bist, sagte er sich. Die ganze Zeit über hatte er sich eingeredet, dass er Nyx beschützte. Dass er ihr den wahren Grund für seine Reisen verschwieg, weil er sich für sie ein normales Leben wünschte.

In Wahrheit hatte er sie ein Jahr lang belogen. Und er befürchtete, dass alles aus ihm herausplatzen würde, wenn er sie wiedersah.

Es war einfacher, Geheimnisse zu bewahren, wenn er Nyx nicht ins Gesicht sehen musste. Also meldete er sich seltener, vermied Videoanrufe und fühlte sich mitunter so einsam, dass er am liebsten schreien würde.

Manchmal stellte er sich vor, wie seine Adoptivgeschwister ihn begleiteten. Er malte sich aus, wie Nyx durch einen der Märkte in Marrakesch ging und sich über die aufgetürmten Gewürze beugte. Er träumte davon, dass er an einem Tisch mit drei Teegläsern saß, Nyx an seiner linken Seite, Leon an seiner rechten – die Beine lang ausgestreckt und den Arm lässig über die Stuhllehne gehakt.

In James' Vorstellung war Leon immer noch siebzehn. Mit verwuschelten blonden Haaren und einem Folienverband über seinem neuen Tattoo.

Natürlich blieb er siebzehn. Älter würde er nie werden.

James räusperte sich und wischte sich mit der Hand über die Augen. Würde es irgendwann weniger weh tun, an Leon zu denken? So langsam glaubte er das nicht mehr.

Wenigstens war er nicht alleine. Er hatte Nyx. Und es war höchste Zeit, dass er sich bei ihr meldete.

James tippte die ersten Buchstaben in den Chat, als sich seine Nackenhärchen plötzlich aufstellten. Er erstarrte. Ein Jucken tanzte über seine Haut, die Luft war wie statisch aufgeladen. Nyx nannte das seinen *Spidey-Sense*. Seine Muskeln spannten sich an, während er den Kopf hob und sich umsah. Sein Blick glitt über die Touristen und Nachtschwärmer und blieb schließlich an einer jungen Frau hängen. Mit gesenktem Kopf stand sie da und blickte auf ihr Handy. Sie trug eine hellblaue Jeansjacke über einem schwarzen T-Shirt, und ihr blaugrauer Pony lugte unter ihrer Mütze hervor. Nichts an ihr wirkte außergewöhnlich. Nur, dass das Jucken auf James' Haut bei ihrem Anblick zu einem eiskalten Prickeln wurde.

Als sie das Handy einsteckte und wegging, stand James auf und folgte ihr.

Das Mädchen hatte einen zügigen Schritt drauf. James bemühte sich, ihr auf den Fersen zu bleiben, ohne dass sie ihn bemerkte. Das klappte genau zwei Straßenecken lang, dann sah sie über die Schulter, und ihre Blicke trafen sich. Sie runzelte die Stirn, und ihre Hand verkrampfte sich um den Riemen ihrer Laptoptasche. Sie lief schneller.

Verdammt. Er wollte ihr keine Angst einjagen. Wenn sie den Notruf auf ihrem Handy wählte, dann hätte er ein Problem, und er würde ihr nicht mehr helfen können. Unschlüssig blieb er stehen. Sollte er sich zurückfallen lassen? Er sah zu, wie sie in eine Seitengasse abbog. Vielleicht hatte er sich getäuscht. Vielleicht war sie nicht in Gefahr, und seine Nerven waren vom langen Flug überreizt.

Wie groß war die Wahrscheinlichkeit dafür? Sie ging so ziemlich gegen null.

James griff in seine Jackentasche und tastete über den Bleikasten darin. Er hatte nicht erwartet, dass er den Kasten, oder vielmehr dessen Inhalt, so früh brauchen würde. Doch wie immer gab das Universum einen Dreck auf das, was er sich erhoffte.

James schloss die Hand um den Kasten, dann lief er los, der jungen Frau hinterher. Er bog in die Gasse ab, aber das Mädchen war längst weg. Sein Herz klopfte schneller. Womöglich hatte er zu lange gezögert. Wenn er sie jetzt völlig aus den Augen verlor …

Er erreichte das Ende der Gasse, trat nach draußen und blieb wie angewurzelt stehen.

Vor ihm lag ein verlassener, von Bürogebäuden umringter Platz. Breite Sandsteinplatten waren in den Boden eingelassen, und dazwischen leuchteten runde Lämpchen.

Die junge Frau mit dem blaugrauen Pony schwebte gut zwei Meter über dem Boden. Sie hing in der Luft wie ein Ballon, der in der Aufwärtsbewegung eingefroren war.

James starrte auf die reglose Gestalt. Den Kopf hatte sie in den Nacken gelegt, ihre Arme hingen herab, waren aber angespannt, und ihre Finger weit gespreizt. Ihm entfuhr ein einziges Wort: »Shit.«

Während er hinsah, wandte die junge Frau den Blick in seine Richtung. Ihren Körper konnte sie nicht bewegen, aber er erkannte die Angst in ihren weit aufgerissenen Augen. Sie verstand nicht, was mit ihr geschah. James wusste es. Und er wusste auch, was als Nächstes passieren würde.

Dieses Mal nicht, dachte er grimmig.

Er legte beide Hände über sein Herz und atmete aus. Eine weiche Kühle drang aus seiner Haut und wehte wie Nachtwind über den Platz. James drückte seine Hände gegen seine Brust. Dunkelheit floss über den Platz und hüllte das schwebende Mädchen ein.

Sie besaß eine Aura. Einen dünnen, irisierenden Schimmer, wie der Hof eines Mondes. In ihrem Schein leuchtete die ohnehin helle Haut des Mädchens nahezu weiß. James presste die Lippen aufeinander und zog den Bleikasten aus der Tasche. Vorsichtig öffnete er den Deckel. Auf einem Bett aus Samt lag eine antike Scheibe aus rostrotem Stein. *Sonnensiegel.* So hatte Ipek die Scheibe genannt.

James musste sich beeilen. Trotzdem bremste ihn die Furcht, dass er gegen das, was sich hier anbahnte, nicht ankommen konnte.

Du kannst es, sagte er sich. *Du musst.*

Ein Keuchen riss ihn aus seiner Starre. Erschrocken hob er den Blick und sah, wie die junge Frau die Augen verdrehte.

Fuck.

James ließ alle Vorsicht fahren, schnappte sich die Steinscheibe und ließ den Bleikasten fallen. Er zischte vor Schmerz als das Siegel einen dumpfen Puls durch seine Haut sandte, griff jedoch gleichzeitig mit der freien Hand nach dem Arm der jungen Frau. Er zog an ihr, so vorsichtig, wie er konnte, aber der schwebende Körper gab nicht nach. Es war, als würde er an einem Stahlpfeiler zerren.

»Bitte«, flehte er. Er wollte ihr nicht weh tun, aber die Zeit war knapp. »Es ist alles gut«, versuchte er es weiter. »Vertrau mir, okay? Ganz ruhig.« Ein Schaudern durchlief das Mädchen, und ihr Widerstand löste sich. Langsam, ganz langsam zog James sie nach unten.

Sobald sie nur noch wenige Zentimeter über dem Boden schwebte, legte James das Sonnensiegel auf ihr Brustbein, direkt an den Ausschnitt ihres T-Shirts. Als er seine Hand wegzog, fühlten sich seine Finger taub an. Eine Welle aus Schwindel brachte ihn aus dem Gleichgewicht, und er wankte zurück.

Ein gewöhnlicher Gegenstand wäre zu Boden gefallen. Doch das Sonnensiegel blieb an dem Mädchen haften.

»Komm schon«, murmelte James.

Zuerst geschah nichts, dann leuchteten an den Händen der jungen Frau, an ihrem Hals und auf ihrem Gesicht funkelnde Adern auf. James sog scharf die Luft ein, und für einen Augenblick schien die Zeit einzufrieren. Bewegung geriet in ihre Adern: Wie die verzweigten Läufe eines Flussdeltas strömte Licht unter der Haut des Mädchens zu dem Siegel. Das eingravierte Muster auf dem Stein strahlte heller und heller, und aus dem Metall löste sich ein glitzernder Nebel.

James konnte sein Glück kaum fassen. Es funktionierte! Es funktionierte wirklich! Ein paar Sekunden lang starrte er gebannt auf das Spektakel, dann durchfuhr ihn ein Ruck. Es war noch nicht vorbei. Rasch grub er die Finger in seine andere Jackentasche und zog ein Glasröhrchen daraus hervor. Als er sich nach vorn beugte, wurde er von einem weiteren, Übelkeit erregendem Puls durchgeschüttelt. Trotzdem schaffte er es, den schimmernden Nebel, der nun vor dem Mädchen in der Luft schwebte, in seinem Röhrchen einzufangen.

Er hatte es kaum geschafft, das Glas zu verschließen, als das Mädchen keuchte und nach unten stürzte. Instinktiv fing James sie auf und sackte mit ihr zu Boden. Die Dunkelheit, die sie bis jetzt eingehüllt hatte, verpuffte, und James und das Mädchen lagen in einem kraftlosen Haufen auf dem erleuchteten Platz.

Schwer atmend starrte James nach oben, dann befreite er sich aus der unfreiwilligen Umarmung, bettete das Mädchen vorsichtig auf den Boden und kniete sich neben sie. Sie war ohnmächtig und kreidebleich, aber auf ihrer Haut leuchteten keine Adern mehr.

Einen Augenblick lang gab James seiner eigenen Erschöpfung nach, dann legte er das Glasröhrchen ab und nahm das Sonnensiegel wieder an sich. Er sah sich um, klaubte die Bleischachtel vom Boden auf und legte das Siegel zurück auf das Samtkissen. Sobald er den Deckel zuklappte, atmete er erleichtert aus. Er fühlte sich wie ein ausgewrungenes Handtuch, matt und benommen.

James tastete nach dem Puls des Mädchens, stellte sicher,

dass ihr Herz weiterschlug. Erst danach betrachtete er das Glasröhrchen und den Nebel, der darin schimmerte. Matte, violette Funken glommen in ihm auf, als würde der Dunst blinzeln.

»Shit, shit, *shit*«, wiederholte er. Er hatte wirklich gehofft, sie hätten die Zeichen falsch gedeutet. Auch jetzt suchte ein Teil seines Verstandes nach einer anderen Erklärung. Aber in Wahrheit wusste er längst, worauf sie zusteuerten.

Ein lautes, elektronisches Brummen ließ ihn zusammenzucken. James zog das Handy aus seiner Gesäßtasche und sah den Namen, den er heute schon mehrere Male weggedrückt hatte.

Diane. Die Frau hatte ein erschreckend gutes Timing.

James hob den Daumen, um den Anruf anzunehmen, als er Schritte hörte. Das Geräusch der Schuhsohlen hallte zwischen den hohen Bürogebäuden wieder. James ignorierte das Handysummen und sah sich um.

Ein Mann trat aus der schmalen Gasse zwischen den Häusern und schritt auf den Platz hinaus. Er war schlank, trug ein Sakko mit hochgerollten Ärmeln, und seine Hände waren in den Taschen seiner Jeans vergraben. Den meisten Beobachtern wäre nichts Außergewöhnliches an ihm aufgefallen. Doch mit jedem Schritt, mit dem der andere näher kam, krampfte sich James' Magen fester zusammen. Ein Brennen und Stechen kroch über seine Handrücken.

Zwei Dinge wurden ihm schlagartig bewusst. Er hatte nichts bei sich, womit er sich verteidigen konnte. Und das, was er mit sich trug, durfte dieser Mann auf keinen Fall in die Finger bekommen.

Nur wenige Meter vor ihm blieb der Fremde stehen. Er machte eine rasche Bewegung mit der Hand, und das Handy in James' Hand schmorte mit einem Knall durch. James fluchte und ließ das heiße Telefon fallen.

Als er wieder aufsah, betrachtete der andere Mann ihn mit hochgezogener Augenbraue. »Schau an. Zwei zum Preis von einem.«

Er trug keine sichtbare Waffe. Die Art, wie James' Haut sich spannte und heißer wurde, verriet ihm jedoch, dass sich sein Gegenüber nicht mit Pistolen oder Messern abgeben musste.

Auf wackligen Beinen stand James auf und schob dabei das Glasröhrchen mit dem schimmernden Nebel in seine Jackentasche. Oder zumindest versuchte er es.

»Mh-mm«, machte der Mann. »Das gibst du mir.«

James würde nichts dergleichen tun, aber jetzt zu widersprechen würde die Situation nur schneller eskalieren lassen. Also zog er das Röhrchen wieder aus der Tasche und hoffte inständig, dass der andere das Sonnensiegel nicht gesehen hatte.

Der Mann streckte auffordernd die Hand aus, doch James rührte sich nicht vom Fleck.

Sein Gegner seufzte. »James, richtig?«

Ihm wurde eiskalt. Ein schlechtes Zeichen. Dieser Mann sollte seinen Namen nicht kennen.

»Mach das hier nicht komplizierter, als es sein muss. Gib mir das Röhrchen.«

Die junge Frau mit dem blaugrauen Pony regte sich und stöhnte leise, aber James ließ den Mann nicht aus den Augen.

»Warum?«, fragte er.

Der Mann schnaubte nur und trat einen Schritt näher. Wenn James nicht verdammt schnell eine gute Idee kam, dann wars das. Also beschloss er, zu pokern. Er hielt das Glasröhrchen in die Höhe, als ob er es zu Boden schmettern wollte. Bingo. Der Mann blieb stehen.

»Wenn ich es dir gebe, lässt du mich laufen?«, fragte James. Er glaubte keine Sekunde, dass sich der andere auf einen Deal einlassen würde, aber er spielte auf Zeit.

Dumm nur, dass sein Gegner nicht mitspielen wollte. »Du

gibst mir den Behälter, und ich gebe dir einen Vorsprung. Miss«, unterbrach er, ohne den Blickkontakt mit James zu unterbrechen. »Bleiben Sie genau dort, wo sie sind.«

»Was zur Hölle …?«, krächzte die junge Frau.

»Du gibst *mir* einen Vorsprung«, wiederholte James. »Was ist mit ihr?« Sein Gehirn lief auf Hochtouren. Der Mann vor ihm war ein Tagbote. Die Energie, die er ausstrahlte, ließ daran keinen Zweifel. Was James jedoch wirklich beunruhigte, war der Ordensring mit dem Sonnensymbol an seinem kleinen Finger. James wusste nur zu gut, was der Orden des Ersten Tages mit Leuten wie ihm anstellte. Aber weshalb sollten sie Interesse an einem gewöhnlichen Mädchen haben?

Anstelle einer Antwort spreizte der Mann seine Finger, und James spürte, wie er seine Tagenergie dichter um sich ballte. Das Mädchen würde nichts bemerken. Sie würde nicht sehen, was er tat, bis es zu spät war.

James senkte die Faust mit dem Glasröhrchen. Was sollte er tun? Was *konnte* er tun? Seine Dunkelheit konnte ihn in erster Linie vor den Blicken anderer verbergen. Eine Waffe war sie nicht. Zudem hatte der Gebrauch des Sonnensiegels an seinen Kräften gezehrt, und ihm blieben kaum noch Reserven.

Sei vernünftig, sagte er sich. *Alleine hast du vielleicht eine Chance, aber wenn du jetzt den edlen Ritter spielst …*

»Die Zeit ist um«, sagte der Mann.

»Scheiße, was soll das?«, fragte die junge Frau mit bebender Stimme und stand auf.

Von da an überschlugen sich die Ereignisse. Eine grellweiße Aura begann, um die Finger des Ordensagenten zu flackern. »Wenn ich sage lauf, dann lauf«, zischte James dem Mädchen zu. Dann schleuderte er das Glasröhrchen hoch in die Luft. Sein Gegner zuckte überrascht zusammen und sah nach oben, was James seine einzige Chance verschaffte. Er bündelte das bisschen Kraft, das er noch hatte, presste seine Hände gegen die Brust und ließ die Dunkelheit aus seinem Innern explodieren. Das Mädchen schrie auf, aber James fing das Glas mit dem schimmernden Nebel auf und packte sie am Ärmel.

»Lauf!«, rief er und zerrte sie mit sich durch das Dunkel.

4

NYX

Nyx saß auf der Dachterrasse über ihrer Wohnung und wartete darauf, dass die Farbe an der Wand des Nebengebäudes trocknete. Kobalt, Indigo, Obsidian. Blaue Wirbel auf schwarzem Hintergrund.

Ohne hinzusehen, griff sie nach dem Thermosbecher mit Tee, der neben ihr stand, und öffnete den Deckel mit einem leisen »Plopp«. Sie nahm einen Schluck, dann sank sie zurück auf die Matratze, die auf ein paar Holzpaletten lag und sonst als Sofa herhielt.

Über ihr spannte sich ein schwarzgrauer Himmel, an dem sich trotz des Dauerschimmers, den die Stadt ausstrahlte, ein paar Sterne zeigten. Sie hatte Glück. Wäre die Temperatur heute Nacht nicht so mild, wäre es hier draußen ziemlich unangenehm.

Nyx schloss die Augen. Die Ruhe aus der Sphäre der Wahren Nacht hatte sie begleitet, bis sie in ihre Wohnung zurückgekehrt war. Sie hatte schon gehofft, dass sie den Frosch früh genug freigelassen hatte. Doch kaum eine halbe Stunde später spürte sie die Resonanz des Albtraums in ihrem Kopf und ihrem Körper.

Es begann mit Schüben aus Traurigkeit und Verunsicherung, die wie aus dem Nichts über sie hereinbrachen. Dann begannen ihre Finger zu zucken, und sie konnte nicht mehr stillsitzen. Wenn sie die Augen schloss, sah sie einen Vortex aus dunklen Blautönen mit sternhellen Einschüssen, der ihre Wahrnehmung mit jeder Minute stärker beherrschte.

So ging es ihr oft, wenn sie mit einem Traum in Berührung gekommen war. Auch wenn sie die Träume in ihrer Tiergestalt rasch losließ, hinterließen sie einen Nachklang in ihrem Bewusstsein. Fremde Gefühle mischten sich in ihre Gedanken, und ihr Körper reagierte auf Impulse aus Angst, Sehnsucht, Freude oder Trauer, die sie nicht zuordnen konnte. Manchmal verblassten diese Nachklänge sofort wieder. Häufig wurden die Traumeindrücke jedoch dermaßen aufdringlich, dass Nyx am liebsten aus ihrer eigenen Haut gekrochen wäre.

Das war nicht immer so gewesen. Früher waren die Träume anderer Menschen durch sie hindurchgeglitten wie Wolken über den Himmel. Doch je älter sie wurde, umso hartnäckiger verankerten sich die Stimmungen der Träumenden in ihrem Kopf.

Das war mit ein Grund, warum sie ihre Fähigkeit, Träume wahrzunehmen, unterdrückte. Mitunter fiel es ihr schon schwer genug, mit ihren eigenen Gedanken klarzukommen. Das Gewicht fremder Gefühle wurde auf Dauer zu schwer, als dass sie es hätte alleine tragen können.

Das Ganze hatte seinen Zenit erreicht, als sie mit James in die Stadt gezogen war. Vielleicht lag es an der Masse an Menschen, die hier lebten. Vielleicht daran, dass Nyx vom Sprung in dieses neue Leben überwältigt gewesen war. Doch egal, welche Auslöser es gegeben hatte, nach ein paar Wochen konnte sie den Ansturm weder abwehren noch aushalten. Zum ersten Mal hatte es sich so angefühlt, als würden sich die Träume anderer in einen Mahlstrom in ihrem Kopf verwandeln.

Da hatte sie zum ersten Mal einen Bleistift genommen und die Gefühlsformen und Schattierungen in ihrem Kopf auf Papier gebannt. Auf viel Papier. Bis sie das Gefühl hatte, dem, was in ihr toste, eine einigermaßen passende Form verliehen zu haben. Gelang ihr das, verschwanden die Traumreste wie Kaffeesatz im Spülbecken.

Das Zeichnen wurde ihr Ventil, doch Bleistifte funktionierten als Werkzeug nur mäßig. Sie brauchte Farbe. Sie brauchte Leinwände, die größer waren als ein schlichter Skizzenblock.

Sie hatte mit Keilrahmen begonnen, aber auch die gaben ihr als Grundlage nicht genügend Freiraum. Eines Abends hatte sie auf der Dachterrasse gesessen und das Nachbarhaus betrachtet. Das Gebäude nebenan war ein Stockwerk höher, und beim Anblick seiner blanken Backsteinmauer war in Nyx der Wunsch nach einem Pinsel erwacht.

Ein paar Tage später hatte sie mit Freya und den Nachbarinnen auf dem Dach zu Abend gegessen. Sie waren bereits alle satt, als Nyx fragte, ob sie die Wand bemalen durfte.

Freyas Antwort war typisch für sie ausgefallen.

Schätzchen, sieh dich um. Du bist im perfekten Stadtteil dafür. Tob dich aus. Also hatte Nyx ihr eigenes Wandgemälde inmitten der Graffiti- und Collagenkunst gemalt, die die Häuser der Hanbury Lane schmückten.

Seitdem war das ursprüngliche Gemälde ein dutzend Mal weiß überstrichen und neu von ihr gemalt worden. Es ging ihr nicht darum, etwas Permanentes zu schaffen. Sie wollte die Traumnachklänge an einen Raum außerhalb ihres Kopfes entlassen, das war alles.

Nyx runzelte die Stirn, als sie sich an den winzigen Frosch erinnerte. Zwei Monate lang hatte sich kein Traum in ihrer Nähe manifestiert. Sie war sich immer noch nicht zu hundert Prozent sicher, warum Albträume in ihrem Orbit als Frösche auftauchten, selbst wenn sie sie nicht dazu animierte. Der Verdacht lag jedoch nahe, dass es immer dann passierte, wenn ihr die alltägliche Welt zu viel und ihre Sehnsucht nach der Nacht zu stark wurde.

Diese Sehnsucht begleitete sie schon, solange sie denken konnte. Genauso wie der siebte Sinn, dem sie ihre besonderen Talente verdankte. Jener Nachtsinn, wie Nyx ihn nannte, erlaubte es ihr, Träume zu spüren, und brachte sie gleichzeitig dazu, unsichtbare Gespinste in greifbare Gestalten zu verwandeln.

Im Haus ihrer Adoptivmutter lernte Nyx, ihre angeborenen Fähigkeiten zu kontrollieren. Solange sie sich im Griff hatte, manifestierten sich die Träume anderer nur, wenn sie es bewusst darauf anlegte. Wenn sie ihren Nachtsinn ausstreckte wie die dünnen, durchsichtigen Tentakel einer Qualle.

Geh vorsichtig mit deinen Fähigkeiten um, hatte Diane sie gemahnt. *Je häufiger du sie einsetzt, umso größer wird die Gefahr, dass dich jemand erwischt. Ganz abgesehen davon, dass du mit dem Einsatz deines Talents Kräften die Tür öffnest, die du womöglich nicht beherrschen kannst.*

Überschätz dich nicht. Die Warnung lag wie ein bitterer Orangenkern unter Nyx' Zunge. Trotzdem bemühte sie sich, verantwortungsvoll zu bleiben. Sie verbot sich, Träume anzulocken, und hielt die Tür zur Nacht so lange verschlossen, wie sie es aushielt. So lange, bis die Sehnsucht in ihrem Blut zu laut summte. Dann wirkte ihr Nachtsinn ohne ihr Zutun, und plötzlich sangen Träume in ihrer Nähe wie Sirenen und baten darum, nach Hause gebracht zu werden.

Zwei Monate. Nyx hatte wirklich geglaubt, dass sie ihre Zwänge mittlerweile besser unter Kontrolle hatte. Ihre Routinen halfen: die Arbeit im Buchladen, ihre Freundschaft mit Freya, der Austausch mit dem Buchclub und ihre Streifzüge durch die Stadt. Es lief alles gut, oder nicht? Es gab keinen Grund, weshalb sich ihr Nachtsinn verselbständigen sollte.

Sicher, manchmal wurde sie melancholisch. Dann hatte sie das Gefühl, dass es in ihrem Leben zu viele Leerstellen gab. Sie vermisste ihre Brüder, vermisste ihre mitternächtlichen Picknicks und Filmabende. Sie dachte darüber nach, die Reise nach Kyoto anzugehen, die sie ursprünglich mit James und Leon geplant hatte, fühlte sich jedoch schon bei der Vorstellung, Flugverbindungen auszusuchen, unsagbar müde. Sie zog die

Postkarte hervor, die ihr Vater ihrer Mutter geschrieben hatte. Obwohl sie die Botschaft auf der Rückseite auswendig kannte, las sie die englischen Beschreibungen seiner griechischen Heimatinsel und die japanischen Koseworte, die Nyx' Mutter ihm beigebracht hatte. Sie hatten sich in Oxford kennengelernt, zwei Jahre zusammengelebt und ein Kind bekommen, bevor sie mit einem Abstand von nur einem Jahr starben. Nyx hatte kein Foto von ihnen, und wenn sie die Postkarte in der Hand hielt, erschien ihr das als unerträglicher Verlust.

Aber Stimmungstiefs gehörten zum Alltag. Und Nyx hatte nicht das Gefühl, dass sie in der letzten Zeit besonders aufgewühlt oder unzufrieden gewesen war.

Also warum heute? Wenn es einen Auslöser gegeben hatte, konnte sie ihn nicht erkennen. Was eine beunruhigende Entwicklung war.

Sie atmete tief aus. Die erste Lage aus Farben an der Wand hatte den Wirbel des Traumechos beruhigt, doch ihr Kopf summte immer noch vor Unruhe und einem vagen Gefühl der Bedrohung, das nicht ihr eigenes war. Zumindest glaubte sie das nicht. Sie strich mit der Hand über die Matratze, atmete tief ein und versuchte, sich zu erden.

Blau, raunten ihre Gedanken. *Blau und Silberweiß. Etwas kommt. Es ist fast da.*

Nyx blinzelte, setzte sich auf und griff nach einer der Spraydosen, die sie neben der Matratze aufgereiht hatte. Sie stand auf und ging zu ihrem Gemälde. Mit jedem Schritt verblasste die Welt um sie herum, bis sie nur noch die Wirbel aus Blautönen sah und das Rauschen des Vortex in ihrem Innern spürte.

Sie berührte die Wand mit den Fingerspitzen. Die Farbe war noch leicht feucht. Besser wäre es, noch eine Stunde zu warten. Das Rauschen wurde jedoch mit jeder Sekunde lauter und eindringlicher.

Etwas kommt. Etwas beginnt. Es hat begonnen.

Nyx schüttelte die Sprühdose und sprühte die Form auf die Wand, die durch ihre Fingerspitzen entkommen wollte. Weiße, schimmernde Punkte, angeordnet in sanften Kurven und Linien. Sie nahm nicht wirklich wahr, was sie malte. Ihr Blick wurde unscharf, hing an dem unruhigen Hintergrund und den Schatten, die sich darin wanden. Wie Tinte. Oder Abgründe, die sich öffneten.

Nyx sprühte den letzten Strich und ließ die Sprühdose fallen. Die Unruhe, die von ihr Besitz ergriffen hatte, flaute ab, löste sich auf und verschwand. Zurück blieb Stille. Sie schloss erneut die Augen, fuhr mit beiden Händen über ihren Kopf und verschränkte die Finger im Nacken. Ein kühler Wind kräuselte sich über das Dach, und die Lichterketten, die zwischen den Holzpfeilern der Pergola hingen, klapperten leise.

Die Welt stabilisierte sich, und Nyx war wieder allein in ihrem eigenen Kopf. Sie seufzte, dann trat sie einen Schritt zurück und sah sich an, was sie auf die Wand gesprüht hatte.

Was …

Mit einem Stirnrunzeln entfernte sie sich zwei weitere Schritte, um die Form vor sich besser sehen zu können. War das ein Mensch? Die Sprühfarbe verlief auf dem feuchten Untergrund, aber ja: Ein Dutzend weißer Punkte formte den Umriss einer menschlichen Gestalt. Kopf, Schultern, Arme, Torso, der Rest eines schlanken Körpers und zwei Beine.

Irritiert starrte Nyx auf das Graffito. Etwas an diesem Bild fühlte sich seltsam an. Der Kontrast zwischen dem dunklen Hintergrund und den hellen Flecken wirkte beinahe hypnotisch. Je länger Nyx hinsah, umso heller strahlte das Weiß, bis die Silhouette geradezu leuchtete.

Sieht aus wie fallende Sterne. Der Gedanke jagte eine Gänsehaut über Nyx' Arme. Plötzlich hatte sie das unheimliche Gefühl, als ob sie die Gestalt vor ihr schon einmal gesehen hatte. Als ob sie sie wiederkennen müsste.

Ihr Herzschlag beschleunigte sich, die Gänsehaut kroch hoch zu ihren Schultern, dann kräuselte sich die Farbe an der Wand, und die Gestalt kam auf Nyx zu. Schritt um Schritt kam sie näher, und es sah aus, als würde sich die Nacht hinter ihr ausbreiten, weiter und tiefer und –

Erschrocken sog Nyx die Luft ein. Der Sternenumriss streckte die Hand nach ihr aus. Sie stolperte zurück, prallte gegen die Holzpalette und stürzte rücklings auf die Matratze.

Mit rasendem Herzen rappelte sie sich wieder hoch. Sie starrte auf die Wand vor sich, aber das Grafitto war nun nichts weiter als ein Gemälde.

5

JAMES

Die Dunkelheit verflog, als James und das Mädchen das Ende einer Häuserflucht erreichten und auf die High Holborn Street hinausliefen. Das orangefarbene Licht mehrerer Laternen erhellte den Asphalt. Autos rollten über die Straße, und Passanten strömten um James herum wie Wasser um einen lästigen Felsen.

»Was zum …«, setzte das Mädchen an, aber James schüttelte nur knapp den Kopf. Ihm war immer noch schwindelig, und das beunruhigte ihn. Ipek hatte ihn zwar gewarnt, dass die Benutzung des Siegels einen Tribut fordern würde, doch er hatte nicht damit gerechnet, dass es ihn derart auslaugen würde. Keine gute Voraussetzung für das, was Diane und er mit dem Siegel vorhatten.

Er schloss die Augen und versuchte, nach ihrem Verfolger zu tasten. Doch sein siebter Sinn blieb merkwürdig stumpf, und alles, was er wahrnahm, waren die Gerüche und Geräusche um ihn herum. Kein warnendes Stechen auf seiner Haut. Kein Prickeln im Nacken. Hieß das, sie hatten den Tagboten abgeschüttelt? Oder war James nur zu ausgebrannt, um ihn zu spüren?

Er öffnete die Augen und spähte angespannt zwischen die Häuser. Die Gasse, aus der sie gekommen waren, blieb leer. Es schien, als wären sie mit dem Schrecken davongekommen. Vorerst.

James erlaubte sich, tief durchzuatmen. Die junge Frau stand immer noch neben ihm und starrte ihn an, als wäre er eben aus einem Raumschiff gestiegen.

»Bist du in Ordnung?«, fragte er und streckte, ohne nachzudenken, die Hand nach ihr aus.

Sie stieß sie beiseite. »Fass mich nicht an«, zischte sie. Sie zitterte immer noch, aber ihr Gesicht verzerrte sich vor Wut. »Was war das eben? Was zur Hölle war das? Wer bist du?«

James hob beschwichtigend die Hände. »Das lässt sich nicht so leicht erklären.«

Sie starrte ihn an. »Willst du mich verarschen? Du hast mich aus der Luft gezerrt, durch eine lokale Dunkelheit geschleift, und deine einzige Antwort ist: Es ist kompliziert?«

James stieß ein überraschtes Lachen aus. »Ja. Ich weiß, wie das klingt.« Er seufzte und sah auf die Handfläche, an der die Schmauchspuren seines zerstörten Handys klebten. Seine Haut brannte, als hätte er damit über einen Stahlschwamm gerieben.

»Okay«, murmelte er, dann wiederholte er es mit festerer Stimme und sah das Mädchen an. »Okay, fangen wir von vorne an. Ich heiße James.«

Sie zögerte, dann sagte sie: »Erin.«

»Erin.« James rieb sich die rußverschmierte Hand an der Jacke ab. »Wenn ich dir ein Taxi rufe, schaffst du es dann allein nach Hause?«

Sie stieß ein Schnauben aus. »Dein Ernst? Ich gehe nirgendwohin, bevor du mir erklärst, was da eben passiert ist.«

»Würdest du mir glauben, wenn ich dir sage, du bist besser dran, wenn ich dir das nicht beantworte?«

Sie verschränkte die Arme vor der Brust und hob eine Braue.

James seufzte. »Habe ich mir gedacht.« Es sollte ihn nicht überraschen, dass sie hartnäckig blieb. An ihrer Stelle würde er auch nicht nachgeben. Dennoch wäre es schön gewesen, wenn sie einfach zurück in ihr gewohntes Leben verschwinden würde. Dann hätte sie irgendwann wieder ruhig schlafen können, und er hätte ein Problem weniger in seinem ohnehin schon schweren Gepäck.

»Also gut«, sagte er, »aber hier können wir trotzdem nicht bleiben.« Er spähte die Straße hinunter auf der Suche nach einem Taxi.

Erin beobachtete ihn misstrauisch. »Das soll heißen?«

Das soll heißen, zu dir oder zu mir, dachte James und verbiss sich ein Lachen. Wenn er unter Stress stand, riss er schlechte Witze. Er war sich ziemlich sicher, dass Erin diesen Bewältigungsmechanismus nicht begrüßen würde.

»Das soll heißen, dass wir einen Ort brauchen, an dem uns der Tag … der Typ nicht findet.« Kurz dachte er an sein Zimmer in der Neal Street, doch diese Option verwarf er sofort. Wenn der Orden des Ersten Tages wusste, wer er war, dann kannten sie womöglich auch seine aktuelle Adresse. Es würde James nicht wundern, wenn sie ihm bereits seit seiner Ankunft in Heathrow an den Hacken klebten.

Wenn dem so war, würde er sich von Diane so einiges anhören müssen.

»Ich kann dich nach Hause bringen, wenn du möchtest«, schlug er Erin vor.

Sie schien darüber nachzudenken, doch dann sog sie scharf die Luft ein, und irgendeine Erkenntnis ließ ihr Gesicht noch blasser werden.

»Keine gute Idee«, antwortete sie.

Er runzelte die Stirn. »Wieso?«

Erin sah zurück zu der Seitenstraße, aus der sie geflohen waren. »Ich habe meine Tasche fallen gelassen, als … bevor du aufgetaucht bist. Wenn der Typ sie mitgenommen hat, hat er meine Adresse. Shit.« Sie schloss die Augen. »Da ist alles drin. Mein Handy, mein Geldbeutel. Mein Laptop!« Wenn sie die Finger noch fester in ihre eigenen Unterarme grub, würde sie sich blaue Flecken verpassen.

James konnte ihre Verunsicherung sehr gut nachempfinden. Und er war sich ziemlich sicher, dass sie der Schock erst wirklich treffen würde, sobald das Adrenalin in ihrem Körper abflachte.

Er konnte sie wirklich nicht alleine lassen, oder? Besonders dann nicht, wenn der Ordensagent wusste, wo sie wohnte. James schwankte, schloss erneut die Augen und presste sich den Daumen zwischen die Brauen. Hatte der Agent es wirklich auch auf Erin abgesehen?

Die Fragen in seinem Kopf kreisten wie ein knirschendes Mahlwerk. Er brauchte Ruhe. Einen Moment, um all das zu sortieren, was in der letzten knappen halben Stunde passiert war.

Du hast einen Menschen vor dem Chaoszerfall gerettet. Es hat tatsächlich funktioniert.

Er spürte, wie seine eigenen Knie nachgeben wollten. So viel zu verzögerter Schockreaktion.

Als er die Augen öffnete, starrte Erin mit verkniffenem Mund ins Leere. Wieder spürte er eine Woge des Mitgefühls. Was auch immer er gerade durchmachte, für sie musste das alles viel erschreckender sein.

»Hey«, sagte er. »Ich weiß, es kommt dir gerade nicht so vor, aber du hast das Schlimmste überstanden. Und den Rest bringen wir auch in Ordnung. Aber zuerst müssen wir irgendwohin, wo wir sicher sind.«

Sie schlang die Arme noch enger um sich, aber ihre Stimme blieb fest. »Wo soll das sein?«

James spähte die Straße hinunter. Wenn er an einen sicheren Ort in London dachte, gab es genau eine Adresse, die ihm einfiel.

Wundervoll. Als ob diese Nacht nicht schon abgefuckt genug wäre.

»Whitechapel«, sagte er und hob den Arm, um ein Taxi anzuhalten.

6

JAMES

Das Taxi brachte James und Erin zur East-London-Moschee. Nur wenige Gassen weiter befand sich eine alte Jeans-Fabrik, die zu einem Wohnungskomplex umgebaut worden war. Alles sehr hipsterschick, mit Wänden aus rotem Backstein und blauen Fensterrahmen. Dass die Wohnungen winzig und überteuert waren, stand außer Frage.

James klingelte, während Erin nervös an ihrer Unterlippe kaute. Es dauerte ein paar Minuten, dann knackte die Gegensprechanlage, und eine vertraute Stimme fragte: »Ja?«

James schloss kurz die Augen. »Sami, ich bin es.«

Stille. James überlegte schon, wo sie einen anderen Unterschlupf finden konnten, dann summte der Türöffner.

Augen zu und durch, dachte er, drückte die Tür auf und ging die Treppe hinauf in den ersten Stock.

Sami lehnte in der offenen Tür seiner Wohnung, die Arme vor der Brust verschränkt. Scheinbar hatten sie ihn aus dem Bett oder von der Couch heruntergeklingelt. Er trug bereits Pyjamahosen, ein abgetragenes T-Shirt, und die Haare fielen ihm lose bis auf die Schultern.

Als James am oberen Ende der Treppe ankam, musterte Sami ihn von Kopf bis Fuß.

»Das ist ein Witz, oder?«, fragte er.

Schön wär's, dachte James. Laut sagte er. »Wir brauchen deine Hilfe.«

Sami presste die Lippen aufeinander, dann glitt sein Blick zu Erin. James konnte förmlich spüren, wie Sami mit sich rang, dann seufzte er und trat beiseite, um ihnen den Weg in die Wohnung frei zu machen.

Kurz darauf standen James und Sami in der kleinen Küchenzeile neben dem Wohnbereich. Erin hatte sich für ein paar Minuten ins Bad zurückgezogen.

Die Küchenecke lag nahezu im Dunkeln. Sami hatte nur die kleinen, honiggelben Leuchten unter den Hängeschränken angeschaltet, und James war dankbar dafür. Während Sami Tee aufsetzte, schickte er über dessen Handy rasch eine E-Mail an Diane. *Bin okay. Handy kaputt. Melde mich morgen.*

Nicht gerade informativ, aber momentan fehlte ihm die Kraft, um die Ereignisse des heutigen Abends zu schildern. Seine Knie fühlten sich immer noch weich an, und seine Hände zitterten. Dennoch hatte er das Gefühl, wieder freier durchatmen zu können.

Er legte das Handy auf die Arbeitsfläche und sah zu, wie Sami drei Tassen aus einem Regal holte. Ein Jahr war es her, seit er das letzte Mal hier gewesen war. Weder die Wohnung noch Sami hatten sich groß verändert. Er trug seinen Bart immer noch kurz und die Haare lang. Am Handgelenk entdeckte James das Lederarmband mit der Nazar-Perle, das seine kleine Schwester ihm geschickt hatte.

»Mirabell nicht da?«, erkundigte sich James nach Samis Mitbewohnerin.

»Besucht ihre Familie«, antwortete Sami knapp. Die Haare hatte er sich inzwischen zu einem Knoten hochgebunden. »Seit wann bist du zurück?«

»Seit –«, James sah auf seine Uhr, »fünf Stunden.«

»Und direkt in Schwierigkeiten geraten«, murmelte Sami. »Ein neuer Rekord?«

»So, wie mein Leben abläuft?«, brummte James. »Nicht wirklich.« Sami lachte schnaubend, und die Anspannung, die James bereits auf der Taxifahrt hierher gespürt hatte, löste sich. Er hatte viele Brücken abgebrannt, als er London verlassen hatte, aber ein paar Freunde hielten noch eine Tür für ihn offen. Bisher war er nicht sicher gewesen, ob Sami auch zu ihnen zählte.

Der warf Teebeutel in die Tassen. »Das Mädchen«, fragte er. »Ist sie eine von euch?«

James schüttelte den Kopf. »Ahnungslose Zivilistin.«

»Das heißt, sie hatte heute ziemlich Pech?«

»Du machst dir keine Vorstellung.«

Sami warf einen Blick auf die geschlossene Badezimmertür. »Wie viel wirst du ihr erzählen?«

»Ich bin mir nicht sicher«, gestand James. Er hatte nicht gelogen, als er versucht hatte, sie nach Hause zu schicken. Je mehr Erin über seine Welt wusste, umso gefährlicher würde es für sie werden. Falls der Orden jedoch tatsächlich hinter ihr her war, hatte sie keine andere Wahl, als tiefer in den Kaninchenbau zu klettern. Und vielleicht konnte James ihr genug Informationen geben, damit sie sich selbst schützen konnte.

Was nicht hieß, dass er alle Antworten besaß. Im Gegenteil. Je länger er darüber nachdachte, umso mehr irritierte es ihn, dass der Agent Erin nicht gehen lassen wollte. Welches Interesse hatte der Orden an ihr? Sicher, wenn der Chaoszerfall in Erin noch weiter vorangeschritten wäre, hätte der Orden alles darangesetzt, um sie verschwinden zu lassen. Aber James hatte die Chaosenergie aus Erin herausgezogen. War das dem Agenten entgangen? Oder war es ihm egal?

Konnte es sein, dass die Berührung durch das Chaos irgendwelche Nachwirkungen auf Erin haben würde?

Verdammt. Auf diesen Gedanken hätte er schon früher kommen müssen. James stützte sich mit beiden Händen auf der Arbeitsplatte ab, als ihm langsam, aber sicher blühte, wie groß der Schlamassel war, in dem er steckte.

Sami warf ihm einen Seitenblick zu. »Kommst du klar?«

James lachte trocken, aber er nickte. Samis Hand befand sich nicht weit von seiner entfernt. Kurz stellte er sich vor, wie er seinen kleinen Finger über den von Sami hakte.

Er berührte ihn nicht. So war es sicherer. Besonders für Sami.

Starke Behauptung, stichelte seine innere Stimme. *Vor allem weil du beim ersten Anzeichen von Gefahr zu ihm gerannt bist.*

James schüttelte den Kopf über sich selbst. Er besaß wirklich die schlechte Angewohnheit, sein Leben komplizierter zu machen, als es sein müsste.

Ich bin ein wandelndes Bi-saster, hatte er Leon vor Jahren anvertraut, nachdem er sich bei einem Versuch zu flirten ordentlich blamiert hatte.

Das wird in Zukunft noch viel krasser, hatte Leon mit einem Grinsen prophezeit. *Ich freu mich jetzt schon drauf!*

James lächelte traurig. Ja, wahrscheinlich hätte Leon James' Beziehungschaos ohne Ende amüsiert.

7

JAMES

James brachte den Tee zum Couchtisch und setzte sich auf einen der Sessel. Erin kam aus dem Badezimmer, verharrte jedoch in der Mitte der Wohnung. Sie hatte ihre Mütze abgezogen, und das kurze Haar stand an ihrem Hinterkopf ab. Ihr Blick huschte von der Couchecke zur Haustür und wieder zurück.

James nickte zu dem Telefon, das auf dem Sideboard neben dem Fernseher stand. »Falls du jemand anrufen willst?«

Erin schien darüber nachzudenken, schüttelte dann jedoch den Kopf. Sie straffte die Schultern und setzte sich James gegenüber auf die Couch. »Ich will Antworten. Und zwar jetzt.«

James nickte und schob eine der Teetassen in ihre Richtung. Sie hob lediglich eine Braue, während Sami auf dem letzten freien Sessel Platz nahm. Wortlos legte er eine Packung Schokoladenkekse mit Salzkaramellfüllung auf den Tisch.

Als Erin die Kekse skeptisch beäugte, zuckte Sami mit den Schultern.

»Schokolade hilft bei Schock«, sagte er. »Und du siehst ziemlich geschockt aus.«

»Untertreibung des Jahrhunderts«, murmelte Erin. Sie griff nach ihrer Tasse, entspannte sich jedoch keinen Fingerbreit. Ihr Blick bohrte sich in James wie eine Nadel.

»Ich bin mir nicht sicher, wo ich anfangen soll«, gestand er. Zivilisten sanft die Scheuklappen von den Augen zu ziehen, zählte nicht zu seinen Stärken. Was Sami bestätigen konnte.

Als ob er James' Gedanken aufgeschnappt hätte, verzog Sami

den Mund zu einem schrägen Lächeln. »Soll ich das Wichtigste zusammenfassen?«, fragte er.

James schnaubte und griff nach seiner Tasse. »Warum nicht?«

»Okay«, sagte Sami. »Du kennst bestimmt Bücher oder Filme, in denen magische Wesen heimlich unter uns leben. Du weißt schon, Zauberer, die für Scotland Yard arbeiten. Vampire, die Highschool-Kids in Kalifornien jagen?«

Erin sagte nichts, aber ihr Stirnrunzeln sprach Bände.

»Die gute Nachricht ist, es gibt keine Vampire. Stattdessen gibt es Menschen wie James, die kosmische Urkräfte anzapfen und dadurch paranormale Fähigkeiten entwickeln.«

Sie hielt ihre Tasse mit beiden Händen und starrte Sami und James wortlos an.

»Hab ich auch so ausgesehen, als du mich eingeweiht hast?«, wollte Sami wissen.

»Keine Ahnung«, antwortete James. »Du bist zu schnell ins Bad gerannt, um dir die Seele aus dem Leib zu reiern. Da blieb keine Zeit, um deinen Gesichtsausdruck auszuwerten.«

Sami lehnte sich zurück und nahm einen Schluck Tee. »Legitime Reaktion«, sagte er. »Unter den Umständen.«

Erins Augen wurden schmal. »Versucht ihr hier Witze zu reißen?«

James zuckte mit den Schultern. »Das entspannt die Situation.«

»Tut es nicht.« Erin stellte den Tee auf dem Tisch ab. »Ich glaube einfach nicht, was gerade passiert ist. Bei mir war alles in Ordnung. Ich hatte einen ganz normalen Tag, und dann komme ich zu diesem Platz, und plötzlich …« Sie brach ab und schauderte.

James beugte sich zu ihr. »Woran erinnerst du dich? Wie hat es sich angefühlt, als es passiert ist?«

»Es …«, begann Erin und schloss die Augen. »Alles war

plötzlich so still. Als ob meine Ohren und mein Kopf mit Watte verstopft wären. Dann habe ich etwas gespürt, wie … wie einen Pulsschlag. Nur dass das nicht mein Puls war. Ich habe mich ganz leicht gefühlt, irgendwie losgelöst. Es hat mir Angst gemacht, aber es war auch, ich weiß nicht. Ich habe mich fast erleichtert gefühlt.«

Es ist so wunderschön, flüsterte eine Jungenstimme in James' Kopf. Er ballte die Fäuste auf seinen Oberschenkeln und zwang sich, seine Aufmerksamkeit weiter auf Erin zu richten.

Atmen, sagte er sich. *Bleib ganz ruhig.*

»Mir war klar, dass ich in der Luft schwebte, aber ich konnte nichts tun. Der Pulsschlag kam immer wieder, wurde stärker, und, ich weiß nicht? Lauter? Schneller? Wie ein Summen, nur dass ich es nicht mit den Ohren, sondern mit … mit den Knochen gehört habe. So ein tiefer Ton, der durch den ganzen Körper vibriert. Wisst ihr, was ich meine?«

Sie gab ihnen keine Zeit zu antworten, sondern fuhr mit leiserer Stimme fort: »Es ging mir durch die Haut. Ich hab's in meinen Armen und Beinen gespürt, auf meinen Handflächen, unter meinem Gesicht, es … Das hätte nicht passieren dürfen. Das ist alles unmöglich!«

»Doch«, widersprach James sanft. »Ich fürchte, das ist möglich.«

Erin schlug die Augen auf. »Was war das? Du hast etwas aus mir rausgeholt, oder? Ich habe es gespürt. Als du mich berührt hast, hat sich das Summen in meiner Kehle gesammelt, und dann ist dieses pulsierende Ding durch meine Brust nach außen …« Sie rieb über ihr Brustbein. »Was war das?«

Wortlos zog James das Glasröhrchen aus der Tasche und stellte es auf den Tisch. Seine Hände blieben ruhig, zum Glück.

Im Inneren des Glases flackerte der Nebel. An seinen Rändern waberte Dunkelheit, doch in seinem Kern kreisten winzige, glitzernde Partikel wie Sternenstaub. Der Nebel war wunderschön. Entsetzlich. Tödlich.

»Das«, sagte James, »ist Chaosdunst.«

Zwei Tatsachen bildeten die Grundlage von James' Wissen über die Welt. Tatsache Nummer eins: Die Welt, wie wir sie kennen, wird von zwei Urkräften geformt und beeinflusst – Chaos und Ordnung. Sie bestimmen den Anfang, die Gegenwart, das Ende und den Neubeginn jeglicher Existenz. Ihr Wirken bleibt oft unsichtbar oder vielmehr unverständlich. Es sei denn, man hatte gelernt, die Funktionsweise dieser Kräfte, ihre Zyklen und Auswirkungen, zu erkennen und zu lesen.

Tatsache Nummer zwei lautete: Es gab Menschen, die einen besonderen Draht zu diesen Urkräften hatten. Während andere die Strömungen von Chaos und Ordnung nicht bemerkten, waren einige wenige mit so etwas wie einem genetischen Empfänger ausgestattet, der es ihnen nicht nur ermöglichte, die Energien der Urkräfte bewusst wahrzunehmen, sondern diese auch aktiv zu nutzen.

James war einer dieser Menschen. Er hatte bereits früh verstanden, dass ihn etwas von den meisten anderen Kindern unterschied. Als Sohn nigerianischer Akademikereltern war er im vorstädtischen Cambridge häufiger in Situationen geraten, in denen er sich in den weißen Gesichtern um ihn herum nicht widergespiegelt sah. Doch das war es nicht allein. Selbst zu Hause hatte er das Gefühl, sich selbst und die Welt um sich herum in einer ganz eigenen Frequenz wahrzunehmen.

Anders als seine Geschwister blieb er tagsüber träge und schläfrig. Seine Nächte verbrachte er jedoch hellwach und aufgekratzt. Er weinte nicht oder protestierte, wenn er ins Bett geschickt wurde. Aber nachts zu schlafen hatte sich immer falsch angefühlt. Sobald die Sonne unterging, überkam ihn eine unbändige Neugier. Er lag bei geöffneten Vorhängen im Bett, schlich sich ans Fenster und betrachtete staunend den Sternenhimmel. Er beobachtete die Nachbarskatze, die über eine Gartenmauer schlich, oder sah zu, wie Motten im Lichtkegel einer Straßenlaterne tanzten. Manchmal, wenn er es gar nicht aushielt, öffnete er das Fenster einen Spalt weit. Ganz leise, um seine Schwestern nicht zu wecken. Dann hörte er den Nachtwind in den Hecken rauschen und roch den erdigen Geruch des Rasens, auf den es tagsüber geregnet hatte. Alles in ihm drängte danach, nach draußen zu schlüpfen und auf Erkundungstour zu gehen.

Später erfuhr er, dass sich die Urkraft des Chaos insbesondere in der Nacht bemerkbar machte. Doch bis zu seinem sechsten Lebensjahr hatten weder er noch seine Eltern eine Erklärung dafür, weshalb James so nachtaktiv war. Dann geriet er mit seiner Familie in einen Autounfall, den er als Einziger überlebte.

Manchmal träumte er von jener Nacht. Er saß auf dem Rücksitz zwischen seinen Schwestern. Regen trommelte auf das Autodach und strömte an den Fensterscheiben hinunter. Die Scheibenwischer schoben die Flut nur dürftig zur Seite. James sah, wie seine Mutter nach dem Radio griff, dann klappte die Zeit wie ein einstürzendes Kartenhaus zusammen, und er lag auf der Seite, eingequetscht zwischen seinem Sicherheitsgurt und dem verbeulten Kindersitz seiner kleinen Schwester. Regen rauschte auf das Wrack, jemand stöhnte, die Zeit kollabierte wieder. Dann kam die Dunkelheit zu James.

Zum ersten Mal stieg sie in ihm auf und drang aus seiner Brust ins Freie. Sie hüllte ihn ein, weich wie eine Decke, sanft wie die Umarmung seiner Mutter.

Er hatte keine Ahnung, wie lange er im Schutz seiner eigenen Nacht ausgeharrt hatte. Doch irgendwann musste sich die Dunkelheit gelichtet haben. James erinnerte sich nicht an den

Rettungswagen oder die Sanitäter. Manchmal flackerten vage Bilder von beigefarbigen Krankenhauswänden, das Rascheln von Arztkitteln oder gedämpfte Stimmen durch sein Gedächtnis. Mehr war jedoch nicht hängengeblieben, und dafür war er fast dankbar.

Seine Familie hatte er nie wieder gesehen. Er war auch nicht zu ihrer Beerdigung gegangen. Diane hatte ihn bereits davor aus dem Krankenhaus geschmuggelt.

Viel später fand er heraus, dass der Orden des Ersten Tages Krankenhäuser überwachen ließ, für den Fall, dass Menschen mit besonderen Fähigkeiten dort auftauchten. Diane hatte ihn weggebracht, bevor der Orden von seiner Existenz erfuhr. Sie hatte ihn bei sich aufgenommen, ihm eine neue Identität gegeben und ihm erklärt, was sich in ihm verbarg.

James wusste, dass er anders war. Doch erst Diane Harling hatte ihm die Worte gegeben, um sich selbst zu beschreiben.

Du bist nachtgeboren, sagte sie. *Und die Nacht ist die Schwelle zum Chaos.*

Eins der Bücher, das sie James und den anderen im Heimunterricht vorlegte, erklärte den Zusammenhang zwischen den Urkräften und den Menschen, die sie spüren konnten, wie folgt:

> Die deutlichste Resonanz der Urkräfte erfahren affine Menschen jeweils während des Tages oder der Nacht. Was wir in unserer irdischen Sphäre als Tag oder Nacht wahrnehmen, ist freilich nur ein Widerhall, eine flüchtige Nachahmung des Wahren Tages und der Wahren Nacht, die als dauerhafte Regionen aus Licht und Dunkelheit jenseits unserer Reichweite und Wahrnehmung existieren. Bereits Pythagoras ging davon aus, dass die Quelle der Urkräfte in jenen überirdischen Sphären verortet sei.

James hatte diese Passage so häufig gelesen, dass er sie im Schlaf aufsagen konnte. An dieser Stelle erklärte eine Fußnote hilfreich:

> Dies lässt sich freilich nicht empirisch beweisen, doch die pythagoreische These – wenn auch nur fragmentarisch überliefert – erscheint logisch, auch im Kontext neuerer Erkenntnisse aus der Kosmologie. Siehe hierzu …

Im Anschluss war eine Reihe an Koryphäen aufgelistet, deren Namen James sich nicht gemerkt hatte, dann wandte sich der Text wieder dem Wesentlichen zu.

> Aus Gründen, die wir derzeit nicht identifizieren können, werden zuweilen Menschen geboren, die eine besondere Affinität zu Tag oder Nacht und den ihnen anverwandten Urkräften haben. Diese Affinität, diese Neigung, drückt sich in paranormalen Talenten aus, die mit Tag- oder Nachtaspekten korrespondieren (vgl. Kapitel *Bekannte Formen paranormaler Fähigkeiten in Diurnales und Nocturnales*). Werden diese Talente gefördert, können sie sich zu einer magisch anmutenden Befähigung entwickeln.
> Diese Menschen erhielten je nach Kulturkreis und historischen Entwicklungen unterschiedliche Namen. Für diese Studie wollen wir die in unserer Forschungsgesellschaft gängigen Begriffe verwenden, i. e. Diurnales / Nocturnales (im Volksmund auch Tagboten und Nachtboten genannt).

Versteht, was ihr seid, bläute Diane ihren Adoptivkindern ein. *Und denkt immer daran, dass ihr Verantwortung tragt. Wenn ihr euch anstrengt, wenn ihr die Kontrolle behaltet, könnt ihr den Weg für ein besseres Zusammenleben zwischen Nachtboten und normalen Menschen ebnen. Aber ihr dürft nicht überheblich werden, egal, welche Fähigkeiten ihr entwickelt.*

Wir sind Superhelden, behauptete Leon später und grinste dabei so breit, dass seine Zahnlücke sichtbar wurde. *Wie die X-Men*.

Nachtgeborene.

Urkräfte.

Sphären.

James hatte wirklich keine Ahnung, wie er all das in eine handliche Erläuterung für Erin packen sollte, also beschränkte er sich auf das Wesentliche.

»Du bist was?«, fragte sie, nachdem er ihr die Kurzusammenfassung präsentiert hatte.

»Ein Nocturnalis«, wiederholte er.

»Ein Nachtbote.« Erin wandte sich zu Sami. »Und was bist du?«

»Ein Gärtner«, antwortete Sami. »Sorry. Ich bin nur ein Zivilist, wie du.«

Erin schwieg, vermutlich um die Masse an absurden Informationen sacken zu lassen. James trank seinen Tee und wartete ab, bis sie schließlich wieder seinen Blick suchte.

»Die Dunkelheit, die uns auf dem Platz eingeschlossen hat«, sagte sie, »du hast sie erzeugt? Das ist dein Talent?«

James nickte.

»Okay, aber das erklärt immer noch nicht, warum du mich verfolgt hast. Rennst du durch die Nacht wie Batman, auf der Suche nach Menschen in Not?«

James lachte müde. »Nicht wirklich. Ich bin dir gefolgt, weil ich das Chaos in dir gespürt habe. Das ist meine andere Fähigkeit.«

»Und was heißt das? Du bist eine wandelnde Wünschelrute?«

»So in etwa.«

Erins Blick fiel auf das Glasröhrchen mit dem Chaosdunst. »Das hast du gespürt. Als es in mir war.«

James nahm einen letzten Schluck Tee. »Ich habe eine Spur von unkontrolliertem Chaos wahrgenommen, ja.«

»Wie ist das …« Erin schluckte, als wollte sie einen unangenehmen Geschmack aus dem Mund spülen. »Wieso war das in mir?«

James seufzte. So viel zu »nur das Wesentliche«. »Du bist in den Radius eines Chaosträgers geraten.«

»Bitte was?«

»Ich fürchte, jetzt wird es wieder kompliziert«, entschuldigte sich James. »Okay. Chaos ist von Natur aus schwer zu bändigen. Normalerweise wirkt es als Urkraft im Gleichgewicht mit der Ordnung, aber manchmal drängt die Chaoskraft zu stark nach Ausbruch und Auflösung. Dann kann es passieren, dass das Chaos sozusagen überschwappt.«

Aus dem Augenwinkel bekam James mit, wie Sami sich zu ihm umdrehte. Dank James wusste er bereits eine Menge über Nacht- und Tagboten. Wahrscheinlich mehr, als der hätte preisgeben dürfen. Aber die Gefahr, die James jetzt beschrieb, hatte er Sami bisher verschwiegen. Naiv, wahrscheinlich, aber er hatte gehofft, dass es nie einen Grund geben würde, warum Sami diese Informationen brauchen würde.

»Wenn das passiert«, fuhr James fort, »dann wird ein sogenannter Chaosträger aktiviert. Wobei er oder sie eher ein *Überträger* ist. Diese Person wird zu einer Art Strahlenquelle, durch die Energiewellen aus rohem Chaos in unsere Welt dringen. Und ab einem gewissen Punkt dringt die Strahlung des Trägers in den Körper eines anderen Menschen.«

Wenn er es so beschrieb, klang der Prozess beinahe klinisch. Doch wenn er Erin und Sami die Alptraumbilder ersparen konnte, mit denen er aufgewachsen war, würde er es tun. Er selbst erinnerte sich nur zu gut an das erste Bild eines Trägers, das Diane ihm vorgelegt hatte. Es handelte sich um den Abdruck eines französischen Holzschnitts aus dem fünfzehnten

Jahrhundert. Er zeigte eine unnatürlich dürre Gestalt, die über den Häusern einer Stadt schwebte wie ein unheilvoller, dunkler Mond. James hatte die Figur angestarrt, und alles in ihm schrie »falsch, falsch, falsch«.

»Was bedeutet das?« Erin verschränkte die Hände so fest umeinander, dass ihre Knöchel weiß hervortraten. »Was passiert mit Menschen, die mit Chaos verstrahlt werden?«

James schwieg. Der Chaosträger auf dem Holzschnitt war nicht allein gewesen. Aus den Gassen der Stadt schwebten Menschen zu ihm empor, angezogen wie hilflose Motten. Funken stiegen von dem Träger auf, schwärmten aus seinem Mund wie Insekten und regneten auf seine Opfer herab. Diejenigen, die knapp über den Dächern hingen, beugten ihre Oberkörper so weit nach hinten, dass es aussah, als würden sie jeden Moment auseinanderbrechen. Und diejenigen, die dem Träger am nächsten waren? Deren Körper hatten nichts Menschliches mehr an sich. Ihre Glieder waren grotesk verrenkt, und ihre Gesichter und Brustkörbe platzten auf wie überreife Feigen.

»James?«, hakte Sami nach.

»Das Chaos löst sie auf«, sagte James. »Erst innerlich, aber wenn der befallene Mensch zu lange durchhält, zersetzt es den ganzen Körper.«

»Oh fuck.« Erin ließ sich auf die Couch zurückfallen und schlug die Hände vors Gesicht. »Ich glaube, ich muss mich übergeben.«

»Ich auch«, murmelte Sami.

»Für dich ist es gut ausgegangen«, sagte James zu Erin. »Das Chaos, das du abbekommen hast, steckt jetzt in dem Behälter hier.«

Erin senkte ihre Hände. »Und was bedeutet das? Ist jetzt alles wieder normal? Alles wie vorher?«

James öffnete den Mund, zögerte, und entschied sich für die

Wahrheit. »Ich weiß es nicht. Du bist der erste Mensch, aus dem ich Chaosdunst herausziehen konnte.«

»Was hat das mit mir gemacht?«, fragte Erin. »Werde ich Nachwirkungen haben? Verdammt, werde ich morgen wieder in der Luft hängen, oder –«

»Hey«, unterbrach Sami. »Gib ihm Zeit zum Antworten, okay?«

James war dankbar für sein Eingreifen. Die Fragen, die Erin stellte, überschlugen sich ohnehin schon in seinem Kopf. Wieder sehnte er sich nach einem Moment der Ruhe, aber er wusste, dass er Erin weder wörtlich noch sprichwörtlich in der Luft hängen lassen konnte.

Er seufzte. »Ich kann dir nicht sagen, was mit dir passieren könnte«, sagte er. »Ich weiß es wirklich nicht. Aber ich kenne ein paar Leute, die vielleicht Antworten haben. Und wenn du willst …« James stellte seine Tasse ab und widerstand dem Drang, seine pochenden Schläfen zu reiben. »Wenn du willst, kann ich versuchen, deine Aura zu lesen.«

»Was würde das bringen?«

»Unter normalen Umständen könnte ich spüren, ob du noch Spuren von Chaos an dir hast.«

»Unter normalen Umständen?«

»Ich bin von vorhin noch ziemlich ausgebrannt«, sagte er und spürte, wie sich Sami anspannte. »Wahrscheinlich sind meine Antennen morgen wieder feiner, aber wie gesagt, ich kann es versuchen. Wenn du willst?«

Erin rang sichtlich mit ihrer Entscheidung, dann richtete sie sich auf und rutschte an den vorderen Rand der Couch. »Okay.«

»James«, unterbrach Sami nervös.

»Alles gut«, sagte James. »Ich bin vorsichtig.«

Er hielt Erin die Hand hin.

»Wozu das?«, fragte sie sofort. »Bisher musstest du mich

doch auch nicht anfassen, um meine … meine Aura zu lesen, oder?«

»Stimmt«, bestätigte James. »Normalerweise brauche ich keinen körperlichen Kontakt, aber momentan zickt mein *Spidey-Sense*.«

Sami gab ein überraschtes Prusten von sich. Erins Miene verfinsterte sich.

Keine Witze, ermahnte sich James. *Geht klar*. Er zuckte mit den Schultern. »Ein Händedruck könnte helfen.«

Erin ballte ihre Finger zur Faust, bevor sie sie mit offensichtlicher Überwindung wieder öffnete. Er hielt still, während sie ihre Hand auf seine legte. Ihre war kleiner als seine, ihre Handfläche kühl und ein wenig feucht.

»Du kannst jederzeit loslassen«, versicherte James, dann schloss er die Augen. Es war Jahre her, dass er sich derart konzentrieren musste, um mit seinen Sinnen auszugreifen. Er dachte an die frühen Lektionen, die ihm dabei geholfen hatten, seine Talente gezielt einzusetzen. Zuerst verlangsamte er seinen Atem zu einem meditativen Rhythmus. Danach blendete er alle Geräusche um sich herum aus, bis er nur noch das Pochen seines eigenen Herzens spürte. Schließlich griff er hinaus und versuchte, Erins Aura zu fühlen.

Mit einem Schlag wurde im so schwindelig, dass er vornüberkippte. Hastig suchte er nach Halt und stieß dabei die Tasse um. Wahrscheinlich wäre er mit der Stirn auf den Couchtisch geknallt, hätte Sami ihn nicht aufgefangen.

»Was ist los?«, rief Erin. »Was hast du gespürt?«

James stützte sich auf Sami und blinzelte, bis die Welt sich nicht mehr wie ein Karussell drehte.

»›Vorsichtig‹, hm?«, brummte Sami.

James wollte sich aufrichten, aber Sami hielt ihn weiter am Arm fest. »Ist schon gut«, murmelte er, dann setzte er sich mühsam auf. »Tut mir leid. Ich bin wirklich ausgebrannt.«

Erin presste eine Faust gegen ihre Brust, genau an die Stelle, an der James das Siegel platziert hatte. Sie sah aus, als wäre sie kurz davor aufzuspringen und davonzulaufen. »Ich bin am Arsch, oder?«, murmelte sie.

»Bist du nicht«, widersprach James. »Wir können noch etwas anderes versuchen. Sag mir, wie du dich fühlst.«

»Dein Ernst?«

»Spürst du immer noch dieses Pochen«, beharrte James, »diesen fremden Puls, den du vorhin beschrieben hast?«

Kurz saß Erin nur flach atmend auf der Couch, dann schloss sie die Augen. Sie biss sich auf die Unterlippe, runzelte die Stirn vor Konzentration.

»Nein«, sagte sie schließlich.

»Du spürst nur deinen eigenen Atem, oder?«, fragte James. »Oben, in deiner Lunge? Unten im Bauch, wenn du tiefer einatmest?«

Erin nickte, und James konnte sehen, wie sie tiefer Luft holte, wie ihr Atem sich beruhigte.

»Dein Körper arbeitet genauso, wie er soll«, sagte James. »Das fühlt sich beruhigend an. Sicher.«

»Ja«, murmelte Erin. »Ja, ich schätze schon.«

James wartete, bis sie die Augen wieder aufschlug, dann nickte er ihr zu. »Ich kann es dir nicht versprechen, aber es scheint so, als wäre bei dir alles zum Normalzustand zurückgekehrt.«

»Zumindest für den Augenblick«, erwiderte sie mit bitterem Unterton. Wenigstens ließ sie ihre Hand von ihrer Brust sinken. Sie stieß einen weiteren Atemzug aus, dann griff sie nach ihrer Tasse und trank einen Schluck. »Okay«, sagte sie schließlich. »Und was ist mit dem ›Bleib-wo-du-bist‹-Typen?«

»Was für einem Typen?«, fragte Sami irritiert.

»Er ist aufgetaucht, nachdem James mich aus der Luft gepflückt hat«, erklärte Erin. »Ich war noch ziemlich benebelt, aber es sah aus, als hätte er weiße Flammen an den Händen. Ich dachte, ich drehe durch, aber das war wohl echt?«

»Sehr echt«, bestätigte James. »Leider.«

»Wer war er?«, wollte Erin wissen. »Einer von euch? Ein Nachtbote, der das Chaos an mir bemerkt hat?«

»Kann gut sein, dass er etwas gespürt hat«, sagte James. *Oder er hat mich verfolgt*, fügte er in Gedanken hinzu. »Er war allerdings ein Tagbote.«

»Oh, wunderbar«, stöhnte Sami.

Erin zuckte zusammen. »Was?«

»Tagboten sind Arschlöcher.«

»Sami«, mahnte James.

Sami hob eine Braue. »Hast du mir nicht erzählt, dass Tagboten für den Orden des Ersten Tages arbeiten? Dass sie Nachtboten töten, sobald sie irgendwie querschießen?«

»Nicht alle Tagboten haben es auf uns abgesehen«, sagte James. »Die meisten wollen einfach nur ihre Ruhe haben, genau wie wir.«

»Der Typ mit den Feuerbändiger-Händen wirkte nicht so, als wollte er ›seine Ruhe‹ haben«, bemerkte Erin.

»Nein, eher nicht«, gestand James.

»Er hat mir gedroht«, sagte sie. »Hat gesagt, ich soll mich nicht von der Stelle rühren. Warum?«

»Ich weiß es n-«

»Rate«, unterbrach ihn Erin.

»Hast du seinen Ring gesehen?«, fragte James. »Den tragen die Mitglieder des Ersten Tages. Das ist eine Geheimgesellschaft, die verhindern will, dass das Chaos in der Welt die Oberhand gewinnt. Deshalb machen sie Jagd auf Nachtboten. Besonders auf solche, die ihre Talente nicht unter Kontrolle haben oder ihre Fähigkeiten nutzen, um anderen zu schaden.«

»Davon trifft nichts auf Erin zu«, sagte Sami. »Oder?«

Erin sah ihn nur konsterniert an. Immerhin war James nicht mehr der Einzige, den sie mit ihren Blicken erdolchen wollte.

James hob die Schultern. »Ich denke, der Agent hat mitbekommen, wie ich das Chaos aus Erin entfernt habe, und will herausfinden, was der Vorgang mit ihr angestellt hat.«

Wieder fragte er sich, ob der Agent das Sonnensiegel gesehen hatte. Vermutlich nicht, sonst hätte er es sofort haben wollen, oder? James warf einen raschen Blick zu seiner Jacke, die über einem der Barhocker vor der Küchentheke hing. Das Siegel filterte Chaoskraft nicht nur aus dem menschlichen Organismus heraus, es wandelte sie in einen stofflichen Dunst um, den man in einem geschlossenen Gefäß verwahren konnte. Der Orden würde sich alle zehn Finger nach so einem Hilfsmittel lecken.

»Sagst du mir gerade, dass er mich auf einen Labortisch packen will?«, fragte Erin.

Sinnlos, es zu beschönigen. »Möglicherweise, ja.«

Sie stöhnte, lehnte sich nach vorn und stützte die Stirn auf ihre Hände.

James und Sami tauschten einen Blick. »Was. Zur. Hölle«, formte Sami stumm mit den Lippen. James konnte nur erneut mit den Schultern zucken.

»Was jetzt?«, fragte Erin.

James sah immer noch zu Sami. Der seufzte, dann nickte er.

»Heute Nacht sind wir hier sicher«, sagte James. »Morgen kann ich noch mal versuchen, deine Aura zu lesen, und ich kann mit den Leuten telefonieren, die hoffentlich mehr Infos für uns haben.«

James wartete ab. Wie würde Erin auf dieses »uns« reagieren?

»Das ist ein Albtraum.« Erin schüttelte den Kopf, krümmte sich vornüber und setzte sich dann auf. »Ein verdammter Albtraum.«

Sami griff die Packung Kekse und streckte sie Erin über den Tisch hin. Sie öffnete den Mund, als ob sie ihn anblaffen wollte, doch stattdessen platzte ein brüchiges Lachen aus ihr heraus.

»Okay«, sagte sie. »Was soll's.« Sie nahm sich einen Keks und ließ sich gegen die Lehne der Couch fallen.

»Es tut mir leid, dass dich das alles so überrollt«, sagte James. »Ich werde dir helfen, so gut ich kann, versprochen.«

»Wenn du das alles erst mal sacken lassen willst«, ergänzte Sami, »meine Mitbewohnerin ist diese Woche bei ihrer Familie. Ihr Schlafzimmer ist dort.« Er zeigte auf eine Tür neben der Küche. »Du kannst gern ihr Bett haben.« Er zog sein Handy aus der Hosentasche. »Falls du jemand anrufen willst?«

»Auf mich wartet niemand.« Erin brach ihren Keks in zwei Teile, führte einen davon zum Mund und ließ ihre Hand wieder sinken, ohne abzubeißen. »Shit. Okay. Ich glaube, ich brauche erst mal einen Moment alleine.«

»Klar«, sagte James. »Nimm dir so viel Zeit, wie du willst.«

Erin nickte und stand auf. Sie zögerte, nahm dann ihre Teetasse und zog sich ohne ein weiteres Wort zurück. James wartete, bis sich die Tür des Schlafzimmers hinter ihr schloss. Dann sank er selbst gegen die Lehne seines Sessels und legte den Kopf in den Nacken.

»Ein verdammter Albtraum«, murmelte er. »Das trifft es.«

»Heilige Scheiße, James«, sagte Sami. »Was zur Hölle geht hier ab? Seit wann exorzierst du Chaosenergie? Und was bedeutet das, von wegen Chaosträger und Strahlenquellen? Davon hast du mir nie erzählt!«

James rieb sich über die Stirn. Seine Kopfschmerzen breiteten sich aus, genauso, wie er erwartet hatte.

»Erinnerst du dich an unser Gespräch im letzten April?«, fragte er.

Sami blieb so lange still, dass James schließlich die Augen öffnete und ihn ansah.

»Du hast gesagt, es wäre besser, wenn wir auf Abstand gehen«, sagte Sami in kühlem Tonfall. »Besser für mich.«

James nickte, sagte aber nichts weiter. Samis Miene war mittlerweile so starr, dass James überhaupt nichts an ihr ablesen konnte.

»In was hast du dich verwickeln lassen?«, fragte Sami.

Die Wortwahl überraschte James, denn ja, genau das war passiert. »Das willst du n-«

»Nicht wissen?«, schnitt Sami ihm das Wort ab. Wut blitzte über sein Gesicht, verschwand aber sofort wieder. Er wandte sich ab. »Für jemanden, der immer aufpasst, was er sagt, redest du manchmal gewaltigen Bullshit.«

James hatte keine Ahnung, was er darauf erwidern sollte. Sami stand auf, wandte sich zum Gehen und hielt inne.

»Wenn du sagst, du kennst Leute, die dir helfen können«, sagte er, ohne sich umzudrehen. »Wen meinst du damit?«

James hätte weiter schweigen können, aber das brachte er nicht fertig. »Diane«, antwortete er.

Samis Rücken verspannte sich. Er nickte, als hätte er das erwartet. »Seit wann hast du wieder Kontakt zu ihr? Warte, lass mich raten: Seit April, letztes Jahr?«

James' Finger gruben sich in die Lehne des Sessels. Sami wusste über die schwierige Beziehung zu seiner Adoptivmutter Bescheid. *Ihr wart Kinder*, hatte er einmal gewettert. *Keine Soldaten in einem Bootcamp, verdammt nochmal.*

In der Vergangenheit war es Samis Entrüstung gewesen, die James den Rücken stärkte. Sie bestätigte ihn in seiner Entscheidung, den Kontakt mit Diane abzubrechen. Er fühlte sich … nicht frei, aber gelöst. Ungebunden genug, um seinen Rucksack zu packen und dem Drang zu folgen, mehr zu sehen. Mehr als das abgelegene Herrenhaus, in dem er aufgewachsen war. Mehr als London, mehr als England.

Elf Monate lang bereiste er allein die Küsten rund ums Mittelmeer. Dann sah er Diane, die auf einem kleinen Marktplatz in Neapel auf ihn wartete. Sie saß vor einem Café mit einem Espresso und einem Aktenordner auf dem Tisch. Bereit, ihn wieder zu rekrutieren.

Doch nur ein Soldat, dachte James nun niedergeschlagen.

Und Sami? Von ihm hatte er sich getrennt, anstatt ihm von seiner Übereinkunft mit Diane zu erzählen.

Es gab genug Erklärungen für sein Verhalten. *Ich wollte dich beschützen. Ich wollte dich nicht in meine abgefuckte Mission hineinziehen.* Aber stimmte das wirklich? Oder hatte er gekniffen und Sami nur deshalb nichts von Chaosträgern erzählt, weil er die Erinnerung an Leon nicht nach oben zerren wollte? Weil Sami der erste, wichtige Mensch in seinem Leben gewesen war, der nichts von dem schrecklichsten Moment aus seiner Vergangenheit wusste?

Egal, welche Gründe James für sein Schweigen gehabt hatte, jetzt erschienen sie ihm als genau das, was Sami ihm vorgeworfen hatte. Bullshit.

»Wenn du willst, erkläre ich es dir«, bot er an und hoffte plötzlich, dass Sami sich wieder neben ihn setzen würde.

»Mir reicht's für einen Abend«, sagte Sami. »Ich gehe schlafen. Du kannst die Couch haben.«

James hatte kein Recht, enttäuscht zu sein, aber Samis Antwort verpasste ihm dennoch einen Stich. Dabei war es nur fair. Nein, in Wahrheit war ein Platz auf Samis Couch mehr, als er verdiente.

Sami war bereits auf halbem Weg zu seinem Schlafzimmer, als James sich nach ihm umdrehte.

»Sami. Danke.«

Er blieb kurz stehen, nickte wieder und verschwand in seinem Zimmer.

8

NYX

Um zehn Uhr morgens stolperte Nyx hinunter in den Buchladen. Vier Stunden unruhiger Schlaf rieben ihr die Erschöpfung wie Sandpapier über die Knochen.

An ihren Händen klebten weiße Farbtupfer. Sie hatte das Traumgemälde von letzter Nacht noch vor Sonnenaufgang übermalt. Sie wollte die Figur mit der Sternensilhouette aus ihrem Gedächtnis tilgen, aber als das erste, rosige Licht auf die getünchte Wand fiel, schien die Gestalt wie ein Nachbild durch die weiße Farbe zu schimmern.

Nyx konnte sich nicht erklären, warum sie jener Umriss so beunruhigte. Wahrscheinlich hatte der Nachhall des fremden Albtraums ihre Wahrnehmung einfach länger durcheinandergebracht, als sie erwartet hatte. Das war die einfachste Erklärung.

Dennoch, in all ihren Traumgemälden hatte Nyx nie zuvor eine erkennbare menschliche Gestalt gemalt. Ganz zu schweigen davon, dass sich ihre Bilder normalerweise nicht bewegten. Sie schauderte, als sie daran dachte, wie das Sternwesen seine Hand nach ihr ausstreckte.

Nyx hielt vor der Tür zum Buchladen an und presste sich beide Hände vors Gesicht. Wenn sie die Nacht in ihrem Wandschrank besuchte, würde vielleicht alles klarer werden, vielleicht …

Nein. Wenn sie jetzt anfing, ihrer Sehnsucht nach der Nacht nachzugeben, würden sich nur mehr Träume um sie herum manifestieren.

Nyx senkte ihre Hände, schob sich eine lose Haarsträhne hinters Ohr und betrat den Buchladen.

Der Anblick der geschwungenen Regalreihen und des schräg einfallenden Sonnenlichts holte sie in den Moment zurück wie ein sanfter Kuss auf die Wange. Dann sah sie die Kataloge, die sich neben der Kasse stapelten, und Freyas Gewittermiene.

Nyx ging zu ihrer Chefin und nickte zu den Katalogen. »Frühjahrsnovis?«

Freya betrachtete die Stapel, als wären sie ein feindliches Bataillon. »Yep. Ich habe River schon angerufen. Heute brauchen wir alle Frauen und Non-Binary People an Bord.«

Nyx liebte die Arbeit im Buchladen, aber die Durchsicht der Verlagsvorschauen und die Entscheidung, welche Bücher sie für die eigene Auslage vorbestellen wollten, bereiteten Freya und dem Rest ihres Teams regelmäßig Kopfschmerzen.

»Wir brauchen Kuchen, oder?«, fragte Nyx.

Sofort erhellte sich Freyas Miene. »Eine Menge davon!«

Nyx lächelte. »Ich kümmere mich drum.«

Beladen mit zwei Tüten aus ihrer Lieblingsbäckerei machte sich Nyx auf den Rückweg zum Buchladen. Sie hätte sich mit den Touristen an den Spitalfields-Markthallen vorbeizwängen können, bevorzugte jedoch Schleichwege. Kurz vor einer Reihe von Foodtrucks bog sie ab, folgte einem unscheinbaren Pfad zwischen einem Wohnhaus und einer Tiefgarageneinfahrt und machte schließlich eine weitere Biege in einen kleinen, abgeschirmten Park.

Zur Mittagszeit tummelten sich hier die Eingeweihten, um ihren Lunch zu genießen, aber Nyx war früh genug dran, dass ihr nur ein eiliger Spaziergänger mit einem aufgeregt bellenden Hund begegnete.

Sie wich ihm großzügig aus und scheuchte ein paar Spatzen auf, die sich vor einer Bank tummelten. Ihr Blick fiel auf einen Mann, der zusammengesunken auf der Parkbank saß, und blieb stehen. Gut möglich, dass er schlief, aber etwas an ihm ließ Nyx innehalten. Er trug einen beigefarbenen Hoodie und Turnschuhe. Ein Jogger vielleicht? Das Kinn war ihm auf die Brust gesunken, und seine Arme hingen schlaff herunter. Seine Hände ruhten offen auf der Sitzfläche der Bank.

Sie zögerte, dann trat sie näher auf den Mann zu. Wenn er schlief, wollte sie ihn nicht wecken. Falls er jedoch Hilfe brauchte, wollte sie nicht einfach vorbeigehen. Der Mann kam ihr sogar vage bekannt vor. Gut möglich, dass er hier in der Nähe wohnte und sie ihm schon einmal über den Weg gelaufen war.

Sie kam noch einen Schritt näher und versuchte, sein Gesicht unter den blonden Haarfransen zu erkennen, die ihm in die Stirn hingen. Ein Schauder rieselte ihren Rücken hinunter. Aus der Entfernung hatte es wie ein Trick des Lichts ausgesehen, aber nun musste Nyx feststellen, dass die Haut des Mannes nicht nur fahl wirkte, sie war nahezu grau.

Ein weiteres Frösteln rann über Nyx' Haut, und ihr Magen krampfte sich zusammen. Ihr Mitleid wandelte sich zu einer düsteren Vorahnung. Plötzlich war ihr egal, ob sie den Mann erschreckte.

»Sir?«, fragte sie. »Sir, ist alles in Ordnung?«

Der Mann regte sich nicht.

Lauf weg, warnte eine innere Stimme. *Sieh nicht hin.*

Nyx schluckte und ging vor der Bank in die Hocke. Die Bäckertüten hielt sie wie einen Schild an ihre Brust gepresst.

»Wach auf«, murmelte sie. »Komm schon.«

Mittlerweile vibrierte ihr Pulsschlag förmlich, und ihr brach der kalte Schweiß aus. Die Erinnerung an eine schlaffe, bleiche Hand drängte sich in ihren Kopf. Nyx hielt die Luft an. Sie stieß die Erinnerung weg, sah jedoch im selben Moment, dass die Augen des Mannes halb geöffnet waren. Ein Speichelfaden hing von seinem Mundwinkel herab.

Nyx streckte eine Hand aus, da fiel ein Sonnenstrahl quer über das ausdruckslose Gesicht und ließ ein filigranes Gewirr aus silberhellen Adern schimmern, die sich rund um die Augen des Mannes ausbreiteten.

»Shit«, zischte Nyx und stürzte vor Schreck rücklings zu Boden. »*Shit.*«

Eisige Panik peitschte in Wellen durch ihren Körper. Die geisterhafte Hautfärbung, die Silberadern, all das war genauso wie bei … aber das war unmöglich. Das konnte nicht sein!

Wie gelähmt starrte sie den Mann an, bis der Kies auf dem Weg neben ihr knirschte. Ein Paar ausgetretene Sneaker tauchten am Rand von Nyx' Sichtfeld auf, dann sagte eine Stimme: »Oh Mann. Der ist tot, oder?«

Nyx blinzelte und versuchte, die Person neben ihr anzusehen, doch ihr Blick rutschte zurück zu dem Mann auf der Bank. Zu den Handflächen, die in einer Geste der absoluten Hilflosigkeit nach oben zeigten.

Steh auf. Sie konnte sich nicht aufraffen. Ihr Körper versteinerte, ihr Herz hämmerte dumpf in ihrer Brust, und ein Weißes Rauschen füllte ihre Ohren.

Steh auf.

Ein Schatten fiel über Nyx, dann ging die Person in den abgewetzten Schuhen neben ihr in die Hocke.

»Alles okay bei dir?«

Die Stimme klang gedämpft, als ob die Person durch eine Glasscheibe sprechen würde. Nyx wollte antworten, brachte die Lippen jedoch nicht auseinander. Sie musste hier weg, sie musste *hier weg*, sie musste …

»Kannst du mich hören?« Die Stimme klang nun deutlicher. Sie war warm, ruhig, ein Ankerpunkt. Nyx klammerte sich daran.

»Kannst du unsere Atemzüge zählen? Eins. Zwei.«

Nyx schloss die Augen. Ein Hitzeschub ließ ihr Herz stolpern, und ihre Brust wurde so eng, dass es schmerzte. Dennoch zwang sie sich, tief Luft zu holen. Der Atem zwängte sich durch ihre enge Kehle, hinunter in ihre Brust.

»Drei«, sagte die Person neben ihr. »Vier. Halten.«

Nyx hielt ihren Atem an. *Eins, zwei, drei.*

»Vier, fünf, sechs. Ausatmen. Sehr gut.«

Nyx konzentrierte sich auf die Stimme und den Rhythmus, den sie vorgab. Nach und nach rückten das Zählen und Atmen in den Vordergrund ihres Bewusstseins. Ihr Körper entkrampfte sich, ihr Herzschlag beruhigte sich. Als sie die Augen öffnete, konnte sie wieder deutlich sehen und einigermaßen klar denken.

Sie fuhr sich mit der Zungenspitze über die trockenen Lippen, dann wandte sie den Blick zur Seite.

Eine junge Frau mit heller Haut und langen, braunen Haaren kauerte neben ihr.

»Panikattacke?«, fragte sie.

Nyx nickte.

Die andere Frau öffnete den Mund, um etwas zu erwidern, als ein junger Typ mit lila gefärbten Haaren über den Pfad auf sie zukam.

»Hallo«, rief er, »alles in Ordnung bei … heilige Scheiße!«

Seine Augen weiteten sich, als er den Toten entdeckte. Nyx zwang sich, nicht dorthin zu sehen. Die Fremde mit der ruhigen Stimme hielt ihr die Hand hin. Nyx ergriff sie und ließ sich von ihr auf die Füße helfen. Im letzten Moment griff sie noch die Bäckertüten, die bei ihrem Sturz zu Boden gefallen waren.

Der lila Haarschopf ging ohne Hemmungen zu dem Mann auf der Bank. Nyx sah immer noch nicht hin, aber scheinbar schien sich der junge Typ davon zu vergewissern, dass der Mann tatsächlich nicht aufwachen würde.

Inzwischen hatten mehr Menschen den Weg in den Park gefunden. Eine weitere Passantin kam hinzu und beäugte die Gruppe misstrauisch.

»Was ist hier los?«, fragte sie.

»Ich glaube, der Typ hier ist tot«, sagte der lila Haarschopf. »Oh Mann.«

Die Frau, die Nyx auf Mitte bis Ende fünfzig schätzte, schlug sich die Hand vor den Mund. »Oh Gott«, stieß sie hervor. »Herzinfarkt?«

Nyx' Hände krallten sich in die Bäckertüten. War das möglich? Hatte sie sich die Adern nur eingebildet? War der Mann eines natürlichen Todes gestorben?

»Darf ich mal?«, fragte die junge Frau, die Nyx geholfen hatte. Sie ging zur Bank, und Nyx zwang sich, hinzusehen. Der lila Haarschopf trat beiseite, und die junge Frau nahm neben dem Toten Platz. Behutsam fühlte sie an seiner Halsschlagader nach einem Puls.

»Und?«, fragte die ältere Frau mit wackliger Stimme.

Nyx' Helferin schüttelte den Kopf.

»Ich rufe einen Krankenwagen«, beschloss die ältere Frau und zog ihr Handy aus der Tasche.

Indessen schob Nyx' Helferin dem Toten die Haare aus der Stirn. Die silbernen Adern leuchteten im Sonnenlicht und ein bitter-saurer Geschmack stieg Nyx' Kehle hinauf. Nein. Das war kein Herzinfarkt gewesen.

»Alter«, krächzte der lila Haarschopf. »Was hat er im Gesicht? Ist das Make-up?«

Nyx sagte nichts, aber ihre Helferin hob den Blick und sah sie direkt an. So, als wüsste sie, dass Nyx die Antwort auf die Frage des Jungen kannte. Ertappt wich Nyx zurück. Die junge Frau hob eine Braue, dann glättete sich ihre Miene.

»Das weiß ich nicht«, sagte sie. »Aber ich fürchte, für diesen Herrn kommt der Krankenwagen zu spät.« Sie zog ein

Taschentuch aus ihrer Jeans und wischte dem Toten sanft den Speichel aus dem Mundwinkel.

Die Mittfünfzigerin, die während des Telefonats nervös von ihnen weggewandert war, kehrte zurück.

»Sie sind in zehn Minuten da«, sagte sie. »Oh Gott. Oh Gott, wie furchtbar.«

Nyx' Helferin stand auf und wandte sich an die Frau. »Können Sie hierbleiben, bis die Sanitäter kommen?«, fragte sie. »Meiner Freundin geht's nicht gut, ich würde sie gerne nach Hause bringen.«

Nyx zuckte überrascht zusammen, bevor sie sich wieder unter Kontrolle hatte.

»Was?«, fragte die Frau verwirrt, dann nickte sie hastig. »Ja, ja, natürlich. Oh.«

Der lila Haarschopf schaute ratlos zwischen allen hin und her, dann zog er eine Wasserflasche aus seiner Tasche und hielt sie der älteren Frau hin. »Wollen Sie?«

Sie blinzelte und nickte dankbar.

»Gehen wir?«, raunte die junge Frau, die plötzlich wieder neben Nyx stand. Nyx hatte keine Ahnung, was hier gerade passierte, aber bei einer Sache war sie sich sicher: Sie wollte weg von hier.

»Ja.«

Die junge Frau hob den Mundwinkel zu einem kleinen Lächeln und deutete mit einem Nicken nach links. Sie gingen los, den Parkweg entlang, und als sie außer Hörweite waren, sagte Nyx' Helferin: »Ich heiße Birdie.«

9

NYX

Nyx hatte den Buchladen kaum betreten, da bemerkte Freya, dass etwas nicht stimmte.

»Nyx, alles in Ordnung, Schätzchen?« Besorgt kam sie hinter der Kasse hervor. »Du siehst aus wie der Tod auf Latschen.«

Nyx stieß die Luft aus, und Birdie gab ein raues Lachen von sich.

»Unglückliche Wortwahl«, sagte sie und erklärte rasch, was passiert war. Beziehungsweise erzählte sie Freya, dass Nyx eine Leiche im Park gefunden hatte. Die silbernen Adern erwähnte sie nicht.

Freyas Sorgenfalte vertiefte sich. »Nyx?«

»Es geht schon«, besänftigte Nyx. »Ich brauche nur einen Moment.«

Freya kniff die Lippen zusammen, aber sie nickte. »Komm erst mal wieder richtig zu dir.« Sie sah sich um, angelte eine Wasserflasche hinter der Theke hervor und hielt sie Nyx entgegen. »Hier.«

Spannend, dachte sie. In Krisenmomenten Wasser zu verteilen, schien eine beliebte Reaktion zu sein.

Als Nyx sich nicht rührte, nahm Birdie die Flasche entgegen. Zum ersten Mal fiel Nyx auf, dass sich zwei Kundinnen im Laden befanden, die nun auch neugierig in ihre Richtung schauten.

Automatisch spannten sich ihre Schultern an. »Freya, wär's okay, wenn ich-«

»Geh nach oben«, unterbrach Freya. »Ruh dich aus. Soll ich mitkommen? Ich kann den Laden zumachen.«

Nyx setzte schon an, um den Kopf zu schütteln, da schaltete sich Birdie ein.

»Ich gehe mit«, sagte sie und wandte sich an Nyx. »Wenn das für dich okay ist?«

»Nyx?«, fragte Freya.

Wieder sah Birdie Nyx direkt an. Nyx bekam den Eindruck, als ob sie darauf wartete, ihr etwas im Vertrauen zu erzählen. Die Frage war: Wollte sie wissen, was Birdie ihr verraten wollte?

»Ja.« Sie versuchte, Freya beruhigend zuzulächeln. »Das ist okay. Mach dir keine Sorgen. Ich bin bald wieder auf der Höhe, das war nur der Schock.«

»Okay, aber falls du Hilfe brauchst …«

Nyx' Lächeln wurde weicher. »Danke.«

Erst auf der Treppe fiel ihr auf, dass sie immer noch die Bäckertüten mit sich herumschleppte.

Oben auf der Dachterrasse setzte sich Nyx an den Picknicktisch und stützte ihre Stirn in ihre Hände.

»Shit«, murmelte sie. Die Muskeln in ihrem Rücken, Armen und Beinen schmerzten wie nach einem zu heftigen Workout.

»Yep«, bestätigte Birdie. Sie schnappte sich zwei der sauberen Tassen, die in einer Kiste neben dem Tisch standen, und schenkte ihnen Wasser ein.

»Hier.« Sie schob Nyx eine der Tassen hin und beäugte hoffnungsvoll die zerknautschten Bäckertüten. »Ist da was Leckeres drin? Ein bisschen Zucker täte uns beiden gut, glaube ich.«

Nyx gab ein zustimmendes »Hm« von sich und öffnete eine der Tüten. Die Plunderteilchen waren zerquetscht, aber essbar. Nach kurzer Überlegung riss Nyx die Tüte längs auf und schob sie in die Mitte des Tisches. Ein heißhungriges Leuchten trat in

Birdies Augen, und sie schnappte sich ein Teilchen mit Schokoladenfüllung und Pistaziencrunch.

Während sie hineinbiss, betrachtete Nyx die Fremde vor ihr. Birdie hatte ihre langen Haare hinter ihr linkes Ohr geklemmt. Ein winziger Ring steckte an der Seite ihrer Nase. Sie trug einen potthässlichen, übergroßen Pullover mit dunkelroten, blauen und grünen Streifen. Tätowierte Kräuter und merkwürdige Symbole schmückten die Rückseiten ihrer Finger.

Wer *war* diese Person? Der Schock über die Leiche im Park hatte Nyx derart aus der Bahn geworfen, dass sie Birdie, ohne zu zögern, mit hierhergenommen hatte. Dabei hätte sie zuerst ein paar wichtige Fragen stellen müssen. Zum Beispiel: Konnte sie Birdie überhaupt vertrauen? Für eine Person, die über eine Leiche gestolpert war, wirkte sie verdächtig gelassen. Außerdem hatte sie Nyx auf eine Art angesehen, als verstünde sie ganz genau, warum die silbernen Adern – *Bruchlinien*, wisperte eine Stimme in Nyx' Kopf – warum die Adern Nyx in Panik versetzt hatten. Aber wenn das stimmte, woher wusste Birdie, was die Spuren auf dem Gesicht des Toten bedeuteten?

Nyx lehnte sich ein Stück weg vom Tisch. Birdie schien es nicht zu bemerken. Sie schleckte sich Blätterteig vom Daumen und summte zufrieden vor sich hin.

Falls sie nur vorgab, harmlos zu sein, spielte sie ihre Rolle ziemlich gut. Nyx ermahnte sich, vorsichtig zu bleiben, aber gleichzeitig dachte sie daran, wie Birdie sie während ihrer Panikattacke geerdet hatte. Sie würde vorerst auf der Hut bleiben, aber eines konnte sie immerhin nachholen.

»Danke«, sagte sie.

»Kein Ding«, nuschelte Birdie und schluckte einen Mundvoll Plunder herunter. »Ich hoffe, es war okay, dass ich dich aus dem Park gelotst habe. Ich habe mir gedacht, du willst bestimmt nicht bleiben, bis die Sanis oder die Polizei auftauchen.«

Nyx ging sofort in Habachtstellung. »Was? Wieso?«

War das eine Anschuldigung? Glaubte Birdie, sie hätte etwas mit dem Tod des Mannes zu tun?

Birdie blieb entspannt. »Na ja«, sagte sie. »Fliegen Leute wie du nicht lieber unter dem Radar? Was bist du? Eine Tagbotin oder eine Nachtbotin?«

Fassungslos starrte Nyx Birdie an. »Was bist *du*?«, fragte sie zurück.

Birdie grinste. »Nichts Spannendes. Nur eine Seherin.«

»Eine was?«

Birdies Lächeln wurde breiter. »Eine Seherin«, wiederholte sie. »Du weißt schon, wir schlachten Schafe und lesen deren Eingeweide.« Auf Nyx' entgeisterten Blick hin lachte sie. »Scherz. Hauptsächlich lesen wir Wolkenformationen und das Verhalten von Vogelschwärmen.« Sie schob die Tüte mit den süßen Stückchen in Nyx' Richtung. »Jetzt bist du dran. Was steht auf deinem Etikett?«

Nyx nahm sich einen Zimtknoten. Eine Seherin. Okay, das erklärte … so gut wie gar nichts.

»Nachtbotin«, sagte sie. Das Wort laut auszusprechen verursachte ein seltsames Störgefühl, so als hätte sie ein Tabu gebrochen. Wenn sie darüber nachdachte: Hatte sie sich mit dieser Selbstbezeichnung überhaupt schon einmal geoutet? Außerhalb ihrer Ziehfamilie?

Nein, hatte sie nicht.

Nyx schob ihr Unbehagen beiseite und wandte sich wieder an Birdie. »Woher wusstest du …?«

Birdie faltete die Arme auf dem Tisch. »Die Luft um euch herum fühlt sich anders an. So, als würdest du an einem warmen Tag an einem kalten Gewässer vorbeikommen.«

»Wie in Geistergeschichten?«, fragte Nyx irritiert.

Birdie verzog das Gesicht. »Nicht wirklich. Es fühlt sich nicht unangenehm oder unheimlich an. Eher … thermisch unruhig. Ist schwer zu erklären. Soweit ich das verstehe, nehmen die meisten Menschen in eurer Nähe gar nichts wahr. Selbst Boten untereinander nicht, richtig? Es sei denn, sie haben besonders gute Antennen.«

Nyx fragte sich, ob Birdies Wahrnehmung so ähnlich funktionierte, wie James' Gabe. Er konnte die Aura von Leuten spüren, durch die besonders viel Energie aus den äußeren Sphären floss.

James. Mit einem Mal war der Wunsch, ihn an ihrer Seite zu haben, so stark, dass ihr Herz stockte.

Wir schaffen das, hörte sie seine Stimme. *Zusammen, okay?* Das hatte er ihr im Zug von Surrey nach London gesagt. Als sie in ihr neues, ungewisses Leben aufbrachen. *Zusammen.* Vier Jahre später hatte er seinen Rucksack gepackt und England verlassen.

Nyx zupfte ein Stück des Zimtknotens ab und schob es sich in den Mund. »Ich wusste nicht, dass es tatsächlich Seherinnen gibt.«

»Was denn, hast du geglaubt, ihr Boten seid die Einzigen, die einen Schuss paranormales Talent abbekommen haben?« Birdie trank einen Schluck Wasser. »Shakespeare-Zitate sind ein ziemliches Klischee, aber hey, mit einer Sache hatte er recht: Es gibt mehr Ding' im Himmel und auf Erden, als Eure Schulweisheit sich träumt.«

Nyx nickte. Tatsächlich hatten James, Leon und sie ab und zu darüber gerätselt, ob es neben Nocturnales und Diurnales noch andere speziell begabte oder übernatürliche Wesen geben könnte. Leon hatte sich Werwölfe gewünscht.

Beim Gedanken an Leon verwandelte sich das Stück Zimtknoten auf Nyx' Zunge in einen Klumpen kalter Asche.

»Der Typ vorhin im Park …« Birdie sah besorgt aus. »Der hatte keinen Herzinfarkt, oder?«

Nyx würgte den Bissen Gebäck hinunter. »Ich glaube nicht.«

Birdie nickte. »Habe ich mir gedacht. Ich wollte eigentlich

nicht in den Park gehen, aber dann habe ich die Spatzen gesehen. Ihr Flugmuster war … Hm.« Sie schüttelte den Kopf. »Was auch immer gerade im Argen liegt, im Park hat es sich besonders stark bemerkbar gemacht.«

Nyx runzelte verwirrt die Stirn bei der Erwähnung der Spatzen, blieb dann jedoch an etwas anderem hängen.

»Was meinst du damit, ›etwas liegt im Argen‹?«

»Aus dem Grund bin ich in London. Seit ein paar Tagen mehren sich die Omen, dass etwas Unschönes im Anmarsch ist.« Birdie hob den Blick und sah Nyx in die Augen, vielleicht, um ihre Reaktion zu beobachten. »Ich befürchte fast, dass ein Chaosträger aktiviert wurde.«

Nyx hatte keine Ahnung, was Birdie in ihrem Gesicht las. In ihr wurde jedenfalls alles tödlich still.

Chaosträger waren die Spukgestalten ihrer Kindheit. Andere fürchteten sich vor Monstern im Schrank, aber für Nyx war der Chaosträger weitaus schlimmer. Nicht nur, weil Diane ihn wie einen Reiter der Apokalypse darstellte, eine in überirdischen Flammen lodernde Gestalt, die alles vernichtete, was ihr zu nahe kam. Nyx' Furcht knüpfte sich an die Drohung, dass dieses Monster in jedem beliebigen Nachtboten heranwachsen konnte.

Wenn andere davon sprachen, dass Träger »aktiviert« wurden, verschleierten sie die Wahrheit. Es gab keinen Schalter, den irgendjemand umlegte. Kein Elixier, das einen Nachtboten von Dr. Jekyll in Mr. Hyde verwandelte. Die Aktivierung war ein schleichender Prozess. Chaos floss unsichtbar in den Körper eines oft ahnungslosen Boten, breitete sich in ihm aus, durchdrang seinen Geist, übernahm seinen Verstand, seine Arme, Hände, Beine, bis nur noch eine Marionette übrig blieb.

Als Jugendliche hatte Nyx die Tagebucheinträge einer Chaosträgerin gelesen, und der hilflose Schrecken, den sie beschrieb, verfolgte sie seitdem. Zuerst erwähnte die Verfasserin nur ein eigenartiges Fremdgefühl. Sie bekam den Eindruck, dass etwas nicht stimmte. Dass ihr Körper zitterte oder vibrierte, obwohl weder sie noch die Menschen, die sie berührten, etwas spürten. Dann wachte sie an Orten auf, an denen sie nicht eingeschlafen war. Sie fühlte sich abwechselnd träge und beunruhigend leicht, schien die Bodenhaftung zu verlieren.

Als die ersten Menschen in ihrer Nähe starben, als sie begriff, was passierte, war es bereits zu spät. Die letzten Tagebucheinträge, kaum mehr als Fragmente, hatten sich in Nyx' Gedächtnis gebrannt.

Er schwebt über mir, schrieb die Trägerin, deren Name nirgends genannt wurde. *Wir schliefen Seite an Seite. Jetzt schwebt er über mir. Ich sehe sein Gesicht, obwohl es nicht mehr da ist. Es ist nicht mehr da, nur Rauch, nur Sterne – wir haben Sterne gezählt, draußen, auf dem Deich, er hat mir erzählt, dass er sich früher ein Teleskop gewünscht hat.*

Ich habe ihn berührt. Gott, habe ich ihn berührt? Habe ich ihn …

Wörter, so kräftig durchgestrichen, dass nur dunkelblaue Rillen zurückblieben. Dann: *Er schwebt über mir.*

Nyx wurde übel, wenn sie an diese Zeilen dachte. Wie mochte es sein, neben einem geliebten Menschen einzuschlafen und ihm, ohne es zu bemerken, den Tod in den Körper zu pflanzen? Denn das war passiert. Chaos war aus dem Körper der schlafenden Nachtbotin entwichen und hatte ihren Liebhaber aufgelöst. Hatte ihn in die Luft erhoben, wie es allen passierte, die dem Chaosverfall anheimfielen.

Die Vorstellung war grausam genug. Aber das Wissen, dass die Trägerin nicht wusste, was sie tat, quälte Nyx. Hätte sie etwas tun können, wenn ihr früher klargeworden wäre, was mit ihr vorging? Alle Quellen, die Nyx kannte, gaben dieselbe Antwort: Nein. Hatte sich das Chaos einmal einen Träger ausgesucht, gab es kein Zurück. Es blieb nur Verlust. Verlust von

Kontrolle, von Menschen, von sich selbst. Alles davongetragen, erst heimlich, fast sanft, dann in einer reißenden Strömung.

Es ist ein feines Geräusch in mir und eine Bewegung wie von kommender Flut, hatte die Trägerin geschrieben. Ein Rilke-Zitat, wie Nyx später herausfand.

Nyx las das Tagebuch, wieder und wieder. Sie dachte an die Drohung, die in Dutzenden Werken in ihrer Bibliothek stand. *Jeder Nachtbote kann ein Träger des Chaos werden.*

Eines Tages könnte es mich treffen, hatte die vierzehnjährige Nyx gedacht. *Oder James oder Leon.* Die Gefahr hing über ihnen wie ein Damoklesschwert, verschärft durch Dianes Warnungen.

Jeder Nachtbote kann ein Träger werden, mahnte sie. *Aber diejenigen, die ihre Fähigkeiten missbrauchen, die leichtsinnig werden und ihre Talente zu oft anwenden, laden das Chaos ein, sie zu verzehren.*

»Du weißt, was ein Chaosträger ist, oder?«, fragte Birdie. Nyx bekam zunehmend das Gefühl, dass Birdie absolut gar nichts entging.

»Ja.« Nyx schob den restlichen Zimtknoten von sich weg und zwang sich, einen Schluck Wasser zu trinken.

Birdie wartete ab. Als Nyx nichts weiter erklärte, hakte sie nach. »Der Tote«, sagte sie. »Die silbernen Linien um seine Augen. Du weißt, was sie bedeuten, nicht wahr?«

»Du nicht?«, fragte Nyx zurück.

»Mir ist nur klar, das war kein Make-up.«

Nyx zögerte und wog ab, was sie Birdie erzählen konnte. Wie viel sie ihr verraten durfte. Es gab gute Gründe, warum Nacht- und Tagboten ihre Fähigkeiten geheim hielten. Wenn es einen roten Faden gab, der sich durch die Geschichte der Menschheit zog, dann war es die systematische Ausgrenzung und Vernichtung von Gruppen und Einzelpersonen, die als »anders« abgestempelt wurden. Der Teil mit der Vernichtung wurde besonders intensiv umgesetzt, wenn die »anderen« als Gefahr eingestuft wurden: zu unberechenbar, zu unkontrollierbar, zu mächtig.

Heutzutage lebten die Boten im Verborgenen, und die Welt hatte größtenteils vergessen, dass es sie gab. Nyx wusste nicht, wie viele von ihnen noch existierten. Wenn sie Dianes Informationen vertraute, schwanden ihre Zahlen seit dem letzten Jahrhundert enorm. Entweder das, oder der Großteil hatte einen Weg gefunden, sich als normale Menschen zu tarnen und den Suchscheinwerfern von Fanatikern wie den Agenten des Ersten Tages auszuweichen. Diane hatte Nyx eingebläut, dass sie ihre Fähigkeiten geheim halten musste, um sich selbst und ihre Ziehbrüder zu schützen. Aber Birdie hatte sie bereits enttarnt. Und wenn sie tatsächlich eine Seherin war, wollte sie die Aufmerksamkeit der falschen Leute bestimmt genauso wenig auf sich ziehen wie Nyx. Historisch gesehen waren Frauen mit dem zweiten Gesicht mindestens genauso bedroht wie Nocturnales und Diurnales.

Nyx beschloss, ein paar Karten auf den Tisch zu legen. Vielleicht konnte sie ihrerseits einige Schlüsse aus Birdies Reaktionen ziehen. »Die Adern könnten ein Symptom des Chaoszerfalls sein.«

Birdie sog zischend die Luft zwischen die Zähne. »Oh fuck. Das würde bedeuten, dass der Träger bereits genug Chaos in sich hat, um es auszustrahlen. Verdammt.«

Allerdings, dachte Nyx. Ihr Blick fiel auf den halb zerpflückten Zimtknoten, und ihr drehte sich der Magen um vor Übelkeit.

»Ich kann mich irren«, sagte sie. Erstaunlich, wie fest ihre Stimme noch klang. »Der Mann im Park könnte auch ein Nachtbote gewesen sein, der mit zu viel roher Chaoskraft in Berührung gekommen ist.«

»Wie geht denn so was?«, wollte Birdie wissen.

Nyx schwieg. Laut Diane traten Chaosträger nur selten in Erscheinung. Manchmal kam und ging eine ganze Generation von Nachtboten, bevor einer aus ihren Reihen aktiviert wurde. Und selbst dann war es, soweit Nyx wusste, immer nur eine Person, auf die das Los fiel. Also, wie groß war dann die Wahrscheinlichkeit, dass Nyx innerhalb von wenigen Jahren das Auftauchen von zwei Trägern erleben würde?

Verschwindend gering. Das hätte Nyx gerne geglaubt. Aber das mulmige Gefühl in ihrem Magen ließ nicht zu, dass sie sich selbst belog. In Wahrheit war sie nicht einmal überrascht. Ein Teil von ihr hatte wohl die ganze Zeit über vermutet, dass ihre Vergangenheit sie irgendwann einholen würde.

Alles kehrt wieder. Plötzlich dachte Nyx an ihr Gemälde von letzter Nacht. Die weiß getünchte Wand befand sich hinter ihr, aber auch ohne hinzusehen, spürte sie ein Prickeln im Nacken. Sie erinnerte sich an die Warnung, die durch ihren Kopf gegeistert war.

Etwas kommt.

Hatte Birdie vorhin nicht etwas Ähnliches gesagt?

»Weißt du's nicht, oder willst du nicht antworten?«, fragte Birdie.

Überrascht hob Nyx den Blick. Birdie hatte immer noch diesen gelassen-freundlichen Ausdruck auf dem Gesicht, aber jetzt schwang ein Funken Frustration in ihrer Stimme mit. Nyx beschloss, Birdie mit ihren eigenen Worten zu antworten.

»Ist schwer zu erklären.«

Da stieß Birdie ein Lachen aus. »Touché.« Sie lehnte sich zurück und musterte Nyx nachdenklich. »Bevor ich in den Park abgebogen bin, war ich auf dem Weg zu einem Orakel. Ich hatte gehofft, dass er mir mehr über die Bedeutung der Omen verraten kann. Ich sollte los, er wartet schon auf mich.« Sie machte eine Pause und schien dann eine Entscheidung zu treffen. »Willst du mit?«

Nein, das wollte Nyx nicht. Sie wollte rein gar nichts mit der ganzen Sache zu tun haben. Aber wenn tatsächlich ein Chaosträger aktiviert worden war … könnte sie das wirklich ignorieren? Nach dem, was mit Leon passiert war, müsste sie nicht wenigstens herausfinden, was genau vor sich ging? Nyx verschränkte die Hände so fest ineinander, dass ihre Knöchel knackten.

»Warum bist du hier?«, fragte sie Birdie. Die Frage klang wie eine Konfrontation, aber das konnte Nyx nicht ändern, nicht jetzt. »Wenn es einen aktiven Träger in London gibt, solltest du so weit wie möglich von hier fliehen. Warum bleibst du? Warum mischst du dich ein?«

Birdie seufzte. »Die kurze Antwort? Dazu wurde ich ausgebildet. Das Auftauchen eines Trägers ist ein Zeichen dafür, dass die Urkräfte aus dem Gleichgewicht geraten sind. Ich kann dabei helfen, sie wieder auszubalancieren. Oder zumindest sollte ich es können.«

»Was soll das heißen?«

Birdie nahm noch einen Schluck Wasser. »Nimm's mir nicht übel, aber so einsilbig, wie du bisher warst, würde ich ungern alle meine Geheimnisse vor dir ausbreiten.«

Touché, dachte Nyx und konnte sich ein Lächeln nicht verkneifen. Sie wusste immer noch nicht, ob sie Birdie trauen sollte. Aber welche anderen Optionen hatte sie?

Ihre Hand bewegte sich zum Handy in ihrer Tasche, bevor sie noch richtig darüber nachdachte. Sie brauchte bloß die Kurzwahltaste zu drücken. Dann würde sie mit James reden können und … und was? Was würde sie ihm sagen?

Es fängt wieder an. Bitte komm nach Hause.

Nein. Nein, sie würde dieses Paket nicht auf seiner Schwelle ablegen, nicht, solange es nicht absolut notwendig war. Doch wenn sie James nicht um Rat fragen konnte, wer blieb dann übrig?

Diane. Nyx hatte ihre Nummer aus ihrem Adressbuch gelöscht, aber die Zahlenfolge war in ihr Gedächtnis gebrannt. Sie würde sich eher die eigenen Finger brechen, als sie zu wählen. Nyx nahm die Hand von ihrer Hosentasche und rieb sich über die Stirn.

»Verdammt«, seufzte sie.

Birdie beugte sich vor, und für einen absurden Moment dachte Nyx, sie würde nach ihrer Hand greifen. Automatisch verkrampfte sie die Finger zur Faust, doch Birdie stützte sich nur mit den Ellbogen auf dem Tisch ab.

»Okay, hör mal«, sagte sie. »Ich weiß, du kennst mich nicht. Ich dich auch nicht. Aber ganz ehrlich? Mir wäre um einiges wohler zumute, wenn ich eine Nachtbotin an der Seite hätte. Ich habe das Gefühl, ich tappe ziemlich im Dunkeln.« Nyx schnaubte, aber Birdie zuckte nur mit den Schultern. »Wenn wir unser Wissen zusammenwerfen, finden wir vielleicht heraus, wie groß die Gefahr tatsächlich ist.«

Nyx musterte sie skeptisch. »Und dann?«

Birdie lächelte. »Dann retten wir die Welt, schätze ich.«

10

JAMES

Am späten Morgen kehrte James mit einem neuen Handy und einer Einkaufstüte voller Bagel, Paprikas, grünen Chilischoten, Petersilie und Tomaten in Samis Wohnung zurück. Die Schlafzimmertüren waren beide geschlossen, doch das Rauschen aus dem Bad verriet ihm, dass dort jemand unter der Dusche stand.

James packte das Handy aus, setzte die Prepaidkarte ein und lud seine Daten aus der Cloud herunter. Er könnte Dianes Nummer wählen, schob den Anruf jedoch vor sich her. Wenn Dianes Pläne sich nicht geändert hatten, war sie heute Morgen auf der Rückfahrt von St. Andrews, wo sie einen Blick in ein Manuskript aus dem sechzehnten Jahrhundert eines privaten Sammlers werfen durfte. Anscheinend wurde darin das Erwachen und jähe Ende eines Chaosträgers beschrieben. James hatte noch nicht erfahren, ob das Manuskript die versprochenen Informationen tatsächlich enthielt.

Als das Handy fertig aufgeladen war, hatte er genau eine Nachricht von Diane. *Ruf mich an, ich bin erreichbar*. Gesendet um 21:44, vermutlich nur wenige Minuten nachdem James letzte Nacht seine E-Mail abgesetzt hatte.

Mit einem Seufzen legte er das Handy beiseite. Ewig konnte er sie nicht hinhalten. Aber bevor er Bericht erstattete, wollte er zumindest ein paar seiner wirren Gedanken sortieren. Und wenn es eins gab, dass ihm dabei half, klar zu denken, dann war es ein gutes Frühstück.

Also legte er sich ein Schneidebrett zurecht und wusch das Gemüse unter dem Wasserhahn. Er war dabei, die Paprika in mundgerechte Stücke zu schneiden, als Erin aus dem Bad kam. Ihre kurzen Haare waren feucht und lagen ihr wirr um den Kopf. Ihre Miene wirkte immer noch angespannt, aber ihre Wangen waren rosiger als gestern.

»Morgen«, grüßte James, als sie in die Küche trat.

»Morgen«, gab sie zurück. »Was wird das?«

»Katerfrühstück.« James schob die Paprikastücke in eine Schale und machte sich daran, die Petersilie zu hacken. »Was Frisches, ein paar Eier zum Sattwerden und ein ordentlicher Schub Chili.«

Erin schnaubte und lehnte sich an die Küchenzeile. »Du und der Gärtner, ihr habt's mit Comfort Food, oder?«

James zuckte mit den Schultern. Sie hatte recht. Sami teilte James' Liebe zu gutem Essen. Dass James gerade ein Rezept kochte, das Samis Mutter ihm beigebracht hatte, behielt er für sich. Er wusste vielleicht nicht, wie er sich bei Sami für all den Mist entschuldigen sollte, aber eine ordentliche Portion Qalayet Bandora würde hoffentlich die Wogen glätten.

Was Mrs. Hamid zu seinem Verhalten gegenüber ihrem Sohn sagen würde, wollte James sich lieber nicht zu genau vorstellen.

»Kochen beruhigt mich«, sagte James.

Darauf erwiderte Erin nichts. Sie hatte dunkle Ringe unter den Augen, schien für den Moment jedoch weder fliehen noch streiten zu wollen.

»Wie geht's dir?«, fragte er. »Konntest du schlafen?«

Sie fuhr sich mit der Hand durch die Haare. »Wie ein Stein«, murmelte sie. »Ich habe schon lange nicht mehr so tief geschlafen. Ich habe nicht mal geträumt. Damit hatte ich nicht gerechnet.«

»Das ist gut.« James nahm sich eine der Zwiebeln, die in einem Korb neben dem Toaster lagen.

Erin strich unruhig über die Kante der Arbeitsfläche. »In

dem ganzen Chaos –« Sie stockte, schüttelte den Kopf über ihre Wortwahl und fuhr fort: »Gestern ging alles so drunter und drüber, dass ich mich nicht mal bedankt habe. Ich schätze, wenn du nicht aufgetaucht wärst, wäre ich jetzt nicht mehr hier. Also, danke.«

»Mach dir keinen Kopf«, sagte James. »Wäre ich an deiner Stelle gewesen, wäre ich völlig ausgeflippt. Wenn du mich fragst, steckst du das Ganze ziemlich gut weg.«

Er öffnete einen der Hängeschränke und lächelte, als er die Gewürze noch immer an der gleichen Stelle vorfand. Sami und Mirabells WG war nicht sein Zuhause, aber sie fühlte sich vertraut an. Das erdete ihn genauso wie das Hacken von Kräutern oder der Geruch der frisch geschnittenen Paprika.

»Du hast mir immer noch nicht erzählt, warum du mich gerettet hast«, sagte Erin.

Was sollte er dazu sagen? Nüchtern betrachtet war Erin ein Experiment. Als er mit dem Sonnensiegel zurück nach London geflogen war, hatte er damit gerechnet, dass er das Artefakt über kurz oder lang testen musste. Vielleicht sollte er sogar froh sein, dass es derart früh passiert war – und dass das Siegel tatsächlich hielt, was es versprach, nämlich rohe Chaoskraft aus Menschen herauszufiltern.

Aber nichts an dem, was gestern passiert war, machte ihn froh. Erins unsäglicher Kontakt mit dem Chaos bestätigte nicht nur seine schlimmsten Befürchtungen. Er wurde das Gefühl nicht los, dass er auf eine Herausforderung zuschlitterte, der er noch immer nicht gewachsen war.

James wünschte sich, er könnte diese Angst ebenfalls in eine Bleikiste sperren.

Erin räusperte sich.

James schob die gehackten Zwiebelstückchen an den Rand des Brettes. »Was war die Frage?«

»Warum hast du mich gerettet?«

Weil ich mich verantwortlich fühle. Weil ich nicht noch einmal dabei zusehen kann, wie jemand vom Chaos aufgelöst wird.

»Ich will nur helfen, das ist alles.«

Erin schwieg, dann sagte sie leise: »Niemand will einfach nur helfen.«

Überrascht sah er sie an, aber sie mied seinen Blick. Sie hatte wieder die Arme verschränkt. *Eine Schutzreaktion*, begriff er. Und zwar eine, die Erin nicht erst seit gestern anwandte, da ging er jede Wette ein. Irgendetwas oder irgendjemand hatte dafür gesorgt, dass sie mit angelegter Rüstung durch die Welt ging.

»Die meisten Menschen haben keine Ahnung, dass die Chaos-Urkraft existiert«, sagte er. »Sie wissen nicht, was passieren kann, wenn sie ausbricht. Ich schon. Ich kann nicht einfach nur zusehen, während die Gefahr immer größer wird.«

»Wovon reden wir denn?«, fragte Erin. »Konkret, meine ich. Wie viele Menschen kann ein Chaosträger mit … mit Chaos anstecken, oder was auch immer er tut?«

Am Ende?, dachte James. *Jeden einzelnen Menschen auf dem verdammten Planeten.*

»Am Anfang nicht sehr viele«, sagte er. »Nur diejenigen, die in seiner unmittelbaren Nähe sind, wenn er einen Puls aussendet. Später, wenn die Chaoskraft in ihm anschwillt, werden es mehr.«

Diejenigen, die sich mit der Chaos- und Ordungslehre beschäftigten, waren sich einig, dass der Träger die Macht des Chaos in drei Phasen aussandte. Das, was James Erin beschrieb, waren nur die verhältnismäßig schwachen Wellen der ersten Phase. Was danach kam …

»Moment«, sagte Erin und löste sich von der Küchenzeile. »›In der unmittelbaren Nähe‹? Heißt das, ich bin dem Chaosträger begegnet?«

James nickte. »Ja.«

»Wann?«, fragte sie entsetzt.

»Vermutlich gestern«, antwortete James. »Vielleicht einen Tag vorher. Schwer zu sagen, wie lange es dauert, bevor sich die Ablagerung von Chaos in Menschen wie dir bemerkbar macht.«

»Warum ich? Warum hat er mir das Chaos eingeimpft?«

»Zufall, schätze ich.« Und weil er es nicht darauf beruhen lassen konnte, fügte er hinzu: »Und wahrscheinlich war es nicht einmal Absicht. Chaosträger wissen nicht unbedingt, was sie sind. Oder was sie anrichten. Zumindest am Anfang nicht.«

»Weißt du, wer es ist?«, fragte Erin. »Kennst du den Träger?«

»Nein.«

»Aber er ist ein Nachtbote?«

James hob eine Braue, und Erin zuckte mit den Schultern.

»Erscheint mir logisch«, erklärte sie. »Du hast gesagt, Nachtboten haben einen besonderen Draht zum Chaos.«

Sie sind die Kinder des Chaos, von Geburt gekennzeichnet als Herolde der Verdammnis. Das stand in einer weiteren von Dianes Quellen. »Stimmt«, gab er zu. »Und ja, die Träger, von denen wir wissen, waren alle Nachtboten.«

»Warum?«

»Warum was?«

Erin runzelte die Stirn. »Warum gibt es Chaosträger? Was wollen sie, was ist ihr Zweck?«

James unterdrückte ein Stöhnen. Erin legte den Finger zielgenau auf die Rätsel, an denen er knabberte, seit er alt genug war, seine eigene Existenz zu hinterfragen. Warum gibt es Nachtboten? Warum werden einige von ihnen zu wandelnden Brandherden der Zerstörung?

Er wünschte, er wüsste die Antworten. Er sollte sie kennen. Immerhin war das Chaos so alt wie das Universum – älter, wenn man es genau nahm. Da sollte es inzwischen einen Fundus an Forschung und Wissen geben, der die Urkräfte und ihre Boten erklärte. Aber so einfach war das nicht. Im Verlauf der Jahrhunderte hatten die unterschiedlichsten Menschen versucht, die sichtbare Welt und ihre unsichtbaren Einflüsse zu erklären. Mythologien, Religionen, wissenschaftliche Theorien: Jeder dieser Zweige strebte danach, eine Sprache zu finden, mit der die Menschen ihre Wirklichkeit in Worte fassen konnten. Doch jene Sprachen – ihre Begriffe, ihre Bilder – änderten sich ständig.

Man brauchte sich bloß anzuschauen, wie sich die Vorstellung von Chaos je nach Ort und Zeitalter verschob. In der Antike wurde es gerne als gähnender Abgrund unter oder über der Erde beschrieben. Als Gottheit mit dunklen Schwingen, die sich mit Eros paarte und die Vögel zur Welt brachte. Altägyptische Quellen verstanden Chaos als kosmisches Element, als Urwasser und Ort absoluter Finsternis. Bibel und Talmud beschrieben es als stürmisches Meer, das Seeschlangen und andere Monster hervorbrachte. Die Alchemie sah in ihm die rohe Materie, aus der alle anderen Elemente entstanden.

Der Wissensbaum verzweigte sich weiter und weiter, trieb Blüten in der Philosophie, Mathematik und Metaphysik. Nur eines blieb gleich: Menschen suchten unablässig nach dem Sinn des Lebens, dem Universum und des ganzen Rests.

Wenn man es so erzählte, klang es fast, als wäre diese Sinnsuche ein kreatives Unterfangen, das Menschen über räumliche und zeitliche Grenzen hinweg vereinte. Dieses Idealbild löste sich jedoch in Luft auf, bedachte man all die Kriege, Gewalt und Unterdrückung, die immer dann losbrachen, wenn besonders überzeugte Gruppen die Vorherrschaft ihrer eigenen Wissens- oder Glaubensordnung zementieren wollten.

Was passierte also mit schöner Regelmäßigkeit? In ihrer Suche nach der »Wahrheit« verwarfen oder zerstörten Eiferer älteres Wissen, weil sie es für Aberglaube, Blasphemie oder gefährlichen Unsinn hielten. Archive, Bibliotheken, die Wissensbewahrerinnen und Bewahrer ganzer Kulturen wurden in Verruf gebracht, gefoltert, verbrannt, getötet oder in den Untergrund getrieben.

James vermutete, dass Unmengen an Wissen über Chaos und Ordnung, über Boten und Träger, über ihre Funktionsweise, ihren »Zweck«, verlorengegangen waren. Und genau deshalb fehlten ihm die wichtigsten Antworten. Er ging davon aus, dass die Quelle des Chaos in der Sphäre der Wahren Nacht lag – oder zumindest dicht an diese Sphäre grenzte. So hatte er es in Dianes Büchern gelesen, und es erschien ihm sinnvoll. Einige dieser Bücher behaupteten, dass Nachtboten Avatare waren. Fleischgewordene Erweiterungen der Wahren Nacht, die in der irdischen Sphäre der Menschen wandelten. Das Chaos durchdrang sie, genauso, wie es die Sphäre der Nacht durchdrang. Ging alles gut, verlieh die Chaoskraft Nachtboten besondere Talente, die sie kontrollieren konnten. Ging alles den Bach runter, dann überwältigte die Macht des Chaos einzelne Boten und strömte durch sie hindurch in die Städte, Straßen und Körper nichtsahnender Menschen.

Ja, diese Beschreibungen ergaben Sinn. Aber sie erklärten nicht das »Warum«.

»Ich weiß nicht, warum es Chaosträger gibt«, sagte James. »Ich weiß nur, dass sie eine Art Kanal oder Öffnung sind, durch die die Urkraft des Chaos in unsere Sphäre eindringen kann.«

»Um Menschen zu töten«, sagte Erin.

»Um das, was geordnet ist, aufzulösen«, sagte James. »So funktioniert Chaoskraft.«

»Um Menschen zu töten«, wiederholte Erin.

James seufzte. »Um alles auseinanderzunehmen«, gestand er. »Wenn das Chaos mit voller Wucht und ungebremst aus dem Träger strömt.«

Nun war Erin doch wieder grün um die Nase geworden. »Kann er, ich weiß nicht, kann er aufgehalten werden?«

James' Rücken spannte sich an, und er spürte förmlich, wie seine Miene versteinerte. »Was meinst du damit?«

Erin biss sich auf die Lippe, vermutlich weil ihr ein »Kann man ihn töten« doch nicht so leicht aus dem Mund kommen wollte. »Wie schlimm wird es?«, fragte sie stattdessen. »Wenn er weitermacht?«

James legte das Messer beiseite. »Wenn das Chaoslevel in ihm weiter ansteigt, bekommen die Wellen, die er aussendet, mehr Reichweite. Irgendwann müssen diejenigen, die er beeinflusst, nicht mehr in seiner Nähe sein.«

»Und dann was? Dann erwischt er jeden x-beliebigen Menschen auf der Straße?«, fragte Erin. »Oder in ganz London?«

Als James nicht antwortete, weiteten sich ihre Augen. »Über London hinaus.«

James nickte.

»Wie weit darüber hinaus?«

James wandte sich wieder seinem Schneidebrett zu. »Ich habe nicht die leiseste Ahnung.« Erin setzte zum Protest an, aber er kam ihr zuvor. »Ich weiß es wirklich nicht. Ich kenne nur Theorien und Berichte aus zweiter Hand. Die letzte bekannte Chaosträgerin wurde in den Neunzehnvierzigern in Nagasaki aktiviert.«

»Was ist mit ihr passiert?«

»Sie wurde ›aufgehalten‹«, sagte James mit einem bitteren Geschmack im Mund. »Und bevor du fragst, nein, ich weiß nicht, wie. Es gab nicht viele Berichte aus der Zeit, und von den Leuten, die vor Ort waren, hat niemand überlebt. Aus mehreren Gründen.«

Er nahm sich ein kleineres Messer und schnitt den Strunk aus der ersten Tomate. Natürlich wunderte es ihn nicht, dass Erins Gedanken sofort in Richtung »Tötet den Chaosträger«

schossen. Nüchtern betrachtet war das eine nachvollziehbare Reaktion. Trotzdem ärgerte James ihr automatisches Todesurteil.

Ein paar Augenblicke lang sah Erin zu, wie er die Tomaten vorbereitete. »Woher weißt du das überhaupt alles?«, fragte sie schließlich. »Gibt es eine Schule für Nachtboten, oder was?«

»Nein«, sagte er knapp, atmete dann jedoch tief durch und bemühte sich, seinen Ärger zu dämpfen. Erin hatte eben erst erfahren, dass die Welt seltsamer und gefährlicher war, als sie geahnt hatte. Sie fürchtete sich. Und wie die meisten Menschen sah sie in dem, was ihr Angst machte, ein Monster.

»Was ich über Boten und Urkräfte weiß, habe ich zu Hause gelernt«, antwortete er.

»Und die Leute, die du kennst?«, hakte Erin nach. »Die mit den Antworten? Ist das so eine Art Netzwerk, ein Orden für Nachtboten?«

»Kein Netzwerk«, verneinte er. Netzwerke waren gefährlich. Zum einen bestand immer das Risiko, dass ein Mitglied geschnappt wurde und auspackte oder dass jemand entschied, die Namen der anderen freiwillig zu verraten. Außerdem brauchte es eine Menge an Ressourcen, um Netzwerke aufrecht zu erhalten. Ressourcen, die über die Jahrhunderte verfolgte Nachtboten nicht hatten. Zumindest, soweit James wusste. »Der Orden ist eine Ausnahme.«

Eine Ausnahme, und eine Plage. Gegründet im neunzehnten Jahrhundert, machte der Orden des Ersten Tages Nachtboten seitdem das Leben zur Hölle. Von Beginn an versammelte diese Vereinigung Menschen um sich, die den Tag und die Urkraft der Ordnung verehrten. Ihre Gründungsmitglieder – allesamt gewöhnliche, viktorianische Gentlemen, keine Boten – wählten den Sonnengott Helios als Symbol. Sie predigten eine Ideologie der Gegensätze, in der die Ordnung das Gute repräsentierte und das Chaos die Wurzel allen Übels. Die Nacht, die sie als Schwelle zum Chaos verstanden, war in ihren Augen der älteste und eindringlichste Schrecken, dem sich die Menschheit aussetzen musste. Finsternis und Dunkelheit stifteten nichts als Verwirrung, Verunsicherung und Versuchung. Sie ermöglichten und verbargen sündiges Treiben, suchten Menschen mit Albträumen und Ängsten heim und so weiter und so fort.

Die Einstellung des Ordens gegenüber Nachtboten war entsprechend … ablehnend, um es milde auszudrücken.

Im Laufe der Zeit verlegten die Mitglieder ihren Schwerpunkt vom Predigen aufs Handeln: Sie forschten nach Möglichkeiten, um die Kraft des Chaos unschädlich zu machen, und riefen gleichzeitig zur Jagd nach Nachtboten auf. Frei nach der Logik: Wenn sich das Chaos in nachtgeborenen Menschen Bahn bricht, dann sorgen wir dafür, dass es solche Menschen nicht mehr gibt.

An Geld und Ressourcen mangelte es dem Orden dank zahlungsstarker Mitglieder aus der englischen Oberschicht nie. Skrupel wiederum schienen in den Ordensregalien nicht vorzukommen.

Gegen Ende des neunzehnten Jahrhunderts holte der Orden Tagboten mit ins Boot. Erwachsene Boten, die ihre Ideologie teilten. Kinder, die sie nach ihren Vorstellungen formen konnten.

James war sich der Parallele zwischen dem, was der Orden praktizierte und was seine eigene Adoptivmutter getan hatte, nur allzu bewusst. Auch Diane war keine Botin, hatte jedoch nachtgeborene Kinder bei sich aufgenommen, um ihnen beizubringen, ihre Talente zu beherrschen. Anders als dem Orden lag ihr allerdings auch daran, ihre Kinder zu beschützen. Und sie adoptierte nur Waisen. Der Orden hatte in seinen Hochphasen sowohl nacht- als auch taggeborene Kinder entführt.

Die einen, um sie als Versuchsobjekte zu missbrauchen. Die anderen, um sie zu indoktrinieren.

Tagboten innerhalb des Ordens arbeiteten als Jäger. Als Kämpfer, die ihre Talente gegen Nachtboten einsetzten. Ob ihre Gegner wirklich eine Gefahr darstellten oder nicht, war oft Nebensache.

Neben allem anderen wärmte der Orden damit eine Rivalität zwischen den Boten auf, die zuvor nahezu in Vergessenheit geraten war. Natürlich waren sich Tag- und Nachtboten schon früher an die Gurgel gegangen. Wie viele Menschen tendierten sie zu einem Denken in »wir« und »die anderen«. Doch der letzte belegte Konflikt zwischen Tag- und Nachtboten fand im Spanien des dreizehnten Jahrhunderts statt. Dann kam die Inquisition und jagte wahllos Boten beider Ausrichtung. Da hatte der Wunsch, sich gegenseitig umzubringen, schnell keine Priorität mehr.

Vielleicht kamen die Boten damals auf den Trichter, dass sie mehr einte, als sie trennte. James wollte das gerne glauben. Zumindest wusste er, dass es über die Jahrhunderte hinweg mehrere friedliche Koexistenzen gegeben hatte. Mitunter schlossen Tag- und Nachtboten Freundschaften, verliebten sich, gingen andere Formen der Partnerschaft ein.

Soweit James wusste, hatte dieser Frieden auch im guten alten England erstaunlich lange angehalten. Bis der Orden sich einmischte und Boten gegeneinander aufwiegelte.

Eine Plage, wie schon gesagt.

Erin verzog das Gesicht. »Super. Also ist eine Geheimgesellschaft hinter mir her. Ich glaube, ich hätte gestern doch die blaue Pille schlucken sollen.«

James lachte, er konnte nicht anders. »Das wird schon«, sagte er. »Du kannst immer noch ein normales Leben führen, auch wenn du über die Matrix Bescheid weißt. Sami schafft das auch.«

Wieder nagte Erin an ihrer Unterlippe. »Bin ich das denn noch? Normal?«

Wer entscheidet denn bitte, was »normal« ist?, hörte James Leons Stimme in seinem Kopf. *Warum sind die anderen »normal« und nicht wir?*

»Wie fühlst du dich denn?«, fragte James. »Spürst du irgendwas Ungewöhnliches, wenn du in dich hineinhörst?«

Erin schnaubte. »Ganz ehrlich? Ich habe keine Ahnung. Momentan fühle ich mich so nervös wie eine Nacktschnecke in einem Ameisenhaufen.«

James schmunzelte. Dafür, dass Erin nichts von Witzen hielt, hatte sie einen ziemlich guten Galgenhumor. »Soll ich noch mal versuchen, deine Aura zu lesen?«

Ihr Blick war beinahe hoffnungsvoll. »Kannst du das wieder?«

James rieb sich die Hände an einem Küchenhandtuch ab. »Finden wir es raus.«

Dieses Mal zögerte sie nicht. Sie schob ihm die Hand über die Arbeitsfläche hinweg hin. Er hob seine Hand über ihre, berührte sie jedoch nicht. Wenn seine Batterien sich über Nacht aufgeladen hatten, sollte es so funktionieren.

Falls nicht, dann steckte er in echten Schwierigkeiten.

Er hielt seine Hand gerade so dicht über Erins Handrücken, dass er die Wärme ihrer Haut spüren konnte. Zuerst geschah rein gar nichts. Kein warnendes Prickeln, keine Gänsehaut. Entweder Erin war clean, oder James' Sinne waren immer noch beeinträchtigt, oder …

Er spürte etwas. James runzelte die Stirn, starrte ins Leere. Ein Gefühl strich über seine Handfläche, sanft, zitternd, wie die Flügel eines Falters. Die Berührung verschwand, kehrte zurück, kribbelte warm wie die Spitze einer Brennnessel an der Innenseite seines Handgelenks und verklang wieder.

»Hm«, machte James und zog seine Hand zurück.

»Hm?«, wiederholte Erin. »Was heißt ›hm‹?« Ihr Gesicht wurde blass. »Hast du Chaos gespürt?«

»Nein«, sagte er. »Nein, das nicht. Aber deine Aura ist merkwürdig.«

Sofort wich sie einen Schritt zurück.

»Es kein Chaos«, beharrte er schnell. »Das hätte ich erkannt, versprochen. Ich bin mir nicht mal sicher, ob das, was ich aufgeschnappt habe, ein richtiger Teil von dir ist. Vielleicht ist es nur etwas, dass der Chaosdunst beim Austritt hinterlassen hat. Ich weiß auch nicht, so was wie Blütenstaub, der auf einem Auto landet? Kann gut sein, dass das bald verfliegt.«

»Aber sicher bist du nicht.«

»Nein«, gab er zu. »Tut mir leid.«

Erin stieß einen Fluch aus und ließ sich zurück an die Küchenzeile sacken.

»Gib mir noch ein bisschen Zeit, dann fange ich an zu telefonieren«, sagte James. »Dann können wir zumindest sicherstellen, dass der Orden dich nicht aufspürt.«

»Klasse«, erwiderte sie geknickt. »Dann muss ich mir nur noch wegen meiner ›merkwürdigen‹ Aura Gedanken machen.«

»Und wegen der Apokalypse«, rutschte es ihm heraus.

Der Blick, den er dafür abbekam, war nichts weniger als episch. Dann jedoch schüttelte Erin den Kopf und löste ihre Arme. »Du hast echt ein Rad ab, oder?«

»Geht nicht anders«, sagte er. »Man muss ein bisschen durchgeknallt sein, um mit diesem ganzen Mist klarzukommen.«

Sie schnaubte. »Ja, den Eindruck bekomme ich auch so langsam.« Sie stützte sich mit beiden Händen auf die Arbeitsfläche. »Also, was machen wir jetzt?«

»Frühstück«, antwortete James prompt. »Danach rufe ich die Person an, die uns mit dem Orden weiterhelfen kann.«

»Könnte die auch was über meine Aura wissen?«

James nahm eine Pfanne vom Haken über der Arbeitsfläche. »Kann sein«, sagte er. »Aber kannst du mir erst einen Gefallen tun?«

Sie nickte, und er lächelte.

»Hol mir bitte fünf Eier aus dem Kühlschrank, ja?«

11

JAMES

Nach dem Frühstück saß James in Samis Schlafzimmer, in einem Sessel mit Blick über die Dächer der Nachbarhäuser. Kühle, feuchte Luft wehte durch das offene Fenster, und graue Wolken kündigten Regen an.

James gab dem Fenster einen Schubs, um es weiter zu öffnen, und hielt sich dabei das neue Handy ans Ohr.

»Immerhin wissen wir jetzt, dass das Sonnensiegel Chaoskraft aus normalen Menschen herausziehen kann«, sagte Diane.

Wir wissen auch, dass das Siegel Nachtboten schwächt, dachte James. Darauf herumzureiten, würde jedoch nichts bringen. Wenn Diane einmal ein Ziel vor Augen hatte, ließ sie sich nicht durch Nebensächlichkeiten ablenken. James war am Leben, alles andere war verkraftbar.

»Das stimmt«, sagte er. »Nur gibt es keine Garantie, dass das Siegel dieselbe Wirkung auf den Chaosträger haben wird.«

»Da hast du leider recht«, bestätigte Diane. »Und wir müssen ohnehin mehr erreichen, als die Chaosenergie aus ihm herauszufiltern. Wir brauchen etwas, das den Träger deaktiviert. Dass ihn von der Quelle des Chaos abschneidet oder zumindest die Schleuse schließt, die sich in ihm geöffnet hat.«

»Ich weiß«, sagte James. »Aber das Siegel war das Einzige, was ich finden konnte.«

»Wenn wir nur mehr Zeit hätten«, klagte Diane. »Die Spur, die du in der Türkei gefunden hast, klingt vielversprechend. Vielleicht ist das Sonnensiegel nicht das einzige Artefakt, das in der Gegend versteckt wurde. Bist du sicher, dass dir deine

Kontaktleute alles erzählt haben, was sie über Chaosträger und mögliche Nacht- und Tagmythen wissen?«

»Garantiert nicht«, sagte James. Er war jedoch überzeugt, dass Remzi und Ipek ihm nicht mehr anvertrauen würden. Zumindest nicht, bevor er ihnen bewiesen hatte, dass er das Sonnensiegel wirklich dazu benutzen wollte, eine Chaosflut abzuwenden.

»Wenn du noch ein paar Wochen geblieben wärst …«

»Wir brauchen das Siegel in London«, unterbrach James. »Vielleicht ist es nicht die Lösung all unserer Probleme, aber es ist das Beste, was wir jetzt haben. Und wie du selbst gesagt hast, uns läuft die Zeit davon. Wahrscheinlich gibt es jetzt schon weitere Opfer der ersten Phase.«

Darum war er überhaupt zurückgekehrt: Die Chaosflut schien Fahrt aufzunehmen. Nachdem zwischen dem ersten Opfer des Chaoszerfalls und dem zweiten mehrere Monate gelegen hatten, hatte Diane nun innerhalb von zwei Wochen von drei weiteren Fällen erfahren. Und das waren nur die Toten, die im Netzwerk von Dianes Kontaktleuten registriert worden waren. Die Dunkelziffer konnte viel höher sein.

Mehr noch: Die kurzen Intervalle zwischen den Todesfällen deuteten darauf hin, dass die ersten Wellen der Flut schneller und weiter um sich griffen. Mit jedem Tag, der verstrich, würde London zu einem gefährlicheren Ort werden.

Weshalb James schon längst die Menschen hätte warnen müssen, die ihm vertrauten. Er hätte Sami gegenüber offen sein müssen. Schon bevor er abgehauen war, aber definitiv, nachdem Diane ihm das Foto des ersten Opfers gezeigt hatte. Die Vorstellung, wie Sami oder einer seiner anderen Freunde starr in der Luft hing und vergeblich auf Hilfe wartete, hockte James seit letzter Nacht im Nacken.

Und dann war da noch Nyx, die noch nichts von der Bedrohung wusste.

Er würde sie anrufen. Er *musste* sie anrufen.

Gott, es wurmte ihn, dass er Angst davor hatte, mit Nyx zu sprechen. Doch die Wahrheit war: Er schämte sich. Nyx und er hatten einander versprochen, nie wieder nach Dianes Pfeife zu tanzen. Wie würde Nyx reagieren, wenn er ihr von ihrer Allianz erzählte?

»Bisher habe ich nur von den drei Fällen gehört, die ich dir weitergeleitet habe«, sagte Diane. »Wobei, wenn wir das Mädchen von letzter Nacht dazurechnen, sind es vier. Trotzdem sollten wir noch ein wenig Spielraum haben, um den Träger zu finden und uns eine Strategie zu überlegen.«

»Was heißt ›ein wenig‹?«

Diane schnalzte mit der Zunge. »Wir sind einfach nicht gut genug vorbereitet«, sagte sie. »Ich hatte gehofft, dass wir mittlerweile herausgefunden hätten, wie man die Chaosflut aufhalten kann. Aber jedes Mal, wenn wir einen Schnipsel an Information finden, stehen wir danach mit mehr Fragen da als vorher.«

Yep, da ließ sich nichts beschönigen. James lehnte den Kopf zurück und beschloss, dass er Diane genauso gut das letzte Päckchen aufschnüren konnte. »Erin besitzt eine merkwürdige Aura.«

Diane schwieg einen Moment, dann sagte sie: »Definiere merkwürdig.«

Frustriert beugte James sich vor, stützte sich mit dem Unterarm auf seinen Knien ab. »Ich kann es nicht gut beschreiben, aber ihre Ausstrahlung fühlt sich anders an als alles, was ich kenne. Da ist ein Hauch von Nachtenergie, aber er mischt sich mit einem Gefühl, das ich sonst nur bei Tagboten bekomme.«

»*Ist* Erin eine Tagbotin?«

»Nein.« James schüttelte den Kopf, mehr für sich selbst als für Diane. »Nein, Tagboten fühlen sich an wie … wie Mittagswärme oder Sonnenbrand. Erin ist einfach nur verwirrend. Und sie fühlt sich jetzt schon anders an als letzte Nacht. Als ich sie zuerst bemerkt habe, habe ich nur Chaos an ihr gespürt. Heute Morgen hatte sie eine ganz sachte, aber unruhige, schwankende Ausstrahlung. So etwas ist mir noch nie untergekommen.«

Diane überlegte. »Vielleicht ist ihre neue Aura entstanden, weil sie sowohl von der Kraft des Chaos als auch der Kraft der Ordnung berührt wurde? Das Chaos des Trägers und die Tagenergie des Siegels könnten eine Resonanz in ihr hinterlassen haben.«

»Wird das wieder abklingen?«

»Ich weiß es nicht.« Wieder schwieg Diane, bevor sie hinzufügte: »Ich kenne keine anderen Fälle, in denen ein normaler Mensch von hochkonzentrierter Chaoskraft durchdrungen wurde und das überlebte. Wenn Josephine mich noch mal ins Archiv des Ordens lassen würde, könnte ich vielleicht mehr herausfinden. Aber momentan will ich dort nicht anklopfen. Wenn die Agenten des Ordens London durchkämmen, müssen wir davon ausgehen, dass sie über das Auftauchen des neuen Chaosträgers Bescheid wissen.«

James verzog den Mund. Josephine war ein Ordensmitglied und eine von Dianes heimlichen Verbündeten. Immer, wenn Diane ihre Verbindung zum Ersten Tag erwähnte, fühlte James sich, als würde er in eine saure Zitrone beißen. Diane war bereits vor Jahren aus dem Orden ausgetreten, kurz bevor sie James und die anderen adoptierte. Das hatte sie nie verheimlicht. Zudem ließ sie keinen Zweifel daran, dass sie den Orden für einen fanatischen Kult hielt, den sie ausbremsen wollte, wo immer es ihr möglich war. Dennoch, das Wissen, dass Diane früher an die Ideologie des Ordens glaubte, hatte eine Kerbe in James' Achtung vor ihr geschlagen.

Eins musste er Diane jedoch lassen: Ihr Insiderwissen über den Orden hatte ihnen schon mehrere Male den Hintern gerettet.

»Der Agent, der uns angriff, war jedenfalls nicht überrascht, dass Erin mit Chaoskraft geflutet worden war«, sagte er. »Und garantiert hat er uns nicht zufällig im richtigen Moment gefunden. Kann es sein, dass er mich bereits verfolgte, bevor ich Erin bemerkt habe?«

»Beschreib ihn mir«, forderte Diane ihn auf.

»Dunkles Haar, hellbraune Haut, Narbe an der linken Augenbraue. Trägt sein Sakko Miami-Vice-Style.«

»Und er kann Sonnenfackeln heraufbeschwören und Elektrogeräte überhitzen«, ergänzte Diane mit gepresster Stimme. »Das klingt nach Rohan Bhaskar. Er ist einer der erfolgreichsten Auftragsjäger des Ältestenrats.«

»Natürlich ist er das«, brummte James. »Meinst du, der Orden weiß, woran wir arbeiten?«

»Ich hoffe nicht, aber ab jetzt müssen wir wohl noch vorsichtiger sein. Ich werde mich umhören und herausfinden, ob der Orden tatsächlich Jagd auf dich macht.«

Wundervoll. James richtete sich auf und rieb sich über seine Handfläche, die sich nach der Handyexplosion immer noch gereizt anfühlte.

»Hast du bereits darüber nachgedacht, ob der Orden es auf das Mädchen abgesehen haben könnte?«, fragte Diane.

Ja, die Befürchtung nagte an James. Doch die Möglichkeit, dass dieser Bashkar James jagte und Erin sozusagen ins Kreuzfeuer gestolpert war, wäre eigentlich logischer. »Warum?«, fragte er. »Was könnten sie von ihr wollen?«

»Schwer zu sagen«, antwortete Diane. »Vielleicht ist der Orden auf der Suche nach Opfern des Chaosverfalls. Josephine hat mal durchklingen lassen, dass ihre Forschungsabteilung eine Methode entwickeln wollte, durch die sie Menschen mit einem hohen Level an Chaoskraft über weite Entfernungen orten können. Das wäre hilfreich.«

James schauderte. »Wenn wir das könnten, ja. Aber wenn

der Orden diese Fähigkeit bekommt?« Er ließ die Frage offen. Die Vorstellung, dass der Orden ein Langstreckenradar für die Jagd von Nachtboten entwickelte, wanderte ohne Umwege in sein Arsenal an Albträumen. Doch noch während er sich dieses Horrorszenario durch den Kopf gehen ließ, kam ihm eine Idee.

»Hm, ja, ich verstehe, was du meinst«, gab Diane zu. »Das wäre in jedem Fall ungünstig. Momentan haben wir allerdings das konkrete Problem, dass der Orden den Träger auf keinen Fall vor uns finden darf. Sie würden ihn, ohne zu zögern, hinrichten.«

Das wusste James nur zu gut. Tatsächlich hätte er zumindest eine Frage von Erin mit einem klaren Ja beantworten können: Man konnte Chaosträger töten. Der Orden hatte das in der Vergangenheit mehrmals bewerkstelligt, genauso wie einige andere Fanatiker oder verzweifelte Menschen im Sog einer Chaosflut, die sonst keinen Ausweg sahen. Das war mit ein Grund, warum James mit Diane zusammenarbeitete. Sie war darauf aus, eine Alternative zu finden. Einen Weg, die Flut zu stoppen, ohne den Menschen, der sie unfreiwillig aussandte, umzubringen.

Das Problem war nur: Diane suchte seit über zwanzig Jahren nach ihrer Alternative, und obwohl sie mehrere Theorien hatte, war noch keine davon erprobt. Jetzt war ein Träger erwacht, dessen Identität sie nicht kannten, und ihnen lief die Zeit davon.

»Ich hätte vielleicht eine Idee, die uns weiterhelfen könnte«, sagte James.

»Oh?«

James zögerte.

»Ich kenne eine Person, die uns womöglich mit dem Orten des Trägers helfen kann.«

»Und wer ist diese ›Person‹?«

»Das kann ich dir nicht sagen.«

»Also ein Nachtbote«, mutmaßte Diane. »Einer der Freunde, deren Identität du mir nicht verraten willst.«

Darauf erwiderte James nichts. Er vertraute Diane, aber die Geheimnisse anderer Leute würde er nicht mit ihr teilen. Und die Identität von im Verborgenen lebenden Nachtboten gehörte definitiv in diese Kategorie.

»Und warum hast du diese mysteriöse Person nicht schon längst kontaktiert?«, fragte Diane, nur um sich sofort selbst zu antworten. »Oh, ich verstehe. Weil du jetzt etwas hast, was dir vorher gefehlt hat. Ein Mädchen mit einer von Chaos berührten Aura. Dein Freund oder deine Freundin kann Spuren von Botenenergie zu ihrer Quelle zurückverfolgen, oder?«

Wieder schwieg James, aber Dianes messerscharfe Kombinationsgabe entlockte ihm ein widerwilliges Lächeln.

»Kennt der Orden deine Kontaktperson?«, fragte Diane.

»Nein«, antwortete James. »Oder zumindest sollten sie nichts von … dieser Person wissen.«

»In Ordnung«, sagte Diane. »Finde heraus, ob du mit deiner Idee weiterkommst. Aber pass auf, dass du und das Mädchen unter dem Radar fliegen.«

»Natürlich.« Er zögerte, dann sagte er: »Sie wird Hilfe brauchen. Falls der Orden tatsächlich hinter ihr her ist.«

»Ich werde sehen, was ich tun kann«, versprach Diane.

James hörte das Klicken eines Sicherheitsgurts, dann wurde eine Autotür geöffnet und geschlossen. Er rechnete damit, dass Diane den Anruf beenden würde, doch stattdessen fragte sie: »Dir geht es gut, oder? Das Siegel hat dir keinen ernsthaften Schaden zugefügt?«

James hob überrascht die Brauen. »Ja, ich bin okay«, antwortete er und war überrumpelt davon, wie belegt seine Stimme klang. Es hatte eine Zeit gegeben, da hatte er sich gewünscht, Diane würde ihn in den Arm nehmen, ihn trösten oder festhalten. Er hatte gedacht, er hätte dieses Bedürfnis längst abgelegt. Doch sein Herz schien hartnäckiger zu sein als sein Kopf.

Als Diane erneut das Wort ergriff, war ihr Tonfall wieder komplett sachlich. »Gut. Ich muss auflegen. Ruf mich an, sobald du deine Theorie getestet hast. Und lass das Mädchen nicht aus den Augen.«

Mit diesen Worten legte sie auf. Mit einem müden Stöhnen sank James in den Sessel. Für ein paar Sekunden starrte er einfach nur aus dem Fenster. Am Horizont, irgendwo nahe der Themse, zogen dunkle Wolken Regenschleier über die Stadt.

James rieb sich über die Augen, dann hob er sein Handy, um Nyx anzurufen. Er hatte den Bildschirm kaum entsperrt, als das Telefon losbrummte. Zuerst dachte er, es wäre Diane, die noch weitere Anweisungen hatte. Doch stattdessen zeigte das Display die Info »Unbekannte Nummer«. James zögerte, dann nahm er den Anruf an. Mit dem Handy am Ohr wartete er darauf, dass die andere Person sich zuerst meldete. Stattdessen drang jedoch ein Weißes Rauschen aus dem Lautsprecher. James runzelte die Stirn. Das Geräusch war leise, aber wenn er genau hinhörte, klang es beinahe wie Wind. Oder Wellen, die über einen Kiesstrand glitten. Atmete da jemand? Ein vages Gefühl der Beunruhigung kroch wie kalte Hände unter den Saum von James' Henley. Er öffnete den Mund, um den Namen des Anrufers zu verlangen, da verklang das Rauschen, und eine Stimme sagte:

»Hey, Jay Bird.«

James' Hand erschlaffte, und das Handy fiel klappernd zu Boden.

12

JAMES

Neapel | Ein Jahr zuvor

Kurz nach neun Uhr morgens kehrte James zu der Wohnung des Pärchens zurück, auf dessen Couch er derzeit schlief. Über den Dächern der Altstadt kreisten Möwen, und die ersten Läden zogen die Gitter vor ihren Auslagen hoch.

Seit zwei Wochen befand er sich in Italien, arbeitete in der Küche eines Hotels und verbrachte die Nächte mit den anderen Aushilfen am Strand.

In einem Monat wollte er weiterziehen, eine Fähre nach Split besteigen und von dort aus weiter nach Griechenland reisen. Er hatte vor, Nyx' Heimatinsel zu besuchen und ihr ein Päckchen mit getrockneten Ringelblumen zu schicken. Als er jedoch die Piazza in der Nähe seines Quartiers betrat, wusste er, dass er seine Pläne in den Wind schießen konnte.

Sie hätte eine Halluzination sein können. Als James sie an dem Cafétisch entdeckte – eine weiße Frau in einem weißen Anzug, mit übereinandergeschlagenen Beinen und einer großen Sonnenbrille vor den Augen –, wünschte er sich nichts sehnlicher als das.

Aber Diane war hier. Vier Jahre nachdem James den Kontakt zu ihr abgebrochen hatte. Vier Jahre, in denen er sich ein Leben aufbaute, das sich nicht an ihre Pläne für ihn hielt. Er wollte seine Vergangenheit abschütteln. Wollte wissen, wer er war, wer er werden konnte. Ohne Dianes Anleitung. Ohne das Gewicht der schrecklichen Erinnerungen, das auf seine Schultern drückte, wann immer er in Dianes Gesicht schaute.

Er hatte geglaubt, er könnte sich neu erfinden. Er hätte es besser wissen müssen.

Diane saß auf der anderen Seite des Tisches und sah zu, wie James die Akte aufschlug, die sie ihm hingelegt hatte.

James blätterte durch den Inhalt. Es war ein Wunder, dass seine Finger nicht zitterten. Sein Blick flog über Zeitungs- und Arztberichte, blieb an einzelnen Wörtern wie »katatonisch«, »Nekrose« und »Hirntod« hängen. Ein Laborfoto rutschte zwischen den Kopien der Berichte heraus, und die Abbildung darauf traf James wie ein Schlag ins Genick. Das Foto zeigte das Gesicht einer Frau, einer Toten, um deren leere Augenhöhlen sich ein Netz aus schwach sichtbaren, hellen Adern abzeichnete.

James starrte auf das Obduktionsfoto. Er wollte den Blick abwenden, die Akte zuschlagen, konnte sich jedoch nicht bewegen.

»Wo?«, fragte er. »Wo sind diese Leute gestorben?«

»In London.«

Hitze breitete sich unter James' Kragen aus, kroch seinen Nacken hinauf und drang in seine Wangen. Ein Chaosträger war in London erwacht. Sofort blätterte sein Gedächtnis durch die Bilder all der Freunde, die er in London zurückgelassen hatte.

»Ich weiß von zwei Fällen«, sagte Diane. »Zwei Menschen, die an einem Chaoszerfall gestorben sind. Sie«, sie tippte auf das Foto, »war die Erste.«

James' Blick klebte an den silberhellen Adern auf den Wangen und der Stirn der toten Frau.

Schau weg. Schau weg, verdammt nochmal.

Endlich schaffte er es, den Kopf zu heben und die Akte zu schließen.

»Warum zeigst du mir das?«, fragte er Diane. Erstaunlich, wie ruhig seine Stimme noch klang. »Was erwartest du von mir?«

Diane hob eine perfekt gezupfte Braue. »Das weißt du«, sagte sie. »Ich will die Chaosflut aufhalten. Ich brauche deine Hilfe.«

James stieß die Akte von sich weg. Wenn er könnte, würde er sie in Flammen aufgehen lassen. »Und wie willst du das anstellen?«, fragte er. »Was hast du vor? Willst du den Chaosträger jagen? Ihn töten?«

Diane verzog das Gesicht. »Du weißt, dass ich die Methoden des Ordens ablehne«, sagte sie. »Und ich bin nicht darauf aus, irgendjemanden zu töten.« Sie schüttelte den Kopf, und ihr Ton wurde einen Hauch milder. »Jeder Nachtbote verdient eine Chance. Auch diejenigen, die zu Trägern werden. Wenn ich das nicht glauben würde, hätte ich weder dich noch Nyx oder Leon bei mir aufgenommen.«

James presste die Lippen aufeinander und ließ sich auf seinen Stuhl zurücksinken. *Jeder Nachtbote verdient eine Chance.* Er hätte Diane gerne gesagt, was er von diesem Satz hielt. Was er von dieser *Einstellung* hielt. Die »Chance« von der sie so großzügig sprach, brauchten Nachtboten nur, weil ihnen von Anfang an das Etikett »vorbelastet und gefährlich« angeheftet wurde. Was man getrost als Vorverurteilung einstufen konnte. Für diese Diskussion hatte James jedoch weder die Kraft noch die Nerven.

»Vor neun Jahren hattest du keine Ahnung, wie man einen Chaosträger rettet«, sagte er. »Was hat sich geändert?«

Dianes Mund zuckte zwar, aber so leicht ließ sie sich nicht aus der Bahn werfen. »Ich hatte bei meinen Nachforschungen einen Durchbruch«, sagte sie. »Letztes Jahr. Wenn die Informationen, die ich gesammelt habe, stimmen, dann gibt es eine Möglichkeit, um Chaosträger vom Abgrund zurückzuholen.«

Ein Abgrund zwischen den Sternen, schwärzer als eine lichtlose Nacht … ein Funkeln wie von Irrlichtern in Leons Augen …

James' Mund war mit einem Mal staubtrocken.

Diane redete weiter, ohne zu bemerken, was ihre Wortwahl bei ihm ausgelöst hatte. »Wir wissen, dass der Chaosträger wie eine Schleuse zwischen der Quelle der Chaoskraft und unserer Welt funktioniert. Scheinbar lässt sich diese Schleuse schließen, und man kann sogar die überschüssige Chaoskraft, die sich im Körper des Trägers aufgestaut hat, ableiten.«

»Wie soll das gehen?«

Frustriert lehnte sich Diane gegen ihre Stuhllehne. »Ich weiß es noch nicht. Ich habe mehrere Anhaltspunkte zusammengetragen, die auf spezielle Artefakte hindeuten –«

»Artefakte«, unterbrach James mit einem spröden Lachen. »Was, wie der Heilige Gral oder die Sankara-Steine?«

Diane runzelte die Stirn. »Die Witze kannst du dir sparen. Es gibt einige Fragmente und Berichte, in denen antike Gegenstände erwähnt werden, die Nacht- und Tagenergie nutzen oder manipulieren können. Das ist nichts Neues für dich.«

James knirschte mit den Zähnen, erwiderte jedoch nichts. Diane fuhr fort: »Im letzten Jahr habe ich über Umwege einen Kontakt mit einer Archäologin hergestellt, die sich auf Sonnenkulte in bronzezeitlichen Kulturen spezialisiert hat.«

Sie blätterte durch die Akte und zeigte ihm ein Foto von antiken Münzen, die mit einem Blumenmotiv geprägt worden waren.

»Sie ist keine Botin, aber sie weiß über euch und eure Geschichte Bescheid. Sie hat mir glaubhaft versichert, dass sie von einem Gegenstand weiß, der bei der Entschärfung eines Chaosträgers im zwanzigsten Jahrhundert vor Christus zum Einsatz kam. Ich hatte vor, sie selbst aufzusuchen und die Spur des Gegenstands weiterzuverfolgen. Aber jetzt sieht es danach aus, als ob ein Chaosträger in London aktiviert wurde, und mir läuft die Zeit davon.«

»In welchem Stadium ist der Träger?«, fragte James.

»Braucht er noch körperliche Nähe, um Chaoskraft zu übertragen, oder ist sein Radius schon größer?«

»Ich vermute, wir stehen am Anfang der Flut«, antwortete Diane. »Bisher scheint es nur zwei Todesfälle zu geben. Vielleicht dauert es noch Jahre, bevor die Chaoskraft genug im Träger ansteigt, um umfassendere Wellen auszuschicken.«

James schauderte. »Oder es passiert innerhalb der nächsten Wochen.«

Drei Phasen, erinnerte er sich. Die erste Phase kündigte sich durch Wetteranomalien an, die der Großteil der Bevölkerung ignorierte oder allenfalls als seltsam empfand. In diesem Stadium beeinflusste der Chaosträger zunächst vereinzelte Menschen und überschwemmte schließlich ganze Massen mit Chaoskraft, die sie von innen heraus auflöste.

In der zweiten Phase sorgte die freigesetzte Kraft für unberechenbare Temperaturschwankungen, Wetterverschlechterung und Witterungsextreme bis hin zu katastrophalem Unwetter. Tiere reagierten besonders stark auf diese Phase. Ein Zeugenbericht aus dem achtzehnten Jahrhundert sprach von einem Massensterben der Bienen, aggressiven Hunden und Tausenden toter Fische, die an den Strand gespült wurden. Die Zahl der Menschen, die durch einen Chaoszerfall starben, stieg in dieser Phase ins Unermessliche.

Städte, die in die Strömung der zweiten Phase gerieten, verschwanden für immer von der Bildfläche. Wenn sich im Nachhinein noch jemand an sie erinnerte, wurde ihre Zerstörung Vulkanausbrüchen, Sturmfluten, Erdbeben oder anderen, menschengemachten Katastrophen zugesprochen. Orobiai, Helike, Phalasarna, Meroë, Kumbi Saleh, Roanoke: alles Orte, die Gerüchten zufolge von einer Chaosflut in die Knie gezwungen oder ganz ausgelöscht worden waren. Was genau zum Ende der zweiten Phase geschah, wie sich jene Städte leerten, wie sie zerfielen, darüber stritten sich die Geister.

Augenzeugenberichte aus dieser Phase einer Chaosflut gab es kaum, entweder, weil auch sie vernichtet wurden, oder weil schlicht niemand mehr übrig blieb, um Berichte zu schreiben. Die wenigen Quellen, die Diane hatte auftreiben können, beäugte sie skeptisch. Einige waren höchstwahrscheinlich Fälschungen. Phantasievolle Beschreibungen von jemandem, der sich nie auch nur in der Nähe einer Chaosflut aufgehalten hatte. Andere Texte waren komplett unverständlich, durchsetzt mit Worten, die in keiner Sprache existierten, mit Sätzen, die sich wie eine Ouroboros-Schlange umeinanderdrehten, und Bildbeschreibungen, die zwar verstörend, aber völlig sinnfrei daherkamen. Ein überlieferter – und womöglich irgendwann falsch übersetzter – Satz lautete zum Beispiel: *Ich habe das Chaos unerkannt. Es atmet.* Was auch immer das bedeuten sollte.

Das endgültige Schreckgespenst war jedoch Phase drei. Chaoswellen, die in diesem Stadium ausströmten, lösten nicht nur Menschen und Gebäude auf, sondern jegliche Materie. Jene Wellen machten an keiner Stadtgrenze oder Gebirgskette halt. Sie breiteten sich über den gesamten Erdball aus und zersetzten ihn Millimeter für Millimeter, ribbelten ihn auf wie einen alten Pullover und verwandelten seine Fasern in staubfeine Partikel.

Die dritte Welle war ein Ende. Eine Singularität. Das Gegenteil des Urknalls.

Aber das ist nie passiert, hatte James in der Unterrichtsstunde gesagt, in der Diane ihm und den anderen die Phasen der Chaosflut erklärt hatte. *Die Welt ist noch nicht untergegangen.*

Soweit wir wissen, hatte Diane geantwortet. *Gut möglich, dass das Chaos unsere Welt schon ein paarmal aufgelöst und die Ordnung sie neu zusammengesetzt hat. Aber natürlich hat in dem Fall niemand überlebt, um Erfahrungen aus der Apokalypse weiterzugeben.*

Nach diesem Austausch war James mehrere Tage lang umhergegangen und hatte Treppengeländer, Tische, Nyx, Leon und ihre Nanny berührt, nur um sicherzugehen, dass sie sich nicht plötzlich unter seinen Fingerspitzen auflösten. Damals war er zwölf gewesen.

»Deshalb bin ich hier«, sagte Diane und riss ihn aus seinen Gedanken.

James' Blick fiel auf die braune Akte. »Du willst, dass ich dir helfe«, sagte er. »Du willst, dass ich dir dieses Artefakt besorge. Das Ding, das Chaosträger aufhält, ohne sie zu töten?«

»Ja«, bestätigte Diane ohne Umschweife. »Von jetzt an muss ich die Lage in London überwachen. Ich habe bereits angefangen, nach dem Chaosträger zu suchen. Aber ihn zu finden, wird uns nichts bringen, wenn wir ihn nicht entschärfen können.« Sie zog eine zweite Aktenmappe aus ihrer Tasche und schob sie über den Tisch. »Hier drin sind Informationen zu einer Ausgrabung in Tel Aviv und die Kontaktdaten der Archäologin.«

Sie nickte in Richtung der Akte, doch James zog die Hände vom Tisch. Diane stieß die Luft durch die Nase aus, dann seufzte sie. »Hör zu. Ich weiß, dass du und Nyx wütend auf mich seid. Wahrscheinlich ist das sogar fair, aber Fairness spielt in dieser Situation keine Rolle.«

Sie tippte mit den Fingerspitzen auf den Tisch, eine ungeduldige Geste, die sie sich angewöhnt hatte, nachdem sie mit dem Rauchen aufgehört hatte. »Ich habe versucht, euch euren Freiraum zu lassen«, sagte sie. »Aber du weißt, dass es früher oder später auf das hier hinauslaufen musste. Du und Nyx, ihr habt eine Aufgabe. Ob ihr es wollt oder nicht: Ihr habt besondere Fähigkeiten in die Wiege gelegt bekommen. Es liegt in eurer Verantwortung, denen zu helfen, die diese Fähigkeiten nicht haben. Die sich nicht wehren können, wenn die Katastrophe über sie hereinbricht.«

Unter der Tischplatte, wo Diane es nicht sehen konnte, ballte James seine Hände zu Fäusten. Jedes ihrer Worte knüpfte eine Schlinge, die sie ihm um den Hals legte.

Besondere Fähigkeiten. Ja, die wurden ihnen in die Wiege gelegt. Aber es waren keine Fähigkeiten, die sie automatisch für einen Kampf rüsteten. Seine Dunkelheit war ein Schutzmantel. Nyx glättete Träume. Leon ließ Sterne tanzen. Nichts davon machte sie zu Kriegern. Soldaten, wie Sami es ausdrückte.

Nein, es war Dianes Ehrgeiz, ihre Überzeugung, dass sie Nachtboten dazu ausbilden konnte, sich gegen das Chaos zu wehren, die sie auf einen Weg der Konfrontation schickte. Und sie hatten bereits einmal verloren.

Mit einem Ruck stand er auf und trat vom Tisch zurück, bevor Diane ihn aufhalten konnte.

»Ich brauche einen Moment für mich.«

Im Toilettenraum des Cafés spritzte James sich kaltes Wasser ins Gesicht. Danach drehte er den Wasserhahn ab und stützte sich mit gesenktem Kopf auf den Waschbeckenrand.

Er könnte abhauen. Sich durch die Küche des Cafés nach draußen schleichen, seine Sachen einsammeln und die Stadt verlassen. Er könnte Diane zurücklassen und so lange vor ihr fliehen, bis sie aufgab.

Er hob den Kopf und begegnete seinem eigenen Blick im Spiegel. Es war seine Entscheidung, trotz allem. Für ein paar Sekunden war der Wunsch zu verschwinden so stark, dass er bereits den Rucksack auf seinen Schultern spüren konnte. In Gedanken stieg er in einen Zug und wartete darauf, dass die Landschaft vor dem Fenster vorbeizog.

James starrte in seine eigenen Augen, dann zog er seinen Geldbeutel aus der Gesäßtasche und holte das Foto heraus, das darin steckte. Auf dem Bild waren er und Leon fünfzehn, Nyx vierzehn. Nyx stand ganz links, mit eingezogenem Kopf aber breitem Lächeln. Leon zeigte der Kamera lachend zwei Finger. James stand in der Mitte und hatte seine Arme um die beiden gelegt.

Mit einem Kloß im Hals drehte er das Foto um. Auf der Rückseite stand in verblassender Tinte und Leons Handschrift: Puppy, Eulchen und Jay Bird.

James presste die Lippen aufeinander, senkte den Kopf und schloss die Augen. Tränen brannten hinter seinen Lidern.

Es liegt in deiner Verantwortung. Diane hatte recht, aber nicht so, wie sie dachte.

Er erinnerte sich daran, wie es sich angefühlt hatte, Leon und Nyx im Arm zu halten. Er hatte den Klang von Leons Lachen im Ohr. Spürte, wie Nyx' Haar an seinem Hals kitzelte. Der Sommer hatte sich lang vor ihnen ausgestreckt, endlose Tage, an denen sie die Beine in den Pool steckten, Kartons mit Eis aus Pablos Gefriertruhe stahlen oder bei Vollmond durch die Tür gingen, die Nyx für sie verzaubert hatte. Sie hatten keine Sekunde lang gezweifelt, dass Sommer auf Sommer auf Sommer folgen würde, hatten sich ihre Zukunft wie eine aufregende Reise voller Möglichkeiten vorgestellt.

Es tut mir leid, Leon, dachte James. *Es tut mir so verdammt leid.* Und obwohl er die Erinnerung ruhen lassen wollte, hörte er seine eigene, jüngere Stimme, die verzweifelt schluchzte: *Komm zurück. Komm zurück. Komm zurück.*

Was passiert war, konnte er nicht wiedergutmachen. Aber er konnte sich auch nicht abwenden, während sich die Vergangenheit wiederholte.

13

NYX

»Das Orakel arbeitet an der Uni?«, fragte Nyx.

»Am Institut für Klassische Philologie«, antwortete Birdie. »Ich schätze, das fand er witzig. Er heißt übrigens Ingleby.«

»Ihr kennt euch schon?«

»Nicht persönlich. Nan hat ihn ein paarmal getroffen, als sie jünger waren. Fand, dass er ein arroganter Esel ist. Ihre Worte.«

»Vielversprechend.«

Zusammen mit den üblichen Menschenmassen gingen Nyx und Birdie den Strand hinunter, jene einstige Prachtstraße, die quer durch die City of London führte. Früher war *the Strand* ein beliebter Bauplatz für die Stadtpaläste von Bischöfen und Adligen. Später übernahmen Verlage und Buchläden das Areal, und heutzutage befand sich hier der Campus des King's College. Schön repräsentativ, direkt oberhalb des Themseufers.

Nyx fühlte sich hin und her gerissen. Einerseits musste sie wissen, ob Birdie recht hatte und tatsächlich ein Chaosträger aktiviert worden war. Andererseits hatte sie das Gefühl, sie würde die Finger in Richtung einer offenen Flamme ausstrecken. Oder mit verbundenen Augen auf einen Abgrund zugehen. Ja, das traf es besser.

Der Asphalt unter ihren Füßen war nass von einem Regenschauer, aber die Luft roch trotzdem nach Gulliwasser und Abgasen. Während Birdie sie die Straße entlanglotste, nestelte Nyx an dem Gummiband herum, das sie an ihrem Handgelenk trug. Es half, dass Birdie die ganze Situation so unaufgeregt navigierte. Kurz stellte Nyx sich vor, sie hätte den Toten im Park alleine gefunden, und schauderte.

»Was ist eigentlich der Unterschied zwischen Orakeln und Seherinnen?«, fragte sie, hauptsächlich um ihre Gedankenkreise zu durchbrechen.

»Veranlagung und Praxis«, erklärte Birdie. »So, wie ich das einschätze, kommen sowohl Orakel als auch Seherinnen mit einem extra Sinn auf die Welt. Aber unsere Wahrnehmung funktioniert anders. Seherinnen lesen Omen und Zeichen. Wir enträtseln quasi die Spuren oder Schwingungen, die die Urkräfte in unsere Welt aussenden. Orakel blicken hinter die irdische Sphäre. Sie haben eine direkte Verbindung zu den Urkräften. Behaupten sie zumindest.«

»Und die unterschiedlichen Praktiken?«, fragte Nyx.

Birdie zuckte mit den Schultern. »Nan und ich haben uns auf Aeromantie spezialisiert. Wir lesen Wetterphänomene, Vogelflüge und so weiter. Orakel versetzen sich in Trance, um ihr Bewusstsein zu erweitern.«

»Ich verstehe es immer noch nicht so ganz«, gestand Nyx. »Heißt das, du kannst die Zukunft vorhersagen?«

Birdie lachte. »Nicht wirklich. Ich lese Muster, Tendenzen, Anomalien. Wenn es gut läuft, bekomme ich ein Gespür dafür, welche Ereignisse eintreffen könnten. Und mit Mustern meine ich vages Zeug, wie Lerchen, die in einem Haus nisten. So ein Omen kündigt an, dass jemand in diesen vier Wänden sterben wird, aber es verrät nicht, wer. Oder nimm die Spatzen im Park. Bestimmte Rhythmen in ihrem Flug sagen mir, dass in ihrer Nähe eine Seele unter besonderen Umständen aus einem Körper gewichen ist. Und dann gibt es noch eine Reihe an obskuren Wolken- und Wetterformationen, die mir sagen: Hey, die Energieflüsse, die unsere Realität aufrechterhalten, spielen verrückt. Könnte sein, dass wir kurz vor einer Chaosflut stehen? Eventuell.« Birdie seufzte. »Aber ich könnte dir nicht sagen:

Hey, überquere heute keine Straße, sonst wirst du von einem Auto überfahren. Die Zukunft ist nicht in Stein gemeißelt. Alles bewegt sich, ständig.«

»Klingt sehr new-agey«, sagte Nyx.

Birdie verzog den Mund zu einem schiefen Lächeln. »Eher old-agey, wenn man's genau nimmt.«

Nyx schmunzelte. Mit Birdie zu reden, fiel ihr leicht. Vermutlich weil sie in ihrer Gegenwart nicht verbergen musste, was sie war. Birdie hatte scheinbar kein Problem mit Nachtboten. Sie machte kein Gewese um Nyx' Geheimidentität und fragte nicht einmal, welche Talente sie besaß. In der Hinsicht ähnelte sie James' Ex. Sami war kein Seher oder etwas in der Art, aber er hatte die Existenz von Nachtboten und allem, was dazugehörte, ziemlich gelassen hingenommen. Für ihn schienen James' und Nyx' Talente nur ein Merkmal von vielen zu sein, wie die Form ihrer Hände, James' Salzkaramellsucht oder Nyx' Angewohnheit, in jedem Raum die Fenster zu öffnen, egal, welches Wetter draußen herrschte.

Nyx hatte sich in seiner Nähe immer wohl gefühlt, aber seit James mit ihm Schluss gemacht hatte, trafen sie sich kaum noch. Sie chatteten ab und zu, und Nyx versuchte, nicht enttäuscht zu sein, wenn Sami Nachrichten von James bekam und sie nicht.

»Wir sind da«, verkündete Birdie.

Nyx sah hoch und fand sich einem scheußlichen Beton- und Glasbau aus den Sechzigern gegenüber. Ein rotes Schild wies den Klotz als ein Gebäude des King's College aus.

»Muss ich auf irgendetwas achten, wenn wir das Orakel treffen?«, fragte Nyx, während sie auf den Eingang zugingen.

»Vermutlich musst du die Ohren ab und zu auf Durchzug stellen«, schlug Birdie vor. »Falls das mit dem Esel zutrifft.«

Professor Andrew Inglebys Büro lag im zweiten Stock, am Ende eines wirren Labyrinths aus Korridoren. Nachdem Nyx und Birdie sich zweimal verlaufen hatten, erbarmte sich ein Student und brachte sie zur richtigen Tür.

»Na dann«, murmelte Birdie. »Hoffen wir auf ein paar Antworten.«

Sie klopfte, und ein kleiner, weißer Mann mit hoher Stirn und einer Brille mit runden Gläsern öffnete die Tür. Mit einem Lächeln schüttelte er Birdies Hand.

»Sie sind Bridget, nehme ich an?«, fragte er. »Die Ähnlichkeit mit Ihrer Großmutter ist frappierend.«

»Hallo, Professor Ingleby«, sagte Birdie. »Danke, dass Sie sich mit uns treffen.«

»Aber natürlich«, antwortete er und wandte sich an Nyx. »Und Sie sind die angekündigte Begleitung? Ihr Name ist Nyx?«

Nyx nickte. Als sie Inglebys dargebotene Hand ergriff, hob der Professor beide Brauen. »Ah, verstehe! Ein passender Name für ein Mädchen mit Nachthimmelaugen.« Sein Lächeln verrutschte keinen Millimeter, aber Nyx hatte den Eindruck, als würde ein neugieriges Leuchten in seine Augen treten. Sie hatte keine Ahnung, was sein Kommentar sollte. Soweit sie wusste, waren ihre Augen ganz normal.

»Passiert nicht alle Tage, dass ich eine Nachtbotin bei mir willkommen heißen darf. Hereinspaziert, hereinspaziert.« Ingleby machte ihnen Platz, und Nyx folgte Birdie ins Innere des Büros. Sofort schlug ihr ein süßlich-staubiger Geruch entgegen, als hätte der Professor irgendwo eine alte Schale Potpourri herumstehen. Die Wände des ohnehin engen Raums waren zugestellt mit Bücherregalen. Es gab einen Schreibtisch, auf dessen Kante die Gipsbüste einer Frau stand. An der einzigen freien Wand hingen vergilbte Fotos eines antiken Tempels. Vermutlich Delphi, dachte Nyx. Wenn Professor Ingleby tatsächlich einen Sinn für Humor hatte.

Nyx betrachtete die Olivenbäume und die Berghänge im Hintergrund und spürte einen Anflug von Heimweh. Sie hatte kaum noch Erinnerungen an ihr erstes Zuhause auf Korfu, doch ab und zu lockte ein Bild, ein Geruch oder ein Geschmack eine Art Echo aus der Tiefe ihres Gedächtnisses hervor. Der Duft von Ringelblumensalbe zum Beispiel brachte den summenden Gesang ihres Opas zurück, der die gelben Blüten zum Trocknen ausbreitete.

Professor Ingleby schloss die Bürotür und wies auf eine Sitzecke neben dem Fenster.

»Bitte nehmen Sie Platz, meine Damen. Kann ich Ihnen etwas anbieten? Tee? Kaffee?«

Nyx und Birdie verneinten höflich und setzten sich. Ingleby belegte den letzten freien Stuhl. Er sah Birdie an und schüttelte den Kopf.

»Sie sind Ihrer Großmutter wirklich wie aus dem Gesicht geschnitten«, sagte er. »So traurig, dass sie von uns gehen musste. Mein Beileid.«

Überrascht warf Nyx Birdie einen Blick zu. Sie hatte nicht erwähnt, dass ihre Großmutter gestorben war.

»Danke«, erwiderte Birdie, ohne eine Miene zu verziehen.

Ingleby faltete die Arme auf dem Tisch. »Da Sie hier sind, gehe ich davon aus, dass Sie in ihre Fußstapfen treten wollen?«

»Ich glaube, dass kann niemand«, antwortete Birdie. »Aber Nan hat mich ausgebildet.«

Ingleby nickte. »Weise Voraussicht. Ich gebe zu, ich war nicht immer einer Meinung mit Ihrer Großmutter. Sie hat sehr alte Traditionen bewahrt, das rechne ich ihr hoch an. Aber ihre Herangehensweise an Bedrohungen durch die Urkraft des Chaos erschien mir, hm, wie soll ich es ausdrücken? Mehr intuitiv als fundiert. Aber es ist nie verkehrt, Wissen auszutauschen. Und gerade jetzt können wir jede noch so kleine Information gut gebrauchen.« Als weder Nyx noch Birdie reagierten, hob er eine Braue. »Wir stehen am Beginn einer Chaosflut. Darum sind Sie hier, oder nicht?«

Birdie sackte in ihren Stuhl zurück. »Dann stimmt es. In London wurde ein Chaosträger aktiviert?«

»Ich fürchte ja«, antwortete Ingleby. »Ich habe sogar den Verdacht, dass das keine neuere Entwicklung ist. Vor einigen Jahren habe ich in einer Vision bereits einen Hinweis auf einen erwachenden Chaosträger erspäht. Aber es war nur ein flüchtiger Eindruck, der in keiner anderen Vision wiederkehrte. Ich nahm an, es handelte sich um einen falschen Alarm oder eine Fehlinterpretation meinerseits.«

Nyx hatte das Gefühl, als hätten sich ihre Eingeweide in Wasser verwandelt. Sie musste bleich geworden sein oder das Gesicht verzogen haben, denn Birdie lehnte sich besorgt zu ihr. »Alles okay?«

Auch Ingleby musterte sie, doch aus seinem Blick sprach erneut die blanke Neugier. »Wissen Sie etwas darüber, meine Liebe?«

Nyx' Nackenhaare sträubten sich bei der Anrede, doch, ja, sie ahnte, was Ingleby in seiner Vision wahrgenommen hatte. »Ihre Vision«, sagte sie. »Wie viele Jahre liegt sie zurück?«

»Oh.« Ingleby überlegte. »Neun oder zehn, denke ich.«

Nyx presste die Lippen aufeinander.

Ingleby beugte sich vor. »Ist ihnen der Chaosträger damals begegnet?«, fragte er. »Könnten sie ihn wiedererkennen?«

Nyx schloss die Augen, dann sagte sie mit so fester Stimme wie möglich: »Ich kannte jemanden, der ein Chaosträger hätte werden können. Aber er ist gestorben.«

In der darauffolgenden Stille starrte Nyx auf den Tisch. Blickkontakt würde sie jetzt nicht ertragen.

»Hm«, machte Professor Ingleby schließlich. »Ja, ich fürchte, das ist nicht ungewöhnlich. Chaosträger haben die Tendenz, schnell von der Bildfläche zu verschwinden. Manche sorgen selbst dafür, andere halten den Überschuss an Chaoskraft nicht aus und verenden, bevor sie die erste Welle aussenden können.«

Nyx spürte, wie sich ihre Kehle zusammenzog. Wut kochte in ihr hoch, denn Inglebys pragmatischer Tonfall erinnerte sie viel zu sehr an Diane.

Sie hob den Kopf. »Das ist nicht immer so«, widersprach sie. »Es gibt genug Leute, die Jagd auf potenzielle Chaosträger machen.«

Die Jagd auf Nachtboten machten, ergänzte sie stumm. Denn warum warten, bis einer von ihnen sich in einen Träger verwandelte? Viel einfacher war es doch, sie auszulöschen, lange bevor sie den Zerfall der Welt einläuten konnten. Nyx ballte ihre Fäuste.

»Auch das«, bestätigte Ingleby. »Gewaltvolle Eingriffe sind immer bedauerlich. Und so, wie ich das schon erfahren habe, wird dabei oft unnötig brutal und, hm, primitiv vorgegangen. Ich schätze, diejenigen, die ein wenig reflektierter agieren, sehen einen klinischen Eingriff vor der Katastrophe als das kleinere Übel.«

»Es ist egal, wie es passiert«, sagte Birdie. »Wir reden immer noch von Mord.«

Ingleby gab ein trauriges Schnalzen von sich. »Das stimmt wohl«, räumte er ein. »Humaner wäre es wohl, zuerst den internen Chaosfluss des Trägers sicher auszuleiten oder zu versiegeln. Aber denken Sie daran: Nicht jeder Chaosträger hat das Privileg, jemanden wie Sie an seiner Seite zu haben. Und wie ich schon sagte, sind die Methoden Ihrer Großmutter nicht immer erfolgreich. Leider.«

Nyx hatte das Gefühl, die anderen müssten ihren Unterkiefer knacken hören, so sehr knirschte sie mit den Zähnen. Solche Monologe hatte sie schon zu oft gehört. Rationale Argumente, die erklärten, warum es leider notwendig war, Träger zu töten.

Dabei war es ganz egal, dass die meisten von ihnen niemanden verletzen wollten. *Der Tod des Trägers stoppt die Flut.* So stand es in Anselm Fichtes *Leitlinien zur Vertreibung von Nachtmahren, Chaosengeln und anderen Herolden der Finsternis.*

Dies Opfer bringt zur Rettung aller Geschöpfe.

Der Haken war: Es stimmte. Den Träger umzubringen war die sicherste Methode, um den Ausbruch des Chaos zu unterbinden. Das änderte jedoch nichts daran, dass Nyx die Galle hochkam, wenn jemand wie Ingleby in aller Gelassenheit über die Auslöschung von Chaosträgern schwadronierte. Von Nachtboten wie ihr und ihren Brüdern.

Birdie schien sich auch zusammenreißen zu müssen, denn als sie sprach, klang ihre Stimme deutlich kälter als vorhin. »Nan hat nie erwähnt, dass es vor Jahren einen Chaosträger gab.«

»Vielleicht hat sie es nicht bemerkt«, mutmaßte Ingleby. »Oder vielleicht wollte sie nicht, dass Sie sich Sorgen machen.«

Birdie zuckte zusammen, aber Ingleby konzentrierte sich wieder auf Nyx. »Der Chaosträger, von dem Sie sprachen, wie ist er gestorben?«

Als Nyx nicht antwortete, neigte Ingleby den Kopf. »Ich kann Ihnen Ihre Zurückhaltung nicht verübeln. Nachtboten haben es schwer. Gerade jetzt, wo der Orden des Tages mobilmacht.«

»Was?«, fragte Nyx erschrocken. »Wovon reden Sie?«

Ingleby zuckte mit den Schultern. »Das Erwachen des Trägers wird dem Orden nicht entgangen sein. Und wie wir eben festgestellt haben, gibt es Gruppierungen, die darauf hinarbeiten, Träger frühzeitig unschädlich zu machen. Der Orden des Ersten Tages gehört zweifellos in diese Kategorie.« Seine Miene wurde ernst. »Ich habe gehört, dass ein paar Nachtboten aus London verschwunden sind. Ist Ihnen das auch zu Ohren gekommen?«

Alarmglocken schrillten in Nyx' Kopf. *James*. Aber nein, der war irgendwo in Anatolien unterwegs. Weit weg von allem, was hier passierte.

»Nein«, antwortete sie. »Ich habe keinen Kontakt zu anderen Nachtboten.« Das war eine glatte Lüge, aber fürs Erste hatte sie mehr als genug preisgegeben.

»Nicht überraschend«, sagte Ingleby. »Nachtboten sind nicht gerade das, was man als Gesellschaftswesen bezeichnet, nicht wahr?«

Birdie rümpfte die Nase. »Menschen aufgrund eines Identitätsmerkmals über einen Kamm zu scheren ist nicht gerade fortschrittlich, Professor.«

»Ah, ja, sehr richtig«, sagte Ingleby und lächelte. »Ich fürchte, ich gehöre zu einer etwas altmodischeren Generation, verzeihen Sie den Fauxpas. Wie kann ich Ihnen helfen? Ich nehme an, Sie sind auf mehr aus als meine Bestätigung, dass ein Träger erwacht ist?«

Birdie zögerte sichtlich, ihre Absichten offenzulegen. Wegen Ingleby? Oder wegen Nyx?

»Ich kann draußen warten«, bot Nyx an, obwohl ihr der Vorschlag widerstrebte.

Das schien Birdie aus ihrer Unentschlossenheit zu rütteln. »Nein, ist schon okay«, sagte sie und wandte sich an Ingleby. »Können Sie mir helfen, den neuen Chaosträger zu finden?«

»Dachte ich es mir«, sagte Ingleby. »Sie wollen das Versprechen Ihrer Urahninnen einlösen.«

»Was?«, fragte Nyx.

»Oh, davon wissen Sie nichts?« Ingleby machte eine ausladende Handbewegung in Birdies Richtung. »Unsere junge Bridget hier entspringt einer langen Ahnenreihe von Frauen, die bis in die Zeit der Matriarchate zurückgeht. Ihre Vorgängerinnen waren Priesterinnen, die die Aufgabe hatten, die Spuren und Bewegungen der Urkräfte in den Naturphänomenen unserer irdischen Welt zu lesen. Natürlich glaubte man damals, dass es sich bei den Urkräften um Götter handelte, die ihre Botschaften mittels Wolken, Stürmen, Vögeln, Insekten und dergleichen aussandten. Überlieferungen zufolge gelang es jenen Priesterinnen, eine Chaosflut aufzuhalten, indem sie die Pforte zur Quelle des Chaos schlossen.«

»Die Pforte«, wiederholte Nyx. »Den Chaosträger?«

Ingleby grinste. »Präzise.«

Nyx schaute ungläubig zu Birdie, doch die verzog keine Miene.

Ingleby faltete die Hände auf dem Tisch. »Junge Dame, Sie wurden in eine schicksalsschwere Blutlinie hineingeboren. Als jemand, der schon lange mit dem Bluterbe antiker Mythen lebt, lassen Sie mich Ihnen einen Rat geben: Manchmal ist es weiser, sich rauszuhalten. In unserem Zeitalter der Aufklärung gibt es keinen Platz für Orakel und Priesterinnen. Und die Zeit der Helden und Heldentaten ist definitiv vorüber. Oder glauben Sie wirklich, dass Sie den Träger alleine aufhalten können?«

Bluterbe von antiken Mythen, dachte Nyx. Wofür hielt sich dieser Typ?

»Dazu wurde ich ausgebildet«, sagte Birdie knapp. »Können Sie mir helfen, den Träger zu finden, oder nicht?«

Auf diese Antwort war Nyx auch gespannt. Gleichzeitig fragte sie sich, was Birdie tun wollte, falls sie den Träger fand. Wie genau hatten die Priesterinnen von damals die »Pforte« geschlossen?

Ingleby seufzte. »Ich kann es versuchen. Meine letzte Weissagung liegt eine Weile zurück.« Wieder trat dieses übereifrige Funkeln in seine Augen. »Wie gut, dass wir eine Nocturnalis bei uns haben. Mit Ihnen, meine Liebe, wird es mir sehr viel leichter fallen, auf die Nachrichten der Nacht zuzugreifen.«

Seine Begeisterung bescherte Nyx ein mehr als nur unangenehmes Gefühl.

»Wurden Sie schon einmal in Trance versetzt?«, wollte Ingleby wissen.

»Nein.«

Er stand auf und wuselte hinüber zu seinem Schreibtisch. »Kein Problem. Ich kann Sie anleiten, bei mir sind Sie in sicheren Händen.«

Nyx sah zu Birdie, die ihren Blick mit einem Stirnrunzeln erwiderte. »Wofür brauchen Sie mich?«, fragte Nyx Ingleby.

Der zog eine Schublade auf und kramte darin herum. »Nachtboten haben eine geistige Verbindung zur Wahren Nacht und ein Mindestmaß an Chaossediment im Blut. Beste Voraussetzungen für das Einleiten einer Vision. Zusammen werden wir unsere starre Sicht überwinden und unseren Geist für eine andere Form des Sehens öffnen. Aha!« Er zog ein Bündel aus getrockneten Kräutern aus der Schublade und blies den Staub von den Blättern.

Beunruhigt nagte Nyx an der Innenseite ihrer Unterlippe. Sie traute Ingleby nicht, aber mit einem hatte er recht: Sie brauchten Informationen. Sie konnte nicht einfach abwarten, während die Chaosflut Welle um Welle ausschickte. Nyx verabscheute zwar die Methoden, die andere anwandten, um Chaosträger zu stoppen, doch letztlich war sie auch davon überzeugt, dass diese Welt es wert war, gerettet zu werden.

Birdie lehnte sich über den Tisch und streckte den Arm aus, bis ihre Fingerspitzen Nyx' Ärmel berührten. »Dafür habe ich dich nicht mitgenommen.«

Nyx zog ihren Arm außer Reichweite. »Ist schon okay«, sagte sie und drehte sich zu Ingleby. »Was soll ich tun?«

14

NYX

Das Rätsel des Potpourrigeruchs löste sich, als Ingleby seine Trance vorbereitete. Während Nyx die Jalousien vor den Fenstern herunterließ, stellte Ingleby eine Keramikschale mit Myrtenkranzmuster auf den Tisch und füllte sie mit einem Stück Kohle und einer Handvoll harzähnlicher Klümpchen. Er hatte die Klümpchen kaum ausgepackt, und schon wurde der muffige Pflanzengeruch im Raum stärker.

Nyx setzte sich auf den freien Stuhl schräg gegenüber von Ingleby. Das ganze Set-up erinnerte sie an eine altmodische Séance, wie sie in Filmen wie *The Others* gezeigt wurden. Kein beruhigender Gedanke.

Ingleby nahm ein Stabfeuerzeug und hielt die offene Flamme so lange in die Schale, bis die Kohle anfing zu glühen und ein dünner Rauchfaden von den hellgelben Harzklumpen aufstieg. Jetzt konnte Nyx den Geruch zuordnen – es war Weihrauch.

Ingleby legte das Feuerzeug beiseite. »Sie haben mir einen Opferkuchen mitgebracht?«, fragte er Birdie.

Birdie zog eine Papiertüte aus ihrem Lederrucksack und legte einen kleinen Kuchen auf den Tisch. Es war ein pastel de nata, was man in London in so ziemlich jedem Kettencafé bekam.

Ingleby schmunzelte amüsiert. Er legte das Törtchen auf den schmauchenden Weihrauch und bedeckte es mit dem Strauß aus getrockneten Kräutern, den er aus seinem Schreibtisch gefischt hatte. Das Räucherwerk in der Schale knisterte, und ein

Geruch von verbranntem Teig ringelte sich durch den Weihrauchdunst.

Ingleby wedelte sacht mit der Hand über der rauchenden Schale. »Stellen Sie Ihre Frage.«

Birdie verschränkte ihre Hände so fest auf dem Tisch, dass ihre Knöchel weiß hervortraten. »Wer ist der Chaosträger?«

Ingleby wedelte weiter rhythmisch mit der Hand, bis die Rauchwolken weißer und dicker aus der Schale emporquollen. Seine Lider senkten sich herab, während er erklärte: »Wir werden unseren Geist gemeinsam im Zustand der Trance verbinden. Wenn alles funktioniert, können wir unsere Energien vereinen und sehen jeweils eine eigene Vision.«

Der Rauch breitete sich aus und ließ die Luft dick wie Sirup werden. Ingleby hielt Nyx seine Hand hin, und nach kurzem Zögern griff sie danach.

»Kleine Vorwarnung«, sagte er. »Das kann sich für den Laien etwas desorientierend anfühlen.«

Das sagst du mir jetzt, dachte Nyx, hielt seine Hand jedoch weiter fest. Der zähe Rauch drang ihr in die Nase und brannte in ihren Augen. Was nun?

»Versuchen Sie, ruhig zu atmen«, sagte Ingleby. »Schließen Sie die Augen und erlauben Sie der Dunkelheit, Ihre Wahrnehmung auszufüllen. Sinken Sie hinein in die Schwärze, folgen Sie ihr nach Hause. Die Nacht ist Ihre angestammte Sphäre. Sie gehen nach Hause. Sie öffnen den Weg, Sie gehen nach Hause, Sie gehen …«

… nach Hause.

Nyx sank allein durch die Dunkelheit. Es fühlte sich an wie ein langes Ausatmen, während der immer gleiche Lockruf in ihren Ohren murmelte.

Nach Hause.

Nach Hause.

NACH HAUSE.

Die letzte Wiederholung traf sie wie ein Donnerschlag. Nyx schlug die Augen auf. Sie stand auf einer Straße, vermutlich in London, auch wenn sie den genauen Ort nicht erkannte. Links und rechts von ihr ragten moderne Häuser mit auf antik gemachten Fassaden in die Höhe. Platanen säumten die Straße, die sich wie ein Ypsilon vor einem Bürogebäude teilte.

Zu ihrer Beunruhigung stellte Nyx fest, dass sie sich kaum bewegen konnte. Ihr Körper war eigenartig schwerfällig, und ihr Kopf brauchte viel zu lang, um das, was sie sah, zu verarbeiten. Nichtsdestotrotz kratzte etwas am Rand ihres Bewusstseins, wie ein ängstliches Tier. Irgendetwas stimmte nicht. Irgendetwas stimmte ganz und gar nicht.

Nyx war allein. Hier parkten keine Autos, niemand ging den Gehweg entlang, und die Fenster der umliegenden Häuser starrten schwarz und blicklos auf sie herab. Nacht lag über der Stadt, doch obwohl keine einzige Straßenlaterne leuchtete, kroch ein seltsamer violetter Schimmer die Wände der Häuser herunter.

Mühsam richtete Nyx ihren Blick nach unten. Ein Wimmern kroch über ihre Lippen. Hunderte Vögel lagen tot auf dem Asphalt. Tauben, Spatzen, Elstern. Sie lagen da mit gebrochenen Flügeln, verdrehten Hälsen und eingedrückten Köpfen.

Nyx kämpfte gegen die Starre ihrer Glieder an und sah nach oben. Ein unstetes Leuchten wogte über den Himmel. Die Wellenformen erinnerten Nyx an Nordlichter, nur dass dieses Lichtspektakel die Tönung von frischen Blutergüssen hatte: blau, lila, rot. Glühende Flüsse, die jemand mit einem nassen Pinsel auf den Himmelsbogen gezeichnet hatte.

Nyx öffnete den Mund, brachte jedoch keinen Ton heraus. In der Ferne ertönte ein dumpfes Grollen. Noch war es weit entfernt, doch was auch immer das Geräusch auslöste, musste gewaltig sein. Wind fegte über die Straße und ließ das Gefieder der toten Vögel rascheln. Dann setzte ein wortloses Murmeln ein, direkt unter Nyx' Füßen. Sie wollte den Blick senken, schaffte es jedoch nicht.

Ein neuer Windstoß stob durch die Häuserflucht. Das Murmeln wurde lauter. Tatsächlich klang es wie Sand, der eine schräge Ebene hinunterrauschte. Nyx' Blick hing noch immer an dem versehrten Himmel über ihrem Kopf. Je länger sie hinsah, umso weniger wirkte es, als ob es über den Himmel glitt. Nein, das Licht drang durch Risse im Firmament und leuchtete *hinter* dem Himmel.

Nyx starrte auf die Fissuren – *Bruchlinien, Linien, an denen die Realität auseinanderbricht* – und dachte an leuchtende Nebel, Quellwolken, die sich auftürmten und ausdehnten. Sterne auf der Schwelle zur Explosion. Galaxien, die sich auflösten.

Es hat begonnen.

Das Rauschen dröhnte lauter und lauter in Nyx' Ohren. Sie zwang ihren Kopf zur Bewegung, bis sie das Bürogebäude vor sich sehen konnte. Das Dach des Hauses schien zu flimmern. Winzige Lichter glommen in der gekachelten Fassade auf, Hunderte, Tausende, Millionen von ihnen, bis das Gebäude wie eine Fackel strahlte. Donner krachte, das Haus erlosch und löste sich auf. Es zerfiel, zerbröselte zu dunklem Staub, den der Wind davontrug.

Nyx blieb gefangen, eine hilflose Beobachterin, während sie innerlich mit allem, was sie hatte, gegen das Gefängnis ihres Körpers trommelte.

Lass mich raus, lass mich raus.

Sie spreizte die Finger, verzog den Mund zu einer Grimasse und zwang ihren Blick weiter nach unten. Der Verfall hatte die Straße bereits erreicht. Asphalt zerkrümelte, brach ein, rauschte in glimmenden Partikeln nach unten in einen klaffenden Abgrund. Nein, kein Abgrund. In einen Mahlstrom, einen

Vortex, der sich trichterförmig abwärtsdrehte. Nyx spürte den Sog – nicht äußerlich, sondern in ihr selbst, direkt unter ihrem Brustbein.

Im Herz des Strudels wartete vollkommene Dunkelheit. Nyx sah es mit Schrecken und bemerkte gleichzeitig, dass sie nicht mehr stand, sondern schwebte. Die Spitzen ihrer Schuhe zeigten nach unten, doch ihr Körper blieb steif wie ein Brett.

Etwas tauchte aus dem Dunkel am Boden des Vortex auf. Ein Licht. Ein Komet, der nach oben fiel. Das Leuchten kletterte höher und höher, bis Nyx die Sternengestalt aus ihrem Gemälde erkannte. Nur, dass die Gestalt nicht mehr aus einem bloßen Umriss bestand: Das Wesen, das aus der Tiefe emporstieg, war vollständig aus Sternenstaub gemacht. Es besaß kein Gesicht, aber einen menschlichen Körper, durchscheinend und erfüllt von wirbelnden Lichtpunkten.

Es trieb direkt auf Nyx zu, das Gesicht zu ihr erhoben, als wäre es eine Spiegelung auf einem See. Wieder streckte das Wesen die Hand aus. Nyx wollte fliehen, doch zu ihrem Grauen hob sich ihr eigener Arm, und ihre Hand reckte sich nach unten. Das Sternenwesen stieg höher, beinahe berührten sich ihre Fingerspitzen.

In jenem Augenblick wusste Nyx, wer es war. Während der Vortex in ihr wie ein Sturm um seine eigene Achse brauste, hörte Nyx das Gelächter von Kindern und das Bellen eines Hundes. Sie sah das Honiglicht einer Küche am Abend, schmeckte den salzig-süßen Geschmack von Erdnussbutter-Marmeladen-Broten in ihrem Mund. Sie spürte die schrecklich kalte Haut eines toten Körpers an ihrer Handfläche.

Komm nach Hause, flüsterten die Sterne.

Nyx sprang auf, stieß ihren Stuhl um und stolperte mehrere Schritte blind durch Inglebys Büro. Der beißende Rauch der

Kräuter verstopfte ihre Lunge. Ihr Herz raste, und ihre Haut war überzogen mit kaltem Schweiß.

Birdie sprang an ihre Seite. Nyx ergriff ihre Arme und stützte sich auf sie. Sie musste sich festhalten, sie wollte nicht wieder abstürzen, nicht zurück in die Dunkelheit, in den Abgrund, nie wieder.

»Hey, hey, alles in Ordnung«, beschwichtigte Birdie sie mit bebender Stimme.

Die Jalousien schnellten mit einem lauten »Ritsch« nach oben, und grelles Licht flutete den Raum. Nyx hielt sich schützend die Hand vor die Augen, hörte jedoch, wie jemand ein Fenster aufriss. Ein Schwall kühler Luft brandete durch die Rauchschwaden.

»Was ist passiert?«, rief Birdie.

Nyx klammerte sich an sie. Sie hatte keine Wahl, sie brauchte einen Rettungsring, sonst würde sie ertrinken. Die Vision wirbelte ihr Verständnis von Ort und Zeit durcheinander. Wenn sie die Augen schloss, war es, als ob die Bilder der Zerstörung auf den Rückseiten ihrer Lider flackerten. Während ihrer Ausbildung bei Diane hatte Nyx Zeugenberichte und hypothetische Abhandlungen über Chaoswellen gelesen. Doch in ihrer Trance hatte sie den Zerfall der Welt *erlebt*. Sie hatte die Macht der letzten Welle gespürt, und die Auslöschung war … unabwendbar. Allumfassend.

Birdie drückte Nyx' Unterarme. »Bitte sag was!« Sie wandte sich an Ingleby. »Was hat sie? Was haben Sie mit ihr gemacht?«

Mit Mühe sah Nyx sich nach Ingleby um. Das Gesicht des Professors war aschgrau. Mit einer zitternden Hand fuhr er sich durch das schüttere Haar. »Eine Vision von solcher Intensität … wie ist das möglich? Ich habe noch nie …« Er brach ab, und sein Blick flog zu Nyx. »Haben Sie ihn gesehen? Den Jungen mit den hellen Haaren?«

Vor ihrem inneren Auge sah Nyx die Hand aus Sternenstaub,

die sich nach ihr ausstreckte. Der funkelnde Körper hatte keinen Hinweis darauf gegeben, ob es ein Junge oder ein Mädchen gewesen war, aber Nyx wusste trotzdem, wen sie gesehen hatte. Sein Name flatterte durch ihren Kopf wie ein aufgescheuchter Vogelschwarm.

Leon. Leon Leon Leon.

Nyx spürte, wie der Zimtknoten von heute Mittag ihre Kehle hinaufdrängte, und floh aus dem Büro.

15

NYX

Zehn Minuten später saß Nyx in einem der Labyrinthflure in Inglebys Gebäudetrakt. Sie lehnte mit dem Rücken an der Wand, direkt neben den Toilettenräumen. Der Boden unter ihr war steinhart, obwohl er mit einem braunen Teppich beklebt war.

Nyx war es egal. Tatsächlich halfen ihr der feste Untergrund und die schmucklosen Betonwände. Je länger sie hier saß, umso besser gelang es ihr, sich aus dem Horror ihrer Vision zu befreien. Die Szenen, denen sie ausgeliefert gewesen war, rückten in die Ferne. Ihre Panik ebbte ab.

Zu ihrem Erstaunen stellte sie fest, dass sie den Anblick eines untergehenden Londons verkraften konnte. Mit Abstand betrachtet wandelten sich der zerrissene Himmel und die zerfallenden Häuser zu surrealen Szenen, die eher zu Science-Fiction-Filmen passten. Nicht zur Realität.

Das Einzige, was sie nicht von sich schieben konnte, was ihr unter der Haut steckte wie ein Angelhaken, war die Sternengestalt. War es wirklich Leon gewesen? Mittlerweile bröckelte ihre Gewissheit, aber sie wurde das Gefühl nicht los, dass jener menschliche Schemen etwas mit ihrem Bruder zu tun hatte. Wieso sonst hatte sie als Erstes an seinen Namen gedacht? Aber hieß das, dass das Gemälde von letzter Nacht auch an Leon geknüpft gewesen war? Und dann war da noch Ingleby, der in seiner Vision einen Jungen mit hellen Haaren gesehen hatte. Leons Haare hätten die Farbe einer Sternschnuppe, das hatte Nanny Lu einmal gesagt.

Was geht hier vor?, dachte Nyx hilflos. *Was bedeutet das alles?*

Sie lehnte den Kopf an die Wand und starrte zur Decke, bis sich von rechts Schritte näherten. Kurz darauf setzte Birdie sich neben Nyx.

Nach einer Weile sagte Nyx: »Bin überrascht, dass du mir keine Flasche Wasser gebracht hast.«

Birdie warf ihr einen Seitenblick zu. »Hättest du gerne eine Flasche Wasser?«

»Nein, lass gut sein.« Nyx lächelte matt, dann beugte sie sich vor und stützte ihren Kopf auf ihre Hände. Dieser verdammte Tag mutierte zu einem absoluten Desaster. Wenn sie am Vormittag geahnt hätte, was auf sie wartete, wäre sie einfach im Bett geblieben.

»Eins muss man Ingleby lassen«, sagte Birdie. »Er ist noch viel arroganter, als Nan ihn beschrieben hat.«

Nyx schnaubte und lehnte sich wieder zurück an die Wand. »Hat er den Mord an Nachtboten wirklich als kleineres Übel bezeichnet?«

»Mh-hm«, machte Birdie. »Was ihn in dieselbe Kategorie wirft wie den zwielichtigen Zauberer in jedem Fantasyepos.«

»Ein arroganter Esel und ein Klischee«, sagte Nyx. »Starke Leistung.«

Birdies Mundwinkel zuckten, bevor sie Nyx sacht mit der Schulter anstieß. Die Berührung fühlte sich genauso erleichternd an wie der frische Luftzug in Inglebys stickigem Büro. Nyx hatte keine Ahnung, wie Birdie das anstellte, aber momentan hatte sie nicht die Kraft, ihr Verhalten oder ihre Motivation zu hinterfragen.

»Ich glaube, wir haben ein verdammt großes Problem«, sagte sie. Dann erzählte sie Birdie alles, was sie in ihrer Vision gesehen hatte. Nur Leons Namen erwähnte sie nicht. Den brachte sie einfach nicht über die Lippen.

»Du meinst, dieser Sternenmann hat sich wie der Chaosträger angefühlt, den du kanntest?«, hakte Birdie nach.

Nyx nickte.

»Aber wenn dir die Vision gezeigt hat, was uns jetzt bedroht, dann kann es nicht dieselbe Person sein, oder? Du hast gesagt, er …«

»… ist gestorben.« Nyx schluckte. »Ja. Vielleicht hat mir die Vision den neuen Träger gezeigt, und mein Unterbewusstsein hat ihn mit … mit dem Jungen verknüpft, den ich kannte.«

»Einem Jungen mit hellen Haaren?«

Wieder nickte Nyx.

Frustriert schüttelte Birdie den Kopf und schob sich die Haare aus dem Gesicht. »Ich hatte gehofft, Ingleby hätte Antworten für uns. Aber jetzt ist alles noch verwirrender. Mist. Ich habe keine Ahnung, wie wir den Träger finden sollen.«

Das versetzte Nyx dann doch einen Stich. »Warum willst du ihn finden? Was wirst du mit ihm machen?«

Dianes Quellen listeten ein paar Einzelfälle, in denen Träger abgefangen wurden, bevor sie die letzte Chaoswelle lostreten konnten. Die meisten fanden genau das Ende, das Ingleby in seiner nonchalanten Rede erwähnt hatte. Lediglich von einer Frau wurde berichtet, die das Eingreifen mit klarem Verstand überlebte. Sie verbrachte den Rest ihrer Tage in einem abgesperrten Zimmer unter Dauerbetäubung, bewerkstelligt von einer Sekte, die nur minimal weniger rabiat war als der Orden des Ersten Tages.

Würde Nyx wirklich dazu beitragen, dass dem jetzigen Träger etwas Derartiges widerfuhr?

»Wenn ich ihn finde, werde ich ihm helfen«, sagte Birdie. »Hoffentlich.«

»Hoffentlich?«

»Mit einer Sache hatte Ingleby leider recht«, gestand Birdie. »Es gibt keine Garantie, dass die Methoden, die Nan mir beigebracht hat, funktionieren. Sie hat einen Träger vom Abgrund zurückgeholt, als sie jung war, aber andere Seherinnen haben ihre Schützlinge verloren.«

Das brachte Nyx auf einen anderen Gedanken. »Du weißt schon, dass du dich selbst in Gefahr bringst, wenn du dich dem Träger näherst? Wenn er genügend aufgeladen ist, infiziert er andere mit seiner Ausstrahlung. Nachtboten können das eine Weile lang aushalten, aber Menschen zerlegt diese Übertragung in kürzester Zeit.«

Als Antwort hob Birdie ihre tätowierte Hand. »Dafür habe ich diese Schutzzeichen«, erklärte sie. »Wenn ich sie aktiviere, sollten sie mich eine Weile vor Chaosstrahlung beschützen.«

»Wie lang ist ›eine Weile‹?«

»Lange genug?« Birdie seufzte. »Für mich war diese ganze ›Begleite den Träger‹-Sache bisher nur Theorie. Ich meine, ich weiß, was ich tun muss. Ich kenne die einzelnen Schritte. Aber die Chance, dass ich es vermassele … Es steht verdammt viel auf dem Spiel.«

»Du willst wirklich die Welt retten«, sagte Nyx.

»Du nicht?« Birdie rieb sich mit der Hand übers Gesicht. »Aber um ehrlich zu sein, will ich einfach diesen Jungen finden, bevor ihn das Chaos überwältigt. Kannst du dir vorstellen, wie viel Angst er hat? Wahrscheinlich versteht er nicht mal, was gerade mit ihm passiert.«

Nyx betrachtete Birdie. Die kleine Falte zwischen ihren Augen und den verkniffenen Zug um ihren Mund. Zum ersten Mal zeigte sie, wie sehr sie die ganze Situation belastete. Sie wollte nicht nur die Menschheit beschützen. Sie wollte dem Jungen beistehen, der in diesem Moment zu einer wandelnden Zeitbombe mutierte.

Nyx glaubte ihr. Vielleicht war das naiv. Vielleicht Wunschdenken. Aber was hätte sie nicht alles dafür gegeben, wenn jemand Leon geholfen hätte.

Wie sehr sie sich wünschte, dass sie diese Person gewesen wäre.

»Wir sollten zu Ingleby zurück«, sagte Birdie. »Er ist das Orakel. Wenn in euren Visionen irgendein tieferer Sinn steckt, dann soll er ihn uns erklären.«

Nyx nickte, hatte jedoch sofort einen bitteren Geschmack im Mund. Wenn sie Erklärungen wollte, musste sie Ingleby von Leon erzählen.

Als sie zurückkehrten, saß Ingleby an seinem Schreibtisch und kritzelte in ein Notizbuch. Vermutlich hielt Ingleby seine Visionen in Worten fest wie sie die Träume anderer mit Bildern.

Birdie schloss die Tür, doch Ingleby beachtete sie nicht. Stattdessen blätterte er hektisch durch ein zweites, ebenfalls handbeschriebenes Buch und murmelte vor sich hin.

»Professor?«, fragte Birdie. »Wir müssen über die Visionen reden. Was haben Sie gesehen? Gab es irgendwelche Hinweise auf den Chaosträger?«

»Ich ging davon aus, dass wir am Anfang der ersten Phase stehen«, sagte Ingleby, ohne den Kopf zu heben. »Aber jetzt?«

Nyx und Birdie tauschten einen Blick, dann trat Birdie auf Ingleby zu. »Professor«, wiederholte sie. Dieses Mal zuckte er zusammen und hob den Kopf. »Sie wirken erschüttert«, sagte Birdie. »Warum? Sie haben doch bereits geahnt, dass eine Chaosflut droht?«

»Erschüttert«, wiederholte Ingleby. »Ja, das trifft es wohl.« Er warf seinen Stift auf das Notizbuch und fuhr sich mit der Hand über das Gesicht. »Es ist viel schlimmer, als ich befürchtet habe. Was ich soeben gesehen habe, sagt mir, dass die Wellen der ersten Phase längst ausfächern. Höchstwahrscheinlich sind bereits Dutzende Menschen vom Chaosverfall dahingerafft worden. Womöglich sind es sogar weitaus mehr.«

»Hätten wir das nicht in den Nachrichten gehört?«, fragte Nyx.

Ingleby stand auf und schüttelte den Kopf. »Falls die Opfer gefunden werden, werden die Ärzte rationale Erklärungen für ihre Tode finden. Herzinfarkte, Hirnaneurysmen, Nekrose, dergleichen. Sie werden es in die Akten eintragen und die Toten schnell vergessen. Und es wird keine Zeugen geben, nicht in diesem Stadium der Apokalypse! Gewöhnliche Menschen meiden Orte, an denen Personen vom Chaos überwältigt werden. Sie wählen einen anderen Weg nach Hause, verlassen U-Bahnsteige, um mit einer alternativen Linie zu fahren, all das. Sie wissen nicht warum, sie denken nicht darüber nach. Nicht jetzt, nicht, solange sie es noch ignorieren können. Ihr Verstand weigert sich, das wahrzunehmen, was nicht in ihre Wirklichkeit passt.«

Unwillkürlich dachte Nyx an den Toten auf der Bank und daran, wie leer der Park gewesen war. Vielleicht war doch mehr im Spiel als eine verzögerte Lunch Crowd.

Ingleby kam hinter seinem Schreibtisch hervor, lief zum Fenster und kehrte wieder zurück. Er war nicht nur beunruhigt, er hatte völlig die Fassung verloren.

»Ich begreife nicht, warum mir der Fortschritt der Flut nicht schon früher aufgefallen ist«, klagte er. »Ich hätte es bemerken müssen. Und selbst jetzt! Selbst heute konnte ich den Chaosträger nicht klar erkennen.«

»Aber sie haben ihn gesehen?«, hakte Birdie nach.

Ingleby warf ihr einen Blick zu, dann griff er sich sein Notizbuch. »Ich habe einen Jungen mit weißen Haaren gesehen, der aus der Wahren Nacht auf mich zukam.« Er starrte auf seine Notizen, dann ruckte sein Kopf nach oben, und sein Blick fixierte Nyx. »Was haben Sie gesehen?«

Gänsehaut strich über Nyx' Nacken. Eben hatte sie Ingleby von Leon erzählen wollen, doch etwas an seinem aufgebrachten

Zustand hielt sie davon ab. »Etwas Ähnliches«, antwortete sie ausweichend.

»Können Sie uns irgendeinen Anhaltspunkt über die Identität des Jungen geben?«, fragte Birdie. »Haben Sie sein Gesicht gesehen, sein Alter erkannt, irgendwas?«

Mit einem Stirnrunzeln überflog Ingleby seine Notizen. »Sein Gesicht blieb mir verborgen.« Er klang entrüstet. Als würde er die Unklarheit seiner Vision als persönliche Beleidigung auffassen. »Er war einen halben Kopf kleiner als Sie, hatte kurze Haare, eine schlanke Gestalt. Und etwas war seltsam an ihm. Da war ein Schleier von Verwirrung und Aufruhr, der ihn einhüllte und an ihm zu zerren schien.«

»Er ist der Chaosträger«, sagte Nyx. »Verwirrt und geplagt zu sein sind automatische Symptome, oder?«

Ingleby presste die Lippen zu einer dünnen Linie zusammen. »Das ergibt alles keinen Sinn! Die Energie, die er ausstrahlte – es fühlte sich an, als hätte er sich lange Zeit auf der Schwelle zwischen der irdischen Sphäre und der Wahren Nacht aufgehalten.« Ingleby ging auf und ab und redete immer schneller. »Er trat aus der Nacht heraus in die Straßen von London. Ich habe gespürt, woher er kam. Aber das ist unmöglich. Kein Mensch, nicht mal ein Nachtbote, kann in die Wahre Nacht übertreten. Nicht mit seinem physischen Körper. Er würde sich im Moment des Übergangs selbst zerstören.«

Nyx kämpfte darum, ein ausdrucksloses Gesicht beizubehalten. Beinahe hatte sie vergessen, wie ungewöhnlich ihr Talent war. Türen zur Wahren Nacht zu öffnen war ihr schon immer leichtgefallen. Diane hatte lange Zeit auch nicht geahnt, dass sie das konnte. Später, als sie den Beweis dafür bekommen hatte, hatte sie Nyx nicht nur verboten, ihre Fähigkeit einzusetzen. Sie hatte ihr auch eingeschärft, niemandem jemals von ihren Türen zu erzählen.

»Haben Sie irgendeine Ahnung, wo sich der Chaosträger

aufhält?«, fragte Birdie beharrlich nach. »Haben Sie einen Ort in Ihrer Vision erkannt?«

Ingleby schien die Fragen abzuwägen, bevor er antwortete. »Ja«, sagte er knapp, bevor er sich an Nyx wandte. »Warum sagen Sie uns nicht, welchen Ort Sie gesehen haben?«

Nyx dachte an die toten Vögel und schlang ihre Arme um sich. »Es war irgendwo in der Stadt, glaube ich. Ein Geschäftsviertel vielleicht. Da waren Bürogebäude und mindestens ein Restaurant.«

»Hat der Ort irgendeine Bedeutung für Sie?«, fragte Ingleby.

»Nein«, antwortete Nyx überrascht. »Warum sollte er?«

»Ich wette, wir können herausfinden, wo das ist«, sagte Birdie.

»Vielleicht«, sagte Ingleby. »Aber damit ist es nicht getan. Ich kann Ihnen nicht sagen, ob der Träger sich jetzt dort aufhält, ob er früher einmal dort war oder in Zukunft dort sein wird. Dafür müsste ich mich in eine neue Trance versenken und die Bilder genauer studieren.«

Bei der Erwähnung einer weiteren Trance zog Nyx ihre Arme fester um sich. Birdie bemerkte es.

»Ich glaube, wir können mit dem arbeiten, was wir haben«, sagte sie. »Danke, Professor. Ich denke, wir–«

Sie brach ab und blickte an Ingleby vorbei zum Fenster.

»Was ist los?«, fragte Nyx.

»Ich bin mir nicht sicher«, antwortete Birdie. »Mir war, als hätte sich etwas im Licht draußen geändert. Komisches Gefühl. Als ob ein Sonnenstrahl über ein Grab wandert, weißt du, was ich meine?«

Nyx hatte nicht die leiseste Ahnung, wovon sie redete. Aber der abwesende Blick in Birdies Augen verpasste ihr auch so eine Gänsehaut.

»Wir sollten besser gehen«, sagte sie. »Es gibt jemanden, den ich anrufen muss.«

»Mh«, machte Birdie, immer noch abgelenkt von der obskuren Lichtveränderung oder was auch immer sie gerade wahrnahm. »Ja. Ja, wir sollten los.«

Sie wandten sich schon zur Tür, als Ingleby bemerkte, was sie vorhatten.

»Was?«, platzte es aus ihm heraus. »Nein, nein, warten Sie! Wir haben eben erst an der Oberfläche gekratzt! Wir können mehr herausfinden. Ich brauche nur eine kleine Pause, dann können wir uns in die nächste Trance versenken.«

»Ich passe«, sagte Nyx und öffnete die Tür.

Hinter ihr verabschiedete sich Birdie von Ingleby. »Wir sind wirklich dankbar für Ihre Hilfe, aber ich denke, ich werde selbst nach ein paar Zeichen Ausschau halten. Vielleicht genügen die Informationen, die Sie und Nyx gesammelt haben, schon, damit ich den richtigen Ort ausfindig machen kann.«

»Nein!«

Überrascht drehte Nyx sich um. Ingleby umklammerte sein Notizbuch mit beiden Händen und starrte sie an. Hatte er Angst? Vor was bitte?

Nyx wechselte einen Blick mit Birdie, die allerdings nur ratlos den Kopf schüttelte und Nyx in Richtung Tür schob.

»Gehen wir«, murmelte sie.

Sie waren kaum auf den Flur hinausgetreten, als Ingleby ihnen hinterherstürmte.

»Nein!« Er stieß Birdie grob beiseite und packte Nyx am Arm. »Sie dürfen nicht gehen!«

Nyx wollte ihn abschütteln, aber sein Griff war erstaunlich fest. »Sie verheimlichen etwas vor mir«, beschuldigte er sie. »Über den Jungen, über Sie selbst. Was ist es?«

Nyx riss sich los. »Fassen Sie mich nicht an.«

Birdie trat mit geballten Fäusten an Nyx' Seite. »Was soll das?«

Ingleby hörte ihr gar nicht zu. »Ich habe es gespürt. In dem

Augenblick, in dem Sie mit mir in die Trance versunken sind. In Ihnen lauert eine große Unruhe. Eine Kraft.«

Er hatte seinen Satz kaum beendet, als Birdie scharf die Luft einsog. »Nyx, wir müssen gehen. Sofort!«

Nyx wich einen Schritt zurück, und Ingleby kam ihr nach.

»Was ist Ihre Fähigkeit?«, zischte er. »Was können Sie anrichten?«

»Nyx!«, drängte Birdie. »Wir–«

»Kein Wunder, dass Ihr Name auf seiner Liste stand«, sagte Ingleby.

Nyx erstarrte. »Wovon reden Sie?«

Ein nervöses Lächeln verzerrte seinen Mund. »Glauben Sie wirklich, dass ich das Erwachen des Trägers einfach so hingenommen habe? Ich habe den Orden alarmiert, nachdem ich sein Wirken das erste Mal gespürt habe.«

Nyx' Augen weiteten sich. »Sie haben den Orden alarmiert?« Noch während sie das fragte, hallten seine vorherigen Worte in ihren Ohren. *Ich habe gehört, dass Nachtboten aus London verschwinden.*

»Natürlich habe ich das«, bestätigte Ingleby. »Und sie waren sehr interessiert, als ich ihnen von Ihrem anstehenden Besuch bei mir schrieb.«

Nyx fehlten die Worte. Wie angewurzelt stand sie da, bis Birdie ein gezischtes »Verdammt« ausstieß und gegen ihren Rücken prallte. Nyx fuhr herum und sah den Flur hinunter.

Zwei breitschultrige Männer kamen auf sie zu, angeführt von einer Frau mit schulterlangen roten Haaren und Sonnenbrille. Der Siegelring an ihrem kleinen Finger verriet Nyx alles, was sie wissen musste. Die Agentin des Ersten Tages lächelte, während sie näher kam, und die Verwirrung, die Nyx eben noch gespürt hatte, verschwand schlagartig.

Plötzlich war Ingleby hinter ihr und schlang beide Arme um sie.

»Es tut mir leid, dass ich Sie hintergehen musste«, sagte er. »Aber ich werde garantiert nicht riskieren, dass London vom Chaos überflutet wird.«

Birdie wirbelte herum, und ihr Gesicht verzerrte sich vor Wut. »Sie verdammter Mistkerl!«

»Sagen Sie mir, was Sie wissen«, zischte Ingleby in Nyx' Ohr. »Jetzt, bevor sie es aus Ihnen herauspressen.«

Nyx war mit dem Wissen großgezogen worden, dass ihre Identität als Nachtbotin sie jederzeit psychischen und physischen Bedrohungen aussetzen konnte. Diane hatte ihr beigebracht, ihren Geist zu schützen. Ihre Nanny, eine Ex-Soldatin mit Straßenkampferfahrung, hatte ihr beigebracht, ihren Körper zu verteidigen.

Nyx trat Ingleby mit voller Wucht auf den Fuß. Er zuckte zurück, und sie rammte ihren Ellbogen erst in seinen Solarplexus, dann gegen seine Kehle. Birdie schrie auf, und Nyx stieß Ingleby mit einem gezielten Tritt zu Boden. Ohne sich nach den Agenten umzusehen, packte sie Birdies Arm.

»Lauf!«

Sie rannten in die entgegengesetzte Richtung des Flurs. Menschen kamen aus den umliegenden Büros und versperrten ihnen den Weg, aber sie schafften es, sich durchzuquetschen, und prallten schließlich gegen eine Glastür. Birdie riss ohne Erfolg am Griff, dann drückte sie nach vorn, und die Tür schwang auf. Sie hatten es schon auf die andere Seite geschafft, als die Agentin des Ersten Tages Nyx' Namen rief.

»Nyx Harling!«

Nyx konnte nicht anders, sie drehte sich um. Die Agentin sah über die Köpfe der aufgebrachten Leute zu ihr hinüber. Nyx trat die Glastür hinter sich zu, hörte aber trotzdem, was die Rothaarige ihr hinterherrief.

»Grüß deinen Bruder von mir!«

16

JAMES

Die U-Bahnfahrt zu Samis Garten dauerte keine fünfzehn Minuten. Die ganze Zeit über tappte James unruhig mit dem Fuß. Als sie den Zug verließen, zog er zum x-ten Mal sein Handy aus der Tasche.

Ein Sprung zog sich über das Display, aber ansonsten hatte es den Sturz gut überstanden. James fühlte sich hin und her gerissen zwischen dem Bedürfnis, das Telefon wegzuwerfen und seine Anruferliste aufzurufen. Nicht, dass die ihm etwas Neues verraten würde.

Der anonyme Anruf tauchte nicht in der Liste der eingegangenen Gespräche auf. Was hatte das zu bedeuten? Hatte James sich alles eingebildet? Möglich war es. Letzte Nacht hatte er kaum zwei Stunden geschlafen. Dazu kam sein Schwächeanfall nach dem Einsatz des Sonnensiegels. Also, ja, Halluzinationen waren durchaus möglich. Nur, dass sein Kopf ihn bisher noch nie derart in die Irre geführt hatte.

Möglichkeit Nummer zwei: Jemand trieb irgendein perfides Spiel mit ihm. Das war wahrscheinlicher, aber nicht weniger alarmierend. *Jay Bird*. Woher kannte der Anrufer diesen Spitznamen? Und wie zur Hölle hatte er Leons Stimme vorgetäuscht? Hatte er Zugriff auf James' Sprachnachrichten?

James hatte das Gefühl, er müsste platzen, wenn er den Anruf für sich behielt. Aber darüber reden konnte er auch nicht. Niemand würde verstehen, warum ihn der Klang von Leons Stimme, Illusion oder nicht, so aus der Bahn warf. Niemand, außer Nyx. Aber bei dem Gedanken, sie anzurufen, blockierte er sich noch mehr. Sie war die Letzte, die er damit belasten wollte.

James schob das Handy zurück in die Tasche und verließ hinter Sami und Erin die U-Bahn-Station an der Tottenham Court Road. Er fühlte sich überfordert, und das musste er in den Griff bekommen, und zwar pronto.

Nachdem sie die Hauptverkehrsader verließen und sich über Nebenstraßen zwischen den Häusern bewegten, dünnte sich die Zahl der anderen Passanten aus. James blieb dennoch in Habachtstellung.

Offenbar war er nicht der Einzige, der mit seiner Anspannung kämpfte. Erin nestelte schon seit dem Verlassen der U-Bahn-Station am Saum ihrer Jacke herum. »Ich versteh es immer noch nicht ganz«, sagte sie. »Der Typ, den wir jetzt treffen, kann mir sagen, was mit mir los ist?«

»Er kann Tag- und Nachtenergien lesen«, antwortete James.

»Wie du?«

»Ja und nein«, sagte er. »Seine Wahrnehmung funktioniert anders. Und vor allem kann er die Energien besser lesen als ich. Er hat feinere Antennen, mehr Erfahrung, und er kann die Spur von Tag- und Nachtenergien über die unmittelbare Aura einer Einzelperson hinaus verfolgen.«

Vor ihnen öffnete sich die Gasse, und sie traten hinaus auf einen Platz zwischen Wohnhäusern aus roten Ziegeln, Bürogebäuden mit breiten Garageneinfahrten und eingemauerten Hinterhöfen.

In der Mitte des Platzes, eingesäumt von Backsteinmauern und überwucherten Zäunen, lag Summer Isle Garden. Auf dieser Seite versperrten Hecken die Sicht auf den Garten, aber die hoch aufragenden Kronen der Bäume deuteten bereits auf eine grüne Oase inmitten der Betonwüste hin.

Sami ging voraus und führte sie entlang der Westseite des Gartens zum Haupttor. Beim Gehen strich James mit den Fingerspitzen über den Blauregen, der sich über den Zaun ringelte.

»Und ihr seid euch sicher, dass wir ihm vertrauen können?«, fragte Erin.

»Luke ist in Ordnung«, antwortete Sami.

»Du hast gesagt, er ist ein Nachtbote«, sagte Erin zu James. »Also arbeitet er nicht für den Orden des Tages?«

»Des Ersten Tages«, korrigierte James. »Und nein, Luke hat einen viel strengeren Boss. Er arbeitet für Sami.«

»Sehr witzig«, erwiderte Sami, aber sein Mundwinkel zuckte verdächtig.

Erin betrachtete Sami skeptisch. »Dafür, dass du dich als Normalo ausgibst, hast du ziemlich viel mit Nachtboten zu tun.«

Sami zuckte mit den Schultern. »Ja, ich scheine die irgendwie anzulocken. Wahrscheinlich rieche ich gut.«

James verschluckte sich beinahe an dem Lachen, das aus ihm herausplatzte. Samis Lächeln wurde breiter.

»Bevor ich James getroffen habe, wusste ich nicht, dass Luke ein Bote ist«, ergänzte er. »Aber nachdem James mich eingeweiht hat, hat Luke mir auch verraten, was er ist. Da sind wir.«

Das Tor zum Garten stand offen, und direkt dahinter befand sich ein halbrunder, gepflasterter Vorplatz. Mehrere Pfade führten nach links in den Garten, während rechts das schlichte Begegnungshaus wartete, in dem sich auch Samis Büro befand.

Summer Isle war ein Gemeinschaftsgarten. Gegründet wurde er in den Achtzigern, als ein paar der Anwohner und Anwohnerinnen zusammenlegten und den damals brachliegenden Winzigpark in einen Nutzgarten voller Gemüsebeete umwandelten. Inzwischen wurde der Garten von der Stadt gefördert und von einer Treuhandstiftung verwaltet. Gemüsebeete gab es immer noch, aber zusätzlich wuchsen hier Ahornbäume und Blumen, es gab Insektenhotels, einen kleinen Teich und Sitzecken für alle, die sich nach einem Rückzugsort inmitten des städtischen Trubels sehnten.

Sami leitete den Garten, koordinierte die Arbeit der ehrenamtlichen Gärtner und Gärtnerinnen und sorgte dafür, dass das Nachbarschaftsprogramm rundlief.

Hinter dem Tor hielten sie an, und Sami nickte in Richtung eines geschwungenen Pfades. »Luke wollte heute ein neues Hochbeet auffüllen, also findet ihr ihn wahrscheinlich bei den Lauchzwiebeln.«

»Kommst du nicht mit?«, fragte Erin.

»Ich habe leider was anderes zu tun«, antwortete er. »Heute Nachmittag findet ein Treffen mit dem Verwaltungsausschuss statt, ich freu mich schon drauf.« Zu James sagte er: »Du findest dich noch zurecht?«

»Ja, denke schon«, antwortete James.

Sami nickte noch einmal, dann ging er in Richtung des Begegnungshauses davon.

Erin kaute auf ihrer Unterlippe, während sie ihm nachsah. Vielleicht überlegte sie, ob es wirklich eine gute Idee war, hier zu sein. Oder sie war nervös, weil sie gleich mit zwei Nachtboten allein sein würde.

»Wollen wir?«, fragte James und steuerte den Pfad an, der sie tiefer in den Garten führen würde.

Je weiter James sich vom Eingang entfernte, umso mehr vergaß er, dass er sich mitten in der Stadt befand. Grüne Baumkronen verdeckten die umstehenden Häuser. Die Bienen, die über dem Salbei summten, ließen James an Landgärten denken. An Wiesen, gesprenkelt mit Hahnenfuß und dem Radau von Vögeln in den Hecken. Wie aufs Stichwort hüpfte ein Rotkehlchen über den Pfad und flatterte davon.

Selbst Erin schien sich von dem Frühlingsgarten verzaubern

zu lassen. Als James sich nach ihr umsah, hatte sie einen verträumten Ausdruck auf dem Gesicht. Außerdem zupfte sie nicht mehr an ihrer Jacke herum.

Als er das bemerkte, löste sich ein Knoten zwischen seinen Schulterblättern. Es war für ihn nie leicht auszuhalten, wenn Menschen in seiner Nähe verkrampften. Das war mit einer der Gründe, warum er seine Fähigkeiten geheim hielt. Leon hatte sich oft darüber beschwert, dass sie sich vor der Welt verstecken mussten, aber es hatte Zeiten gegeben, in denen James sich wünschte, dass er vollständig in der Masse verschwinden könnte. Als einer der wenigen Schwarzen Schüler an ihrer Privatschule bekam er schon mehr als genug Aggressionen ab. Nachdem er sich geoutet hatte, fand er zwar neue Communitys, aber auch ein anderes Kaliber an Bullshit, das er sich von engstirnigen Menschen anhören musste. Und später, als er Leute traf, die über Boten Bescheid wussten, musste er feststellen, dass selbst ein paar von denen, die ihm wegen seiner Hautfarbe oder seiner sexuellen Orientierung nicht mit Vorurteilen begegneten, zusammenzuckten, wenn sie mitbekamen, dass er eine übernatürliche Dunkelheit heraufbeschwören konnte. Sogar Dianes Lektionen drehten sich um gefährliche Nachtboten, die ihre Talente einsetzten, um anderen zu schaden – nur weil sie es liebten, Chaos zu stiften. Aber so waren weder er noch Nyx noch Leon. Natürlich waren sie nicht perfekt, kein Mensch war das. Dennoch hatte James lange Zeit geglaubt, niemand konnte etwas gegen sie haben, solange sie nach den Regeln spielten.

Dann hatten vier Männer aus der Sekte *Söhne der Schöpfung* ihm, Leon und Nyx nach der Schule aufgelauert. Sie wollten die Welt von der Saat des Chaos reinigen (ihre Worte). James wusste nicht mehr, wie sie sich gegen den Überfall gewehrt hatten. Stattdessen war der stechend heiße Schmerz hängengeblieben, der ihn durchfuhr, als einer der Männer ihm den Arm brach. Am meisten jedoch erinnerte er sich daran, dass sein Kopf nicht begreifen wollte, was da passierte. Warum wurden sie angegriffen? Sie hatten niemandem etwas getan, hatten ihre Talente nicht einmal außerhalb ihres Zuhauses eingesetzt.

Später verstand er es. Stück für Stück, mit jeder Erfahrung wurde ihm klarer, dass sich seine Selbstwahrnehmung nicht immer mit dem deckte, was andere in ihm sahen. Was sie auf ihn projizierten. *Nachtbote. Chaosbringer. Die Dunkelheit in Person.*

In seinem ganzen Leben hatte er noch nie jemanden verletzt, der ihn nicht zuerst angegriffen hatte. Doch ihm war bewusst, dass manche genau das von ihm erwarteten. Manchmal gelang es ihm, Hass und Ablehnung an sich abprallen zu lassen. Wenn ihm die Menschen jedoch mit Angst begegneten, spürte er den Drang, ihnen zu zeigen, dass sie ihn nicht fürchten mussten.

Leere Hände, sanftes Lächeln, vorsichtiger Abstand. Siehst du? Harmlos.

Nichts davon war neu, aber es machte ihn unsagbar müde.

Das Rotkehlchen kehrte zurück und landete auf einer der niedrigen Mauern, die die Staudenbeete in diesem Teil des Gartens eingrenzten. Der Vogel betrachtete James mit schiefgelegtem Kopf.

Hab leider keine Krümel für dich dabei, Kumpel, dachte James. Er bog um einen Hortensienstrauch und stellte fest, dass er sie in die richtige Ecke gelotst hatte. Vor ihm befand sich ein halbes dutzend Hochbeete. An einem von ihnen stand ein weißer Mann in Cargohose und Karohemd. Ein Sack Mulch lehnte an der Holzwand des Beets, und an den Händen des Mannes klebte Erde, aber als James auf ihn zuging, schaute er ihm bereits abwartend entgegen.

Er hatte gespürt, dass sie kamen.

Kurz darauf saßen sie auf zu Hockern umfunktionierten Kisten hinter den Hochbeeten. James erzählte, weshalb sie hier waren, und Luke hörte schweigend zu.

Mit seinen fünfundsechzig Jahren war Luke der älteste Nachtbote, den James bisher kennengelernt hatte. Er hatte ein schmales, wettergegerbtes Gesicht, das von einer breiten Nase beherrscht wurde, braune Haare und einen Bart, der von grauen Strähnen durchzogen war.

Luke war ein Einzelgänger, jemand, der gut mit sich selbst klarkam und das Alleinsein schätzte. Ein wenig ironisch war das schon, denn im Grunde bestand sein Talent darin, Verbindungen zwischen anderen Menschen zu erkennen. James ging davon aus, dass Luke gute Gründe hatte, ein zurückgezogenes Leben zu führen. Vielleicht entsprach das einfach seiner Natur. Vielleicht hatte er auch Erfahrungen gemacht, die er nicht wiederholen wollte.

»Eine merkwürdige Aura«, sagte Luke schließlich und musterte Erin. »Hm.«

Erin sagte nichts. Überhaupt hatte sie außer einem Hallo kein einziges Wort gesprochen.

»Erin?«, fragte James. »Alles okay?«

»Nein«, sagte Erin schroff. »Nein, ist es nicht. Deshalb sind wir hier, oder?« Sie holte Luft und fuhr dann etwas ruhiger fort: »Tut mir leid. Das ist alles nur … viel.«

»Kann ich mir vorstellen«, sagte Luke. »Also, weshalb kommt ihr zu mir? Was glaubt ihr, kann ich für euch tun?«

»Wenn Erin damit einverstanden ist, dann würde es uns sehr helfen, wenn du die Signatur der Energien deuten könntest, die sich in ihr abgelagert haben«, sagte James. »Und ist es möglich, die Spur der Nachtenergie zu ihrem Ursprung zurückzuverfolgen?«

»Zu ihrem Ursprung«, wiederholte Luke. »Damit meinst du den Chaosträger?«

»Ja.«

Luke seufzte.

»Ich will ihm helfen«, versicherte James rasch. »Ich habe etwas, mit dem er seine überschüssige Chaoskraft loswerden kann, ohne jemanden zu verletzen. Möglicherweise.«

Luke hob eine Braue. »Ist es dasselbe ›Etwas‹, das du benutzt hast, um den Chaosdunst aus Erin herauszufiltern?«

James biss sich auf die Lippe, dann zog er den Bleikasten aus der Tasche. Das war nur fair, wenn er von Luke verlangte, sich einzubringen. Neugierig lehnte Luke sich vor, nur um sofort zurückzuzucken, als James den Deckel öffnete.

»Das reicht«, sagte Luke und war sichtlich erleichtert, als James den Kasten wieder zuklappte. »Was ist das?«

»Ein Sonnensiegel«, antwortete James. »Hast du die Keilschrift darauf bemerkt? Das ist eine Art Bannspruch, den ein hethitischer Sonnenkult fürs Einfangen von Chaoskraft benutzt hat. Vermuten wir zumindest.«

Luke rückte noch ein Stück von James weg. Dank des Bleikastens dürfte er eigentlich nichts von der Wirkung des Siegels spüren, aber James konnte seinen Drang nach Abstand nachvollziehen.

»Wer hat dir das gegeben?«, fragte Luke.

»Freunde«, antwortete James. Er dachte an Remzi und Ipek, das Pärchen, das das Siegel in einer Ausgrabungsstätte in Kappadokien aufgespürt hatte. Er war Tagbote, sie Nachtbotin. Nach ihrem Archäologiestudium widmeten sich die beiden der Erforschung von antiken Riten, die mit Tag- und Nachtmythen verknüpft waren. Über zwanzig Jahre lang hatten sie eine Menge an vergessenem Wissen ausgegraben. James bekam nur einen Bruchteil davon zu sehen. Zwar hatte er sich gut mit den beiden verstanden, doch das Siegel überließen sie ihm trotzdem mit gemischten Gefühlen. Sie sahen die Bedrohung, die sich in London regte, und wollten helfen. Gleichzeitig war ihnen klar, dass sie Schwierigkeiten bekommen würden, wenn die falschen Leute die Herkunft des Siegels zu ihnen zurückverfolgten.

Luke akzeptierte James' vage Antwort, sah jedoch nicht weniger besorgt aus. »Das Artefakt ist mit Tagenergie aufgeladen, wusstest du das?«

Und ob. Das hatte Remzi bewerkstelligt. Laut sagte er: »Ja. Das braucht das Siegel, um die Chaoskraft zu extrahieren. Ohne funktioniert es nicht.«

Luke musterte ihn eindringlich. »Mit so was herumzulaufen ist verdammt riskant. Wie hast du dich gefühlt, nachdem du es benutzt hast?«

»Schwach«, gab James zu.

Luke rieb sich nervös die Erde von den Händen. »Ich kann schon verstehen, warum du das Siegel hergebracht hast. Besonders wenn wir wirklich einen Träger in London haben. Aber ich sag's dir ganz ehrlich, dieses Ding macht mich nervös.«

»Mich auch«, sagte James. »Nur leider ist das alles, was wir haben. Und wir stecken schon mitten in der ersten Phase der Chaosflut.«

Luke schwieg nachdenklich, dann wandte er sich an Erin. »Dann liegt die Entscheidung bei dir«, sagte er. »Willst du, dass ich mir deine Aura näher anschaue?«

Erin schluckte, zögerte jedoch nicht. »Ich will herausfinden, was mit mir nicht stimmt.«

Luke nickte. »In Ordnung. Ich kann euch nichts versprechen, aber ich gebe mein Bestes.«

Luke nahm sie mit in einen Schuppen am Ende des Gartens. Drinnen standen lange Tische, auf denen Tomaten- und Paprikasetzlinge auf ihre Pflanzzeit warteten. Leere Blumenkübel stapelten sich in den Ecken, und Gartengeräte hingen an der Wand.

Als sie eintraten, ließ Luke die Leinenrollos vor den Fenstern herunter.

»Heute ist hier hinten nicht viel los«, erklärte er, »aber wir wollen trotzdem keine zufälligen Zuschauer.«

Er stellte sich James und Erin gegenüber und rieb noch einmal seine Hände an seiner Hose ab.

»Habt ihr Handys dabei? Oder irgendwelche anderen elektronischen Geräte?«

Erin verneinte, und James schaltete sein Handy aus. Wenn Luke Energien manifest machte, ging das für Mikrochips und andere empfindliche Technik schlecht aus.

»Was passiert jetzt?«, fragte Erin nervös.

Luke lächelte. »Jetzt wird es magisch. James, wärst du so nett?«

James legte beide Hände vor die Brust. Zu Erin sagte er: »Das kennst du schon. Ich rufe die Dunkelheit, wie gestern Abend.«

Nur, dass er dieses Mal sanfter vorgehen konnte. Er spürte, wie die Dunkelheit in ihm aufstieg, spürte die Ruhe, mit der sie sich an sein Herz schmiegte. Mit einem leisen Seufzen drückte James gegen seine Brust, und die Dunkelheit strömte aus ihm heraus. Als er die Augen öffnete, war er umgeben von vollkommener Finsternis.

Jemand stieß gegen seine Schulter und gab ein ersticktes Keuchen von sich.

»Erin?«, fragte er.

»Alles okay«, murmelte sie, doch es war klar, dass James' Fähigkeiten sie immer noch einschüchterten. Oder vielleicht erinnerte sie die Dunkelheit zu sehr an den Vorfall von gestern. In dem Fall konnte er ein wenig Abhilfe schaffen.

»Willst du was Schönes sehen?«, fragte er und schloss die Finger seiner Hand zu einer losen Faust. Wie lange hatte er das schon nicht mehr versucht? Waren es Monate? Oder schon länger als ein Jahr?

Behutsam strich er mit den Fingerspitzen seiner linken Hand über seinen rechten Unterarm, entlang seiner Pulsschlagader bis zu seiner Handwurzel. Licht flackerte auf und funkelte zwischen seinen Fingern.

»Bemerkenswert«, murmelte Luke.

James öffnete seine Hand. Über seiner Handfläche schwebte ein winziger, perlweiß schimmernder Stern.

Obwohl ihm der Anblick einen Kloß in den Hals presste, fühlte er seine Dankbarkeit bis in die Knochen. Seit Leons Tod lebte er mit der Angst, dass der Stern eines Tages nicht mehr auftauchen würde. Wieder dachte er an den seltsamen Anruf. Die Stimme hätte jedem gehören können, aber der Spitzname? Der hatte sich angefühlt wie Leons Schulter an seiner.

Nein. Wen auch immer er gehört hatte, es war nicht Leon gewesen. Der Stern war das Einzige, was er noch von ihm hatte. Es war Unsinn, auf etwas anderes zu hoffen.

James drehte sich zu Erin. Der Glanz spiegelte sich in ihren Augen, während sie staunend den Stern betrachtete.

»Besser so?«, fragte James. »Mit ein bisschen Licht?«

Kurz blieb sie stumm, dann blinzelte sie überrascht und sah ihn an. »Ja. Danke.«

James tauschte einen Blick mit Luke, um sicherzugehen, dass ihn das Licht nicht ablenken würde. Luke nickte zustimmend, dann schloss er die Augen. Er spreizte die Finger und breitete die Arme aus, als ob er einen großen Ball fassen wollte.

»Fangen wir an.«

Erin versteifte sich, und ihre Hand streifte die von James, bevor sie sie zurückzog.

»Keine Sorge«, versicherte James. »Du wirst gar nichts spüren. Luke macht die Energie, die dich umgibt, nur sichtbar.«

Und genau das tat er. Zuerst erschien nur ein mattes Blitzen, wie Glühwürmchen im Flug, dann leuchtete Faden um Faden aus Lichtern auf. Nach wenigen Augenblicken stand Erin inmitten eines Kokons aus Lichtfasern, die sich in sanften Wellen um sie kräuselten.

James ließ den Stern über seiner Hand erlöschen und begutachtete das Glitzern, das sich um Erin herum manifestierte.

Erin schien ebenfalls von dem Anblick gefesselt zu sein, doch als Luke näher trat, zuckte sie zusammen. Ihre Aura spiegelte sich in Lukes Augen, dessen Pupillen jetzt doppelt so groß waren wie vorhin und grellgrün leuchteten. James kannte drei Nachtboten, die nachts sehen konnten, aber soweit er wusste, besaßen nur Lukes Augen diesen katzengleichen Schimmereffekt.

»Du kannst ruhig weiteratmen«, sagte Luke mit abwesender Stimme. »Das hier läuft alles so, wie es soll.«

»Kann ich«, setzte Erin an, »darf ich mich bewegen?«

»Sicher. Fass die Energiewellen ruhig an, wenn du willst.«

Vorsichtig zog Erin ihre Finger durch das Licht, das sich wie Wasser teilte.

Lukes Katzenaugen blickten scheinbar ins Leere, doch James wusste, dass er die Wellen, die Erin umspielten, sehr genau betrachtete.

»Hm«, machte er nach einer Weile.

»Was siehst du?«, fragte James.

»Nichts, was mir je zuvor untergekommen wäre«, antwortete Luke. »Du hast recht. Erins Aura ist unruhig, als ob sie nicht genau wüsste, was sie sein will.« Er deutete auf einen goldenen Schimmer. »Das ist sehr alte Tagenergie, vermutlich von deinem Artefakt.« Er zeigte auf einen blauschwarzen Wellenkamm. »Nachtenergie. Ich glaube, das ist ein bisschen James. Und das hier«, er schwang seine Hand vor einem dunklen Strang, der mit einem dünnen Faden aus sattem Violett durchzogen war, »das hier ist Chaos.«

Erin wich zurück, als hätte er sie geohrfeigt, aber Luke hob beschwichtigend die Hand. »Kein Grund zur Sorge. Das ist wohl nur ein Nachhall. Wenn du von einem Chaosverfall bedroht wärst, bestünde deine Aura komplett aus Chaosenergie, und die Wellen wären sehr viel, hm, stürmischer. Dieses Level an Chaos ist harmlos. Aber der Rest …« Er wickelte die leuchtenden Stränge um seine Finger, als würde ihm das helfen, ihre Geheimnisse zu entschlüsseln. »Ich bin mir nicht sicher, ob du das Siegel weiterverwenden solltest, James. Selbst wenn es macht, was es verspricht, hat es wirklich seltsame Nebenwirkungen.«

Als ob ich eine Wahl hätte, dachte James. »Ich nehme es zur Kenntnis«, sagte er. »Was passiert jetzt mit Erin?«

»Nichts. Seht ihr das hier?« Luke schüttelte die Finger, und die Lichtfäden, die er eben noch gehalten hatte, verpufften zu glitzerndem Staub und erloschen. »Die Wellen lösen sich bereits auf«, sagte Luke. »Ich schätze, in drei bis vier Tagen werden sich die letzten Spuren fremder Energie verflüchtigt haben.«

Erin schloss in offensichtlicher Erleichterung die Augen. Wenigstens eine gute Neuigkeit.

»Was ist mit dem Chaosträger?«, fragte James. »Sind die Wellen noch stark genug, dass du sie zurückverfolgen kannst?«

Luke streckte seine Hände aus, wieder mit gespreizten Fingern. »Finden wir es heraus.«

Er sortierte die Lichtfäden, wie man ein Knäuel aus losen Wollschnüren entheddern würde. Das Chaos entglitt ihm, aber er erwischte einen Nachtfaden. Luke zupfte an ihm, hielt ihn zwischen Daumen und Zeigefinger.

»Da bist du«, murmelte er. Er zog an dem Faden, und das Licht wurde länger, sponn sich über Lukes behutsamen Griff hinaus. Wie ein schimmerndes Rinnsal wand sich das Nachtlicht durch die Dunkelheit – bis Luke die Augen weit aufriss.

»Nein!« Er ballte die Fäuste, riss sie zurück, und Erins Aura erlosch. Mit einem Schlag kehrte die Dunkelheit zurück. Nur Lukes Augen glommen noch matt.

»Was …«, begann Erin, aber Luke brachte sie mit einem »Still!« zum Schweigen.

Im gleichen Moment spürte James, was Luke bereits aufgeschnappt haben musste: Ein Stechen, als ob die Hitze der Augustsonne ungebremst auf seinen Nacken treffen würde.

Erin bewegte sich, und James griff blind nach ihrem Arm. »Leise«, flüsterte er. »Solange wir in meiner Dunkelheit sind, kann er uns nicht finden.«

Er. Die Ausstrahlung könnte zu jedem x-beliebigen Tagboten gehören, aber James hatte so eine Ahnung, wer sich ihnen näherte.

Pech gehabt, *Bhaskar*, dachte James grimmig. Seine Dunkelheit war mehr als nur Sichtschutz, sie war ein Schutzraum. Sie konnte von niemandem durchdrungen werden, den er nicht hineinließ.

Oder zumindest hatte er das bisher geglaubt.

Erin stieß zischend die Luft aus, dann murmelte Luke etwas Unverständliches. Und James? James starrte auf Rohan Bhaskar, der, eingehüllt in grellweiße Flammen, in seine Dunkelheit trat.

17

JAMES

Bhaskar bewegte sich wie eine lebendige Fackel auf sie zu. Luke hechtete zur Wand des Schuppens, während Erin hinter James in Deckung ging. James selbst war so überrumpelt, dass er überhaupt nicht reagierte.

Bhaskar lächelte dünn. »Ihr werdet ja immer mehr, wie schön.« Er streckte eine Hand zur Seite, und durchsichtiges Feuer tanzte um seine Finger. »Versuchen wir es noch mal. Ihr kommt jetzt alle mit mir.«

Luke packte einen Rechen, doch als Bhaskar seine Hand drehte, ging Lukes Behelfswaffe in Flammen auf. Mit einem Schrei ließ er den Rechen fallen.

Bhaskar kam näher. James wich zurück, spürte jedoch, wie die Hitze auf seiner Haut anstieg.

Tu was, verdammt nochmal.

Er ballte die Fäuste, doch Erin reagierte schneller.

»Zur Hölle mit dem Scheiß«, knurrte sie. Sie huschte an James vorbei, packte einen Tontopf und schleuderte ihn auf Bhaskar. Dieses Mal schien er zu überrascht, um auszuweichen: Der Topf knallte gegen seinen Kopf. Bhaskar schrie auf, und die Energie um ihn herum explodierte, zerriss den Topf in der Luft und schleuderte James und Erin rücklings zu Boden.

James' Dunkelheit zerplatzte, und im selben Moment zerbarsten die Fenster des Schuppens. Mit einem Ruck richtete James sich auf, während es um sie herum krachte und klirrte.

Bhaskar stand gekrümmt da und presste beide Hände vors Gesicht. Die weißen Flammen züngelten, und Energie pulsierte um seinen Körper, einmal, zweimal. James spürte, wie sich eine neue Druckwelle aufbaute, dann zerrte Luke ihn und Erin auf die Füße. Sie kamen keine drei Schritte weit, bevor ein Energiepuls wie ein Rammbock gegen James' Rücken krachte. Er schaffte es gerade noch, die Arme vor dem Gesicht zu verschränken, dann krachte er durch die Glastür des Schuppens. Von Scherben zerschnitten stürzte er zu Boden.

Keuchend stemmte er sich hoch, wurde jedoch sofort von Luke und Erin an den Armen gepackt und in die Höhe gewuchtet. Ein blutiger Schmiss zog sich über Lukes Wange; wahrscheinlich hatte auch er eine Scherbe abbekommen.

James griff nach Erins Hand und zischte zu Luke: »Aufteilen!«

Luke rannte zwischen den Hochbeeten davon. James und Erin sprinteten den Pfad hinunter, auf dem sie hergekommen waren. James drehte sich nicht um. Die Hitze, die auf seiner Haut prickelte, ließ nach, nur um kurz darauf noch heißer zu brennen.

»James!«, keuchte Erin und zerrte an seinem Ärmel. Er sah nach links. Die Irisstauden am Rand des Pfades verdorrten im Zeitraffer.

»Schneller«, knurrte er. Wegzulaufen war ihre einzige Chance. Wenn sie es zum Ausgang des Gartens schafften, wenn sie …

James' Herz setzte aus. Vor ihm öffnete sich der Pfad zu einem Picknickplatz, und dort, mitten auf dem Backsteinpflaster, lag ein Mensch wie ein Sack hingeworfener Lumpen. Er erkannte den reglosen Körper, die dunkelbraunen Haare, die sich aus dem Knoten lösten, die Hand, die sich über den Boden ausstreckte, und das abgewetzte Lederarmband.

Die Hitze, die durch James' Haut drang, verwandelte sich in Eis. Erin rief etwas, aber James rannte bereits auf den Platz und fiel neben Sami auf die Knie.

»Nein«, murmelte er. »Nein, *nein.*«

James' Hände flogen über Samis Arme, seine Schultern, schoben seine Haare beiseite. Blut rann von Samis Ohr über seine Wange.

Plötzlich war Erin neben ihm. »Ist er …?«

James konnte nicht antworten. Seine Finger tasteten nach Samis Puls. Blut. Da war noch mehr Blut, das sich unter seinem Kopf ausbreitete.

»Bitte«, flehte er leise. »Bitte, *Habibi.*«

Die Welt stand still, dann spürte er das Flattern eines Pulsschlags unter seinen Fingerspitzen.

Erin packte ihn an der Schulter. »Da!«

James' Kopf ruckte hoch, und er sah, wie die Pflanzen, die den Platz einsäumten, zu Asche zerfielen. Hitze kroch über die Pflastersteine und wälzte sich wie eine zähe Masse über James. Er konnte kaum noch atmen. Erin japste nach Luft, aber James nahm seine Hand nicht von Samis Puls. Selbst dann nicht, als Bhaskar mit blutendem Gesicht auf sie zukam.

Wut, scharf und klar, brandete in James hoch. Er verzog das Gesicht vor Anstrengung, schlug beide Hände vor seine Brust und jagte Bhaskar eine Flutwelle aus Dunkelheit entgegen. Der rutschte ein paar Zentimeter rückwärts, sank auf ein Knie und fegte die Dunkelheit auseinander, noch während sie über ihn hinwegraste.

James warf einen letzten Blick auf Sami, dann stand er auf und stellte sich vor ihn und Erin. Er wusste nicht, was eben passiert war, warum seine Dunkelheit Bhaskar scheinbar physisch getroffen hatte. Eines wusste er jedoch genau: Er würde Bhaskar nicht vorbeilassen. Nicht, solange er noch stehen konnte.

Bhaskar schüttelte benommen den Kopf, dann richtete er sich auf. James machte einen Schritt nach vorn, und etwas knirschte unter seinem Schuh. Samis Handy, verschmort und verformt wie James' altes Telefon. James spannte die Muskeln an, um auf Bhaskar zuzurennen, als sich eine Hand auf seine Schulter legte. Luke trat neben ihn und schob James sacht, aber entschlossen zurück.

»Bring die beiden in Sicherheit«, sagte er. James setzte zum Widerspruch an, doch Luke ließ ihn nicht zu Wort kommen. »Geh, James.«

Bhaskar holte aus und schickte eine brachiale Sturmbö aus Sonnenfeuer in ihre Richtung, doch bevor sie ihr Ziel erreichte, riss Luke die Hände hoch und grub die Finger in das zuckende Lichtergewirr. Er wankte, blieb jedoch stehen und begann Stück für Stück Fäden aus Bhaskars Flammenaura zu sich heranzuziehen. Er wand sich, schien jedoch weder Lukes Griff entkommen noch seine Energie zurückholen zu können.

»James!« Erins Ruf traf ihn wie ein Schlag. Er fuhr herum und sah, dass sie Sami auf den Rücken gewälzt hatte und vergeblich versuchte, ihn aufzuwecken. Mit wild klopfendem Herzen setzte er sich in Bewegung, schob Erin beiseite und ergriff Samis Handgelenke. Ein Knistern zuckte über den Platz, und der Geruch von verbrannten Pflanzen, von verbrannter *Haut*, stach ihm in die Nase.

Nicht ablenken lassen, befahl er sich, auch wenn sein Magen vor Entsetzen rebellierte. Er spannte all seine Muskeln an, atmete tief ein, dann zog er Sami vom Boden hoch und hievte ihn über seine Schulter. Sein Rücken knackte, und seine Knie gaben beinahe nach, aber er schaffte es, sich aufzurichten.

Erin sprang auf. »Ausgang«, krächzte James und sicherte seinen Griff um Samis Kniekehlen. Ein letztes Mal sah er zu Luke, konnte es nicht verhindern. Der Nachtbote stand wie ein Bollwerk zwischen ihm und Bhaskar, die Hände fest in dessen gleißende Flammen gekrallt. Rauch stieg von Lukes Haar auf, und auch seine Kleidung schwelte.

»Luke!«, brüllte James, doch der drehte sich nicht um.

»Lauft!«, schrie er durch das immer lauter werdende Prasseln der Flammen.

James' Magen drehte sich um. Alles in ihm schrie, dass er nicht weglaufen durfte. Aber da waren Sami und Erin, die am Rücken seiner Jacke zerrte.

»Komm schon! Komm schon, *verdammt*!«

Sie flohen. Stolperten und rannten das letzte Stück bis zum Ausgang des Gartens. James biss die Zähne so fest zusammen, dass sein Kiefer sich verkrampfte, aber er lief weiter, trug Sami durch das offene Tor – und prallte beinahe gegen Nyx.

Sie riss die Augen weit auf, und wahrscheinlich war es ein Wunder, dass er nicht vor Schock hintenüberkippte.

»Was–«

»Du–«

»Ähm«, schaltete sich eine Fremde mit langen braunen Haaren ein. »Wir sollten hier weg, glaube ich. Wir sollten ganz schnell die verdammte Kurve kratzen!«

In dem Moment schrillte eine Feuerwehrsirene. Nyx' Blick wurde hart wie Stahl, dann nickte sie James zu, und sie nahmen die Beine in die Hand.

18
JAMES

Angst wirbelte wie ein Schwarm Wespen durch seinen Kopf. Er roch verbrannte Lilien, spürte Lukes Hand auf seiner Schulter. Er sah Sami, der nicht aufwachte. Ertastete seine Schlagader. Fand keinen Puls.

Wieder und wieder spielte sein Körper den schlimmsten aller möglichen Fälle durch. Dass dieser Fall nicht eingetreten war, spielte anscheinend keine Rolle.

Sie waren zurück in Whitechapel, in Samis Wohnung. Sami selbst saß auf seiner Couch, bleich wie ein Leintuch und sichtlich mitgenommen. Die junge Frau mit den braunen Haaren – *Birdie*, erinnerte sich James – desinfizierte die Platzwunde auf seiner Stirn und verarztete sie mit einem Klammerpflaster.

Er war mit dem Kopf auf dem Pflaster aufgeschlagen. Nachdem Bhaskar ihn nach James' Verbleib gefragt hatte. Nachdem Sami sich geweigert hatte, zu antworten, und Bhaskar ihn mit einem Energiepuls in den Rücken schachmatt gesetzt hatte.

James starrte auf das blutige Handtuch auf der Couch und schloss die Augen. Sami war in Ordnung. Er atmete, er war wach. Er musste sich nicht übergeben, sah nicht doppelt oder zeigte andere Anzeichen für eine Gehirnerschütterung.

Er war in Ordnung.

Luke allerdings …

James öffnete die Augen. Er lehnte am Küchentresen, mit mehreren Metern Abstand zwischen sich und der Sitzecke. Bis eben hatte er noch mit Sherin telefoniert, einer Polizistin, die eine von Dianes Kontaktpersonen bei der MET war. Von ihr erfuhr er, dass man Luke zwar ins Krankenhaus gebracht hatte, es jedoch schlimm um ihn stand.

Was war da los, verdammt nochmal?, hatte Sherin gefragt. *Der halbe Garten liegt in Schutt und Asche, und dein Freund sieht aus, als hätte man ihm einen Eimer Säure vor den Latz gekippt.*

James blieb ihr die Antworten schuldig und hoffte, dass Diane später die Wogen glätten würde. Seine Erinnerung spülte den Geruch von schwelender Kleidung hoch, und er schüttelte den Kopf, um das Echo abzuschütteln.

»Ich glaube, du bist mit dem Schrecken davongekommen«, sagte Birdie. »Aber es ist wahrscheinlich sicherer, wenn du eine Weile lang nicht schläfst. Hast du was, womit du das Taubenei auf deiner Stirn kühlen kannst?«

Sami murmelte etwas, das wie »Gefrierfach« klang. Birdie ging zum Kühlschrank, während Sami sich nach James umsah. Er runzelte die Stirn, als er ihn so weit entfernt vorfand. James wusste, dass er reagieren sollte, aber es erschien ihm so sinnlos, jetzt mit Sami zu sprechen. Was sollte er auch sagen? Tut mir leid, dass du beinahe umgebracht wurdest? Dass Bhaskar deinen Garten zerstört und Luke sich für uns geopfert hat?

James verschränkte die Arme vor der Brust und kämpfte die Übelkeit herunter, die sich seine Kehle hinaufdrängte.

Birdie ging zurück zu Sami, und Erin folgte ihr dicht auf den Fersen. Sie ließ sich auf einen Sessel fallen und hielt Sami eine Packung Kekse entgegen.

»Hab gehört, die sollen helfen«, sagte sie.

Sami stieß ein erschöpftes Lachen aus, dann nahm er das Coolpack aus Birdies Hand und einen der Kekse.

»Oh«, sagte Birdie. »Sind das die mit Karamell?«

James verschränkte die Arme noch fester und sah zu, wie Erin die Tube Aloe-vera-Creme vom Tisch nahm und ihr gerötetes Gesicht damit eincremte. James' eigene Haut spannte und juckte wie von einem Sonnenbrand. Dazu kam das Brennen der Schnittwunden an seinen Händen und Unterarmen.

Es hätte so viel schlimmer ausgehen können.

Nyx trat zu ihm und reichte ihm eine Packung mit Wunddesinfektionstüchern. »Gut, dass Sami und Mirabell regelmäßig ihren Erste-Hilfe-Kasten auffüllen.«

James nickte stumm. Sein Blick huschte zurück zu Sami, der sich das Coolpack an die Stirn hielt.

»Er ist in Sicherheit«, sagte Nyx.

»Nicht, solange ich in seiner Nähe bin«, widersprach James. Nyx gab ein Schnalzen von sich, erwiderte jedoch nichts.

Ihre verhaltene Reaktion war so typisch, dass ihn eine Woge der Zuneigung überrollte. Nyx war hier. An seiner Seite. Nachdem er beinahe draufgegangen wäre, ohne ihr überhaupt zu erzählen, dass er zurück in London war.

Er hatte wirklich mehr Glück als Verstand.

Bereits auf dem Weg hierher hatten sie geklärt, warum Nyx im Garten aufgetaucht war. Sie hatte versucht, James zu erreichen, vermutlich kurz nachdem er sein Handy ausgeschaltet hatte. Als sie nur seine Mailbox erreichte, hatte sie Sami alarmiert. Der war sofort losgerannt, um James zu warnen. Wahrscheinlich war er Bhaskar direkt in die Arme gelaufen.

Wusste Bhaskar, wer Sami war? Hatte er den Garten überwachen lassen, in der Hoffnung, dass James dort auftauchen würde? Oder hatte er James verfolgt, und Sami war ihm in die Quere gekommen?

James zerknüllte das Päckchen Desinfektionstücher in seiner Hand. Er hätte nie bei Sami Unterschlupf suchen dürfen. Wieso zur Hölle hatte er andere Menschen in diesen ganzen Mist mit hineingezogen? Erst Sami, dann Luke.

»Scheiße«, murmelte er und presste den Daumen seiner freien Hand zwischen seine Brauen. Mit jeder Sekunde kroch das schreckliche Ausmaß der heutigen Ereignisse aus den Ritzen seines Bewusstseins.

Nyx zupfte das Päckchen mit den Wundtüchern aus seiner Faust und öffnete es.

»Wir stecken ziemlich in Schwierigkeiten, oder?«, fragte sie.

Er stieß ein humorloses Lachen aus. »Oh ja.«

Nyx schüttelte den Kopf, dann zog sie eins der Desinfektionstücher aus der Packung. »Achtung«, warnte sie und begann, über James' Schnittwunden zu tupfen. Er sog scharf die Luft ein, hielt jedoch still. Als er den Blick wieder zur Couch richtete, stellte er fest, dass Erin ihn und Nyx beobachtete.

»Wir müssen uns unterhalten«, sagte Nyx.

Das war die Untertreibung des Jahrhunderts. »Ja«, sagte er. »Ja, das müssen wir allerdings.«

Nyx stieg durch ein Fenster auf das Dach der Garage, die sich zwischen Samis Wohnung und dem Nachbarhaus befand. James hatte bereits ein Bein über den Sims geschwungen, als Erin ihn zurückhielt.

»Können wir reden?«, fragte sie.

»Gib mir einen Moment, okay?«, sagte er. »Nyx und ich müssen ein paar Sachen klären.«

Erin verzog das Gesicht, sagte jedoch nichts weiter.

»Ich bin bald zurück«, versprach er, dann kletterte er nach draußen.

An der Wand des Nachbarhauses lehnten Plastikklappstühle. Nyx hatte bereits einen davon aufgestellt und holte einen zweiten. Sie klappte ihn auf und schob ihn in Position, alles, ohne James anzusehen. Als er sich neben sie stellte und sie sanft an der Schulter berührte, ging ein Schauder durch sie hindurch.

»Hey, Eulchen«, sagte er.

Sie drehte sich zu ihm, den Blick immer noch gesenkt, dann

lehnte sie die Stirn an seine Schulter. Zuerst standen sie einfach so da, dann legte James seinen Arm um sie. Erklärungen, Rechtfertigungen, all das konnte warten. Für den Augenblick war James einfach nur froh, dass sie immer noch wie zwei Puzzleteile zusammenpassten.

Irgendwann ließen sie einander los. James stupste mit dem Finger gegen Nyx' Haarspitzen. Sie hatte ihr Haar kürzer schneiden lassen und die Strähnen, die ihr sonst ins Gesicht hingen, zu einem Knoten zurückgebunden.

»Ich mag die neue Frisur«, sagte er. Nyx sah älter aus. Ein bisschen schmaler, als er sie in Erinnerung hatte. Plötzlich wog die Tatsache, dass er sie ein Jahr lang nicht gesehen hatte, noch schwerer als zuvor. Verdammt, sich von ihr abzuschotten war einfach nur dumm gewesen.

»Seit wann bist du zurück?«, fragte Nyx.

»Seit gestern«, antwortete er. Er sparte sich die hohlen Phrasen. *Ich hätte dich angerufen, aber. Ich hätte dich gewarnt, aber.*

Nyx betrachtete ihn mit einem nachdenklichen Blick, den er sehr gut kannte. Sie war von jeher ein stilles Wasser gewesen. Am Anfang hatte James sich Sorgen gemacht, ob er und Leon zu viel quatschten und ihr keinen Raum zum Reden gaben. Aber mit der Zeit lernte er, dass Nyx zufrieden war, wenn sie zuhören, wenn sie in ihrer Nähe entspannen konnte. Und dass sie dann sprach, wenn sie wirklich etwas sagen wollte.

Die Krux war: Sie ließ nicht immer raus, was in ihrem Kopf vorging. Sonst hatte James das nicht gestört, doch jetzt machte er sich Sorgen. War sie verletzt, weil er sich nicht bei ihr gemeldet hatte? Oder wütend? Es wäre einfacher gewesen, wenn sie ihn direkt angepflaumt hätte.

Nyx setzte sich breitbeinig auf einen der Klappstühle. James setzte sich ihr gegenüber.

»Es gibt einen Chaosträger in London«, sagte Nyx. »Das weißt du schon, oder?«

»Ja.«

»Wie tief steckst du in der Sache drin?«

»Bis über den Kopf«, gestand er. »Diane hat Kontakt zu mir aufgenommen. Vor einem Jahr.«

Bei der Erwähnung von Dianes Namen richtete Nyx sich auf, und ihre Miene versteinerte. James redete trotzdem weiter. Es half nichts, jetzt musste alles heraus. Er erzählte, wie ihre Adoptivmutter ihn rekrutiert, wie er in ihrem Auftrag nach einem mythischen Artefakt gesucht hatte. Wie er dasselbe Artefakt benutzt hatte, um Erin vor dem Chaosverfall zu retten.

Nyx hörte sich alles an und schwieg eisern, bis James es nicht mehr aushielt.

»Sag was. Bitte.«

Nyx schloss die Augen. »Wir stecken also wieder in Dianes Netz fest.«

»Nicht ›wir‹«, sagte James und ohrfeigte sich innerlich, als sie zusammenzuckte. Das war falsch angekommen. »Ich wollte nicht, dass du mit reingezogen wirst«, erklärte er schnell. »Deshalb habe ich dir nichts gesagt. Ich wollte dich da raushalten. Ich dachte, es reicht, wenn Diane einen von uns einwickelt. War eine dämliche Entscheidung, das weiß ich jetzt. Es tut mir leid.«

Nyx schwieg. Er zwang sich, abzuwarten, aber er ballte die Fäuste so fest, dass seine Fingernägel sich in seine Handflächen drückten.

»Du wolltest uns immer beschützen«, sagte sie schließlich. ›Uns‹. Das bedeutete ›Nyx und Leon‹. Er entkrampfte seine Hände, verspannte sich jedoch sofort wieder, als sie weitersprach. »Du hast uns nie gefragt, ob wir das wollen.«

Die Worte trafen ihn wie ein Stich durch die Brust. Es war ihm nie in den Sinn gekommen, dass Nyx und Leon seine Versuche, sie zu beschützen, nicht guthießen. Wenn er sich vor sie stellte – hatten sie das als Bevormundung empfunden? Als Übergriff? Das war ernüchternd.

»Was jetzt?«, fragte sie. »Wie lautet euer Plan?«

Er blinzelte und schüttelte seine Verunsicherung, so gut es ging, ab. »Der Plan ist noch in der Mache, ehrlich gesagt. Eigentlich hatten w– hatte Diane gehofft, dass wir das Siegel nutzen können, um den Chaosträger zu entschärfen. Aber erstens wissen wir immer noch nicht, wer es ist, und zweitens haben wir keine Ahnung, ob die Kraft des Siegels ausreichen wird, um einen Träger zu stoppen.«

»Hast du mit Adeline gesprochen?«, fragte Nyx. Adeline war eine der zwei Nachtgeborenen, die sie in London kannten.

»Gleich als Erstes, nachdem Diane mir vom Träger erzählt hat«, sagte er. »Sie ist vor über einem Jahr zurück nach Frankreich gezogen. Sie ist es nicht.«

»Und Luke war es auch nicht«, mutmaßte Nyx.

»Nein.« Der Faden, der Erin mit dem Träger verband, war an Luke vorbeigeflossen – bis Bhaskar Lukes Spurensuche ein jähes Ende bereitet hatte.

»Meinst du, Luke schafft es?«, fragte sie.

Nein, dachte er sofort. Laut sagte er: »Vielleicht. Aber es wird hart für ihn.«

Ihr Gesicht verzerrte sich, bevor sie den Kopf senkte. »Diese verdammten Mistkerle.«

James sah auf Nyx' gebeugte Schultern und hob dann den Blick zum wolkenverhangenen Himmel.

»Du hast Luke um Hilfe gebeten, oder?«, fragte seine Schwester. »Um den Träger zu finden?«

Er schluckte. »Ja.«

»Birdie und ich haben auch jemanden dazugezogen«, sagte sie. »Das lief fast genauso gut.«

Sie erzählte ihm von einem Orakel – von einem waschechten *Orakel* – und von dessen Vision. Vom Chaosträger, der aus der

Sphäre der Wahren Nacht in die irdische Welt kam. In der Vision war es ein Junge mit hellen Haaren. Die Beschreibung troff wie eisiges Wasser in James' Kragen.

Nyx, die seinen Schock bemerkte, nickte. »Ja, ich habe auch sofort an Leon gedacht.«

Ruhig bleiben, ermahnte James sich. »Ich glaube, irgendjemand will uns reinlegen.«

Nyx runzelte die Stirn. »Was meinst du?«

»Ich habe heute Morgen einen Anruf bekommen. Von einer unbekannten Nummer.« Er wollte weiterreden, aber plötzlich spielte seine Stimme nicht mehr mit. Wie gelähmt starrte er auf seine Knie, während in seinen Ohren das Weiße Rauschen brauste.

»James?«, hakte Nyx nach. »Was ist passiert? Wer hat dich angerufen?«

Er schluckte und hob den Kopf. »Ich weiß nicht, wer es war. Aber er hat mich Jay Bird genannt.«

Sie zuckte zusammen, als hätte er ihr einen Stromschlag verpasst.

»Ich weiß«, sagte er. »Ich war auch geschockt.«

Er konnte sehen, wie sie sich zusammenriss. Ihre Brust hob und senkte sich schneller, aber ihre Stimme blieb ruhig. »Was … was hat er noch gesagt?«

»Nur meinen Spitznamen«, sagte James. »Sonst nichts.«

Jay Bird. Wie sehr hatte er diesen Namen hören wollen. Auch jetzt quälte ihn der verzweifelte Wunsch, die Realität um ihre eigene Achse zu biegen und Leon zurückzuholen.

Aber das war unmöglich. Es war verdammt nochmal unmöglich.

»Ich weiß nicht, wie der Anrufer es angestellt hat«, sagte er. »Aber im ersten Moment dachte ich wirklich, es wäre Leons Stimme.«

Wut knisterte in ihm hoch, als er sich eingestand, wie zielsicher der Anrufer seine Schwachstelle getroffen hatte. »Er kannte meinen Spitznamen, Nyx. Wie hat er den herausgefunden? Nur du, ich und Leon wussten davon.«

Nyx' Stirnrunzeln vertiefte sich. »Du meinst, jemand hat so getan, als wäre er Leon?«

»Anders kann es nicht sein«, sagte er. »Was die unschöne Frage aufwirft, woher dieser Jemand seine Informationen hat.«

»Aber warum?«, fragte Nyx. »Was sollte es bringen, ausgerechnet Leon zu imitieren?«

»Keine Ahnung«, sagte James. »Vielleicht wollte uns der Anrufer verunsichern. Vielleicht will er, oder wer sonst noch hinter dem Anruf steckt, uns signalisieren, dass sie uns überwachen. Dieser Ingleby, kann es sein, dass er dich angelogen hat? Dass er den Chaosträger mit Absicht so beschrieben hat, dass er Leon ähnlich sieht?«

Nyx schien nicht überzeugt. »Vielleicht, aber–«

»Es kann nicht Leon gewesen sein«, unterbrach James, schärfer, als geplant. »Vielleicht wollen sie herausfinden, was mit ihm passiert ist«, schob er hinterher. »Diane hat uns gewarnt, dass wir niemals darüber reden dürfen. Ich glaube nicht, dass irgendjemand weiß, was wir getan haben, aber vielleicht ist doch was durchgesickert.« Der Verdacht traf ihn wie ein Stoß gegen die Brust. »Oh Scheiße, das würde erklären, warum der Orden Jagd auf uns zwei macht.«

Nyx' Augen weiteten sich, und James hätte sich am liebsten geohrfeigt. Er hätte das vorsichtiger verpacken müssen.

»Ich habe niemandem davon erzählt«, sagte Nyx leise.

»Ich weiß.« James nahm ihre Hand und drückte sie. »Ich auch nicht.« Blieb nur noch Diane, aber James bezweifelte, dass sie die wahren Umstände von Leons Tod mit irgendjemanden besprochen hatte. Damit würde sie nur riskieren, alles, was sie aufgebaut hatte, zu zerstören. Außerdem würde sie Nyx und James nicht derart in Gefahr bringen.

Nyx schluckte. Woran dachte sie? Was hatte sie jetzt vor Augen? Sie hatten schon lange nicht mehr über ihre Trauer geredet. Er wusste nicht, wie präsent sie noch für Nyx war. Wenn Nyx ihren Verlust jedoch nur im Ansatz so empfand wie James, dann bestand die Gefahr, dass die Hinweise auf Leon sie beide in der Zeit zurückversetzen würden.

James hoffte nur, dass es nicht mehr so schlimm werden würde wie in den ersten Monaten, als die Ereignisse, die zu Leons Tod führten, sich immer wieder abspulten. Nicht wie ein Film, den er nur betrachtete. Er hatte denselben Moment durchlebt, wieder und wieder. Hatte gespürt, wie seine Muskeln sich verkrampften und die Verzweiflung durch seine Eingeweide wütete.

Nein, eine Wiederholung brauchte er wirklich nicht.

Dass ihnen das Trauma von Leons Tod erneut vor die Füße geworfen wurde, beunruhigte ihn, aber es machte ihn auch wütend. Wieso brachte jemand Leon ins Spiel und riss damit alte Wunden auf? Reichte es nicht, dass sie sich der Bedrohung durch den Träger entgegenstellen mussten?

»Was auch immer hier läuft, irgendjemand zieht im Hintergrund die Fäden«, sagte er. »Und ich habe so eine Ahnung, wer es ist.« Er hielt seine Hand hoch und drehte sie, um die Schnittwunden zu zeigen.

»Du meinst, der Orden plant irgendwas«, sagte Nyx.

»Wie oft hatten wir es in London mit Agenten zu tun?«, fragte James. »Vor gestern kein einziges Mal. Aber jetzt tauchen sie überall auf, wo wir sind. Kann sein, dass sie nur auf der Suche nach dem Träger sind …«

»… aber du vermutest, dass mehr dahintersteckt«, vervollständigte Nyx seinen Satz.

»Ich weiß es einfach nicht.« James trommelte frustriert mit den Fingern auf seinem Schenkel, dann sagte er: »Wir brauchen Rückendeckung.«

Nyx hob das Kinn. »Du willst Diane anrufen.«

»Ich weiß nicht, was ich sonst machen soll«, gab er zu. »Du?«

Nyx warf einen Blick zum Fenster. »Birdie behauptet, sie kann den Träger vom Abgrund zurückholen. Dass sie den Fluss der Chaoskraft in ihm eindämmen kann.«

»Was?«, fragte James überrascht. »Wie?«

»Das wollte sie mir noch nicht verraten«, antwortete Nyx. »Ich habe sie erst heute getroffen.«

James sah auch zum Fenster und erhaschte einen Blick auf die drei anderen, die immer noch um den Couchtisch herumsaßen. »Denkst du, wir können ihr vertrauen?«, fragte er.

Nyx zögerte. »Sicher bin ich mir nicht«, sagte sie. »Aber bisher hat sie mir keinen Grund gegeben, ihr nicht zu glauben.«

»Meinst du, sie wird es dir verraten?«

Nyx hob die Schultern. »Wir können sie fragen.«

James überlegte. »Ganz ehrlich, ich wäre froh, wenn wir noch eine andere Möglichkeit hätten, um den Träger zu entschärfen. Das Siegel ist leider keine sichere Sache. Aber selbst wenn Birdie irgendeinen besonderen Kniff kennt: Das ändert nichts daran, dass der Orden hinter uns her ist.«

Nyx nagte an ihrer Unterlippe. »Ingleby hat mehr oder weniger verraten, dass der Orden Nachtboten aus London entführt und Informationen aus ihnen herausfoltert.«

Das wurde ja immer besser. James rieb sich mit der Hand über die Stirn und zuckte zusammen, als seine geschundene Haut unter der Berührung schmerzte.

»Hey«, sagte Nyx und stieß ihn mit der Schuhspitze an. Als er sie ansah, blickte sie ihm ernst in die Augen.

»Du hast jemanden vor dem Chaosverfall gerettet.«

Er hob die Brauen, dann stieß er ein Schnauben aus. »Ja«, sagte er und schüttelte den Kopf. In all dem Durcheinander war diese Tatsache kaum zu ihm durchgesickert. »Ja«, wiederholte er und hob ebenfalls den Mundwinkel zu einem schiefen Lächeln. »Wenigstens eine gute Sache, was?«

Nyx beugte sich vor und legte eine Hand an ihr Knie.

»Ja«, sagte sie ebenfalls. James griff wieder nach ihrer Hand, und dieses Mal drückte sie seine Finger.

»Okay«, sagte Nyx. »Ruf Diane an.«

19

JAMES

Das Gespräch mit Diane verlief knapp, und natürlich beanspruchte sie das letzte Wort für sich: »Das läuft alles aus dem Ruder. Kommt nach Hause. Wir müssen uns neu organisieren und brauchen einen besseren Schlachtplan.«

Kein Zögern, kein Raum für Diskussionen.

James legte auf und tauschte einen Blick mit Nyx.

»Ganz wie früher«, sagte sie. Es schmerzte, wie schicksalsergeben sie dabei klang.

Sie kletterten zurück in die Wohnung, und James wurde das Gefühl nicht los, dass Diane wie eine unsichtbare Barriere zwischen sie gerückt war. So sollte es nicht sein. Nyx und er gegen den Rest der Welt, das hatten sie sich versprochen. Aber vielleicht war dieses Versprechen längst an der Wirklichkeit zerbrochen.

Das vertraute Rauschen eines Wasserkochers breitete sich in der Wohnung aus, während Birdie und Erin sich an der Küchenzeile zu schaffen machten. Nur Sami saß noch immer auf der Couch. Er war ein Stück an der Lehne hinuntergerutscht und hielt sich das Coolpack an die Stirn.

James spürte wieder das dumpfe Echo der Panik, die im Garten über ihn hereingebrochen war. Er wollte das Gefühl wegschließen, wollte der Angst um Sami keinen Platz einräumen. Aber ihm weiter aus dem Weg zu gehen, brachte er auch nicht über sich.

»Gibst du mir einen Moment?«, bat er Nyx. »Ich muss mit Sami reden.«

Sie hob die Brauen, dann nickte sie und machte sich auf den Weg in die Küche. James wartete noch einen Moment, dann ging er zur Couch.

Sami öffnete die Augen, in dem Moment, in dem James neben ihm in die Hocke ging. James wünschte sich, er hätte vorher noch etwas getrunken. Seine Kehle fühlte sich so rau und trocken an, wie Sandpapier.

»Wie geht's dir?«, fragte er.

Sami hob den Mundwinkel zu einem schiefen Lächeln. »Ist es zu spät, sich noch mal zu übergeben?«

Sofort spannte James sich an. »Sollen wir dich ins Krankenhaus bringen? Ist es doch eine Gehirnerschütterung?«

»Hey, durchatmen.« Sami richtete sich auf und nahm das Coolpack von der Stirn. »Das war nur ein schlechter Scherz. Ich bin okay. Nur ein bisschen angeschrammt.«

James schnaubte frustriert. Er war mehr als nur ›angeschrammt‹. Das hier, genau das war die Situation, vor der er Sami hatte beschützen wollen. Weshalb er sich getrennt hatte, sobald die Welt der Boten wieder die Klauen nach ihm selbst ausgestreckt hatte.

Lügner, raunte eine Stimme in seinem Kopf. *Du bist schon viel früher weggelaufen, weil du eine Scheißangst hattest.* James spürte, wie sein Atem sich beschleunigte, und schloss die Augen.

»James?«, fragte Sami. Er klang besorgt, und James wusste verdammt nochmal nicht mehr, was er tun sollte. Ein Teil von ihm wollte weglaufen, einfach weg, bevor er miterleben musste, wie ihm etwas noch Schlimmeres zustieß. Ein anderer Teil wollte seine Stirn an Samis Knie lehnen.

Plötzlich überfluteten ihn die Erinnerungen. Bilder wie Schnappschüsse, Gerüche, Berührungen. Sami, der barfuß durch die Wohnung lief. Der an offenen Teedosen, Gewürzpackungen und Schokolade schnupperte, weil er die Gerüche liebte. Sein staunendes Lächeln, als James das erste Mal die

Dunkelheit um sie beide schloss. Sein warmer Atem an James' Kehle, die Art, wie er schauderte, wenn James seinen Nacken küsste.

James' Brust zog sich enger und enger zusammen. Es gab eine Zeit, da hatte er sich an Samis Seite sicherer und unbeschwerter gefühlt als jemals zuvor in seinem Leben. Dann waren seine Albträume zurückgekehrt. Oft konnte er sich nicht erinnern, was in ihnen passierte, aber er wachte ständig mit dem Gefühl auf, jemanden festgehalten zu haben, der sich in seiner Umarmung in Nichts auflöste. Manchmal verkrampfte sich sein Hals, als hätte er stundenlang stumm geschrien.

Er wusste, dass Leons Tod in ihm nachhallte. Er wusste auch, dass Sami jemand völlig anderes war, dass er nicht zwangsläufig Opfer irgendeiner Katastrophe werden würde. Und trotzdem wuchs James' Anspannung, bis er entschied, dass es sicherer war, auf Abstand zu gehen. Für Sami und für ihn selbst.

Sicherer … oder einfacher?

James schluckte und öffnete die Augen. Er wollte Sami so vieles sagen, wollte sich erklären, sich entschuldigen. Aber sein Blick hing an der Wunde auf seiner Stirn. An der Prellung, die sein Gesicht schwarz-violett verfärbte, und die Worte wollten nicht kommen.

Sami runzelte die Stirn. »Es ist nicht so schlimm, wie es aussieht«, sagte er. »Wirklich.«

James nickte. »Ich hole dir eine Tasse Tee.«

Er stand auf, aber Sami griff nach seinem Handgelenk. »Rede mit mir«, bat er.

James ballte die Fäuste und mied seinen Blick. »Ich kann nicht«, murmelte er. »Nicht jetzt.«

Noch ein paar Sekunden lang hielt Sami ihn fest, als wollte er ihm nicht glauben. Als wartete er darauf, dass James seine Meinung änderte. Dann ließ er los.

Als James wieder hinsah, starrte Sami mit verschlossener Miene zum Fenster.

»Sami«, setzte er an, ohne zu wissen, was er weiter sagen wollte.

Der schüttelte nur knapp den Kopf. »Lass gut sein. Geh und mach dein Ding. Was anderes zählt sowieso nicht.«

Eine Viertelstunde später saßen sie alle fünf um Samis Couchtisch herum. Sami, Nyx und Birdie teilten sich die Couch, während James und Erin auf den Sesseln Platz genommen hatten. Neben Tassen und Teekanne lag die aufgerissene Packung Kekse auf dem Tisch, aber James brachte keinen Bissen herunter. Samis letzte Worte lagen ihm wie Steine im Magen. Obwohl er wusste, dass er sich auf größere Probleme konzentrieren musste, verspürte er den Drang, den Zwist zwischen ihnen irgendwie zu kitten.

Später, versprach er sich. Es würde zwischen ihnen nicht mehr so werden wie früher, das war klar, aber Sami hatte mehr verdient als James' hilfloses Schweigen. Irgendwie musste er es schaffen, ihm zu sagen, dass er ihn vor allen Dingen beschützen wollte.

Kaum kam ihm der Gedanke, fielen ihm Nyx' Worte ein.

Du hast uns nie gefragt, ob wir das wollen.

Ihre Kritik nagte an ihm, aber er hatte sich sein Leben lang schützend vor andere gestellt. Er hatte keine Ahnung, wie er diesen Impuls ablegen sollte. Oder wer er überhaupt sein würde, wenn er aus diesem Muster ausbrach. »Diese Diane ist eine Nachtbotin?«, fragte Birdie, nachdem Nyx alle auf den neusten Stand gebracht hatte.

Nyx schüttelte den Kopf. »Nein, sie ist ein gewöhnlicher Mensch.«

»Woher nimmt sie ihre Informationen?«, hakte Birdie nach.

»Sie war mal Ordensmitglied, hat sich aber schon vor Jahren vom Ersten Tag abgespalten.« Nyx machte eine Pause, bevor sie hinzufügte. »Sie hat uns großgezogen.«

James konnte nicht anders, er sah nach, ob Sami auf Nyx' Worte reagierte. Aber seine Miene zeigte weiter keinerlei Regung. Im Gegenzug dazu wirkte Birdie alles andere als begeistert.

Erin zupfte wieder am Saum ihres T-Shirts herum. »Was heißt das jetzt?«, fragte sie James. »Du und Nyx, ihr fahrt zu eurer Adoptivmutter. Was wird mit dem Rest von uns?«

»Wenn es nach Diane geht, sollst du mitkommen«, sagte James. »Sie hofft, dass du ihr einen Hinweis darauf geben kannst, wo sich der Chaosträger aufhält. Und sie will wissen, wie es sich angefühlt hat, als ich das Siegel bei dir eingesetzt habe.« James wechselte einen Blick mit Nyx, bevor er sich wieder an Erin wandte. »Aber Diane gibt hier nicht den Ton an. Es ist deine Entscheidung. Du kannst dich uns anschließen, oder du kannst die Reißleine ziehen.«

Ein paar Sekunden verstrichen, dann sagte Erin: »Ich komme mit.«

Das überraschte James. Er hätte damit gerechnet, dass sie bei erster Gelegenheit den Notausgang wählen würde. Luke hatte ihr versichert, dass sie in ein paar Tagen keine Nachwirkungen des Chaosverfalls mehr an sich haben würde. Niemand hätte ihr verübelt, wenn sie verschwunden wäre.

»Erin«, setzte Sami an, aber sie zuckte mit den Schultern.

»Wenn ich dazu beitragen kann, den Träger zu finden, dann will ich helfen«, sagte sie. »Und ganz bestimmt will ich nicht, dass jemand anderem dasselbe passiert wie mir.«

Ihr Blick huschte von James zu Nyx, dann starrte sie auf ihre Knie.

Noch eine Person, der das Schicksal eine Breitseite verpasste und die sich trotzdem entschied, zu helfen. Oder, wie Nyx es ausdrücken würde, noch eine Fliege im Netz.

»Was ist mit dir?«, fragte Nyx Birdie.

Birdie tappte unschlüssig die Fingerspitzen aneinander, dann schüttelte sie den Kopf. »Ich bleibe hier«, sagte sie. »Meine Familie hat echt keine guten Erfahrungen mit Leuten aus dem Orden gemacht. Nein, ich denke, ich knöpfe mir lieber Inglebys Vision vor und versuche, so schnell wie möglich den Träger zu finden.«

»Ingleby wird dem Orden dieselben Infos gegeben haben wie uns«, gab Nyx zu bedenken. »Sie werden der gleichen Spur folgen.«

»Keine Sorge, ich habe vor, denen weiträumig aus dem Weg zu gehen«, sagte Birdie. »Du weißt doch, ich habe ein Frühwarnsystem.«

James hatte so seine Zweifel, dass das klappen würde. Bei dem Gedanken, Diane aufzusuchen, fühlte sich Birdie jedoch sichtlich unwohl. *Eine Seherin*, dachte er. Sie machte ihn neugierig. Unter normalen Umständen hätte er ihr Löcher in den Bauch gefragt. Welche Fähigkeiten hatte sie, was wusste sie über die Urkräfte und wie fühlte es sich für sie an, wenn sie die Energie von Tag- und Nachtboten wahrnahm?

Aber die Zeit drängte, und wenn Birdie auf eigene Faust weitermachen wollte, war es sinnvoller, sich auf die Ressourcen zu konzentrieren, die sie weiterhin zur Verfügung hatten. Nur bei einer Sache musste er nachhaken.

»Nyx sagt, du kannst den Fluss von Chaoskraft unterbinden?«, fragte er.

»Ich kann dem Träger den Weg zurück zur Balance zeigen«, widersprach Birdie. »Zumindest ist das der Plan.«

»Das würde die Chaosflut stoppen?«

»Wenn ich es hinbekomme, ja.«

»Wir haben eventuell auch eine Möglichkeit, um das Chaoslevel des Trägers zu drosseln«, sagte er. »Aber ob das so klappt, wie wir es uns vorstellen, ist noch nicht sicher.«

Birdie hob eine Braue. »Schön vage ausgedrückt.«

»Tut mir leid, aber so ist es sicherer«, sagte James. »Besser, wir teilen nicht alle unsere Geheimnisse. Nur für den Fall, dass der Orden jemanden von uns in die Finger bekommt.«

Birdie musterte ihn mit einem abschätzenden Blick, dann sagte sie: »Okay. Versuchen wir es jeweils auf unsere Art und hoffen, dass einer von uns Erfolg hat. Bevor sich die Oxford Street in Sternensand verwandelt.«

Erin verschluckte sich hustend an ihrer eigenen Spucke, und Sami raunte Nyx zu: »*Das* kann passieren?«

»Fürchte, ja«, raunte Nyx zurück.

James sah, wie Birdies Mundwinkel zuckten, und musste plötzlich selbst lächeln. Das Ganze war einfach zu absurd.

»Ganz ehrlich?«, sagte er. »Ich hoffe dein Plan gelingt.«

Birdie schnaubte durch die Nase, aber sie erwiderte sein Lächeln. »Ich hätte auch nichts dagegen, wenn ihr Erfolg habt.« Sie streckte James die Hand hin. »Viel Glück.«

»Dir auch«, sagte er und drückte ihre Hand.

»Und du?«, fragte Nyx Sami. »Kommst du mit?«

James' Lächeln verblasste. Keine Sekunde lang hatte er auch nur in Erwägung gezogen, Sami mit zu Diane zu nehmen. Allein die Vorstellung legte den Panikschalter in seinem Kopf um.

»Ich bleibe auch hier«, antwortete Sami. »Ich muss nachsehen, was mit Luke ist.«

»Das geht nicht«, platzte James heraus.

Sami richtete sich irritiert auf. »Entschuldige mal?«

James' Herz klopfte schneller, aber seine Stimme blieb ruhig. Blieb hart, wenn er es genau nahm. »Du kannst nicht zu Luke«, beharrte er. »Du solltest nicht mal bei ihm auf der Station anrufen.«

Spätestens jetzt war Samis Miene nicht mehr eingefroren. Sie verfinsterte sich wie ein Gewitter.

»Krieg dich ein«, grollte er. »Natürlich gehe ich nachsehen, wie es Luke geht.«

Noch nie hatte er James so wütend angesehen. Der konnte nicht fassen, wie schnell ihr Streit eskalierte, wie vollständig er hier die Fassung verlor. Sami so anzugehen war das Gegenteil von dem, was er erreichen wollte.

Aber da war die Angst, die verdammte Angst, die ihn umklammert hielt.

Er erwiderte Samis aufgebrachten Blick und dachte, *Besser wütend als tot.* »Der Orden weiß jetzt, wer du bist«, sagte er. »Sie wissen, dass du eine Verbindung zu mir hast. Bhaskar hat bereits versucht, Informationen aus dir rauszupressen. Wenn sie jetzt Luke und deinen Garten überwachen, dann haben sie dich sofort wieder am Wickel.«

Mit einem Ruck stand Sami auf.

»Ich habe ihm nichts verraten«, sagte er.

James sprang ebenfalls auf. »Darum geht's nicht!«

»Haben sie dich so gefunden?«, unterbrach Nyx. »Indem sie deine Freunde ausspioniert haben?«

James' Mund klappte auf, bevor ihm die ganze Tragweite dieser Möglichkeit bewusst wurde. Verdammt. »Wenn ja, dann ist, jeder, den wir kennen–«

Nyx schoss hoch. »Ich muss Freya warnen!«

Die Unruhe griff um sich, bis auch Erin und Birdie auf den Beinen waren.

»Wenn der Orden euch und die Menschen, die ihr kennt, überwacht, ist es dann nicht riskant, eure Freunde anzurufen?«, fragte Erin.

James und Nyx tauschten einen Blick. »Shit«, sagte Nyx.

»Und wo wir schon dabei sind«, fuhr Erin mit gepresster Stimme fort, »sollten wir nicht zusehen, dass wir aus dieser Wohnung rauskommen? Für den Fall, dass der Orden rausfindet, wo Sami wohnt? Sorry, Sami.«

Der sagte nichts, aber James hatte das Gefühl, als ob der Boden unter seinen Füßen bröckelte.

Birdie wandte sich an Nyx. »Ich kann bei Freya vorbeigehen, sobald wir hier aufbrechen«, bot sie an. Dann drehte sie sich zu Sami. »Und wenn du willst, kannst du mit mir kommen. Ich kenne ein paar sichere Orte, an denen du untertauchen kannst.«

»Du solltest London verlassen«, sagte James.

»Nicht dein Ernst«, sagte Sami. »Für wie lange, bitte?«

»Bis alles vorbei ist. Auf die eine oder die andere Art.«

Sami presste die Lippen aufeinander und funkelte ihn zornig an.

Es tut mir leid, dachte James. *Es tut mir so verdammt leid*. Und weil sein Kopf ihn offensichtlich hasste, spülte er die Erinnerung an seinen ersten Besuch in Samis Garten hoch. Er war zur Geburtstagsfeier einer Freundin dort gewesen. Als alle anderen sich spät nachts nach Hause trollten, war er geblieben, hatte mit Sami auf dem Rasen gelegen, bis die Sonne aufging. Sie hatten Bier getrunken, aberwitzige Geschichten ausgetauscht und waren immer dichter aneinandergerückt, bis ihre Schultern sich berührten.

Sami starrte ihn an, und James spürte, wie ihre Verbindung zerriss, spürte es, wie einen Messerschnitt.

Besser wütend als tot, wiederholte er, dann wandte er sich an Erin. »Letzte Chance«, sagte er. »Wenn du irgendjemand außerhalb von London kennst, der dich aufnehmen kann, können wir dafür sorgen, dass du sicher in einen Zug kommst.«

»Ich hab mich entschieden«, sagte Erin.

Sie hatte den Satz noch nicht beendet, als Sami sich umdrehte und in sein Schlafzimmer verschwand. Nyx warf James einen erwartungsvollen Blick zu, doch als er nur den Kopf schüttelte, ging sie selbst Sami hinterher.

»Wow«, sagte Birdie.

Plötzlich fühlte sich James unsagbar müde. »Erin hat recht«, sagte er. »Wir sollten zusehen, dass wir loskommen.« Er zögerte, dann fragte er Birdie. »Kannst du Nyx und Sami Bescheid sagen?«

»Was, du willst da jetzt nicht selber rein?«

James hob die Brauen, und Birdie hob besänftigend die Hände. »Sorry, sorry. Gib den beiden ein paar Minuten. Wenn der Orden uns bis jetzt noch nicht aufgespürt hat, haben wir wahrscheinlich noch etwas Luft.«

»Wahrscheinlich«, brummelte Erin, und James *musste hier raus*.

»Bin gleich wieder da«, versprach er. Ohne eine Reaktion abzuwarten, verließ er Samis Wohnung und schloss die Haustür hinter sich. Er lehnte sich an die Wand des Flurs, schloss die Augen und atmete tief durch.

Du bist nicht mal vierundzwanzig Stunden zurück, sagte er sich und legte eine Hand über seine Augen. Er wusste nicht, ob er lachen oder schreien sollte.

Das leise Klicken der Tür, die sich öffnete und schloss, ließ ihn seufzen.

»Das war episches Drama«, sagte Erin.

»Freut mich, wenn wir dich unterhalten«, antwortete James, ohne die Hand von den Augen zu nehmen.

Erin schwieg, dann fragte sie: »Bist du okay?«

Er senkte die Hand, sah sie an und lächelte dünn. »Frag mich in zehn Minuten noch mal.«

Ihr Mund zuckte amüsiert, aber ihr Blick huschte von ihm zur Haustür. Und sie zupfte schon wieder an ihrem T-Shirt herum.

James hätte sie wirklich gerne gebeten, ihn wenigstens für einen Moment alleine zu lassen. Stattdessen fragte er: »Was ist?«

Erins Finger verkrampften sich um den Saum ihres T-Shirts. »Ist Nyx eine Nachtbotin?«

Die Frage irritierte ihn. »Warum ist das wichtig?«

Erin sah ihn an und sofort wieder weg. »Du hast gesagt, ich bin dem Chaosträger begegnet. Vielleicht vor ein paar Tagen, vielleicht direkt gestern, bevor wir uns getroffen haben. Aber wer immer der Träger gewesen ist, es muss ein Nachtbote gewesen sein.«

James sagte nichts, aber er löste sich von der Wand. Eine böse Vorahnung zog sich wie Drahtseile um seinen Magen zusammen.

Erin holte Luft, dann sah sie ihm direkt in die Augen.

»Deine Schwester saß gestern im selben Café wie ich.«

20

NYX

Der Tag dämmerte bereits, als Nyx und die anderen den Bahnhof von Whitechapel erreichten. Eine Reinigung und ein Gemüsemarkt flankierten das Bahnhofsgebäude, dessen Name über den Eingangstoren sowohl in Englisch als auch in Bengalisch angebracht war. Die Beleuchtung im Innern der Eingangshalle war grell, um die aufziehenden Schatten des Abends auszugleichen.

James und Erin gingen voraus, um sich um die Tickets zu kümmern. Seit sie Samis Wohnung verlassen hatten, war James so angespannt wie eine Geigensaite und kurz vor dem Zerreißen. Kein Wunder, nach allem, was seit gestern passiert war. Und wahrscheinlich hatte ihm der Streit mit Sami den Rest gegeben.

Der stand mit Birdie und Nyx im Eingang des Bahnhofs. Er trug seine Sporttasche über der Schulter, vollgestopft mit ein paar Klamotten und anderen Notwendigkeiten.

»Kommst du klar?«, fragte Nyx.

Sami verzog das ramponierte Gesicht. »Ich hoffe es.« Er beugte sich vor und gab Nyx einen flüchtigen Kuss auf die Wange. »Pass auf dich auf, okay?«, bat er. Nyx nickte. Sami seufzte, dann fügte er leiser hinzu. »Und pass auf deinen Sturkopf von einem Bruder auf.«

Wenn er mich lässt, dachte Nyx. »Ist nicht unser erstes Rodeo«, sagte sie. Dann, obwohl es bestimmt nicht gut war, wenn sie sich einmischte, fügte sie hinzu: »Er hat Angst um dich, weißt du.«

Sami rollte mit den Augen. »Ja, das ist mir schon seit einer Weile klar. Wäre nur schön, wenn er das nicht als Vorwand nehmen würde, um sich komplett abzuschotten. Er hat dir auch nicht erzählt, dass er mit Diane zusammenarbeitet, oder?«

Nyx schüttelte den Kopf. Natürlich hatte er das nicht. Zu behaupten, dass James' Geheimnistuerei sie nicht verletzt hatte, wäre gelogen. Aber überrascht war sie auch nicht. Natürlich hatte James es alleine mit Diane aufgenommen, um ihr den Rücken freizuhalten.

Für einen Augenblick stand Sami die Sorge deutlich ins Gesicht geschrieben, dann seufzte er ergeben. »Sag mir Bescheid, wie alles ausgeht, ja?«

»Ich versuch es«, versprach Nyx.

Sie verabschiedeten sich, aber bevor sie sich trennten, nahm Birdie Nyx noch einmal zur Seite.

Ihr Blick huschte zu James und Erin bei den Ticketautomaten und zurück zu Nyx. »Bist du sicher, dass das eine gute Idee ist?«

»Warum fragst du?« Nyx erwartete halb, dass Birdie ihr von irgendwelchen warnenden Vorzeichen erzählen würde, aber stattdessen sagte sie:

»Eure Diane kommt aus dem Orden.«

Nyx hob die Brauen. Sie hatten Birdie bereits versichert, dass Diane kein Mitglied mehr war. Was sollte sie sonst noch sagen?

Nyx schwieg, ließ Birdie damit in der Luft hängen. Die atmete tief aus. Sie schien mit sich zu hadern, bis sie schließlich zu erzählen begann.

»Als ich vorhin gesagt habe, meine Familie hat schlechte Erfahrungen mit dem Orden gemacht, war das keine Untertreibung.« Nervös schob sie sich die Haare hinters Ohr. »Nan hatte zwei Schwestern. Zwillinge, Carol und Joan. Ist 'ne lange Geschichte, aber Joan hatte sich bereiterklärt, mit dem Orden zusammenzuarbeiten. Der Orden wollte unsere Methoden kennenlernen, und Joan sollte sie dabei unterstützen, potenzielle Chaosträger zu betreuen. Deren Worte.«

Birdies Miene verfinsterte sich. »Niemand von uns weiß, was genau passiert ist, aber Joan kam nie wieder nach Hause. Und was auch immer der Orden mit ihr gemacht hat … ich will es mir eigentlich gar nicht vorstellen. Kurz vor dem Ende hat sie Carol so eine eigenartige, verschrammte Münze geschickt. Ohne Brief, ohne Erklärung. Carol hat sie angerufen, aber sie meinte, Joan hätte total gehetzt und verunsichert geklungen. So, als würde sie etwas heimsuchen. Zwei Wochen später war sie verschwunden.« Birdie presste die Lippen aufeinander, bevor sie fortfuhr. »Carol hat aufgehört, zu reden, nachdem klar war, dass sie Joan verloren hatten.«

Nyx kannte mehr als genug Horrorgeschichten über den Ersten Tag. Unter Boten ging das Gerücht um, dass der Orden in seinen frühen Jahren nachtgeborene Menschen in Ritualen opferte, um durch ihren Tod den Einfluss der Chaoskraft in der Welt zu schwächen. Diese Praktiken hatten sie scheinbar aufgegeben, um sich einen aufgeklärten Anstrich zu verpassen. Mit anderen Worten: Sie verlegten sich auf klinische und chemische Experimente, mit ein bisschen Alchemie hier und da, um herauszufinden, wie sich Nachtboten von Tagboten unterschieden, ob es genetische Voraussetzungen für das Erwachen von Chaosträgern gab und wie man entweder Tagboten oder gewöhnliche Menschen mit mehr Macht versorgen konnte, damit sie über einen Durchbruch des Chaos triumphieren konnten.

In einem seltenen Moment der Offenheit hatte Diane Nyx einmal erzählt, warum sie dem Ersten Tag den Rücken gekehrt hatte. Ihre Rolle im Orden beschränkte sich auf Forschung und Recherche. Mit den praktischen Experimenten hatte sie nichts zu tun. Eines Tages jedoch wurde sie hinzugezogen, als eine Gruppe Wissenschaftler darüber diskutierte, ob man die Organe oder Hirnchemie von Tagboten so manipulieren konnte, dass sie zu Ordnungsträgern wurden. Eine Flut aus Ordnungskraft stellten sie sich wohl wie das Nonplusultra vor.

Die Diskussion fand um einen Labortisch herum statt, auf dem eine Nachtbotin festgeschnallt war. Die Schergen des Ordens hatten sie in Budapest aufgegriffen, weil sie glaubten, sie wäre kurz davor, zur Trägerin zu mutieren. Die lebendige Botin hatte Diane nicht mehr kennengelernt. Jetzt, wo sie vor ihr lag, war ihr Körper bereits vom Schambein bis zur Kehle aufgeschnitten, damit die Männer der Wissenschaft nach Anomalien in ihren Innereien suchen und Gewebeproben entnehmen konnten.

Sie standen da und redeten über die arme Frau wie über ein Ding, eine Petrischale, sagte Diane. *Danach war es für mich endgültig aus.*

Also nahm sie ihre Überzeugungen, ihre Forschungsunterlagen und ihren Ehemann Richard und kündigte ihren Austritt aus dem Orden an. Eine Woche später wurde Richard von einem Auto überfahren.

All das machte den Verlust von Birdies Familie natürlich nicht weniger schrecklich. »Das tut mir sehr leid«, sagte sie.

»Man kann denen nicht trauen«, beharrte Birdie.

»Ich weiß«, versicherte Nyx. »Aber Diane gehört wirklich nicht mehr zu ihnen. Sie hat erkannt, dass der Orden ein Haufen Fanatiker ist. Jetzt arbeitet sie gegen ihn.« Nyx zog abwesend an dem Gummiband an ihrem Handgelenk und warf einen weiteren Blick in James' Richtung. »Diane ist alles andere als perfekt, aber sie beschützt uns, seit wir klein waren.«

Birdie sah sie eindringlich an. »Niemand, der im Orden war, kommt je ganz von ihm los.«

Nyx zog ihre Unterlippe zwischen die Zähne und sagte nichts. Birdie hatte recht. Diane war zwar nicht mehr Teil des Ordens – offiziell, um sich auf ihre Forschungsarbeit zu konzentrieren, eine umfassende Studie über das Leben und Wirken von Nachtboten in Großbritannien von der Frühen Neuzeit bis zur Gegenwart. Den Kontakt hatte sie jedoch nie ganz abgebrochen. Sie besaß Spitzel im Orden, Leute, die ihr Recherchematerial und Informationen über die Machenschaften des Vorstands und der Agenten zuspielten. Was Diane ihren Kontaktleuten im Gegenzug anbot, darüber verlor sie nie ein Wort.

Nyx verstand Birdies Bedenken. Sehr gut sogar. Doch obwohl sie selbst nicht gut auf Diane zu sprechen war, stand eines außer Zweifel: Diane würde sie nie verraten. Sie war so hart und unterkühlt wie ein Eiszapfen, aber sie war ehrlich. Und dem Orden würde sie nie mehr helfen, nicht nach dem, was mit Richard passiert war.

Ob sie die richtige Person war, mit der James und Nyx jetzt zusammenarbeiten sollten, stand jedoch auf einem anderen Blatt.

Birdie schnappte Nyx' Unschlüssigkeit auf. »Du könntest hierbleiben«, sagte sie. »Wir könnten deine und Inglebys Visionen zusammen entschlüsseln. Nach dem Träger suchen …«

»… und die Welt retten?«, vervollständigte Nyx mit einem halben Lächeln.

Birdie lachte kurz. »Ja, warum nicht? Ich lese unsere nächsten Schritte aus dem Teesatz, und du trittst Ordensagenten zwischen die Beine, wenn's nötig wird.«

Nyx war tatsächlich in Versuchung, ja zu sagen. Wäre da nur Diane gewesen, die auf sie wartete, hätte sie sich vielleicht Birdie angeschlossen. Aber konnte sie James alleine lassen? James, der sich die ganze Welt auf die Schultern packte, wenn niemand aufpasste?

Sie dachte an den Anruf, den er bekommen hatte. Als er meinte, der Anrufer hatte wie Leon geklungen, war es ihr eiskalt den Rücken hinuntergelaufen. Beinahe hätte sie ihm von der Sternengestalt erzählt und dem Aufruf, der seit ihrer Vision in ihren Ohren widerhallte.

Komm nach Hause.

Doch dann stritt James vehement ab, dass Leon mit ihm gesprochen hatte. Er wollte nicht einmal in Erwägung ziehen, dass Leon mit ihnen Kontakt aufnahm.

Nyx konnte das verstehen. Die Vorstellung, dass Leon sie und James heimsuchte, war furchtbar. Sie konnte sich zwar zusammenreimen, dass Leon zumindest mit ihr noch eine Rechnung offen hatte, aber das machte es keinen Deut besser.

Sie hatte James nichts gesagt. War das heuchlerisch? So kurz nachdem sie aus allen Wolken gefallen war, weil er hinter ihrem Rücken mit Diane zusammenarbeitete?

Diese Art von Drama hatte sie wirklich nicht vermisst.

»Meine Familie braucht mich«, sagte sie schließlich.

Birdie verbarg ihre Enttäuschung nicht, aber sie nickte. »Verstehe ich«, sagte sie. »Dein Handy?«

Nyx gab es ihr, und sie tippte ihre Nummer in Nyx' Adressbuch. »Falls du deine Meinung änderst, ruf mich an.«

Sie nahm ihr Telefon zurück, und dabei fiel ihr Blick noch einmal auf die Schutzzeichen auf Birdies Fingerrücken. »Viel Glück«, sagte sie.

»Dir auch«, antwortete Birdie.

HEIMKEHR

21

NYX

Wildridge Hall | Zwanzig Jahre zuvor

Die Sonne war zu grell. Nyx drückte sich in die Ecke des Rücksitzes und machte sich so klein wie möglich. Draußen vor dem Autofenster rauschten Bäume vorbei, und Lichtflecken blitzten zwischen den verschwommenen Blättern auf.

Das Radio murmelte vor sich hin, und Nyx' Blick glitt immer wieder zu der Frau am Steuer. Ihre akkurat geschnittenen Haare endeten kurz über ihrer Schulter, und ihre weiße Bluse erinnerte Nyx an Meerschaum. An der Hand, mit der sie die Gangschaltung benutzte, trug sie einen Ring mit einem großen grünen Stein.

Nyx wusste nicht, wo sie war oder wohin sie fuhren. Sicher hatte jemand es ihr gesagt. Sie erinnerte sich an die Erwachsenen, die sich über sie beugten. An den besorgten Klang ihrer Stimmen. Doch die Worte waren an ihr vorbeigeflossen wie die Bäume neben dem Auto.

Nyx schloss die Augen. Sie träumte sich zurück zu einer Terrasse hoch über dem Meer. Zu einer Steinmauer, auf der sich kleine Eidechsen sonnten. Zu Olivenbäumen mit silbernen Blättern, dem Geruch von Ringelblumen und schwarzem Kaffee. Sie spürte, wie jemand ihre Hand nahm. Spürte den beruhigenden Griff von rauen Fingern.

In ihrem Traum ging sie durch einen Olivenhain. Sie schaute hoch zu ihrem Großvater, ihrem Pappoú, aber seine Züge verblassten bereits, und aus irgendeinem Grund sah er nie zu ihr hinunter.

Autotüren gingen auf und schlossen sich mit einem Knall. Wieder hielt jemand Nyx' Hand, aber die Finger, die sich um ihre schlossen, fühlten sich fremd und viel zu glatt an. Kies knirschte unter ihren Schuhen, sie stolperte eine Stufe hinauf, und plötzlich schaute sie auf sandfarbene Fliesen hinunter. Stimmen brummten um sie herum wie Hummeln über Thymianblüten, aber nach und nach verstand sie, was gesagt wurde.

»... noch verstört, am besten, wir lassen sie erst mal ankommen.«

»Soll ich sie mit in die Küche nehmen? Wir haben noch jede Menge Kuchen übrig.«

»Nein, bring sie in ihr Zimmer. Wenn sie Hunger hat, soll Pablo ihr ein Sandwich richten.«

Vorsichtig hob Nyx ihren Blick. Sie stand im Foyer eines Hauses. Rechts von ihr führte eine Treppe in die oberen Stockwerke, und über ihrem Kopf hing ein Kronleuchter mit Kristallen aus schwarzem Glas.

Jemand trat näher an sie heran, und Nyx senkte schnell wieder den Kopf. Eine Hand berührte ihre Schulter, verschwand aber sofort wieder, als Nyx zusammenzuckte.

»Dann komm mal mit, Kleines«, sagte eine Frauenstimme. »Ich zeige dir, wo du dich ausruhen kannst.«

Das Zimmer, in das Nyx gebracht wurde, lag im zweiten Stock. Nyx bekam einen flüchtigen Eindruck von weißen Bücherregalen und einem Bett, über das jemand einen bunten Quilt gebreitet hatte. Die fremde Frau fragte sie, ob sie Hunger habe oder ein bisschen schlafen wollte. Nyx verstand die Fragen, antwortete jedoch nicht. Später würde sie Worte für die Gefühle suchen, die sie an jenem Tag empfand. *Ungeschützt* schrieb sie in ihr Tagebuch. Wie ein Einsiedlerkrebs, den man aus seiner

Muschel gelockt und dann ohne Schutz dem Licht und dem Wind ausgesetzt hatte.

Die Frau sprach weiter, doch Nyx' Aufmerksamkeit rutschte zu einem Schrankfach im unteren Teil des Bücherregals. Die Schiebetür des Fachs stand ein Stück weit offen, und Nyx' Herz machte einen Sprung.

Die Frau stellte eine Frage, und es kostete Nyx viel Kraft, sich wieder auf sie zu konzentrieren.

»Bist du sicher, dass du nichts brauchst, Kleines?«

Eine Hand streckte sich nach ihr aus, zog sich dieses Mal jedoch zurück, bevor sie Nyx berührte. Die schüttelte den Kopf.

»In Ordnung, dann lasse ich dich jetzt in Ruhe«, sagte die Frau. »Aber wenn du nicht mehr allein sein willst …« Die Stimme zerfiel wieder zu einem Rauschen. Nyx wartete, bis die Frau das Zimmer verlassen hatte, dann ging sie zu dem Regal und kniete sich vor das Schrankfach. Sie spähte in die Dunkelheit hinter dem Türspalt und hatte kurz das Gefühl, ein Stück ihres Zuhauses wiedergefunden zu haben. Mit klopfendem Herzen schob sie die Tür auf. Tageslicht flutete in das leere Fach, und ihre Hoffnung fiel in sich zusammen. Es war nur ein gewöhnlicher Schrank.

Nyx spürte die Tränen in ihren Augen brennen, dann kroch sie in die Öffnung und zog die Tür hinter sich zu.

Die Dunkelheit war nicht perfekt. Ein Lichtstrahl fiel durch das Loch, das als Türgriff herhielt. Vielleicht war das der Grund, warum das Sternenmeer nicht zu ihr fand. Nyx wartete, aber mit jeder Minute schwand ihre Hoffnung, dass dieses Haus und die Reise, die hinter ihr lag, nur ein Traum waren. Ein Kloß drückte von innen gegen ihren Hals. Sie verstand nicht, warum die Frau mit dem grünen Ring sie hierhergebracht hatte. Sie versuchte, sich daran zu erinnern, was passiert war, aber ihr Gedächtnis zeigte ihr nur zusammenhanglose Bilder. Die Schatten der Olivenbäume auf der Terrasse. Eine Biene, die von einer Geranie zur nächsten schwirrte. Die Scherben von Pappoús Lieblingstasse auf dem Boden.

Nach und nach wurde das Licht, das durch das Türloch fiel, schwächer. Nyx umklammerte ihre Knie. Sie erinnerte sich an das Lied, das Pappoú gesungen hatte, und formte die Worte stumm mit den Lippen.

Der Lichtstrahl war mittlerweile nur noch ein grauer Schemen. Die Zimmertür knarzte. Nyx erstarrte, nur um zusammenzuzucken, als ein Schalter klickte. Ein neues, grelles Licht stach in ihr Versteck wie der Strahl eines Suchscheinwerfers.

»Nicht!«, zischte jemand, und das Licht ging wieder aus. Mit klopfendem Herzen lauschte Nyx auf die gedämpften Schritte, die sich über den Teppich näherten. Sie drückte den Rücken fest gegen die Schrankwand und wartete darauf, dass die Tür zu ihrem Versteck geöffnet wurde. Stattdessen hörte sie ein Flüstern, dann ging erneut ein Licht an. Dieses war jedoch matter und wärmer. Wieder wartete Nyx ab, aber als sich immer noch niemand dem Regal näherte, kroch sie leise zum Türloch. Vorsichtig spähte sie nach draußen.

Auf dem Schreibtisch am Fenster leuchtete eine Lampe und warf einen Ring aus rosigem Licht ins Zimmer. Ein gutes Stück vom Regal entfernt saßen zwei Jungen auf dem Boden. Sie hatten ihr den Rücken zugekehrt, und der rechte von beiden wippte ungeduldig vor und zurück.

»Können wir nicht wenigstens hallo sagen?«, fragte er.

»Pst«, machte der andere. »Lu sagt, sie hat Angst.«

Der erste Junge gab ein schnaubendes Geräusch von sich, verstummte jedoch wieder. Für genau fünf Sekunden. Dann ließ er sich mit einem »Hmpf« auf den Rücken fallen.

»Das ist doch Quatsch«, sagte er, drehte sich auf den Bauch und schaute direkt zum Regal herüber. Erschrocken wich Nyx von ihrem Guckloch zurück.

»Leon«, warnte der andere Junge. Der ließ sich jedoch nicht mehr bremsen.

»Ich darf doch wohl sagen, dass sie keine Angst zu haben braucht?«, fragte er. Dann sagte er in ihre Richtung: »Du musst keine Angst haben! Vor allem nicht vor uns. Und du musst auch nicht rauskommen, wenn du nicht willst, aber unten gibt's echt leckere Spaghetti mit Käsesoße, und wir haben dir 'ne große Portion aufgehoben.«

Eine abwartende Stille folgte, in der Nyx sich nicht traute, auch nur einen Finger zu rühren.

»Leon«, wiederholte der andere Junge.

Wieder dieses »Hmpf«, dann: »Ja, schon gut.« Und noch einmal in ihre Richtung: »Wir wollten echt nur kurz hi sagen. Ich bin übrigens Leon. Und der hier heißt Jay Bird.«

»James«, korrigierte der andere.

Ein Rascheln, ein Flüstern, dann fiel ein Schatten über das Loch in der Schranktür. Nyx hielt die Luft an.

»Für dich«, sagte James mit gedämpfter Stimme. »Wenn du magst.«

Kurz darauf ging die Nachttischlampe aus, Schritte entfernten sich, und die Zimmertür schloss sich mit einem sanften Klick. Nyx wartete, bis es ganz still war, dann schob sie die Schranktür ein Stückchen auf. Auf dem Boden vor ihrem Versteck saß eine Plüscheule. Nyx warf einen Blick ins leere Zimmer, dann schob sie die Tür zur Seite und nahm die Eule in die Hände. Sie war weich und rund wie ein Pfirsich. Nyx fuhr mit dem Finger über den flauschigen Bauch des Plüschtiers, sah zur Zimmertür und kroch dann zurück in ihren Schrank. Dieses Mal ließ sie die Schiebetür einen Spalt weit offen stehen.

Die Eule war der erste Anker, der Wildridge Hall für Nyx real machte. Lu war der zweite.

Später würde sie erfahren, dass Lu bisher die rechte Hand ihrer neuen Adoptivmutter Diane gewesen war und jetzt als Nanny für die Kinder im Haus arbeitete. Lu brachte die perfekten Qualifikationen mit, war forsch und organisiert, besaß ein warmes Herz und trainierte Krav Maga, seit sie zehn Jahre alt gewesen war. In den ersten Tagen nach Nyx' Ankunft war Lu jedoch einfach die Person, zu der sie mit jedem Tag mehr Zutrauen fasste. Lu brachte ihr Essen aufs Zimmer, legte Bücher auf ihr Bett und beantwortete ihre zögerlichen Fragen. Als Nyx so weit war, zeigte sie ihr das Haus und den Garten, in dem abends eine Amsel sang. *Immer dieselbe*, behauptete Lu. *Die kommt schon seit Jahren in jedem Frühling zu uns.*

Am sechsten Tag nahm Lu sie schließlich mit nach unten zur Küche. Nyx ging neben ihr und wünschte sich, sie hätte die Plüscheule mitgenommen. Unten angekommen, legte Lu die Hand an den Türgriff und blieb stehen.

»Okay, Kleines«, sagte sie. »Da drin sitzen Leon und James beim Frühstück. Außerdem wird Pablo da sein, du weißt, wer das ist?«

»Pablo macht meine Sandwiches«, antwortete Nyx. Sie hatte den Koch noch nicht getroffen, aber Lu hatte ihr erklärt, wer in Wildridge Hall wohnte und was ihre Aufgaben waren. Pablo war für das Essen zuständig. Cecily kümmerte sich um den Garten, wohnte aber woanders. Diane war die Chefin, die Nyx hierhergebracht hatte. Barkley war Dianes Hund. Leon und James waren Dianes Adoptivkinder, ebenso wie Nyx. Diese letzte Information hatte Nyx lange hin und her wenden müssen, um sie zu begreifen.

»Ganz genau«, sagte Lu und hob eine Augenbraue. »Bist du bereit?«

Nyx war sich da nicht so sicher, aber an Lus Seite fühlte sie sich mutig. Und sie wollte die beiden Jungen wiedersehen, die am ersten Abend in ihr Zimmer gekommen waren. Sie nickte.

»Alles klar, dann auf ins Gefecht.« Lu zwinkerte ihr zu, dann öffnete sie die Küchentür.

Die Küche war, wie alle Zimmer im Haus, hell und geräumig, mit einer Fensterfront und einer Tür, die direkt in den Garten führte. Der Herd lag an der gegenüberliegenden Wand, es gab eine geflieste Kochinsel und einen massiven Esstisch. Dort saßen Leon und James vor ihrem Frühstück. Als Lu und Nyx hereinkamen, drehten sich beide in ihre Richtung. Nyx griff rasch nach Lus Hand, aber die Jungen lächelten ihr beide so herzlich entgegen, dass sich ihre Anspannung gleich ein bisschen löste. James hob die Hand und winkte kurz. Leon, der einen Löffel mit Müsli im Mund hatte, wackelte mit den Brauen.

»Morgen, die Herren!«, grüßte Lu.

Pablo, der gerade eine Pfanne abtrocknete, drehte sich halb um und salutierte mit zwei Fingern. »M'lady.« Sein Blick fiel auf Nyx, und auch er lächelte. »Und kleine Lady, buenos días! Wie wäre es mit Frühstück?«

Lu sah ermutigend zu ihr hinunter, und Nyx nickte.

»Honigbrot, wie immer?«, fragte Pablo, Nyx nickte wieder, und diesmal lächelte sie auch. Als Lu ihr einen sanften Schubs gab, ging Nyx zum Tisch und setzte sich neben James.

»Morgen«, sagte James. Er trug ein T-Shirt mit einem Bären darauf, den Nyx später als Paddington Bär identifizieren würde.

»Guten Morgen«, antwortete Nyx leise.

»Hey, du kannst ja sprechen«, sagte Leon, grinste und schob sich einen weiteren Löffel Müsli in den Mund. »Finde ich gut«, nuschelte er schmatzend. »Sonst quassel ich nämlich die meiste Zeit hier, und das wird sogar mir langweilig, echt jetzt.«

»Leon«, ermahnte Lu. »Luke zu!«

»'tschuldigung!« Leon zwinkerte Nyx zu, schielte und brachte sie damit zum Kichern. James warf eine Traube nach ihm, was Nyx noch mehr zum Lachen brachte, und damit war eigentlich alles zwischen ihnen geklärt.

Nach dem Frühstück machten Leon und James mit Nyx eine Tour durch das Haus. Was sie erzählten, war allerdings ein bisschen anders als Lus Erklärungen.

»Da hatten wir unsere legendäre Schlittenfahrt«, sagte Leon und zeigte auf eine mit Teppich ausgekleidete Treppe. »Eins kann ich dir verraten, Matratzen rutschen nicht so gut wie erwartet.«

Nyx warf James einen Blick zu, um herauszufinden, ob Leon sich gerade eine Geschichte ausdachte. James zuckte mit den Schultern und grinste. »Stimmt«, sagte er. »Wir sind beide mit 'nem Salto runtergeflogen. Leon hat sich einen Zahn ausgeschlagen.«

»Yep«, stimmte Leon zu. »Hat extrem geblutet.«

Nyx war beeindruckt. Die zwei führten sie durchs Haus und erzählten ohne Pause von ihren Abenteuern. Von Sofas, auf denen Lu schnarchend ihren Mittagsschlaf hielt. Von Tischen, auf denen früher teure Vasen gestanden hatten (bevor Leon eine Frisbee aus dem Park mit nach Hause gebracht hatte).

Auf den ersten Blick wirkten die beiden wie wandelnde Gegensätze. Leon hatte wuschelige blonde Haare und eine helle, pinke Haut, die schnell rot wurde, wenn ihn etwas begeisterte. Was ständig passierte. James hatte dunkelbraune Haut und kurz geschnittene schwarze Haare. Er redete nicht so viel wie Leon, aber er nahm ihn gern auf die Schippe und schien bei jeder von Leons waghalsigen Ideen mitzumachen. Je länger sie die beiden beobachtete, umso mehr verstand Nyx, dass sie tatsächlich aus demselben Holz geschnitzt waren. Beide lachten gern, blödelten herum und behandelten Nyx, als wäre sie ganz selbstverständlich ein Teil ihrer Familie.

»Ich bin im Winter vor einem Jahr hergekommen«, erzählte Leon, während sie ein Wohnzimmer mit großem Panoramafenster betraten. »James war schon ein paar Wochen vorher da.«

»Drei«, setzte James hinzu.

»Müssen die ödesten drei Wochen deines Lebens gewesen sein«, flachste Leon. »Warst wahrscheinlich überglücklich, als ich … hey!« Unvermittelt brach er ab und ließ sich in die Hocke sinken. Ein Corgi, der bisher auf dem Teppich gelegen hatte, hob den Kopf und stellte die Ohren auf.

»Barksy!« Leon klopfte sich auf die Schenkel, und der Corgi sprang auf die Beine und trabte zu ihm herüber. Leon kraulte ihn hinter den Ohren und grinste zu Nyx hinauf. »Auch mal streicheln?«

Sie wollte nichts lieber als das. Nyx kniete sich hin und streckte die Hand nach dem Hund aus. Der schnupperte sofort an ihren Fingern und ließ sich streicheln. Sein Fell war so weich wie das Plüschgefieder ihrer Eule.

»Cool«, sagte Leon.

»Sehr cool«, bestätigte James. Er hockte sich neben die beiden und kraulte Barkley unter dem Bein, bis der sich auf den Rücken drehte.

»Magst du deine Freundschaft mit ihm besiegeln?«, fragte Leon.

»Ja?« Nyx hatte keine Ahnung, was ›besiegeln‹ hieß, aber Freundschaft klang gut.

»Dann halt deine Hand mal so.« Leon drehte seine Handfläche nach außen.

Nyx runzelte die Stirn.

»Mach ruhig«, sagte James. »Dann kann Barksy mit seiner Pfote abklatschen.«

Hunde konnten so was? Neugierig hielt Nyx ihre Hand vor den Corgi – der ihr dann prompt mit seiner rauen Zunge über die Hand schleckte. Nyx quietschte, lachte, und die beiden Jungs grinsten breit.

»Glückwunsch«, krähte Leon. »Du bist jetzt ein richtiges Mitglied unserer Supertruppe!«

»Supertruppe?«, wiederholte Nyx.

»Wir haben Superkräfte«, erklärte Leon. »Deshalb hat Diane uns adoptiert. Sie passt auf uns auf und bringt uns bei, wie wir Superhelden werden.«

»Wie Professor X den X-Men«, fügte James hinzu.

»Wer ist das?«, fragte Nyx.

»Oh, wow«, sagte Leon und pfiff durch die Zähne. »Du hast ganz schön was nachzuholen.«

»X-Men können besondere Sachen machen«, erklärte James. »Zum Beispiel unsichtbar werden oder Sachen in Eis verwandeln.«

»Krasses Zeug«, sagte Leon, zog einen Hundekuchen aus seiner Hosentasche und verfütterte ihn an Barkley.

»Und ihr könnt so was auch?«, fragte Nyx.

Leon warf ihr einen Blick zu »Nicht ›ihr‹. Wir!«

Jetzt war sie völlig verwirrt. »Ich hab keine Superkräfte.«

»Na ja, doch, hast du bestimmt«, widersprach Leon. »Sonst hätte Diane dich nicht hergebracht.« Er grinste wieder. »Komm, wir zeigen dir, was wir können. James?«

James jedoch senkte den Blick und schüttelte den Kopf. »Fang du an.«

Leon klopfte ihm kurz auf die Schulter und nickte. »Alles klar, dann macht Platz.«

James stand auf und trat einen Schritt zurück. Nyx machte es ihm nach und trat gleichzeitig ein Stück näher an James' Seite. Leon tippte indessen mit einer Hand auf den Boden, und Barkley legte den Kopf auf seine Pfoten. Leon streichelte über seinen Rücken, dann berührte er die Stirn des Hundes mit seiner Fingerspitze.

Nyx wartete gespannt ab. Was würde jetzt passieren? Würde Barkley unsichtbar werden?

Leon murmelte etwas vor sich hin, Barkley blinzelte, schloss die Augen und gab ein zufriedenes Seufzen von sich. Kurz darauf schlummerte er friedlich vor sich hin.

Leon stand leise auf, zwinkerte Nyx zu und klopfte sich leise die Hände ab. »Nicht schlecht, was?«, fragte er.

Fasziniert betrachtete Nyx Barkley. Je länger sie hinsah, umso deutlicher spürte sie etwas in ihrer Brust, das sanft an ihr zog.

Leon trat zu ihnen und stieß James mit dem Ellbogen in die Seite. James runzelte die Stirn, aber Nyx bemerkte es kaum. Sie kniete sich wieder neben Barkley.

Leon hatte den Corgi zum Schlafen gebracht. War das eine Superkraft? Das brachte Nyx zum Nachdenken. Es gab etwas, was sie konnte. Nur hatte sie bisher nicht gedacht, dass es etwas Besonderes war. Zumindest fühlte es sich nie so an. Es war einfach etwas, dass sie so selbstverständlich tat wie atmen oder blinzeln.

Nyx schloss die Augen. Zu Hause, in dem Haus über dem Meer, gab es eine Tür, hinter der die Nacht begann. Nach ihrer Enttäuschung mit dem Schrankfach hatte sie geglaubt, dass es eine solche Tür in diesem neuen Haus nicht gab. Aber selbst wenn die Nacht ihr nicht gefolgt war – vielleicht hatte sie etwas anderes mitgebracht.

Nyx öffnete die Augen und lächelte. Ein wogendes Netz aus silbrig schimmernden Tropfen umgab den kleinen Corgi. Es sah wunderschön aus, wie Mondlicht, das über Wellen tanzte. Leon pfiff anerkennend, aber Nyx beachtete ihn nicht. Sie streckte die Hand aus, und die Lichttropfen schwirrten um ihre Fingerspitzen. Sie sah auf Barkley hinunter.

»Er hat schöne Träume«, murmelte Nyx. Wie zur Antwort gab Barkley ein zufriedenes »Huff« von sich und wedelte einmal mit dem Schwanz.

»Wow«, murmelte James.

»Abgefahren«, sagte Leon.

Nyx stand auf und drehte sich zu ihnen um. Als sie die beeindruckten Mienen der beiden sah, fühlte sie sich sehr stolz.

»Team Supertruppe«, sagte Leon, und James hielt ihr seine Handfläche hin.

»Ziemlich cool, Eulchen.«

Nyx grinste und klatschte ab, doch kaum berührte sie James' Hand, ertönte hinter ihr Diane Harlings Stimme.

»Was geht hier vor?«

22

NYX

Wildridge Hall | Jetzt

Dianes Anwesen befand sich im Westen von Surrey. Die Zugfahrt zum nächstgelegenen Ort hatte kaum mehr als eine Stunde gedauert. Dennoch war es für Nyx, als fiele sie vom Rand einer Welt in eine völlig andere.

Diane schickte einen ihrer Sicherheitsleute, um sie nach Wildridge Hall zu bringen. Niemand von ihnen sprach, während der Mercedes dieselbe Auffahrt entlangrollte, über die Nyx vor über zwanzig Jahren in ihr neues Zuhause gelangt war. Wildridge Hall lag am Ende einer Allee aus Eichen, die irgendein Vorfahr von Diane gepflanzt hatte. Das Herrenhaus bestand aus rotem Backstein mit weißen Fenster- und Türrahmen. Zwei Säulen stützten das Vordach über dem Eingang, und zwei Thujabüsche flankierten die Säulen.

Der Chauffeur stoppte den Wagen auf der Wendeplatte vor dem Haus. James, Nyx und Erin stiegen aus, nur um schweigend vor dem Haus stehen zu bleiben. Die Sonne war mittlerweile untergegangen, doch ein orange-blauer Schimmer zeichnete sich noch über dem Dach ab.

Nyx stand mit den Fußspitzen im Schatten und spürte, wie sich ihre Muskeln, ihre ganze Haut, anspannten. Für sie hatte dieses Haus in etwa so viel Charme wie eine Venusfliegenfalle. Sie warf einen Seitenblick auf James, nur um festzustellen, dass auch er zum Dach hinaufstarrte. Das Glaszimmer war von hier aus nicht zu sehen, aber sie wussten beide, dass es da war.

Erin scharrte ungeduldig mit dem Fuß, dann öffnete sich die Haustür. Diane trat in den Türrahmen, und mit einem Schlag fühlte sich Nyx wieder wie eine Sechsjährige.

Automatisch wich sie zurück und spürte einen heißen Anflug von Scham. Sie war kein Kind mehr. Egal, wie ehrfurchtsgebietend Diane sich vor ihr aufbaute, sie konnte Nyx zu nichts mehr zwingen.

Du lässt dich nicht mehr einschüchtern, versprach sie sich. *Und wenn all das hier vorbei ist, dann gehst du zurück nach London. In deine Wohnung. In dein eigenes Leben.*

Nur, dass ihr Leben außerhalb von Wildridge plötzlich in entsetzliche Ferne rückte.

James ging bereits auf Diane zu, dicht gefolgt von Erin. Diane wartete an der Tür auf sie. Natürlich kam sie ihnen nicht entgegen. Nyx straffte die Schultern und schloss zu den anderen auf.

Diane nickte James zu und schüttelte Erins Hand.

»Willkommen in Wildridge«, sagte sie. »Kommt rein, wir haben viel zu besprechen.«

Ihr Blick richtete sich auf Nyx, aber die ging wortlos an ihr vorbei.

Die Eingangshalle war, typisch für Herrenhäuser, im georgianischen Stil gehalten: Geometrisch angeordnete, sandfarbene Fliesen, hohe Wände, alles dezent elegant. Wildridge Hall hatte zudem einen modernen Anstrich. Die Wände waren komplett weiß tapeziert, und von der Decke hing ein minimalistischer Kronleuchter aus Kupfer. Ein Strauß aus weißen Freesien, Tulpen und Milchsternen stand auf einem Sideboard.

Da bin ich, dachte Nyx verbittert. *Zu Hause.*

Auf den ersten Blick wirkte es so, als wäre die Zeit in Wildridge stehengeblieben. Aber Nyx wusste, dass sich alles verändert hatte, sie selbst eingeschlossen. Dieses Haus zu betreten, fühlte sich an, als würde sie in einen Schrank gequetscht, in den sie längst nicht mehr passte. In dem Dinge lauerten, die sie nie wieder aus der Nähe hatte betrachten wollen.

»Habt ihr Hunger?«, fragte Diane. »Ich kann meine Köchin bitten, euch einen Imbiss zu richten. Oder Tee und Kaffee?«

Nyx' Blick zuckte automatisch nach links, zu dem Teil des Hauses, in dem sich die Küche befand. Sehnsucht überrollte sie mit Wucht und völlig unerwartet. Plötzlich hatte sie Heimweh nach dem Duft von Pablos Kürbislasagne. Sie wünschte, sie könnte in die Küche schleichen und den Koch dabei erwischen, wie er Lu einen Kuss auf die Wange drückte. Aber Lu und Pablo waren nicht mehr da. Sie hatten vier Monate nach Leons Tod gekündigt.

Bis heute wusste Nyx nicht, warum Lu gegangen war. Sie war die Gouvernante der Kinder gewesen, ein Coach in Sachen Selbstverteidigung, und eine Vertraute. Ihr Weggang aus Wildridge hatte Nyx zwar nicht sofort aus dem Haus getrieben. Aber er gehörte zu einer Reihe von Auslösern, die dazu führten, dass Nyx und James sich von Diane lossagten.

Sie erinnerte sich an einen Streit zwischen Lu und Diane. Er lag viele Jahre zurück, länger noch als Leons Tod. Doch Lu schien bereits damals gegen Dianes Erziehungsmethoden anzukämpfen. In Gegenwart ihrer Schützlinge sprach sie es nie laut aus, aber hinter verschlossenen Türen hielt sie mit ihrer Kritik nicht hinterm Berg.

Du schränkst sie zu sehr ein.

Was ich tue, ist zu ihrem eigenen Besten.

Du hast Teenager im Haus, Diane. Die drei brauchen Freiraum, die Möglichkeit, herumzuexperimentieren. Sie müssen doch rausfinden dürfen, wer sie sind – und wer sie sein wollen.

Wenn die drei normale Teenager wären, würde ich dir recht geben. Aber das sind sie nicht. Wenn du und ich als Jugendliche ›herumexperimentiert‹ hätten, hätten wir uns höchstens ein paar Narben eingefangen. Ein paar verkaterte Morgen danach oder Tätowierungen, die wir später bereuen. Wenn die drei nicht aufpassen, können sie sich selbst und anderen irreparablen Schaden zufügen. Sie könnten sich verlieren oder in den Urkräften, die durch sie strömen, untergehen.

Nyx, James und Leon hatten dieses Gespräch belauscht. Keine zehn Minuten später schlug Leon vor, dass sie sich heimlich Tattoos stechen lassen sollten. Das hatten sie getan. Leon entschied sich für das Sternbild Canis Major, James wollte die Feder eines Eichelhähers mit blauen Schattierungen. Nyx wählte eine kleine, stilisierte Eule, die sie hinter ihrem Ohr trug. Das Motiv erinnerte sie an Käuzchen, die zwischen Olivenbäumen dahinglitten, und an die Plüscheule, die Leon und James ihr geschenkt hatten.

Für Nyx war die Eule eine Verbindung zu ihrer alten und ihrer neuen Familie, zu den beiden Jungen, die ihre Brüder in allem waren außer im Blut.

Erst vor einem Jahr hatte sie sich ein zweites Tattoo stechen lassen. James war in Tel Aviv unterwegs gewesen, und Nyx hatte das Gefühl, in einen Schwebezustand zu rutschen, in dem sie nicht mehr genau wusste, wer sie war und wohin sie gehörte. Das Tattoo an ihrem Bein löste dieses Gefühl nicht auf, aber es knüpfte ein Band zu dem Großvater, den sie vermisste, den Jungen, mit denen sie aufgewachsen war, und ihren Eltern.

Dieses Tattoo kannte James noch nicht. Würde er das Motiv erkennen, wenn sie es ihm zeigte? Würde er sich an die einzige Geschichte erinnern, die Nyx von ihrer leiblichen Mutter geblieben war?

»Soweit ich weiß, haben wir keine Hafermilch da«, fuhr Diane an Nyx gerichtet fort. »Aber du kannst einen Earl Grey bekommen, wenn du willst.«

Wenn das ein Versöhnungsangebot sein sollte, war es ziemlich dürftig. »Nein, danke«, sagte Nyx.

»Ehrlich gesagt, sind wir ziemlich durch«, sagte James. »Wäre es okay, wenn wir uns erst mal aufs Ohr hauen?«

Diane hob eine Augenbraue und lächelte milde. »Ihr wollt nachts schlafen? Das ist ja mal was Neues.«

Niemand lachte. Mit jeder Minute, die verstrich, wünschte sich Nyx, sie wäre überall, bloß nicht hier. Instinktiv sah sie sich nach James um, doch er mied ihren Blick. Seit ihrem Aufbruch in Whitechapel war er seltsam in sich gekehrt. Vielleicht ging ihm sein Streit mit Sami nah. Vielleicht war er genauso deprimiert darüber, zurück zu sein, wie Nyx.

James rieb sich übers Gesicht und drehte seine Hand in einer ›Was soll man machen‹-Geste. »Es spricht nichts gegen eine Pause, oder?«, fragte er. »Die Welt wird nicht direkt heute Abend untergehen?«

Diane schnaubte. »Ich denke nicht, nein«, sagte sie. »Ich habe eure alten Zimmer für euch herrichten lassen. Erin, du kannst dich ins blaue Gästezimmer zurückziehen. James zeigt dir, wo es ist.«

Immerhin war sie nicht auf die Idee gekommen, Erin in Leons altem Zimmer unterzubringen. Ein bisschen Taktgefühl besaß sie also doch.

Erin murmelte ein knappes »Danke«. Sie stand auf der anderen Seite von James und hielt penibel Abstand zu Diane und Nyx. Nicht zum ersten Mal fragte sich Nyx, was in Erin vorging. Momentan fehlte ihr allerdings die Energie, um sich über diese neue Person in ihrem Radius Gedanken zu machen. Erin wollte helfen. Das musste als Information vorerst genügen.

»Was meint ihr?«, fragte James Erin und Nyx. »Ich weiß nicht, wie's euch geht, aber ich habe seit vorgestern nicht geschlafen.«

»Sind wir sicher, dass wir nicht sofort was tun sollten?«, fragte Erin mit einem eindringlichen Blick in James' Richtung.

»James hat recht«, erwiderte Diane. »Was auch immer uns bevorsteht, wir brauchen dafür so viel Kraft wie möglich. Ruht euch aus. Wir reden morgen.«

»Okay?«, fragte James. Erin nickte, und die beiden gingen zur Treppe nach oben. Nyx setzte sich ebenfalls in Bewegung, als Diane ihren Arm berührte.

»Nyx.«

Diane sah sie an, und Nyx zwang sich, ihren Blick zu erwidern. Sie fragte sich, ob Dianes Schlaf immer noch von Albträumen heimgesucht wurde.

Nyx senkte den Blick. *Wenn sie jetzt sagt, dass sie froh ist, mich wieder hier zu haben, schreie ich.*

»Ich bin froh, dass es dir gut geht.«

Sie war zu überrumpelt, um etwas zu erwidern, nickte jedoch automatisch. Dann ging sie nach oben.

23

NYX

Wildridge Hall | Zwölf Jahre zuvor

Die Dunkelheit hüllte sie ein wie ein Kokon, aber Nyx konnte trotzdem sehen. Diane wartete einige Schritte entfernt von ihr, ein grauer, aufrechter Schemen. James stand schräg vor Nyx, die Hände immer noch über der Brust gefaltet.

»Gut so, James«, lobte Diane. »Konzentrier dich und halte deine Dunkelheit stabil.«

James' heutige Übung bestand aus drei Teilen. Zuerst sollte er die Dunkelheit heraufbeschwören. Das konnte er inzwischen sehr gut. Noch vor einem Jahr hatte er mehrere Anläufe gebraucht, bis er seine Umgebung mit Absicht verdunkeln konnte. Mittlerweile klappte es im ersten Anlauf.

Die zweite Herausforderung bestand darin, andere Menschen in den Schutz seiner Dunkelheit einzulassen. Auch das meisterte James immer besser. Die dritte Aufgabe – seine Dunkelheit auf einen kleinen, genau abgemessenen Radius zu beschränken – bereitete ihm jedoch Schwierigkeiten. In jeder Trainingsstunde wies Diane ihn an, nur das Studierzimmer zu verdunkeln, doch James' Dunkelheit floss durch die Lücken unter den Türen und quoll durch die Ritzen der Fensterläden.

Heute jedoch hielt James die Dunkelheit im Zaum. Diane wartete stoisch ab. Allein ihre Körperhaltung verriet ihre Anspannung. In letzter Zeit fiel Nyx auf, dass Diane immer angespannt war, wenn James, Leon und Nyx ihre Fähigkeiten trainierten.

Nyx richtete ihre Aufmerksamkeit wieder auf James, der sich große Mühe gab, Dianes Anweisungen zu befolgen.

»Noch dreißig Sekunden«, sagte Diane. »Nicht nachlassen.«

»Ist dir auch so langweilig?« Leon lehnte sich dicht an Nyx heran, und sein Flüstern kitzelte an ihrem Ohr. Sie schüttelte den Kopf, und Leon seufzte. Ganze fünf Sekunden hielt er still, dann flüsterte er: »Er hat's doch raus, wieso lässt sie ihn nicht was anderes ausprobieren?«

»Was denn?«, flüsterte Nyx zurück.

Sie konnte das Grinsen in Leons Stimme förmlich hören. »Alles im Griff behalten trotz Ablenkung, zum Beispiel.« Leon trat neben sie und pustete in seine Hand. Ein paar winzige Sterne leuchteten über seiner Handfläche auf.

»Nicht«, warnte Nyx, aber da pustete Leon die Winzsterne auch schon in James' Richtung. Sie trudelten auf ihn zu, federleicht wie Schneeflocken. Dann landeten sie auf James' Nacken, und er stieß einen überraschten Laut aus. Die Dunkelheit waberte unstet, und ein Rumpeln ertönte.

Diane rief: »Kontrolle, James!«, aber da war es schon zu spät. Das Zimmer knarzte, als die Schatten durch die Wände drangen. Von draußen erklang ein erschrockenes Bellen.

James stöhnte, ließ die Arme fallen, und die Dunkelheit zerfiel wie ein Kartenhaus. Mit einem Stirnrunzeln drehte er sich zu Nyx und Leon um, doch bevor er etwas sagen konnte, schnitt Dianes Stimme durch die Luft.

»Leon.«

James zuckte zusammen, aber Leon setzte eine unschuldige Miene auf. »War was?«

»Wie oft soll ich dir noch sagen, dass deine kindischen Streiche nicht angebracht sind«, herrschte Diane ihn an. »Weder im Unterricht noch sonst irgendwann.«

Leon murmelte etwas, das Nyx nicht verstand.

Diane musterte ihn argwöhnisch. »Was hast du gesagt?«

Leon straffte die Schultern. »Wie sollen wir rausfinden, was wir können, wenn wir nichts ausprobieren dürfen?«

»Es ist nicht wichtig, was ihr könnt«, sagte Diane streng. »Wichtig ist nur, dass ihr eure Gaben im Zaum haltet. Wenn ihr das Chaos in eurem Blut nicht kontrolliert ...«

»... kontrolliert es uns«, vervollständigte Leon. »Die Litanei kennen wir *auswendig*.«

Dianes Augen wurden schmal. »Offensichtlich hast du die Botschaft nicht begriffen. James hätte jemanden verletzen können. Was, wenn seine Dunkelheit dank deines kleinen Tricks das ganze Haus flutet? Du hast Barkley bellen hören, gut möglich, dass er das nächste Mal vor Schreck einen Herzinfarkt bekommt. Und was, wenn James deinetwegen die Kontrolle über seine Gabe verliert und zu viel Chaos anzapft?«

Leon schwieg trotzig, aber bei dem Wort ›Herzinfarkt‹ war er blass geworden.

Dianes Blick ruhte noch einen Moment länger auf ihm, dann ging sie zu einem der Regale und zog ein Buch mit abgewetztem Einband heraus. »Wie entstehen Chaosträger?«, fragte sie Nyx.

»Sie entstehen, wenn Nachtboten zu viel rohe Chaoskraft aufnehmen«, antwortete Nyx. »Oder wenn sie bei der Ausübung ihrer Talente zu oft Spuren von Chaos aus sich hinausfließen lassen.«

»Durch eure Affinität zur Nacht habt ihr auch Zugriff auf Chaoskraft«, sagte Diane. »Oder vielmehr, das Chaos hat Zugriff auf euch. Es wickelt sich um eure Nachtenergie, lädt sie auf und kann euch das Gefühl geben, stärker, mächtiger oder fähiger zu sein.« Hier fiel ihr Basiliskenblick wieder auf Leon. »Weil immer ein Rinnsal aus Chaos durch euch fließt, ist die Versuchung groß, mehr von dieser Kraft einzulassen.«

»Das wissen w–«, setzte Leon an, aber Diane unterbrach ihn barsch.

»Jetzt rede ich. Ihr tragt eine Schleuse in euch. Wenn ihr euch vernünftig verhaltet, bleibt sie nahezu geschlossen, und ihr könnt den Fluss des Chaos steuern. Aber wenn ihr zu übermütig werdet, wenn ihr mit euren Talenten herumexperimentiert und mehr Chaoskraft einlasst, als ihr beherrschen könnt, dann bricht die Schleuse auf und lässt sich nicht mehr schließen. Was dann passiert, würde ganz allein eure Schuld sein. Wer Chaosträger wird, ist nicht vorherbestimmt. Wenn sie erwachen, ist das kein Schicksal, sondern Nachlässigkeit.«

Ein betretenes Schweigen folgte auf ihre Tirade.

»Bis morgen lest ihr Kapitel fünf bis sieben.« Sie gab James das Buch und maß ihn mit einem durchdringenden Blick. »Lass dich nächstes Mal nicht ablenken. Eine simple Berührung am Nacken sollte dich nicht so aus der Fassung bringen.«

»Ja, Diane«, erwiderte er.

Leon kniff die Lippen noch fester zusammen, sagte jedoch nichts. James wartete, bis Diane die Tür hinter sich geschlossen hatte, dann ging er zu Leon. Nyx konnte sehen, wie sich Leon anspannte. Doch James seufzte nur.

»Ninja-Sterne«, sagte er. »Im Ernst jetzt?«

Die Spannung wich aus Leons Körper, und er zuckte mit den Schultern. »Die Klassiker sind am Besten«, behauptete er.

James gab ein amüsiertes »Pfft« von sich, und auch Nyx schmunzelte. Die kitzelnden ›Ninja-Sterne‹ waren ein Trick, den Leon begeistert anwandte, seit er herausgefunden hatte, wie er sie von seiner Hand durch die Gegend schicken konnte.

»Lahm«, befand James. »Du weißt schon, dass ich mich jetzt rächen muss?«

Leon hob das Kinn. Er versuchte, sein Grinsen zu unterdrücken, aber die Grübchen an seinen Mundwinkeln verrieten ihn. »Versuch's ruhig«, konterte er.

James wandte sich an Nyx. »Was denkst du?«, fragte er. »Welches Färbemittel kommt dieses Mal in sein Shampoo?«

»Pink«, entschied Nyx. »Oder Lila.«

»Ha«, machte Leon. »Euer Fehler. Lila würde mir phantastisch stehen.«

»Du würdest wie eine Weintraube aussehen«, sagte James.

»Oder wie Tinky Winky«, ergänzte Nyx.

James tat so, als würde er überlegen. »Stimmt. Er sieht sowieso schon aus wie ein Teletubby.«

Leon boxte James gegen die Schulter. »Blödmann«, lachte er, dann schlang er die Arme um James und Nyx. »Geheimclub«, sagte er. »Heute Nacht.«

Später am Abend saß Nyx auf dem Rand von Dianes Bett und beobachtete, wie sie schlief. Wie immer lag Diane auf der Seite. Im Schlaf krümmte sie sich wie ein Komma unter ihrer Decke: Ihr Kopf ruhte mit der Wange auf ihrem Kissen, und ihre Knie drückten an ihren Bauch. Sie sah verwundbar aus. Als wollte sie so wenig Angriffsfläche wie möglich bieten.

Der Anblick beunruhigte Nyx jedes Mal. Sie wurde das Gefühl nicht los, dass Dianes Körper ihr etwas offenbarte, das Nyx gar nicht wissen wollte.

Nervös verschränkte und löste sie ihre Hände in ihrem Schoß. Das hier war ihre Lektion. Mindestens zweimal die Woche wies Diane Nyx an, in ihrem Schlafzimmer zu warten, bis sie tief genug schlief, um zu träumen.

Wenn James und Leon an ihren Fähigkeiten arbeiteten, bestand Diane darauf, dass all ihre Zöglinge anwesend waren. Nur Nyx sollte ihr Talent allein trainieren. Sie ahnte, warum: In ihren übrigen Unterrichtsstunden wirkte Diane stets unantastbar und makellos. Sie war die Autorität in Person. Aber hier? Wenn sie schlief? Da konnte sie weder beeinflussen, wie sie aussah, noch was in ihrem Kopf vorging. Allein sie konnte das.

Mit elf hatte Nyx festgestellt, dass sie die Träume anderer nicht nur sichtbar machen konnte. Sie konnte ihre Träume manipulieren. Mit anderen Worten: Ihr Talent lag darin, Albträume in angenehme Träume zu verwandeln.

Manchmal wurden die Menschen nach Nyx' Eingreifen weiterhin mit den Konflikten konfrontiert, die sie plagten. Doch nun fanden sie im Traum Lösungen. Sie erfuhren, wie es sich anfühlte, wenn der Konflikt sich in Wohlgefallen auflöste.

Andere Male legten die Schrecken, die die Träumenden verfolgten, eine Nacht lang Pause ein. So konnten die Menschen, denen sie half, Atem und Kraft schöpfen. Sie erwachten mit Gefühlen wie Hoffnung, Zuversicht oder Dankbarkeit.

Vermutlich könnte Nyx ihre Gabe auch umgekehrt einsetzen und wohlige Träume in Nachtmahre verwandeln. Aber das wollte sie nie versuchen.

Ein Jahr lang hatte sie ihr Talent unter Dianes Aufsicht an Barkley getestet, bis Diane ihr schließlich mitteilte, dass sie von nun an mit ihr üben sollte. Kurz darauf hatten Leon und James sie überredet, sie auch für Testzwecke zu benutzen. Davon wusste Diane offiziell nichts.

Als sie die ersten Male über Dianes Schlaf gewacht hatte, hatte Nyx noch um ein Nachtlicht gebeten. Mittlerweile knipste sie Dianes Nachttischlampe aus, sobald sie das Zimmer betrat. Seit ihrem vierzehnten Geburtstag konnte sie im Dunkeln sehen. Doch obwohl ihr die Dunkelheit keine Angst machte und obwohl Diane sie ausdrücklich aufforderte, sich in ihrem Privatbereich aufzuhalten, fühlte sich Nyx hier immer fehl am Platz.

Heute Nacht war der Wunsch, die Sache hinter sich zu bringen, besonders stark. Leon und James warteten bereits auf sie, und sobald sie hier loskam, konnte sie endlich das tun, worauf sie sich seit dem Vormittag freute. *Geheimclub*.

Endlich nahm sie eine Bewegung hinter Dianes Augenlidern

wahr. Sie befand sich in der REM-Schlafphase, in der Menschen am meisten träumten. Vorsichtig rutschte Nyx ein Stück näher und hob ihre Hand.

Lu hatte sie einmal gefragt, wie es sich anfühlte, wenn sie auf die Kraft in ihrem Innern zugriff. Nyx konnte es nicht beschreiben. Es war ein Öffnen, ein Nach-innen- und gleichzeitig ein Nach-außen-Greifen. Ein Erden und Loslassen. Ein Sehnen und Geben. Ein bisschen fühlte es sich so an, wie sie sich Verliebtsein vorstellte. Aber das verriet sie Lu nicht.

Nyx ließ ihre Lider herabsinken und konzentrierte sich auf ihren Nachtsinn. Wie immer nahm sie ihn zunächst als vorfreudiges Flattern unter ihrem Brustbein wahr. Wenn sie diesen siebten Sinn antippte, schwoll eine samtene Energie in ihrem Körper an.

Sie dachte an Dianes Warnungen und mahnte sich zur Vorsicht. Drei-, viermal flachte die Energie ab. Nyx ließ sie behutsam wieder ansteigen, bis das, was sie als Nachtströmung empfand, von ihrer Mitte durch ihr Herz und über ihre Arme bis in ihre Fingerspitzen floss.

Sie öffnete die Augen. Ihre Haut leuchtete nicht, die Härchen auf ihrem Handrücken richteten sich nicht auf. Dennoch spürte sie, wie sich die Wirklichkeit in ihrer Nähe veränderte. Feine, silbergraue Rauchschwaden stiegen von Dianes Hinterkopf auf und wogten in den geschmeidigen Segelbewegungen eines Rochens in Richtung ihrer Schulter.

Nyx spreizte ihre Finger in einer Geste, die Leon als Jedi-Handtrick bezeichnete, und spürte ein Kribbeln in der Magengegend.

Kontrolle, hallte Dianes Stimme in ihrem Kopf. Nyx' Kiefer verkrampfte sich. Trotzdem gelang es ihr, ihre Nachtenergie so zu lenken, wie sie es brauchte. Darin wurde sie immer besser.

Was ihr als kleines Kind instinktiv gelungen war, fiel ihr

schwerer, sobald Diane sie in ihren Unterricht einband. Diane hielt nichts von Instinkt, sie setzte auf Struktur. Sie wollte Nyx und die anderen von Reaktion zu Methode umschulen, brachte ihnen bei, wie sie ihre Kräfte bewusst heraufbeschwören, regulieren und sicher einsetzen konnten. Laut Leon brachte sie ihnen nur bei, wie sie sich zurückhalten konnten. Doch das stimmte nicht, zumindest nicht ganz.

Zuerst hatte sich Nyx durch Dianes Anleitung verwirrt und gehemmt gefühlt, doch mit der Zeit entwickelte sie sich weiter. Langsam zwar, schwerfällig mitunter, aber in unzähligen Unterrichtsstunden lernte sie nicht nur, ihr Talent gezielt einzusetzen – sie fand auch heraus, dass sie zu viel mehr fähig war, als sie am Anfang geahnt hatte.

Nyx drehte ihre Hand, und der amorphe Rauch senkte sich herab und verfestigte sich auf Dianes Schulter zu einem winzigen Frosch. Sie lächelte. Der Moment, in denen sich Träume in ihrer Gegenwart in Tierform manifestierten, erfüllte sie immer noch mit Staunen – und Genugtuung. Egal, was sie anstellte, es erschienen immer dieselben Tiere: Frösche für Albträume, Fische für angenehme Träume. Diane konnte den Grund dafür nicht erklären. In den Büchern und anderen Quellen, die sie zur Verfügung hatte, wurde die Fähigkeit der Traummanifestation zwar erwähnt, aber von Tieren war nirgends die Rede.

Nyx, die am einfachsten in Bildern dachte, hatte jedoch eine Vermutung. Mit fünf Jahren hatte sie mit ihrem Pappoú ein Aquarium besucht, das sie sehr beeindruckt hatte. Besonders die Baumfrösche und Schleierschwänze hatten sie verzaubert.

Behutsam hob sie den Frosch von Dianes Schulter. Die Furche zwischen Dianes Brauen verschwand, und sie atmete lange aus. Trotz ihres Unbehagens war Nyx froh, dass sie das für Diane tun konnte. Egal, wie oft sie Dianes Schlaf überwachte, sie trug immer einen Frosch davon. Diane schien ausschließlich schlecht zu träumen.

Nyx ging und nahm den Frosch mit ins Glaszimmer, zu James und Leon, um das zu tun, wovon Diane nichts wusste.

Das Glaszimmer lag direkt unter dem Dach. Gebaut hatte es eine exzentrische Vorfahrin von Diane – oder vielmehr, sie hatte es bauen lassen. Die breiten Fenster, die auf den Park hinter dem Haus hinunterblickten, reichten vom Boden bis zur Decke. Die Decke selbst wurde beherrscht von einem Oberlicht, wodurch der Raum beinahe wie ein Gewächshaus wirkte. Letzteres war der ursprünglich angedachte Zweck des Zimmers gewesen: Es sollte ein Platz für Pflanzen sein, eine Oase inmitten eines Gebäudes.

Manchmal stellte Nyx sich vor, wie das Glaszimmer überquoll von Farnen und Grünlilien in hängenden Töpfen, von Kübeln voller Lilien und Hibiskus.

Heute gab es unter dem Dach keine Pflanzen mehr. Als sie, James und Leon bei Diane einzogen, wurde das Zimmer überhaupt nicht mehr genutzt. Also hatte Leon mit Diane ausgehandelt, dass sie den Raum für sich beanspruchen durften. In einem seltenen Moment der Nachgiebigkeit hatte Diane sogar erlaubt, dass sie mit dem Zimmer machen durften, was sie wollten.

Der Raum wurde ihr Hauptquartier, der Treffpunkt ihres Geheimclubs, an dem sie all das besprachen (und all das ausprobierten), was Diane nicht mitbekommen sollte.

Als Nyx an jenem Abend ins Glaszimmer kam, lagen James und Leon auf den Kissen, die sie auf dem Boden ausgebreitet hatten. Die Rückseite von Wildridge Hall zeigte nach Osten, also konnte man durch das Oberlicht den Mond aufgehen sehen. Es gab ein paar Lampen, aber die Jungs hatten sie nicht angeschaltet. Stattdessen stand ein einzelnes Windlicht auf der Fensterbank und warf einen Ring aus honiggoldenem Licht ins Zimmer.

Sie kam mitten in einem Gespräch dazu. James und Leon lagen so dicht beieinander, dass ihre Schultern sich berührten. Leon fuchtelte mit einer Hand in der Luft herum. James stupste mit dem Fuß gegen Leons Knöchel, dann bemerkte er Nyx.

»Hey«, sagte er. »Lief alles gut?«

Sie hielt ihm den Frosch entgegen. »Ja.«

James runzelte die Stirn, als er sah, dass sie wieder einen Albtraum dabeihatte, aber Leon setzte sich ungeduldig auf.

»Endlich«, sagte er. »Diane braucht echt ewig, bis sie einschläft. Es würde viel schneller gehen, wenn sie mich helfen lassen würde.«

»Sie traut dir nicht«, sagte James. »Sie denkt, du würdest in ihrem Oberstübchen herumstöbern, wenn sie nicht aufpasst.«

»Pfft, als ob es da was Interessantes zu entdecken gäbe.«

Nyx sah zu der Tür auf der linken Seite des Raumes. Ursprünglich diente sie lediglich als Durchgang zu einer schmalen Treppe, auf denen Hausmädchen früher Putzutensilien und Kohleeimer durchs Haus manövrieren mussten. Sie und Leon hatten die Tür dunkelblau gestrichen und mit einem Halbmond, einem Vollmond und einem Neumond bemalt. Der Anblick der Tür ließ Nyx' Nachtsinn taumeln wie ein Schwarm Schmetterlinge.

Bisher hatte sie Diane drei Dinge verschwiegen. Das Erste: Wenn sie Träume aus dem Bewusstsein von Menschen pflückte, lösten sich diese nicht mehr automatisch in ihrer Hand auf. Sie behielten ihre Form, bis Nyx sie an den Ort hinter der Tür brachte.

Das Zweite: Sie konnte eine gewöhnliche Tür in ein Tor zur Wahren Nacht verwandeln.

Das Dritte: Die Nacht rief nach ihr.

James und Leon kamen zu ihr, stellten sich neben sie wie zwei Buchstützen.

»Ziemlich niedlich für einen bösen Traum«, befand Leon.

Sie streichelte den Frosch mit einer Fingerspitze. »Er ist nicht böse«, widersprach sie. »Er ist nur aus Angst und Traurigkeit gemacht.«

Leon lächelte ihr zu, doch dann ging seine Ruhelosigkeit wieder mit ihm durch. »Können wir jetzt endlich los?«

In letzter Zeit war Leon noch ungeduldiger als sonst. In der Schule und besonders zu Hause, wenn Diane sie mit Trainingsstunden, Lesematerial und Lektionen überhäufte. Er bemühte sich zwar, aufmerksam zu bleiben, aber früher oder später wollte er all das, was die Erwachsenen ihm vorgaben, über den Haufen werfen. Wie ein Pferd, das auf der Stelle tänzelt und an den Zügeln zerrt.

James grinste und deutete eine Verbeugung vor ihr an. »Eulchen zuerst.«

Die beiden liefen nah hinter ihr, während Nyx zur Mondtür ging. Wenn Diane oder irgendjemand anderes diese Tür öffnete, würden sie auf eine schmale Treppe hinunterschauen. Wenn jedoch Nyx den Knauf drehte …

Das Flattern unter ihren Rippen steigerte sich zu einem Rauschen. Sie warf noch einen Blick auf Leon mit seinen vor Aufregung glänzenden Augen. Er wippte auf den Fußballen, konnte es kaum erwarten.

Sie streckte die Hand aus und öffnete die Tür.

24

NYX

Wildridge Hall | Jetzt

Sie stand in einer Wüste aus toten Vögeln. Ihre Leiber drückten gegen ihre Schienbeine, und ihre hohlen Knochen knisterten wie abgestorbenes Holz. Nyx wollte fort von hier, wollte laufen, rennen, konnte sich jedoch nicht bewegen. Die Luft war dick und schwer und voller Staub, der in ihrer Lunge kratzte.

Etwas packte ihre Fußknöchel und zog. Mit einem Ruck sackte sie in den Boden. Verzweifelt griff sie um sich, doch die Vogelleichen rutschten unter ihren Händen weg, glitten hinunter wie in den Rachen eines Trichters. Sie hörte das Mahlwerk des Vortex, spürte seinen Sog.

Komm nach Hause, flüsterte eine Stimme.

Nyx erwachte mit einem erstickten Schrei. Es dauerte ein paar Sekunden, bis sie erkannte, wo sie war. Wildridge Hall. Ihr altes Zimmer. Dieselben Tapeten mit den winzigen Rosen an der Wand.

Mit pochendem Herzen richtete Nyx sich auf und zog den schweißnassen Stoff ihres T-Shirts von ihrer Haut. Hatte sie wirklich geglaubt, sie könnte ihre Vision einfach wegstecken? So viel dazu.

Sie wünschte sich, sie könnte den Traum von eben aus ihrem Bewusstsein pflücken. Aus eigener Erfahrung wusste sie jedoch, dass ihr das nicht gelingen würde. Sie konnte nur die Träume anderer Menschen verändern. Nicht ihre eigenen.

Nyx spürte den Geist einer Berührung an ihren Fußknöcheln und zog ihre Knie an ihre Brust. Sie wollte das Echo ihres Traums abschütteln, doch stattdessen zuckte ihr Magen wie ein an Land gespülter Fisch.

»Fuck«, murmelte sie. Was zur Hölle passierte mit ihr? Sie hatte das Gefühl, sie geriet aus den Fugen. Lag das an ihrer Vision? Oder an der Rückkehr nach Wildridge?

Du kennst die Ursache, flüsterte ihre innere Stimme. *Du weißt, welcher Fehler dich heimsucht. Und zu Recht.*

Plötzlich erschien ihr die Dunkelheit um sie herum erdrückend. Zum ersten Mal in ihrem Leben fürchtete sie sich vor der Nacht.

Das stimmt nicht, beharrte die Stimme in ihrem Kopf. *Denk an den Abgrund.*

Und Nyx erinnerte sich. Sie erinnerte sich an jene fatale Nacht, als sie zum letzten Mal gemeinsam mit James und Leon hinter die Mondtür gegangen war. Sie waren weit vorgedrungen. Weiter als je zuvor, über das Firmament, bis sie eine Stelle erreichten, an der …

Nyx schlug die Decke zurück und schwang die Beine aus dem Bett. Sie musste hier raus. Musste sich bewegen oder sonst wie ablenken. Ihre Hand streckte sich bereits nach der Nachttischlampe aus, aber dann sah sie auf und erstarrte.

Ihre Zimmertür stand einen Spalt weit offen. Sie hatte sie zugemacht, da war sie sich ganz sicher.

Nyx fuhr sich mit der Zungenspitze über die trockenen Lippen. *Sei nicht albern*, sagte sie sich. *Das ist ein altes Haus, die Türen schließen nicht richtig, das kann schon passieren.*

Sie wollte aufstehen, aber plötzlich konnte sie sich nicht rühren. Namenlose Furcht krabbelte von ihren Zehen ihre Beine hinauf. Ihr Blick hing an dem Türspalt, dem Streifen tiefschwarzer Finsternis.

Was, wenn sie die Tür öffnete und die Wahre Nacht dahinter lag? Wenn sie dort wartete, obwohl Nyx sie nicht herbeigerufen hatte?

Ich verliere die Kontrolle, wisperte etwas in ihr, und die Angst kroch hinauf in ihre Brust. Sie hörte ein Knistern, ein Flüstern wie von winzigen Sandkörnern, die eine Schräge hinunterrieselten. Unmöglich zu sagen, ob sie sich das einbildete oder ob sie die Geräusche tatsächlich hörte.

Schließ die Tür. Schließ einfach die Tür.

Sie wiederholte die Aufforderung in ihrem Kopf, doch das Echo einer anderen Stimme war lauter.

Wir müssen weg hier, wir müssen zurück!

Nyx, hilf mir!

Sie klammerte sich an den Rand der Matratze. Ein Leuchten kroch den Rand ihrer Tür hinauf, unheimlich und flackernd wie Elmsfeuer. Das Rauschen des Sandes – *des Sternenstaubs* – wurde lauter. Glimmende Fingerspitzen schoben sich hinter der Tür hervor.

Jemand klopfte an den Türrahmen, und sie fuhr so heftig zusammen, dass sie mit dem Arm gegen den Nachttisch schlug.

»Shit!«

»Nyx?« James' Stimme drang zu ihr, kurz bevor er die Tür aufschob. »Alles in Ordnung?«

Sie krümmte sich über ihren schmerzenden Ellbogen, sah hoch, sah James … und die Zimmertür, die nur in den Flur hinausführte und sonst nirgendwohin.

James Augen weiteten sich, dann lief er zu ihr und setzte sich neben sie. »Hey, hey. Du zitterst ja.«

Das tat sie. Sie hatte es gar nicht bemerkt. James griff behutsam nach ihrem Arm, und sie ballte die Fäuste so fest, dass ihre Fingerknöchel knackten.

»Ich glaube, ich drehe durch.«

Nyx und James saßen nebeneinander am Kopfende ihres Bettes, die Beine vor sich ausgestreckt. Irgendwo draußen kämpfte sich die Sonne nach oben, denn graues Zwielicht dämmerte hinter dem Fenster.

Die Nacht war immer ihre Zuflucht gewesen, doch jetzt sehnte sie den Tag herbei. Das Gefühl bereitete ihr Übelkeit, ließ sie noch verunsicherter zurück, als sie es ohnehin schon war.

James schob seine Hand in ihre und verschränkte ihre Finger miteinander. Normalerweise hielt sich Nyx mit Berührungen zurück, aber jetzt brauchte sie den Kontakt. Sie musste sichergehen, dass James bei ihr war.

»Was ist los?«, fragte er.

Sie hatte Angst. Angst, dass alles aus ihr herausbrach, wenn sie anfing, zu reden. Es war Unsinn, denn vor James musste sie sich nicht verstecken. Er wusste, was passiert war. Was sie getan hatte. Und dennoch, wenn sie sich vorstellte, über Leons Tod zu sprechen, darüber, wie die Erinnerung daran alles tränkte, was sie jetzt erlebte, schnürte sich ihre Kehle zusammen.

Aber sie konnte das, was sie umtrieb, nicht mehr für sich behalten. Sie würde ersticken, wenn sie es versuchte. Also erzählte sie James von dem, was auf Freyas Dach passiert war. Sie beschrieb die Sternengestalt, die sie gemalt hatte und die vielleicht zum Leben erwacht war. Dieselbe Gestalt, die in ihrer Vision zurückgekehrt war. Die sich nach Nyx ausgestreckt hatte, während sie hilflos über dem Abgrund schwebte.

James hielt weiter ihre Hand. »Ich wusste nicht, dass das Malen für dich so wichtig geworden ist.«

Er klang genau so wie damals, als er die kleine Eule vor ihrem Versteck abgestellt hatte.

»Es hilft mir«, sagte Nyx. »Ich kann die Träume nicht mehr so gut loslassen wie früher. Wenn ich sie male, werde ich sie los.« Sie seufzte. »Zumindest hat das bisher funktioniert. Aber letzte Nacht? Ich weiß nicht. Da hatte ich so ein Gefühl ... als ob ich kurz davor war, in einen Strudel zu geraten.« *In einen Vortex.* »Zuerst dachte ich, es wäre eine Nachwirkung des Albtraums, aber dann ist das mit dieser Sternengestalt passiert.« Nyx sah hinunter auf ihre Hände. »Sie hat mich an Leon erinnert, daran wie er–«

James' Finger zuckten. Vielleicht sollte sie jetzt aufhören. Was sie sagte, musste ihn aufwühlen. Aber die Worte rutschten trotzdem über ihre Lippen.

»Ich weiß, du glaubst, der Anruf bei dir war ein Trick. Aber ich habe das Gefühl, als würde er versuchen, in meine Nähe zu kommen«, gestand sie. »Oder etwas, das ihm sehr ähnlich ist. Und ich weiß nicht, was schlimmer wäre. Wenn tatsächlich etwas hinter mir her ist oder wenn ich mir alles nur einbilde.«

Sie schluckte. Kurz fand sie keine Worte, dann sagte sie: »Ich habe Angst.«

James sog die Luft ein. Er drehte sich zu ihr, so dass seine Stirn ihren Kopf berührte. Für ein paar Augenblicke lehnten sie sich aneinander.

»Es wird alles gut«, sagte er schließlich. »Wir finden raus, was los ist, und dann bekommen wir es in den Griff.«

Er legte auch seine zweite Hand über ihre bereits verschränkten Hände. *Wir*, dachte Nyx. Das Wort, seine Nähe fluteten sie mit Erleichterung. Sie hatte keine Antworten, keine Vorstellung davon, was als Nächstes passieren würde. Aber zusammen würden sie es aushalten können.

»Eulchen«, murmelte James.

25

JAMES

Die Sonne war immer noch nicht aufgegangen, als James und Nyx in die Küche umzogen. James war dankbar für den Ortswechsel. Hätte er noch länger in Nyx' Zimmer gesessen, dort, wo sich sein Magen bei jedem Satz, den sie sagte, fester verkrampfte, hätte er sich nicht mehr zusammenreißen können.

In der Küche fiel es ihm leichter, die Ruhe zu bewahren. Er toastete Brot und machte Erdnussbutter-Sandwiches, während Nyx Tee kochte. Die Beschäftigung schien auch ihr zu helfen. Zuerst verschwand der getriebene Ausdruck aus ihren Augen. Dann kehrte sogar ein wenig Farbe auf ihre Wangen zurück.

James versuchte, sie nicht allzu offensichtlich zu beobachten. Der Drang, sie in den Arm zu nehmen und irgendwohin zu bringen, wo sie vor allem und jedem sicher war, rumorte in ihm. Er roch an der Erdbeermarmelade, atmete ihren Sommerduft ein und kleckste sie auf die Brote. Er musste seine Hände bewegen, sonst würde die Panik aus ihm herausbrechen.

Kurz davor, in einen Strudel zu geraten. So fühlte sie sich gerade.

Nein, dachte er. Es durfte nicht wahr sein. Es konnte nicht stimmen. Nicht einmal dieses verdammte Universum, in dem sie lebten, wäre so grausam.

Das Universum ist nicht grausam, flüsterte seine innere Stimme. *Es schert sich nur einen Scheiß um euch.*

Erins Worte hämmerten in seinem Kopf wie ein nicht zu bremsender Trommelschlag. *Deine Schwester saß gestern im selben Café wie ich.*

Erin befürchtete, dass Nyx die Chaosträgerin sein könnte. James hatte diese Möglichkeit sofort abgelehnt, aber genauso unmittelbar hatten die Zweifel ihre Krallen in seine Brust geschlagen.

Das war ein Zufall, hatte er behauptet. *Sie ist keine Trägerin.*

Bist du dir sicher?, hatte Erin gekontert. *Sie hat versucht, nach meiner Tasche zu greifen, das ist doch seltsam?*

Ich werde mit ihr reden.

Und genau das hatte er vorgehabt. Deshalb war er zu Nyx' Zimmer gegangen. Um endlich seinen Kopf aus dem Sand zu ziehen und sie zu fragen, was sie in dem Café gemacht hatte. Er hatte sich fast davon überzeugt, dass sich alles aufklären würde, dass Erin mit ihrem Verdacht natürlich falsch lag. Doch dann erzählte ihm Nyx von Schwindelgefühlen, von Trancezuständen und von Visionen, in denen sie *über einem Scheißabgrund schwebte*.

Er brachte es nicht über sich, Nyx zu offenbaren, was er befürchtete. Er konnte es einfach nicht.

Sie aßen ihre Sandwiches, tranken den Tee, sprachen über Lu und Pablo und darüber, dass die Küche immer noch der beste Platz im ganzen Haus war. Irgendwann stahl sich rosafarbenes Dämmerlicht durch die breite Fensterfront.

Nyx schob ihren Teller von sich. »Ich glaube, ich gehe ein paar Schritte durch den Park.«

James bemühte sich, seine Tasse nicht noch fester zu packen. »Soll ich mitkommen?«

Sie schüttelte den Kopf. »Ich muss meine Gedanken sortieren. Das verstehst du, oder?«

»Klar.«

Sie lächelte, öffnete die Glastür, die nach draußen führte, und ging. James wartete ein paar Augenblicke, dann stützte er die Stirn auf seine Hände.

»Scheiße«, murmelte er. »Verdammte *Scheiße*.«

Alles, was Nyx ihm erzählt hatte, ließ die Alarmsirenen in seinem Kopf schrillen. War ihr nicht klar, wie ähnlich ihr Bericht den Texten war, die die Erfahrung von Chaosträgern beschrieben?

Eine Trägerin aus den Siebzigern sprach in einem aufgezeichneten Interview von einem Sog, dem Geräusch eines reißenden Flusses, der sie nachts nicht schlafen ließ. In einer anderen Quelle wurde berichtet, dass manche Träger einen anschwellenden Druck in ihrem Innern wahrnahmen, ›als ob der Wasserspiegel in einem Brunnen ansteigt‹. Ein Chronist, der einen Träger bis zu dessen Tod durch Erhängen begleitet hatte, erzählte, dass die Fähigkeiten dieses Nachtboten sich verändert hatten, dass sie seiner Kontrolle entglitten und ein Eigenleben entwickelten.

Das alles war absurd. Nyx konnte keine Trägerin sein. Sie waren so geeicht darauf, die Symptome zu erkennen, sie würde wissen, wenn es sie traf. Sie würde es spüren. *Er* würde es spüren. Bereits auf der Zugfahrt hierher hatte er vorsichtig nach ihrer Aura gegriffen, aber die hatte sich angefühlt wie immer. Kein warnendes Prickeln, kein messbarer Anstieg von Chaos in ihrer Ausstrahlung.

Diane hatte ihnen tausendmal eingebläut, dass nur diejenigen zum Träger wurden, die zu nachlässig oder zu undiszipliniert waren. Unter allen Menschen, die James kannte, war Nyx diejenige mit der größten Selbstkontrolle.

Sie war es nicht. Sie war nur aufgebracht wegen all dem abstrusen Mist, der gerade passierte. Aber James' Angst, dass er die Wahrheit längst wusste, wuchs und wuchs.

Er trat aus der Küche hinaus auf die Terrasse. Von hier aus führte eine Treppe hinunter auf den Rasen von Wildridge Park. Blasser Morgendunst hing in Fetzen über dem Gras und dem trockengelegten Pool, der im Windschatten des Herrenhauses lag. James ließ den Blick über den Eichenwald schweifen, der an den Rändern der Wiese aufragte. Nyx war längst nicht mehr zu sehen, hatte wahrscheinlich einen der Pfade eingeschlagen, der sie unter die Bäume führte.

Was sollte er tun? James verschränkte die Hände im Nacken. Die Ahnung, dass sie auf eine Katastrophe zusteuerten, drohte ihn niederzudrücken. Und warum zur Hölle stießen sie plötzlich an allen Ecken auf Spuren von Leon? James presste die verschränkten Hände gegen seinen Nacken. Er dachte an das Weiße Rauschen, an den Kosenamen.

Jay Bird.

Er war sich so sicher gewesen, dass ihn ein Unbekannter mit dem Anruf aus der Bahn werfen wollte. Doch jetzt verriet Nyx, dass sie Visionen von einer gesichtslosen Gestalt hatte, die sie an Leon erinnerte? Was steckte dahinter? Eine Erinnerung, ein Geist oder ein Trick, den ihnen irgendjemand spielte? Wie passte das alles zusammen?

James wollte seinen Frust hinausschreien. Er war so kurz davor. Dann sah er die Gestalt, die auf einer der breiten Liegen vor dem Pool lag.

James atmete aus, löste die Hände und stieg die Treppe hinunter. Erin lag eingewickelt in eine Decke auf der Liege und sah hoch zum Horizont, wo ein schwacher Lichtschein glomm.

»Hey«, sagte er.

»Hey«, antwortete sie. »Ich dachte, du wolltest schlafen?«

Er zuckte mit den Schultern und setzte sich auf die Liege neben ihr. »Ich hab's versucht.«

»Hast du mit Nyx geredet?«, fragte sie.

Er nickte, doch als sie zur nächsten Frage ansetzte, kam er ihr zuvor. »Können wir das aufschieben? Können wir hier einfach einen Moment sitzen, ohne Probleme zu wälzen?«

Erin sah ihn nachdenklich an. »Okay«, sagte sie schließlich, drehte sich zurück auf den Rücken und rutschte tiefer unter ihre Decke.

James legte sich hin. Sah hoch zum Himmel und versuchte, an nichts zu denken.

»Ich habe Angst vor der Dunkelheit«, sagte Erin plötzlich. »Hab ich schon, seit ich klein bin.«

Überrascht drehte er sich zu ihr um.

»Ich schätze, ich habe zu viele Geschichten über Monster und Geister gehört, die sich nachts herumtreiben.« Sie lachte matt. »Nicht besonders hilfreich für jemanden mit einer lebhaften Phantasie. Ich hatte schon immer viele Albträume.«

James hatte keine Ahnung, warum sie ihm das anvertraute, aber er hatte wieder dieses eigenartige Gefühl des Erkennens. Irgendetwas an Erins schroffer Art, an ihrer Angewohnheit, alle um sich herum genau im Blick zu behalten, ließ ihn vermuten, dass sie in ihrem Leben ähnliche Erfahrungen gesammelt hatten. Als wären sie Soldaten, die sich nie zuvor begegnet waren, die jedoch in denselben Gräben gekämpft hatten.

Plötzlich erinnerte er sich daran, dass sie heute Morgen überrascht gewesen war, wie gut sie geschlafen hatte. War es möglich? Hatte Nyx nach Erin gegriffen, um einen Albtraum zu entfernen? Ja, das wäre eine Erklärung.

Konnte Nyx etwas derart Freundliches tun und Erin gleichzeitig zum Chaosverfall verdammen? Das passte in seinem Kopf nicht zusammen. Doch wenn es so war und sie selbst nicht wusste, was sie anderen Menschen antat … James wurde kalt. Das würde Nyx zerstören.

Er schob die Gedanken beiseite. »Ich liebe die Dunkelheit«, sagte er. »Sie tröstet mich. Ich schätze, sie lässt mich durchatmen. Das Leben ist ziemlich laut und kompliziert, findest du nicht? Wenn du es zulässt, kann die Dunkelheit ein Ruhepol sein. Ein Ort, an dem du nicht denken oder reagieren musst. Wenn es dunkel ist, wenn der Rest der Welt schläft, darfst du loslassen und einfach, hm.« Er lächelte. »Einfach *sein*.«

Erin schwieg.

Er wandte den Kopf zu ihr und fragte: »Willst du es ausprobieren?«

»Ja«, antwortete sie leise.

James stand auf und ging zu ihr hinüber. Sie machte ihm Platz. Er legte sich neben sie und zupfte an ihrer Decke.

»Darf ich?«

Sie schälte sich aus ihrem Kokon. Er nahm die Decke und breitete sie über sie beide aus. Die Dunkelheit darunter war warm und sanft, aber nicht undurchdringlich. James konnte die blasse Rundung von Erins Wange sehen, einen Arm, eine Schulter. Sie trug eins von Samis Sweatshirts, das ihr viel zu groß war.

Ein Windhauch strich über sie hinweg und ließ die Decke schaudern wie eine Zeltplane.

»Dunkelheit hat verschiedene Abstufungen«, sagte James. »In Neumondnächten kann sie so dicht und schwarz werden, dass sie dich ganz einhüllt, dich vor allem abschirmt. Oder sie ist wie jetzt, kurz vor dem Anbruch der Dämmerung. Dann ist sie samtgrau, still, und sobald sich deine Augen an sie gewöhnt haben, kannst du Formen und Schattierungen wahrnehmen. Kannst du sehen?«

»Ja«, antwortete Erin.

»Es gibt ein altes englisches Wort für diese Art der Dunkelheit«, sagte er. »*Owl Leet.*«

»Eulenlicht?«, mutmaßte Erin.

»Mh-hm.«

Sie lagen so dicht beieinander, dass James einen Hauch ihres Atems auf seinem Gesicht spürte.

»Hast du Angst?«, fragte er.

»Nein«, antwortete sie und sah ihn unverwandt an.

Eulen. Eichelhäher. Das war ihm nie bewusst gewesen, aber ein paar seiner besten Erinnerungen waren mit Vögeln verknüpft. Er dachte an ein Lied, das seine Mutter ihm vorgesungen hatte, und daran, wie geborgen er sich in ihrem Arm gefühlt hatte.

Eye mélo tolongo wáyé? Ọ̀kan dúdú aro, Tolongo!

Wie viele Vögel folgten Rotkehlchen in die Welt? Ein Vogel war indigoblau, Rotkehlchen.

James schloss die Augen und wünschte sich, er könnte in diesem Moment bleiben.

26

NYX

Surrey | Zehn Jahre zuvor

Nyx saß im Warteraum des Krankenhauses und musste miterleben, wie Diane Leon zusammenfaltete. Wären sie an einem weniger öffentlichen Ort, würde sie ihn anbrüllen. So jedoch ließ sie einen Hagelsturm an gezischten Vorwürfen auf ihn niederprasseln.

»Mir war klar, dass du dich einen Dreck um die Regeln scherst, die andere beschützen«, fauchte sie. »Aber ich dachte, du wärst zumindest intelligent genug, um dein Leben und das deiner Geschwister nicht aufs Spiel zu setzen!«

Leon saß mit geducktem Kopf und auf den Schenkeln geballten Fäusten vor ihr. Das blonde Haar fiel ihm ins Gesicht, aber Nyx konnte sehen, wie seine Unterlippe zitterte.

Ein Stockwerk unter ihnen lag Kiersten Hayles, das Mädchen, das Leon in einen Schlaf versetzt hatte, aus dem sie nicht aufwachte. Sie war eine Mitschülerin, eine aus einer Gruppe Teenager, die Leon, Nyx und James bereits seit der fünften Klasse drangsalierten. Bisher hatte Leon nur verbal zurückgefeuert, hauptsächlich weil James zur Stelle war, um ihn zu erden. Aber seit gestern lag James im selben Krankenhaus wie Kiersten.

Nyx war bei Kierstens Attacken gegen Leon nicht dabei gewesen. Als sie Leon später fragte, was genau passiert war, wollte er es nicht sagen. Von anderen erfuhr Nyx jedoch, dass Kiersten hinausposaunt hatte, sie wäre über James' Verletzungen nicht überrascht. Adoptivkinder aus sozial benachteiligten Schichten gerieten früher oder später in Schlägereien, das war ja nichts Neues.

James hatte nie einer benachteiligten Schicht angehört. Seine Eltern waren Professoren in Cambridge gewesen. Und zu der ›Schlägerei‹ war es gekommen, weil ein Mob aus fanatischen Mistkerlen James, Leon und Nyx überfallen hatte. Wären die Schläger besser vorbereitet gewesen, hätten Nyx und die anderen etwas weniger Glück gehabt, dann hätte der Mob sie umgebracht. Deshalb hatten die Söhne der Schöpfung, eine radikale Sekte von Nachtjägern, ihnen aufgelauert.

Nyx' Bauch tat immer noch weh. Dort, wo einer der Kerle sie ins Zwerchfell geboxt hatte, befand sich ein dunkler Bluterguss. Leon war wortwörtlich mit einem blauen Auge und einer Prellung im Gesicht davongekommen, aber James hatte eine Gehirnerschütterung und einen gebrochenen Arm davongetragen.

Nyx konnte sich gut vorstellen, was in Leon vorgegangen war, als Kiersten ihren Bullshit verbreitet hatte.

»Hast du auch nur eine Ahnung, was du angerichtet hast?«, wetterte Diane weiter. »In welche Gefahr du uns alle gebracht hast? Und was ist mit dem Mädchen? Was ist mit ihr? Der Erste Tag und sämtliche Möchtegern-Inquisitoren glauben, ihr seid Monster, und du hast nichts Besseres zu tun, als genau das zu bestätigen!«

Nyx war übel, und das hatte nichts mit ihren Blessuren zu tun. So hatte sie Diane noch nie erlebt. Sie blieb immer gefasst, selbst wenn sie sich über irgendetwas ärgerte. Dass sie jetzt derart die Beherrschung verlor, erschreckte Nyx und lähmte sie gleichermaßen.

»Reicht dir nicht, was mit James passiert ist?«, fuhr Diane Leon an. »Oder hast du zu wenig Aufmerksamkeit bekommen, war das der Grund?«

Leon zuckte zusammen, und auch Nyx sog scharf die Luft

ein. Sie wollte widersprechen, aber Diane fuhr ihr barsch über den Mund.

»Fang du nicht auch noch an!« Sie machte einen Schritt zurück, wischte sich die Haare aus der Stirn und atmete aus.

Behutsam streckte Nyx die Hand nach Leon aus, aber als ihre Fingerspitzen seine Faust berührten, riss er seine Hand aus ihrer Reichweite und stand auf. Ohne Diane oder Nyx anzusehen, stürmte er aus dem Warteraum.

Diane ließ ihn gehen. »So ein verdammter Schlamassel«, murmelte sie. Ihr Handy summte. Sie warf einen Blick aufs Display und sagte: »Joss ist da.«

Nyx schluckte trocken. »Warum?« Josephine war Dianes Spitzel im Orden des Ersten Tages und ihre älteste Freundin. Nichtsdestotrotz hatte sie ihre Adoptivkinder bisher vor Josephine abgeschirmt. Dass sie jetzt hier war, konnte nichts Gutes bedeuten.

»Warum Joss hier ist?«, fragte Diane in bitterem Tonfall. »Damit wir die Vorfälle mit James und dem Mädchen vertuschen können, bevor der Erste Tag Wind davon bekommt.« Noch einmal stieß sie den Atem aus, dann glättete sie ihre Bluse und ihr Gesicht.

»Geh«, sagte sie zu Nyx. »Such deinen Bruder und sorg dafür, dass er nicht noch mehr Chaos anrichtet.«

Irgendwann verschwand Diane mit Josephine, vermutlich, um an der Vertuschung zu arbeiten. Lu sollte Nyx und Leon nach Hause bringen, aber das tat sie nicht. Sie wusste, dass die beiden nicht von James' Seite weichen wollten, nicht jetzt.

»Lasst euch nicht erwischen«, mahnte Lu und machte es sich mit einem Becher Kaffee und einem Liebesroman im Warteraum gemütlich.

Nyx und Leon schlichen sich am Krankenhauspersonal vorbei. Die Besuchszeit war längst vorüber. Sobald sie jemand bemerkte, würde man sie hochkant rausschmeißen. Doch Nyx und Leon waren gut darin, sich ungesehen zu bewegen.

Eine halbe Stunde später saßen sie in James' Zimmer und aßen den Proviant, den Pablo für sie gepackt hatte: Sandwiches mit Schinken und Käse, Brownies und Apfelschnitze.

James war blass unter seinem Kopfverband und offensichtlich erschöpft, aber er tat so, als wäre alles bestens. Nyx machte sich Sorgen. In letzter Zeit bekam sie den Eindruck, dass James häufiger den Gelassenen mimte, obwohl ihn etwas verstört oder geärgert haben musste. Sie hatte jedoch keine Ahnung, wie sie das ansprechen sollte.

James war gut darin, zu trösten. Dank seiner Ermutigung fühlten sich Nyx und Leon sicher genug, um über alles zu reden, was sie beschäftigte. Nyx hingegen war nicht gut darin, Gespräche anzustoßen. Überhaupt fiel es ihr schwer, irgendeine Art von Nähe zu initiieren.

Vorhin, nach dem Eklat mit Diane, hatte sie versucht, Leon zu umarmen. Aber er war so starr und unnachgiebig in ihren Armen stehen geblieben, dass sie es gleich wieder sein ließ.

Jetzt warf sie ihm verstohlene Blicke zu. Er hatte dunkle Ringe unter den Augen und einen mürrischen Zug um den Mund. Seine rastlosen Finger zupften einen Brownie auseinander, während er sich über Dianes Tirade ausließ.

»Es war verdammt nochmal keine Absicht, okay?«, sagte er. »Aber ihr hättet Kiersten hören müssen. Und ihr Gesichtsausdruck!« Er zerdrückte ein Stück Brownie und warf es zurück auf den Campingteller. »Ich wollte sie nicht in ein Koma versetzen, egal, was Diane denkt. Aber ganz ehrlich, sie hat gekriegt, was sie verdient hat.«

Trotzig hob er den Kopf und taxierte Nyx und James mit einem herausfordernden Blick. Als wartete er nur darauf, dass sie ihm auch Vorwürfe machten.

Aber Nyx erinnerte sich daran, wie erschrocken Leon ausgesehen hatte, als die Sanitäter Kiersten zum Krankenwagen trugen. Sicher, ab und zu hatte er sein Talent eingesetzt, um Leute in ein unverhofftes Nickerchen zu schicken. Aber noch nie hatte er jemanden in einen komatösen Schlaf versetzt. Was auch immer er Kiersten angetan hatte, er hatte es nicht unter Kontrolle gehabt. Und das jagte ihm Angst ein.

James griff nach Leons Hand. Der verzog das Gesicht, machte Anstalten, ihm seine Hand zu entziehen, doch als James seine Finger um die von Leon schloss, schien der Widerstand aus ihm zu weichen.

»Weißt du, wie du sie wieder aufwecken kannst?«, fragte James sanft.

Leons Schultern sackten nach unten, und die zornige Maske rutschte ihm vom Gesicht. »Nein«, gab er zu.

Daraufhin sagte niemand mehr etwas. James strich mit dem Daumen über Leons Fingerknöchel, bis dieser die Augen schloss.

»Diane hat keine Ahnung«, sagte Leon schließlich bitter. »Keine Ahnung von irgendwas. Wenn sie uns nicht die ganze Zeit ausbremsen würde, könnte ich herausfinden, was ich kann. Was ich *wirklich* kann. Und ihr auch.« Er zog seine Hand aus Leons Griff und stand auf. »›Tu dies nicht, tu das nicht‹. Das ist alles, was sie draufhat. Warum hören wir überhaupt auf sie? Sie ist keine Nachtbotin. Sie hat keine Ahnung, womit wir es zu tun haben. Wie es sich anfühlt!«

Nyx, die am Fußende von James' Bett saß, schlang die Arme um ihre Knie. Leon wartete offenbar auf eine Antwort, aber James war zu ausgelaugt, und sie war sich nicht sicher, ob er recht hatte. Ja, Diane hielt sie an der kurzen Leine. Aber gab es dafür nicht gute Gründe?

Die Erinnerung an den Überfall drängte sich in den Vordergrund ihres Bewusstseins. Wieder roch sie den sauren Gestank von Schweiß, als einer der Wegelagerer sie von hinten packte.

Sie spürte seinen feuchten Atem an ihrem Gesicht, hörte die Angst und den Hass in seiner Stimme.

Du wirst die Welt vernichten. Das lasse ich nicht zu.

Seine Worte rieben wie Stahlwolle über ihren Rücken. Er hatte so überzeugt geklungen. Ein Teil von ihr wollte ihn konfrontieren, ihm antworten. Ihn überzeugen.

Das werde ich nicht. Keiner von uns wird das!

Aber der Kerl war tot. Lu hatte ihm das Genick gebrochen.

»Nyx?«, fragte James. »Alles in Ordnung?«

Sie nickte. Am liebsten hätte sie sich neben James zusammengerollt und eine Weile an gar nichts mehr gedacht. Doch dafür waren sie mittlerweile zu groß, oder nicht?

Draußen erklangen Schritte, und alle drei versteiften sich. Aber die Tür zu James' Zimmer blieb geschlossen, und die Schritte entfernten sich.

Leon fuhr sich mit der Hand durch die Haare. »Ich hasse es hier«, murmelte er. »Fuck, ich wünschte, wir könnten durch die Mondtür gehen.«

»Morgen lassen sie mich nach Hause«, sagte James. »Dann ist es das Erste, was wir machen.«

»Wenn Diane uns aus den Augen lässt«, erwiderte Leon grimmig.

James seufzte.

Nyx sagte: »Wir müssen nicht warten, bis wir zu Hause sind.«

Überrascht sahen die Jungen sie an.

»Ich kann den Weg hier öffnen«, erklärte sie. »Wir müssen nicht durch die Mondtür gehen.«

»Du kannst andere Türen zur Nacht öffnen?«, fragte James. »Einfach so?«

Nyx nickte.

»Seit wann?«, hakte James nach.

Sie zuckte mit den Schultern. »Ich hab's vor ein paar Monaten bemerkt.«

Es war in der Schule gewesen, an einem regnerischen Nachmittag. Sie war an der Tür zum Musikzimmer vorbeigegangen und hatte plötzlich einen Zug in sich gespürt, ein Aufschäumen unter ihrer Brust. Sie hatte die Tür betrachtet, und plötzlich hatte sie die Kraft in ihrer Hand gespürt – sacht, wirbelnd, wie schaumige Gischt, die über einen Strand rutschte.

»Ist doch egal«, sagte Leon. »Kannst du den Weg jetzt öffnen? James, bist du fit genug, um aufzustehen?«

James zögerte einen Moment, den Blick immer noch auf Nyx gerichtet, dann antwortete er: »Ich glaube schon.«

»Nyx?«

Unter Leons erwartungsvollem Blick rutschte sie vom Bett und ging hinüber zur Badezimmertür. Es dauerte ein paar Sekunden, dann standen James und Leon direkt hinter ihr.

»Bist du sicher, dass du das schaffst?«, fragte sie James.

Er hob einen Mundwinkel zu einem schiefen Lächeln. »Durchatmen in der Nacht klingt gut, ehrlich gesagt.«

Leon schlang den Arm um James' Taille, und Nyx wusste, dass er James festhalten würde, falls er strauchelte. Leons Blick, der jetzt fast fiebrig wirkte, blieb jedoch auf die Tür gerichtet.

Kurz durchzuckte Nyx der Zweifel, aber dann spürte sie das seidige Streicheln ihres Talents in ihrer Handfläche. Sie war vielleicht nicht gut darin, andere zu umarmen oder sie aus der Reserve zu locken, aber das hier war etwas, was sie konnte. Was sie für Leon und James tun konnte, die jetzt ein paar Momente Ruhe an einem vertrauten, sicheren Ort brauchten. Denn genau das war die Sphäre der Wahren Nacht. Sie war der eine Ort, der sich mehr wie zu Hause anfühlte als alles andere.

Für Leon. Für James.

Und für Nyx.

Als Nyx die Tür hinter ihnen schloss, atmete sie als Allererstes tief durch. Die Nacht breitete sich um sie herum aus, dunkel, kühl und befreiend endlos.

Wie immer lag das Firmament wie ein Teppich unter ihren Füßen. Sie wünschte sich, sie hätte daran gedacht, die Schuhe auszuziehen. Mit schmutzigen Sohlen über die Sterne zu gehen, fühlte sich falsch an.

Es war nicht das Einzige, was sich heute falsch anfühlte. Nyx runzelte die Stirn. Da war etwas … ein Brummen oder Vibrieren, das sie spürte, anstatt es zu hören. Irritiert sah sie sich um, konnte die Quelle des Fast-Geräuschs jedoch nicht erkennen. Ihr fiel nur auf, dass heute auffällig weniger Sterne auf dem Boden der Nacht leuchteten als sonst.

Sie wollte James und Leon darauf ansprechen, als ihr Blick auf Leon fiel. Er stand ein paar Meter entfernt, mit dem Rücken zu ihnen.

Noch während Nyx hinsah, erloschen die Sterne im Kreis um Leon wie Kerzen im Wind.

Kalte Furcht ergriff von ihr Besitz. Was ging hier vor?

Als James nach vorne trat, hielt Nyx ihn instinktiv zurück. Er runzelte jedoch nur die Stirn, löste ihre Hand von seinem Arm und ging zu Leon.

Das Rumoren wurde stärker, drang jetzt durch Nyx' Schuhe in ihre Füße und pochte in ihren Waden hinauf. Der eisige Klammergriff der Angst schloss sich fester um ihre Brust.

Etwas kommt, dachte sie völlig zusammenhanglos.

James war indessen an Leons Seite zurückgekehrt. Er redete leise auf ihn ein, dann legte er den Arm um Leons Schultern. Sie schluckte und zwang sich, näher an die beiden heranzugehen.

»Ich bin okay«, hörte sie James sagen. »Wir sind okay.«

Leon *zitterte*. Nyx war bis auf Armeslänge an die beiden herangekommen, da drehte sich Leon in James' Umarmung hinein.

»Ich würde sie aufwecken, wenn ich könnte«, sagte Leon mit brüchiger Stimme.

James lehnte seine Wange an Leons Kopf. »Ich weiß.«

Leon weinte an James' Schulter, und James hielt ihn mit seinem gesunden Arm fest.

Einer nach dem anderen gingen die Sterne wieder an, bis die beiden Jungen auf einem glitzernden Teich standen. Nyx jedoch richtete ihren Blick in die Ferne. Die Nacht besaß keinen Horizont. Sie bestand nur aus Dunkelheit und dem Schimmer der Sterne, der mit wachsender Entfernung zu einem milchigen Bodennebel zerschmolz. Und noch weiter hinten, da, wo Nyx erst ein Mal gewesen war, schien sich die Schwärze eines lichtlosen Universums auszubreiten.

Wir sind nicht allein.

Dort war irgendetwas. Etwas, das sich zurückzog. Nyx starrte in die Nacht und stellte sich vor, wie der massige Körper eines Leviathans durch sturmschwarze Fluten glitt.

27

NYX

Wildridge Hall | Jetzt

Der Himmel färbte sich buttergelb, als Nyx nach Wildridge Hall zurückkehrte. Sie folgte einem Weg zur Südseite des Hauses, schreckte ein paar Stare auf und fuhr mit den Fingerspitzen über die Lorbeerbüsche.

Sie fühlte sich leichter, jetzt, da James alles wusste. In ihrem Kopf wimmelten weiterhin die Fragen, und auch das Gefühl, das etwas oder jemand knapp außerhalb ihrer Wahrnehmung lauerte, hatte sich nicht ganz aufgelöst. Doch nun war sie mit der Ungewissheit nicht mehr allein. Zusammen würden sie Antworten finden, einen Plan entwickeln. Sie dachte daran, wie James und sie in den ersten Monaten nach Leons Tod zusammengehalten hatten. Sie hatten das einmal geschafft, dann würde es ihnen auch ein zweites Mal gelingen. So grauenhaft das alles auch war.

Mit all der frischen Luft in den Lungen war Nyx sogar Diane gegenüber versöhnlicher gestimmt. In Sachen Empathie war Diane eine Katastrophe, aber wenn es darum ging, urkraftverwandte Probleme zu lösen, war sie Expertin. Selbst Nyx konnte das nicht abstreiten.

Sicher, die Zusammenarbeit würde aufreibend werden. In der Vergangenheit hatte Diane sie herumkommandiert. Aber das hieß nicht, dass sie heute in dieselben Muster zurückfallen mussten. Vielleicht könnten sie zur Abwechslung auf Augenhöhe miteinander reden. Womöglich würden sie dann sogar heil aus diesem ganzen Debakel herauskommen.

Nyx betrat das Haus durch die Orangerie, einem länglichen Anbau mit großen Fenstern, in dem Palmen und Zitrusbäume standen. In den letzten Jahren schienen noch mehr Pflanzenkübel hinzugekommen zu sein, denn hinter der Glastür wartete ein wahres Dickicht.

Sie hatte die Tür kaum geöffnet, da hörte sie bereits das Raunen von Stimmen. Sie erkannte James' Tenor und Dianes abgehackten Upperclass-Dialekt. Ach ja. Diane frühstückte am liebsten in der Orangerie. Das hatte sich wohl nicht geändert.

Nyx suchte sich einen Weg vorbei an Kumquatbäumen, Myrten und – war das eine Bananenstaude? Diane hatte ihr Gewächshaus gehörig aufgestockt.

Noch konnte sie Diane und James nicht sehen, doch mit jedem Schritt schnappte sie mehr Einzelheiten aus ihrem Gespräch auf. Sie näherte sich einem besonders buschigen Feigenbaum, als Diane sagte:

»Wir dürfen uns nichts vormachen. Und zu zögern wäre fatal, das weißt du sehr genau.«

Nyx blieb stehen. Durch das Blattwerk konnte sie die Sitzecke am Ende des Raums ausmachen, die weißen Rattanstühle, den Tisch, die Tassen und die French-Press-Kaffeekanne. James saß mit dem Rücken zu Nyx. Diane saß ihm gegenüber und hatte die Beine übereinandergeschlagen.

»Ich mache mir nichts vor«, widersprach James. »Es kann immer noch eine andere Erklärung geben.«

Diane lehnte sich vor. »James. Wenn Nyx die Trägerin ist, müssen wir handeln.«

Nyx zuckte zurück wie nach einer Ohrfeige. Sie verstand die Bedeutung von Dianes Worten. Trotzdem ergaben sie keinen Sinn.

»Du hast es selbst gesagt«, drängte Diane. »Nyx war im selben Café wie Erin. Und kurze Zeit später wird Erin beinahe durch einen Chaosverfall getötet. Solche Zufälle gibt es nicht.«

James machte ein unwilliges Geräusch, wandte sich ab, als könnte er es nicht ertragen, Diane weiter anzusehen. Hastig wich Nyx zur Seite, suchte Deckung im Schatten des Feigengestrüpps.

»Sie hat mir erzählt, dass sie jemanden von einem Albtraum befreit hat«, sagte James. »Das muss Erin gewesen sein. Deshalb ist Nyx in ihre Nähe gekommen.«

»Das mag ja sein«, erwiderte Diane. »Aber genauso gut kann sie in dem Moment die Chaospartikel auf Erin übertragen haben.«

Kaltes Entsetzen ergriff von Nyx Besitz, als ihr Kopf die Puzzleteile zusammenfügte. Sie sprachen von dem Vorfall in dem Café gestern. Sie sprachen von der Person, deren Albtraum Nyx manifestiert hatte. Das war *Erin* gewesen? War das überhaupt möglich?

Ja, das war es. Sie hatte eine Mütze aufgehabt, die ihre gefärbten Haare verdeckte. Und Nyx hatte es nach ihrem tollpatschigen Griff nach dem Frosch so eilig gehabt, zu verschwinden, dass sie sich die andere Person nicht näher angesehen hatte.

Erin. Sie hatte Erin berührt. Und Diane glaubte … *James* glaubte …

»Es ergibt Sinn«, beharrte Diane. »Ich habe schon damals gedacht, dass Nyx mit ihren Experimenten zu tief in den Abgrund hineingreift.«

»Was?« James klang genauso schockiert, wie Nyx sich fühlte.

»Deine Schwester hat mehr Macht, als sie uns zeigt«, sagte Diane. »Vielleicht sogar mehr, als ihr selbst bewusst ist. Und ich glaube, dass die Art von Leons Tod Nyx erschreckt hat. Vielleicht hat der Schock ihre Energie heruntergedrosselt, vielleicht hat sie sie instinktiv zurückgedrängt. Aber ihre Fähigkeiten, was sie bewerkstelligen konnte …« Diane ließ den Satz unvollendet in der Luft hängen, bevor sie hinzufügte: »Niemand kann eine Tür zur Wahren Nacht öffnen. Sie konnte es, und dass schon als Kind.«

»Was willst du damit sagen?«, fragte James mit tonloser Stimme.

»Es war nur eine Frage der Zeit, bevor sie sich in eine Trägerin verwandelt.«

Es war, als rammte sie Nyx mit diesem Satz eine Eisenstange durch die Magengrube.

James sagte ein einziges Wort. »Nein.«

»Die Befürchtung musst du doch auch längst gehabt haben«, sagte Diane.

»Nein.«

Nyx wich einen weiteren Schritt zurück. Ein Farnwedel strich über ihre Wange und ließ sie zusammenfahren.

»Nun«, sagte Diane, »egal, was wir glauben, das Risiko ist zu groß. Wir müssen so agieren, als wäre sie der Träger. Zumindest, bis wir einen Gegenbeweis haben.«

James schwieg. *Widersprich ihr*, flehte Nyx stumm. *Schrei sie an, steh auf, lass sie hier sitzen.* Doch noch während sie auf seine Reaktion wartete, wurde ihr bewusst, dass James mit seinem Verdacht zu Diane gegangen war. Nicht zu ihr.

»Und wenn sie es ist?«, fragte James schließlich. Nyx schloss die Augen.

»Dann setzen wir als Erstes das Sonnensiegel ein.«

James machte ein Geräusch, als hätte sie ihn verwundet. »Wir wissen nicht, was das Ding mit ihr anstellen würde. Sie ist kein verdammtes Versuchskaninchen.«

Diane blieb hart. »Wenn sie die Trägerin ist, ist jeder Versuch, ihr zu helfen, besser als Untätigkeit.«

Wenn sie die Trägerin ist, wenn sie die Trägerin ist, wenn sie …

Jetzt stand James auf, ging unruhig ein paar Schritte umher, bevor er sich wieder zu Diane umdrehte. »Und was, wenn das Sonnensiegel nicht hilft? Was dann?«

»Dann isolieren wir sie, bis wir eine bessere Lösung finden.«

Es reichte. Nyx fuhr herum und entfernte sich lautlos, vorbei an den überwucherten Kübeln und den viel zu streng riechenden Zitrusgewächsen. Sie zwang sich, langsam zu gehen, bis sie aus der Tür war. Dann rannte sie los.

Sie rannte den Pfad entlang, nur weg, weg, weg von dem Haus und dem Gespräch, das wie eine Brandung immer wieder über ihr zusammenschlug.

Es stimmte nicht. Sie war nicht die Trägerin. Dass Diane es glaubte, tat weh, aber James' Vertrauensbruch brach ihr das Herz. Er hatte ihr zugehört, hatte ihre Hand gehalten, und kein einziges Wort gesagt. Er musste das mit Erin bereits heute früh gewusst haben. Verdammt, er wusste es bestimmt schon seit gestern Nachmittag. Deshalb war er auf der Fahrt hierher so distanziert gewesen.

Und er hatte geschwiegen.

Nyx stolperte, lief weiter, nur um kurz darauf auf die Knie zu sinken.

Es stimmte nicht.

Doch noch während sie sich gegen Dianes Urteil sträubte, kehrten die Bilder aus ihrer Vision zu ihr zurück. Sie sah vor sich, wie sie über dem Vortex schwebte. Würde sie die Wände zwischen den Sphären einreißen? Die Urkraft des Chaos in der Welt entfesseln?

Sie hatte den Sog schon vor ihrer Vision gespürt. Er zog an ihr, gab ihr das Gefühl, in ihrem eigenen Bewusstsein abzurutschen. Fühlte es sich so an? Waren das die Warnzeichen, die Nachtboten spürten, bevor das Chaos aus ihnen herausbrach?

Es ist ein feines Geräusch in mir. Eine Bewegung wie von kommender Flut.

Nyx beugte sich vor und krümmte sich, bis ihre Stirn den Kies berührte. Nüchtern betrachtet wäre das die Antwort, oder? Die Antwort auf das, was mit ihr nicht stimmte.

Sie war die Chaosträgerin.

Sie war *die verdammte Chaosträgerin.*

Was sollte sie jetzt tun?

Nyx wollte sich zusammenrollen, wollte in der Erde versinken. Gleichzeitig stach ihr Gewissen wie mit Nadeln in ihre Haut und trieb sie dazu, aufzustehen, zurück zum Haus zu gehen und sich in Gewahrsam zu begeben, bevor …

Ihr entfuhr ein Keuchen. Sie hatte andere Menschen mit Chaos infiziert. James hatte Erin gerettet, aber der Mann im Park? Die anderen, von denen James erzählt hatte? Sie waren tot, umgebracht durch den Chaosverfall, den *Nyx* verursacht hatte. Sie wusste nicht einmal, wer sie waren, aber sie musste ihnen begegnet sein. Bei ihren Spaziergängen, beim Einkaufen, in der Buchhandlung. Sie hatte sie getötet und es nicht bemerkt.

Sie krallte ihre Hände in den Sand. Sie hatte keine Wahl. Auf tauben Beinen stand sie auf, nur um von einer Welle aus hilfloser Wut und Panik überrollt zu werden. Sie wusste, worauf Dianes Notfallplan hinauslaufen würde. Isolieren, das hieß Einsperren. Sie würde Nyx in einen fensterlosen Raum verbannen, fernab von anderen Menschen. Sie würde sie sedieren, um den Ausbruch der Chaosflut hinauszuzögern. Nyx zweifelte nicht daran, dass Diane alles versuchen würde, um sie – wie hatte James es gestern genannt? Um sie ›entschärfen‹. Würde Diane sie umbringen, wenn es keinen anderen Ausweg gab? Plötzlich erschien ihr das mehr als möglich. Vielleicht würde Nyx am Ende sogar selbst darum bitten.

All die Jahre hatte sie geglaubt, dass Nachtboten sich durch ihr Verhalten davor schützen konnten, ein Träger zu werden. Doch wenn sie versagten? Wenn die Schleuse in ihrem Innern aufbrach? Diese Menschen waren verloren, davon war sie überzeugt.

Das war's, dachte sie. *Ich bin eigentlich schon tot.*

Es war nicht fair. Es war verdammt nochmal nicht fair.

Nyx schloss die Augen. Bei dem bloßen Gedanken daran, ins Haus zurückzukehren, rebellierte ihr Magen. Es musste doch eine andere Lösung geben. Sie wollte nicht zurück zu Diane und James. Sie wollte nicht sterben, nicht so.

Du hast keine Wahl, murmelte ihre innere Stimme, die jetzt genau wie Diane klang.

Nyx ballte die Fäuste. »Halt deinen verdammten Rand«, murmelte sie, zog ihr Handy aus der Hosentasche und wählte Birdies Nummer.

28

JAMES

»Und was, wenn das Sonnensiegel nicht hilft?«, fragte James. »Was dann?«

Diane faltete ungerührt die Hände über ihrem Knie. »Dann isolieren wir Nyx, bis wir eine bessere Lösung finden.«

Fassungslos starrte er sie an. Er hatte geglaubt, Diane wäre auf ihrer Seite. Selbst nach Leons Tod, als er Diane als einen Menschen mit Schwächen erlebte, hatte er nicht daran gezweifelt, dass er sich im Notfall auf sie verlassen konnte.

Dann isolieren wir Nyx.

Diane würde Nyx wegsperren wie ein tollwütiges Tier. Wie würde sie das bewerkstelligen? Würde sie Nyx in die Entscheidung miteinbeziehen? Oder würde sie beschließen, dass Nyx zu instabil war, und sie mit Medikamenten ruhigstellen?

Obwohl Diane sich nicht bewegte, obwohl sie haargenau so aussah wie immer, war James, als säße eine Fremde vor ihm.

»James«, setzte Diane an, doch er unterbrach sie.

»Nein.« Tief in sich spürte er die Dunkelheit brodeln, wie im Garten, als er Bhaskar gegenübergestanden hatte. Er ballte die Fäuste, löste die Hände und schob seine Dunkelheit zurück in ihre Schranken. *Ruhig*, sagte er sich, aber alles in ihm bebte. »Wir werden Nyx nicht in Isolationshaft stecken«, sagte er. »Was zur Hölle soll das, Diane?«

Nun stand sie auch auf. »Glaubst du, ich will das? Glaubst du im Ernst, dass ich deiner Schwester das antun würde, wenn es eine andere Möglichkeit gäbe? Verdammt nochmal, ich habe euch gewarnt, dass so etwas passieren könnte!«

Genau diesen Ton hatte sie in ihren Unterrichtsstunden angeschlagen. Wie oft hatte sie James und die anderen zusammengestaucht, weil sie nicht diszipliniert genug, nicht ernst genug, nicht konzentriert genug waren? James dachte daran, wie er in solchen Momenten schuldbewusst den Kopf eingezogen hatte, und plötzlich sah er rot.

»Ja«, spie er aus. »Ja, das hast du. Wieder und wieder und wieder. Du hast uns so oft gesagt, wie gefährlich wir sind, wie anfällig für Fehler, dass wir in ständiger Angst vor uns selber leben.«

Diane war bleich geworden. »Ich habe getan, was–«

»Hör auf«, fuhr James dazwischen. »Erzähl mir nicht, dass du nur getan hast, was du für das Beste gehalten hast. Es spielt keine Rolle!«

Er spürte all die Vorfälle, jedes stechende, verunsichernde Wort, das sie wie Widerhaken in ihn hineingedrückt hatte.

»Du hast gesagt, du wolltest uns beschützen.« Seine Stimme brach, aber die Worte flogen weiter aus ihm hinaus. »Du hast behauptet, dass du diesen ganzen Bullshit über Nachtboten, die von Natur aus schlecht sind, nicht glaubst. Du hast behauptet, du glaubst an uns. Aber das hast du nie, oder? Du hast Angst vor uns, genau wie alle anderen. Genauso wie der verdammte Erste Tag. Du hast uns nie vertraut. Und wir haben das gespürt. Jeder von uns.«

Er dachte an Leons Wut, die versteckte, wie verletzt und hilflos er sich fühlte. An Nyx, die nach dem Lesen von Berichten über Chaoswellen Albträume bekam, die sie nicht ablegen konnte.

James sah Diane an, sah direkt in ihre Augen, und wollte, dass sie verstand. »Jeden Tag, an dem wir in diesem Haus waren, haben wir Angst eingeatmet. Kein Wunder, dass wir so kaputt sind. Kein Wunder, dass wir genau zu dem werden, vor dem wir uns am meisten fürchten sollten. Erst Leon, jetzt Nyx.«

Dianes Gesicht blieb steif wie eine Maske. »Du denkst, es ist meine Schuld«, sagte sie mit kühler Stimme.

Ja, dachte James, und diese Erkenntnis zerbrach das letzte bisschen Grundvertrauen, an das er sich noch geklammert hatte. Er hatte keine Ahnung, worauf er hoffte. Auf Verständnis? Auf eine Entschuldigung? Er würde keines von beidem bekommen.

»Ich werde Nyx nicht auch noch verlieren«, sagte er. »Sie und ich werden einen Weg finden, um sie zu retten, aber nicht so, wie du dir das vorstellst. Du hast schon genug angerichtet, und ich werde den Teufel tun und weiter nach deiner Pfeife tanzen.«

Er hatte sie getroffen. Dianes Schultern bebten, und sie hielt sich an der Lehne ihres Rattansessels fest. Doch als sie sprach, lag noch immer dieselbe stählerne Härte in ihrer Stimme. »Und was bitte schön ist dein Plan? Klär mich auf.«

James schüttelte den Kopf und verließ die Orangerie.

Mit langen Schritten durchquerte er das Haus. Zorn und Enttäuschung wüteten immer noch in ihm, aber gleichzeitig fühlte er sich so klar im Kopf wie schon lange nicht mehr. Er musste mit Nyx reden, und zwar sofort.

Er kehrte in die Küche zurück, wo immer noch ihre Teller vom Frühstück standen. Halb hatte er gehofft, Nyx wäre inzwischen zurück und würde eine frische Kanne Tee kochen. Als er sie nicht vorfand, ging er nach draußen. Aufs Neue ließ er seinen Blick über den Park schweifen, aber Nyx ließ sich nicht blicken. Auch die Liege am Pool war nun leer. Nachdem James zu Diane gegangen war, hatte Erin sich nach oben ins Gästezimmer zurückgezogen.

Ruhelos ging James zurück ins Haus. Er versuchte Nyx anzurufen, doch ihr Telefon schaltete sofort auf Voicemail. Er schickte ihr eine Nachricht, bat sie, zurückzukommen, weil sie miteinander reden mussten. Schlechte Idee vielleicht, denn solche Nachrichten versetzten einen immer in Panik. Aber mit einem Mal war er sich sicher, dass sie keine Zeit verlieren durften.

Er würde Nyx nicht verlieren. Auf keinen Fall würde er zulassen, dass sie ihm durch die Finger glitt wie Leon.

James beschloss, das Sonnensiegel aus seinem Zimmer zu holen. Vielleicht konnten sie vorsichtig ausprobieren, ob es ihr half. Vielleicht würden sie Antworten in Dianes Database finden, dem elektronischen Archiv, in dem sie all ihre Quellen, Informationen und Forschungsergebnisse über Urkräfte und Boten sammelte. Oder sie würden verschwinden, irgendwohin, wo sie vor denen, die Jagd auf den Träger – *die Trägerin* – machten, sicher waren.

Was auch immer ihre nächsten Schritte waren, James würde nicht alleine entscheiden. Er hatte Nyx schon zu lange ausgeschlossen.

Er betrat das Foyer und stolperte, als er sah wie Diane mit Don MacRae, einem ihrer Wachmänner, aus dem Wohnzimmer kam. Sein Herz machte einen Satz. Was hatte Diane vor?

Noch bevor sein Körper sich für Flucht oder Kampf entscheiden konnte, sagte Diane: »Wir bekommen Besuch.«

»Was?«, fragte James völlig überrumpelt.

»Ein fremdes Auto fährt die Auffahrt hoch«, sagte Diane, bevor sie sich an MacRae wandte. »Die anderen sind in Alarmbereitschaft?«

»Ja«, bestätigte er. »Die Männer werden die Fahrer draußen in Empfang nehmen.«

Dianes Wachmannschaft wohnte im alten Haushälter-Cottage, direkt neben dem Haupthaus. Dort befand sich auch die Schaltzentrale für die Überwachungskameras, die an den Grenzen des Anwesens angebracht waren.

James versuchte zu begreifen, was hier vor sich ging. Dann sah er, dass MacRae die Hand an seiner Waffe hatte, und die Verwirrung fiel von ihm ab.

»Irgendeine Ahnung, wer es sein könnte?«, fragte er.

»Wir werden es gleich erfahren«, antwortete Diane, bevor sie das Foyer durchquerte und die Haustür aufriss. James trat hinter sie und sah zu, wie ein schwarzer SUV mit getönten Scheiben auf die Wendeplatte vor dem Haus zufuhr.

»Mrs. Harling«, warnte MacRae. »Sie sollten von der Tür zurücktreten, bis wir wissen, was los ist.«

Diane verzog das Gesicht, ging jedoch auf Abstand und ließ zu, dass MacRae die Tür schloss. Durch die Fensterscheibe neben der Tür beobachtete James, wie das Auto anhielt und zwei von Dianes Bodyguards darauf zugingen.

»Martens, Statusbericht?«, verlangte MacRae. Er trug einen Kopfhörer samt Mikrophon im Ohr. Falls er eine Antwort bekam, teilte er sie ihnen nicht mit.

Diane wandte sich an James. »Ist Nyx zurück?«

Die Sorge, die in ihrer Frage mitschwang, beschleunigte seinen Herzschlag. »Ich glaube nicht«, antwortete er. Waren die Leute in dem schwarzen SUV wegen Nyx hier? Draußen ertönten Stimmen, aber James verstand nicht, was sie sagten.

Diane drückte ihn am Arm. »Sieh in ihrem Zimmer nach«, sagte sie. »Und warn Erin.«

Mit einem dumpfen Gefühl im Magen wich James zurück, um zur Treppe zu gehen, als draußen ein Schrei ertönte, gefolgt von Schüssen.

»Zurück«, warnte MacRae und schob Diane mit dem Arm tiefer ins Foyer. »Martens.«

Martens' Antwort musste knapp ausfallen, denn MacRae zog umgehend seine Waffe und nahm vor Diane Aufstellung.

»Zum Hinterausgang«, befahl er. »Wir–«

Weiter kam er nicht, bevor er die Augen aufriss und nach rechts herumwirbelte. James hatte kaum Zeit, den schwarz vermummten Mann wahrzunehmen, der aus der Küche trat, da feuerte dieser schon einen Schuss aus seiner schallgedämpften Pistole ab. Es gab ein dumpfes Geräusch, und Don MacRae krachte mit einem abgehackten Schmerzenslaut zu Boden. Bevor James überhaupt reagieren konnte, stieß Diane ihn beiseite und stellte sich zwischen ihn und den Schützen.

Nein, dachte James entsetzt, aber der Schütze richtete seine Waffe bereits auf Diane. Draußen ging klirrend etwas zu Bruch, jemand brüllte einen Befehl, und James wartete erstarrt auf den nächsten Schuss. Der kam, laut und krachend, aus MacRaes Waffe. Er traf den anderen Mann und platzierte in schneller Abfolge zwei weitere Schüsse. Der letzte schlug in die Wand ein, denn der Mann in Schwarz war bereits zusammengebrochen.

»MacRae!«, rief Diane und ging neben ihm in die Hocke. Der Wachmann lag gekrümmt auf dem Boden und konnte seine Pistole kaum noch heben.

»Fuck«, murmelte James, da wirbelte Diane zu ihm herum.

»Geh«, drängte sie. »Hol Nyx und Erin. Seht zu, dass ihr hier wegkommt.«

James spannte sich an, nickte und fuhr herum. Vor der Treppe warf er einen letzten Blick auf Diane, die MacRaes Waffe aufhob, dann sprang er die Stufen hinauf. Er war fast oben, als er ein Stechen wie von winzigen Funken auf seiner Haut spürte. Binnen Sekunden war sein Mund so trocken, als hätte er zwei Tage lang nichts getrunken.

Shit.

Er wirbelte herum, um Diane zu warnen, da trat Rohan Bhaskar an den oberen Absatz der Treppe.

»So sieht man sich wieder«, sagte er, hob eine grell aufgleißende Hand und fegte James von der Treppe.

James hatte keine Zeit, zu schreien, bevor er rücklings auf den Boden krachte und sein Kopf auf die Fliesen des Foyers knallte. Schmerz durchfuhr ihn wie ein Blitz, dann verschwamm alles vor seinen Augen. Er wollte sich aufsetzen, dachte sogar, er bewegte sich, nur um festzustellen, dass er immer noch auf dem Rücken lag. Ein Fiepen schrillte in seinen Ohren. Um ihn herum ertönten Stimmen, aber er verstand nicht, was sie sagten. Rief jemand seinen Namen?

»James. James!«

James blinzelte und sah hoch zu Dianes vor Entsetzen verzerrtem Gesicht. *Ich bin hier*, wollte er sagen, brachte jedoch kein Wort heraus. Eine schleichende Übelkeit breitete sich in seinem Magen aus, aber gleichzeitig spürte er wieder das Brennen auf seinen Handrücken. Seine Finger zuckten hilflos, während Bhaskar näher kam.

Diane spie dem Tagboten irgendetwas entgegen. James schloss die Augen, schluckte, und die Worte drangen endlich zu ihm durch.

»... soll das?«, fragte Diane mit schneidender Stimme. »Was habt ihr hier verloren?«

Bhaskars Antwort ging in dem Pfeifen unter, das sich durch James' Ohren bohrte. Er glaubte, einen Schuss zu hören.

Steh auf, drängte er sich. *Steh auf.*

Es gelang ihm, seinen Kopf anzuheben. Sein Blick fiel auf das obere Ende der Treppe und Erin, die reglos dort stand.

Lauf, wollte er ihr sagen. *Lauf weg!*

Vor seinen Augen drehte sich alles. Er sank zurück auf den Boden, bekam jedoch noch mit, wie Erin die Treppe herunterkam. Er schob seine Hand über den Boden, wollte nach Erin greifen, da hörte er Bhaskars Begrüßung.

»... Ihnen gut, Miss Morley?«

James runzelte die Stirn, brachte sein letztes bisschen Kraft auf, um seinen Blick auf die Menschen über ihm zu richten.

Erin stand direkt neben Bhaskar und schaute mit fest zusammengepressten Lippen auf James hinunter.

Jemand anderes kam hinzu und sagte irgendetwas über eine Nachtbotin, die sich nicht im Haus befand. James starrte weiter zu Erin hinauf und versuchte vergeblich zu begreifen, was hier passierte.

»… nicht mehr ihre Verantwortung«, sagte Bhaskar. Zu dem anderen Agenten? Zu Erin? »Fahren Sie mit den anderen zurück, Ihre Mutter erwartet Sie bereits.«

Es wurde mehr gesagt, aber James war nun drauf und dran, das Bewusstsein zu verlieren. Jemand packte ihn unter den Achseln und hievte ihn hoch.

Das Letzte, was er sah, war Diane, die mit glasigen Augen in einer Lache ihres eigenen Blutes lag.

CHAOS

29

NYX

Nyx saß auf der Mauer neben der Bushaltestelle und versuchte an nichts zu denken. Am Anfang zuckte sie noch bei jedem vorbeifahrenden Auto zusammen, doch niemand hielt an.

Die Haltestelle lag einsam am Rand einer Landstraße. Sie war die drei Kilometer von Wildridge Hall querfeldein bis hierhergelaufen. Ihre Füße kannten den Weg. Sie war ihn in ihrer Teenagerzeit Dutzende Male gegangen.

Inzwischen war es spät am Morgen. James und Diane würden sich fragen, wo sie abgeblieben war, suchten vielleicht bereits nach ihr. Nyx rang ihre Hände und kämpfte mit der kalten Furcht, die immer wieder in ihr anschwoll. Sie prüfte ihr Handy, um nachzusehen, ob Birdie sich noch einmal gemeldet hatte. Stattdessen sah sie die Pop-up-Meldung, die auf eine neue Nachricht von James hinwies.

Sie schluckte und starrte auf das Display, bis ein weiteres Auto die Straße entlangkam. Das Auto wurde langsamer, und die Scheinwerfer blitzten kurz auf. Nyx verkrampfte sich, erkannte dann jedoch Birdie hinter dem Steuer. Dankbar schloss sie die Augen.

Birdie hielt neben der Bushaltestelle an, und Nyx stieg ein. Ihr Handy ließ sie auf der Mauer zurück.

Nyx schwieg die ganze Fahrt über. Das Adrenalin in ihren Adern versiegte und ließ sie ausgelaugt zurück. Hin und wieder dämmerte sie weg, nur um erneut aufzuschrecken.

Birdie schaltete das Radio ein und ließ leise Musik spielen. Die Geräuschkulisse brachte eine Spur Normalität zurück. Sie klammerte sich daran, wurde jedoch das Gefühl nicht los, dass ihre Wirklichkeit um sie herum in Scherben lag. Alles, was sie über sich selbst, über James, über ihre Familie gedacht hatte, schien plötzlich falsch und fremd. Sie hatte jeglichen Halt verloren, und unter ihrem Herzen klaffte …

Nein. Nein, daran durfte sie nicht denken.

Sie rieb sich über die Augen, die sich schmerzhaft trocken und gereizt anfühlten. Dabei versuchte sie, praktisch zu denken, ihre nächsten Schritte abzuwägen.

Es ist okay, sagte sie sich. *Halte durch, reiß dich zusammen. Verlier nicht die Kontrolle.*

Niemand außer Birdie wusste, wo sie war. Und die hatte versprochen, dass sie einen Ort kannte, der weit ab vom Schuss lag. Dort würde ihr niemand gefährlich werden.

Aber was ist mit dir?, hatte Nyx gefragt.

Ich kann mich abschirmen, erinnerst du dich?

Nyx warf einen Blick auf Birdies Tätowierungen, spürte jedoch keine Erleichterung. Der Mann im Park hatte nichts gehabt, was ihn hätte schützen können. Je erschöpfter sie wurde, umso eindringlicher bohrte sich der Anblick seiner Leiche in ihren Kopf. Das Wissen, dass sie für den Tod von mindestens drei Menschen verantwortlich war, zog sich wie eine Eisenschlinge um ihren Magen zusammen.

Sie mobilisierte alles, was sie an Überwachungs- und Unterdrückungstaktiken zur Verfügung hatte, quetschte ihren Nachtsinn zusammen, bis sie ihn nicht mehr spürte.

Zieh die Mauern hoch, sagte sie sich. Vage erinnerte sie sich daran, dass sie sich dasselbe Mantra nach Leons Tod vorgebetet hatte. *Lass nichts rein und nichts raus.*

Irgendwann, es mochten zwei oder drei Stunden vergangen sein, berührte Birdie sie an der Schulter. Nyx, die seit einer

Weile die Augen geschlossen hatte, fuhr erschrocken zusammen.

»Wir sind da«, sagte Birdie.

Nyx rieb sich über die Augen und sah nach draußen. Hinter der schmutzigen Scheibe entdeckte sie ein grellweißes Haus zwischen monströsen Hecken.

Bis sie sich aufraffte und ausstieg, hatte Birdie bereits ihre Reisetasche aus dem Kofferraum geholt und das Gartentor geöffnet. Nyx folgte ihr ins Haus. Sie bekam mit, dass Birdie ihr etwas erzählte, doch die Worte drangen nicht zu ihr durch. Irgendwann nahm Birdie sie am Ellbogen und führte sie nach oben in ein Schlafzimmer.

»Ruh dich aus«, sagte sie und drückte sacht ihren Arm.

Nyx schlüpfte aus ihren Schuhen und kroch so, wie sie war, unter die Bettdecke.

30

NYX

Sie stand im Glaszimmer und starrte auf die Tür mit den drei Monden. Mondlicht fiel auf sie herab und glitt wie zerrissene Spinnweben über ihre Schultern.

Nyx blinzelte und stand plötzlich direkt vor der Tür. Eine ihrer Hände lag auf dem lackierten Holz, und sie spürte, wie die Nacht durch ihre Haut hindurchflüsterte. Was auch immer hinter der Tür lauerte, ihr Blut, die Resonanz in ihren Adern, zog es an, lockte es herbei.

Ein Knarzen ertönte, und es fühlte sich an, als ob die Tür sich nach außen öffnen wollte.

Ein wimmerndes Geräusch entwich Nyx' Lippen. Sie konnte die Tür nicht loslassen, also legte sie auch ihre zweite Hand auf das Holz und *drückte*. Die Nacht auf der anderen Seite drückte zurück, und Nyx spreizte ihre Finger, legte ihr gesamtes Gewicht in ihre Hände. Es waren kleine Hände, Kinderhände, und auch die Stimme, mit der sie flehte, klang jung.

»Bleib zu. Bleib zu.«

Nyx' Atem ging schneller, und das Gefühl der Bedrohung wuchs und wuchs.

Komm. Komm. Komm nach Hause.

Ein Rauschen flutete den Raum, ebbte ab, kehrte zurück, zerfiel in ein silbernes Knistern. Nyx drückte gegen die Tür, doch aus den Augenwinkeln sah sie, wie sich die Wand rings um den Türrahmen auflöste. Die Nacht breitete sich aus wie eine Lache aus Tinte, wie ein Universum ohne Sterne. Nyx' Atem versiegte, und plötzlich gelangte keine Luft mehr in ihre Lunge.

Etwas schlug mit der Wucht eines Zehntonners gegen die andere Seite der Tür.

Schweißgebadet fuhr Nyx aus dem Schlaf hoch. Kurz hatte sie keine Ahnung, wo sie war. Ihr Blick flog über das Bett mit dem gestrickten Quilt, die schräge Decke, das Windspiel aus Muscheln, das sich vor einem halb hochgeschobenen Fenster drehte.

Birdies Cottage, erinnerte sie sich. Das Cottage ihrer Nan.

Nyx fuhr sich mit der Hand über den Mund. Sie wollte nach ihrem Handy greifen, doch das lag auf einer Mauer in Surrey.

Sie hatte ihre Verbindung zu James und Diane gekappt, ein sauberer Schnitt, der sich anfühlte wie eine Amputation. Müde stützte sie die Stirn auf ihre Hand und schloss die Augen.

Sie war allein. Trieb hilflos auf offener See.

Sie steckte so verdammt tief in Schwierigkeiten.

Die Treppe knarzte, als Nyx nach unten ging. Schatten füllten das Haus, also ging die Zeit wohl auf den späten Nachmittag zu. Sie schwankte und stützte sich an der krummen Wand ab. Der Putz fühlte sich feucht und kalkig unter ihrer Hand an.

Sie atmete durch und stieg von der letzten Stufe auf den Boden. Ein mahlendes, kratzendes Geräusch führte sie in die Küche. Der Geruch von Honigwachs wehte ihr entgegen, noch bevor sie die Schwelle übertreten hatte.

Birdie stand vor dem Küchentresen und werkelte an irgendetwas herum. Sie verursachte offenbar das schabende Geräusch, aber ihr Körper verdeckte, was ihre Hände taten. Der Duft von Rosmarin und irgendetwas Zitronigem wob sich in die Dampfwolke, die von einem Topf auf dem Herd aufstieg.

Nyx verharrte im Türrahmen, und ihr Blick fiel auf die

schwarze Katze, die um Birdies Beine strich. Die Katze bemerkte sie ebenfalls, musterte sie mit ihren blassen Augen und marschierte mit erhobenem Schwanz auf sie zu.

Birdie neigte den Kopf und drehte sich um. Für ein paar Sekunden erwiderte Nyx schweigend ihren Blick. Was sollte sie auch sagen?

»Hey«, murmelte sie schließlich.

Birdie lächelte. »Hey.«

Eine halbe Stunde später saßen beide am Küchentisch. Das Bienenwachs, das Birdie eingeschmolzen hatte, kühlte auf dem ausgeschalteten Herd aus. Daneben stand der Mörser, in dem sie die Kräuter für ihre Kerzen zerrieben hatte.

Nimbus, der Kater, hatte sich auf Nyx' Schoß zusammengerollt. Sie war froh darüber. Während sie Birdie alles erzählte, was in Wildridge vorgefallen war, strich sie immer wieder über Nimbus weiches Fell.

»Es tut mir so leid«, sagte Birdie.

Nyx wartete auf ein ›Hab dich ja gewarnt‹. Doch Birdie sagte nichts dergleichen. Stattdessen stand sie auf, kramte durch einen der Schränke und kehrte mit einer Packung Jaffa Cakes, einer Dose Shortbread und einer Tüte Käsecracker zurück.

Nyx starrte auf den Berg aus Knabberkram. Birdie zuckte mit den Schultern. »Nicht ganz so lecker wie das Pistazienteil aus deiner Bäckertüte, aber ich bleibe dabei: Nach einem Schock ist Zucker die beste Antwort. Und Käsecracker, warum auch nicht.«

Sie riss die Jaffa Cakes Packung auf, und Nyx fragte sich, ob sie nervös war. Äußerlich wirkte sie entspannt. Sie hatte sich scheinbar die Zeit genommen zu duschen und ihre noch feuchten Haare zu einem unordentlichen Dutt hochgesteckt. Es war klar, dass sie sich in diesem Haus wohlfühlte. Sie ging auf sockigen Füßen durch die Küche, wusste genau, wo sie nach den Keksen suchen musste, und saß mit angezogenem Bein auf ihrem Stuhl.

Sie ging nicht auf Abstand, saß schräg neben Nyx und lehnte sich leicht in ihre Richtung. Das waren gute Zeichen, oder? Das bedeutete, dass sie nicht eingeschüchtert war?

Birdie murmelte etwas, das nach »Esel« klang.

»Was?«, fragte Nyx.

»Ingleby«, erklärte Birdie. »Von wegen der Träger ist ein Junge. So langsam glaube ich, dieser Schnösel hat keine Ahnung, was er tut.«

Damit ist er nicht alleine, dachte Nyx. »Was machen wir jetzt?«, fragte sie so gefasst wie möglich. »Was muss ich tun? Wie bekommen wir das Chaos aus mir heraus?«

Birdie runzelte die Stirn. »Was meinst du damit?«

»Könnten wir so etwas Ähnliches versuchen wie James mit seinem Sonnensiegel?« Angespannt beugte sie sich vor, und Nimbus hüpfte von ihrem Schoß. »Kennst du ein Ritual oder sonst was, mit dem du mich, ich weiß nicht, säubern kannst?«

»›Säubern‹«, wiederholte Birdie und verzog das Gesicht. »Nyx, die Chaoskraft ist mit deiner Nachtenergie verwoben. Sie ist ein Teil von dir.«

»Ja, und ich will, dass sie verschwindet!«

Birdie biss sich auf die Unterlippe und schien mit ihrer Antwort zu hadern. »Einer Nachtbotin das Chaos zu entziehen ist verdammt riskant«, sagte sie. »Wenn man nicht aufpasst, richtet man den gleichen Schaden an wie eine Lobotomie. So arbeite ich nicht.«

James hätte das Sonnensiegel an Nyx ausprobiert. Er wäre das Risiko eingegangen. Sie spürte ein Stechen in der Brust. An James zu denken tat so verdammt weh. Ein Teil von ihr wollte immer noch nicht glauben, dass er sich mit Diane verschworen hatte. Aber so war es.

Nervös rieb sie sich über den Schenkel und verschränkte dann die Hände in ihrem Schoß. Denk nicht an ihn, sagte sie sich. Nicht jetzt. Schieb das alles weg. Konzentrier dich nur auf das, was du tun musst.

Funktionier weiter, wisperte es in ihr. *Nicht zusammenbrechen, nicht jetzt.*

»Wie arbeitest du dann?«, fragte sie.

Birdie hob Nimbus vom Boden hoch. »Ich helfe dir, deine innere Balance wiederzufinden«, sagte sie, während sie den Kater streichelte. »Wie fühlt sich Nachtenergie für dich an? Wie Wind? Oder Wasser?«

»Was?« Nyx war geschockt. Noch nie hatte jemand auf Anhieb erfasst, was die Nacht an Bildern und Gefühlen in ihr auslöste.

Birdie hob abwartend die Brauen, und Nyx schluckte. »Wie Wasser«, antwortete sie schließlich.

Birdie nickte. »Das ergibt Sinn«, sagte sie. »Das haben schon mehrere Nachtboten und -botinnen berichtet.«

»Wer?«, wollte Nyx wissen. »Wer hat das gesagt?« Sie kannte niemanden, der ihr Empfinden teilte, und auch in Dianes Quellen stand nichts davon, dass sich Nachtenergie fließend und die Wahre Nacht wie ein Meeresspiegel anfühlte.

»Ich kann's dir gerne erzählen, aber nicht jetzt«, antwortete Birdie. Sie gab Nimbus einen Kuss auf den Kopf und setzte ihn dann wieder auf dem Boden ab. »Du wolltest wissen, wie ich arbeite. Stell dir deine Nachtenergie vor wie einen Fluss, der durch dich hindurchfließt, okay? Die meiste Zeit fließt er ruhig und stetig. Du kannst auf ihn zugreifen, deinen speziellen Sinn wie eine Hand hineintauchen. Du kannst seine Strömung lenken, kannst dafür sorgen, dass sein Wasserspiegel ansteigt oder abfällt. Bei Hochstand kannst du deine besonderen Talente nutzen. Bei Tiefstand befinden sich deine Fähigkeiten sozusagen im Schlafmodus. Liege ich so weit richtig?«

Nyx konnte nur nicken. Birdie lächelte und fuhr mit der flachen Hand über den Tisch. Ihre Bewegung folgte unsichtbaren Kurven, als würde sie den Lauf eines Baches nachzeichnen. »Solange dein Fluss frei fließen kann, ist alles in bester Ordnung«, erklärte sie. »Aber manchmal kommt es vor, dass etwas den Fluss stört.«

Nyx schloss die Hände um ihre Ellenbogen. Sie verstand nicht, warum, aber Birdies Beschreibungen verpassten ihr eine Gänsehaut.

»Wenn wir bei dem Flussbild bleiben, kannst du es mit einem Stein vergleichen«, erklärte Birdie. »So eine Störung kann Stromschnellen oder andere Unruhen erzeugen. Das merkst du, wenn dein Zugriff auf deine Energiereserven plötzlich unzuverlässig wird oder wenn du beim Ausüben deiner Fähigkeiten plötzlich überschüssige Energie freisetzt.«

»Wenn ich die Kontrolle verliere«, stellte Nyx klar. Sofort dachte sie daran, wie sich in den letzten Jahren Träume in ihrer Nähe manifestiert hatten, obwohl sie diesen Prozess nicht aktiv oder bewusst eingeläutet hatte. Ihr wurde kalt.

»Ich schätze, ja«, sagte Birdie. »Aber diese Art von Schwankungen sind nicht ungewöhnlich. In der Regel fließt der Energiestrom irgendwann um kleine Hürden herum, oder sie lösen sich auf. Heikel wird es erst, wenn der Fluss durch eine größere Blockade gestört wird. Weniger ein Stein, mehr ein Erdrutsch, der ins Flussbett stürzt, ja?«

»Wie ein Damm?«

»Genau so.« Birdie stellte die Jaffa-Cakes-Packung auf, so dass sie wie eine Wand auf der Tischplatte stand. »Wenn das passiert, staut sich nicht nur die Nachtenergie auf, es sammeln sich auch immer mehr Chaospartikel in diesem Energiepool. Wie Sediment, das nicht abfließen kann. Und wenn das lange genug vor sich geht, tritt die Energie samt Chaos über die vorgesehenen Ufer.« Birdie suchte Nyx' Blick. »Wenn dann noch mehr Chaoskraft nachgeschoben wird, überkommt sie dich und bricht aus dir hinaus.«

Nyx packte ihre Ellbogen fester. »Chaosflut«, sagte sie.

Birdie nickte, und Nyx wurde übel.

»Die Lösung ist nicht, das Chaos zu entfernen«, fuhr sie fort. »Die Lösung ist, den Fluss wieder frei strömen zu lassen.«

Nyx spürte, wie ihre Fingernägel sich in die Haut ihrer Arme drückten. »Und was genau soll dieser Stein sein? Die Blockade, meine ich?«

Birdie zog die Jaffa-Cakes-Packung zu sich heran. »Das kommt darauf an. So, wie ich das gelernt habe, kann eine Blockade durch einen ungelösten Konflikt ausgelöst werden. Oder durch eine physische oder seelische Verletzung.«

»Eine seelische Verletzung.«

Birdie nickte.

Wut züngelte in Nyx hoch. »Willst du mir damit sagen, das alles ist reine Kopfsache?«, fragte sie. »Was, ich muss mir nur die richtige Einstellung zulegen, ein bisschen Selfcare betreiben, und danach bin ich keine Chaosträgerin mehr?«

»Na ja, der Prozess ist schon eine Nummer komplexer«, antwortete Birdie. »Aber im Grunde genommen, ja. So hat Nan mir das beigebracht. Wenn du herausfindest, was deine Blockade ist, kannst du versuchen, sie aus dem Weg zu räumen. Ich kann dir dabei helfen. Aber wir werden Zeit dafür brauchen.«

»Die haben wir aber nicht«, widersprach Nyx. Wut und Frust drückten ihre Kehle hinauf. Das sollte die Lösung sein? Ernsthaft? Dass Birdie bereits so gut verstand, wie sich Nyx in ihrem Innern fühlte, machte ihr Hoffnung, aber der Rest? Das klang alles viel zu vage und esoterisch.

Sie drehte den Kopf zur Seite, weil sie diesen mitfühlenden Blick nicht mehr aushielt. Vor ihrem inneren Auge sah sie einen reißenden Fluss, der um einen Felsen herumwirbelte. Das Wasser schäumte und kreiste, schlug Wellen, die sie hinter ihren Rippenbögen spürte.

Innere Balance, das war doch ein Scherz.

Was hast du erwartet?, fragte die Stimme in ihrem Kopf spöttisch. *Dass Birdie vor dir mit den Fingern fuchtelt, einmal ›Abrakadabra‹ raushaut, und alles wird gut? Nichts funktioniert so.*

Nichts funktionierte. Nichts würde sie retten, das war nur der alberne Wunsch eines verängstigten Mädchens gewesen. Eines egoistischen Mädchens.

Die Unruhe in ihrem Körper schäumte auf, schickte einen Schauder durch ihre Glieder.

»Nyx?«, fragte Birdie vorsichtig.

»Ich bin eine verdammte Zeitbombe«, sagte sie. »Ich könnte jede Sekunde in die Luft gehen.« Nein, nicht jede Sekunde. Sie war schon explodiert. Menschen waren tot, ihretwegen.

Ihr Atem geriet ins Stocken, aber ihr Herzschlag dröhnte wie eine Brandung in ihrer Brust.

Fuck. Sie hätte ihr Schicksal Diane überlassen sollen. Die hätte wenigstens dafür gesorgt, dass sie niemandem sonst Schaden zufügte.

Das Bild des Flusses füllte jetzt ihr ganzes Bewusstsein aus, nur dass sie mittlerweile keinen Fluss mehr sah, sondern einen Mahlstrom. Einen rasenden Wirbel, in dessen Mitte sich der Fels in ein schwarzes, bodenloses Loch verwandelte. Das Brüllen des Wassers füllte ihre Ohren. Sie konnte nicht mehr auseinanderhalten, ob sie das Geräusch tatsächlich hörte oder ob es nur Einbildung war.

Nyx hatte ihre Arme so fest um sich selbst geschlungen, dass ihre Wirbel knackten. Schwarze Punkte tanzten vor ihren Augen. Fühlte es sich so an, wenn das Chaos durchbrach? Verlor sie nicht nur die Kontrolle über ihre Fähigkeiten, sondern auch über ihren Verstand?

»Nyx.«

Ich gehe unter, dachte sie. *Ich ertrinke.*

»Nyx«, sagte Birdie. »Hey. Atme mit mir.«

Sie blinzelte, sog keuchend die Luft ein und sah die Frau vor sich an, die ihr die Hand hinstreckte. Nyx griff zu und hielt sich an Birdie fest. Sie atmeten, ein, aus, bis ihr Körper sich entkrampfte. Ihre Hand erschlaffte, aber diesmal hielt Birdie sie fest.

»Ich weiß nicht, wie ich das schaffen soll«, flüsterte Nyx. Sie wusste nicht einmal genau, was sie damit meinte. Das Chaos zurückzuhalten? Nicht auseinanderzubrechen?

»Ich weiß«, sagte Birdie. »Das ist okay. Lass mich dir helfen. Ich will dir helfen.«

Ihre Stimme brach beim letzten Satz, und vielleicht war es das, was Nyx dazu brachte, zu nicken.

31

ERIN

Chariot House

Das Büro ihrer Mutter befand sich im Londoner Haus des Ersten Tages. Wie auch der Rest des Gebäudes war der Raum in einer Mischung aus Lagerhaus-Optik und Hipster-Chic eingerichtet. Eine der Wände bestand aus freigelegtem Backstein, von der Decke hingen große Glühbirnen wie ein Büschel Trauben und irgendwelche breitblättrigen Zimmerpflanzen ragten aus kupfernen Blumenkübeln.

Erin saß vor dem Schreibtisch ihrer Mutter wie eine ihrer Mitarbeiterinnen. Im Prinzip war sie das wohl auch. Josephine Morley leitete den Bereich Angewandte Wissenschaft innerhalb des Ordens. In der Hierarchie rangierte sie direkt unterhalb des Vorstands, was ihr einigen Spielraum verschaffte. Zum Beispiel den Spielraum, ihre Tochter auf eine Spionagemission zu schicken, ohne irgendjemanden davon in Kenntnis zu setzen.

Rohan Bhaskar saß neben Erin. Dass sie Josephines Tochter war, wusste er erst seit wenigen Stunden. Als Erin ihre Mutter aus Wildridge Hall anrief, hatte diese sich sofort mit Bhaskar in Verbindung gesetzt. Wie war dieses Gespräch abgelaufen?

Die Chaosträgerin befindet sich in Surrey. Übrigens ist meine Tochter bei ihr, bitte metzeln Sie sie nicht nieder, wenn Sie das Haus meiner ältesten Freundin überfallen.

Jetzt saß Bhaskar hier, gelassen wie sonst noch was, während Josephine ihm erklärte, weshalb Erin mit einem Nachtboten von seiner Roten Liste unterwegs gewesen war.

»Ich verstehe, was Sie meinen«, sagte er. »Ich sage nur, dass

Sie mir meine Arbeit erleichtert hätten, wenn Sie mich früher über die Operation informiert hätten.«

Die Operation, dachte Erin mit einem schalen Geschmack im Mund. Das klang sehr viel offizieller als das, was sich eigentlich abgespielt hatte. Sie hatte die Szene noch deutlich vor Augen: Ihre Mutter, die vor ihrem Studentenwohnheim auf sie wartete, und sie mit nur einem Satz begrüßte.

Ich brauche deine Hilfe.

»Nun, ich hatte meine Gründe«, sagte Josephine. Sie war keine besonders große Frau, aber ihre aufrechte Haltung und die Art, wie sie sich bewegte – selbstbewusst und elegant –, ließen sie imposant wirken. Sie hatte ein ovales Gesicht, genau wie Erin, dieselben glatten Haare, die sie sich platinblond färben und mit Vorliebe zu einem schulterlangen Bob schneiden ließ.

Saßen sie nebeneinander, konnte man die Familienähnlichkeit zwischen ihnen nicht übersehen. Erin fehlte jedoch die Eleganz ihrer Mutter. Ihre Schultern beugten sich zu oft nach vorn, ihr Lächeln wirkte verkniffen, und ihre Augenfarbe war zu verwässert und beunruhigend hell.

Wenn Josephine die Idealform der Gene war, die sie miteinander teilten, dann blieb Erin eine grobe Annäherung. Damit hatte sie ihren Frieden geschlossen. Trotzdem fragte sie sich, ob dieses ›knapp vorbei‹-Ergebnis der Grund war, warum ihre Mutter sie die letzten Jahre über von ihrem Arbeitsplatz ferngehalten hatte. Der Grund, warum Bhaskar nicht wusste, wer sie war, als er Erin und James angriff.

»Das Projekt, das ich hier durchführe, ist eine heikle Angelegenheit«, fuhr Josephine fort. »Bisher lautete meine Anweisung, nur diejenigen von uns in Kenntnis zu setzen, die unbedingt informiert werden müssen.«

»Das scheint eine beliebte Strategie im Orden geworden zu sein«, bemerkte Bhaskar.

Erins Mutter stieß ein Seufzen aus. »Ja, ich schätze damit haben Sie recht. Wir müssen unser Vorgehen überdenken, sonst zersplittern wir in Gruppen mit unterschiedlichen Zielen.« Sie klopfte mit den Knöcheln auf den Tisch und nickte. »Ja, es wird Zeit für eine Konsolidierung. Besonders jetzt, da uns eine Chaosflut imminent bevorsteht. Hat ihr Team bereits die Fährte der Trägerin aufgespürt?«

»Noch nicht«, antwortete Bhaskar. »Aber das ist nur eine Frage der Zeit, jetzt, wo wir wissen, wer sie ist.«

Nyx, dachte Erin und schauderte. Als James' Schwester in Samis Garten aufgetaucht war, hatte Erin sie sofort wiedererkannt. Sicher, ihre Begegnung im Café hätte ein Zufall sein können. Aber in dem Moment, als James ihr Nyx vorstellte, war sich Erin sicher, dass sie die Chaosträgerin vor sich hatte.

Sie kam immer noch nicht darüber hinweg, dass niemand, weder James, noch Diane Harling, auch nur irgendwelche Maßnahmen ergriffen hatten, nachdem sie wussten, was Nyx bereits anrichtete. Nach allem, was ihr widerfahren war – der Chaosverfall, James' unerwartete Freundlichkeit, seine Aussage, dass sie eine seltsame Aura ausstrahlte –, verlor sie zunächst die Orientierung. Sie wusste nicht, was sie tun sollte, also hatte sie abgewartet, mit sich gehadert. Doch bei dem Gedanken daran, was passieren konnte – was ihr selbst beinahe passiert wäre –, war ihr der kalte Schweiß ausgebrochen. Sie musste ihrer Mutter Bescheid geben. Es gab keine andere Wahl.

Jetzt war Nyx verschwunden, James gefangen und Diane tot.

»Diese Nyx ist die zweite Chaosträgerin aus Dianes Stall«, sagte Josephine. »Das sollte mich wohl nicht überraschen. Ich hielt Dianes Vorgehen schon lange für grob fahrlässig. Ihre Vorstellung, dass sie nachtgeborenen Kindern Selbstbeherrschung beibringen könnte, war naiv, aber die Forschungsergebnisse, die sie uns geliefert hat, waren nützlich.«

»Sie hat Berichte eingereicht?«, fragte Bhaskar.

»Ha, nein«, antwortete Jospehine. »Diane war schon längst kein Mitglied des Ordens mehr. Aber sie und ich, wir hatten einen Deal. Ich habe sie mit Kopien aus unseren Archiven versorgt, und sie hat mir im Gegenzug Kapitel aus ihrer Forschungsarbeit geschickt. Alles abgesegnet durch den Vorstand natürlich, auch wenn Diane davon nichts wusste.«

Das war nur die halbe Wahrheit. Josephine *mochte* Diane, das wusste Erin. Sie hatten zusammengearbeitet, bevor Diane abtrünnig wurde und Josephine in die praktische Forschung wechselte. Diane wusste, wie man hohen Tieren schmeichelte, wie man sich selbst gut verkaufte, um die Projekte durchzusetzen, die man auf die Beine stellen wollte. Josephines heutige Position verdankte sie unter anderem Dianes Unterstützung in jenen ersten Jahren. Aus Loyalität hielt Josephine Diane nach ihrem Austritt ein paarmal den Rücken frei. Diane, die angeblich brav in ihrem Landhaus saß und an ihrer Enzyklopädie arbeitete, verstrickte sich immer wieder in Unfälle oder Konfrontationen mit Nachtboten. Josephine sorgte dafür, dass der Orden davon nichts mitbekam.

Die beiden hatten unterschiedliche Wege gewählt, aber sie blieben dennoch befreundet.

Oder zumindest hatte Erin das bisher geglaubt. Sie dachte daran, wie sie das Telefon in Dianes Büro hochhob, und fröstelte. *Ich hatte keine Wahl*, dachte sie. *Es gab nur die eine Möglichkeit.*

Bhaskar hob eine Braue. »Wussten Sie, dass Mrs. Harlings Adoptivkinder nachtgeboren sind?«

Erins Mutter verzog den Mund. Die Frage mochte sie offensichtlich nicht, aber um eine Antwort kam sie nicht herum. »Nein. Nein, ich hatte keine Ahnung. Diane hat sich wirklich gut bedeckt gehalten. Vor, hm, neun Jahren gab es jedoch einen Vorfall, der sie dazu zwang, meine Hilfe in Anspruch zu nehmen. Dann kam heraus, was sie wirklich trieb.«

»Ein Vorfall«, wiederholte Bhaskar.

Erins Mutter nickte, erläuterte das aber nicht weiter. *Klar*, dachte Erin. Sonst müsste Josephine Bhaskar womöglich erklären, wie genau – und wie oft – sie Diane aus der Klemme geholfen hatte.

Erin senkte den Blick. Sie wusste, wovon ihre Mutter sprach, denn bei jenem ›Vorfall‹ war sie dabei gewesen. Oder zumindest hatte sie im Auto vor dem Krankenhaus gewartet, während ihre Mutter regelte, was zu regeln war.

»Diane war der Überzeugung, dass sie Nachtboten durch Erziehung und Training davon abhalten konnte, dem Chaos die Tür zu öffnen«, sagte Josephine. »Schon während ihrer Zeit bei uns hatte sie ähnliche Vorstellungen.« Sie verstummte, schien in Gedanken zu versinken und schüttelte dann den Kopf. »Ich wusste, dass sie mit ihren Idealen früher oder später auf Grund laufen würde. Trotzdem wünschte ich, es wäre anders für sie ausgegangen.«

»Mrs. Harlings Tod ist bedauerlich«, stimmte Bhaskar ihr zu. Erin warf ihm einen scharfen Blick zu, sah jedoch ebenso rasch wieder weg. Bedauerlich. Wie unbeteiligt er das sagte. Als wäre es nicht einer seiner Handlanger gewesen, der Diane Harling in den Kopf geschossen hatte.

Erins Mutter straffte die Schultern. »Nun gut, unterm Strich sollten wir wohl froh sein, dass Ihr Einsatz so glimpflich verlaufen ist. Vielen Dank noch mal für Ihre gute Arbeit.«

»Die Arbeit ist noch nicht beendet«, widersprach Bhaskar.

Erins Mutter lächelte. »Da haben Sie recht, aber nach allem, was ich bisher von Ihnen gesehen habe, zweifele ich nicht daran, dass Sie die Trägerin bald festsetzen werden.«

Bhaskar legte den Kopf schief. »Das ist nicht mein Auftrag.«

Erins Hände verkrampften sich. Wenn Nyx in Wildridge gewesen wäre, hätte er sie dann auch erschossen? Sie wollte sich die Trägerin als Ungeheuer vorstellen, aber alles, was sie sah, war Nyx, die behutsam die Schnittwunden an den Händen ihres Bruders verarztete.

Erins Mutter lächelte breiter. »Doch, das ist er. Ab jetzt.« Sie hielt Bhaskar ein gefaltetes Schreiben hin, welches er mit skeptischer Miene entgegennahm. Während er las, erhaschte Erin einen Blick auf eine Signatur und einen offiziell aussehenden Stempel. Sie nahm an, dass es sich bei dem Dokument um einen neuen Marschbefehl handelte.

»Ich soll die Trägerin hierherbringen?«, fragte Bhaskar. »Warum?«

Erins Mutter lachte. »Nun, bis heute früh hätte ich Ihnen das nicht beantwortet. Aber wie gesagt, es wird Zeit, dass wir an einem Strang ziehen.« Sie stand auf. »Also, wie wäre es? Wollen Sie sich unser Projekt anschauen?«

Bhaskar stand ebenfalls auf. »Gerne.«

Das Schreiben steckte er ein. Vermutlich würde er gegenprüfen, ob der neue Befehl wirklich von seinen Vorgesetzten abgesegnet war.

»Wunderbar«, erwiderte Erins Mutter. »Ich brauche vorher nur einen Moment mit meiner Tochter. Gehen Sie doch solange in die Cafeteria. Der Kaffee hier ist sehr gut.«

Bhaskar senkte zustimmend den Kopf und verließ das Büro.

Nachdem er die Tür geschlossen hatte, wartete Erins Mutter ein paar Sekunden, bevor sie sich wieder setzte. »Was für ein elender Schlamassel«, sagte sie. »Hätte ich früher gewusst, dass die Black Ops Bhaskar auf Dianes Spross angesetzt haben, dann hätten wir unsere Suche nach dem Träger gleich koordinieren können. Das war wirklich ein unnötiges Risiko.«

Erin hätte am liebsten gelacht. Sie hatte von Anfang an gedacht, dass der Plan ihrer Mutter riskant war. Aber sie hatte sich darauf verlassen, dass Josephine die möglichen Gefahren besser abwägen konnte als sie. War das blauäugig gewesen? Oder hatte Josephine sich verrechnet? Es hätte nicht viel gefehlt, und Erin wäre ernsthaft verletzt worden – entweder durch das Chaos, das in sie eingedrungen war, oder durch Bhaskar.

Sie hätte sterben können. Erin wusste nicht, was sie mehr beunruhigte. Die Möglichkeit, dass ihre Mutter die Gefahrenlage nicht richtig eingeschätzt hatte oder dass sie immer noch nicht anerkannte, wie dicht ihre Tochter am Tod vorbeigeschrammt war.

»Warum hast du nicht angerufen, nachdem du mit Bhaskar zusammengestoßen bist?«, wollte ihre Mutter wissen. »Was sollte das mit der Funkstille?«

»Ich wollte meine Tarnung nicht auffliegen lassen.« Erin tastete mit den Fingern nach dem Saum ihres Sweatshirts. Die Antwort war nicht gelogen, aber so ganz der Wahrheit entsprach sie auch nicht.

Ihre Mutter runzelte die Stirn. »Nun, das war dumm.«

»Ich bin kein James Bond, Mum«, schoss Erin zurück. »Ich habe keine Ahnung, wie man richtig spioniert. Du hast mich nur in diese ganze Sache reingeworfen, weil du niemanden aus dem Orden vertraust.« Um genauer zu sein, hatte sie niemandem aus ihrem Geheimklüngel zugetraut, sich das Vertrauen eines Nachtboten erschleichen zu können. Aber Erin war normal genug, harmlos genug, *schwach genug*, um keinen Verdacht zu erregen. Und es hatte funktioniert, oder nicht? James hatte keine Sekunde lang vermutet, dass sie ihn hinterging. Stattdessen hatte er sie getröstet. Er hatte ihre Fragen beantwortet und Frühstück für sie gekocht.

Er hatte ihr das Leben gerettet.

»Ich habe dich ›reingeworfen‹, weil du meine Tochter bist«, widersprach ihre Mutter. »Weil du weißt, was auf dem Spiel steht, und weil ich dir zutraue, alles zu tun, was nötig ist.«

Erin presste die Lippen aufeinander.

»Und das hast du«, sagte Josephine nach einer kurzen Pause. Überrascht sah Erin auf. Ihre Mutter lächelte.

»Es ist vielleicht nicht so gelaufen, wie ich es mir gewünscht hätte«, sagte sie, »aber wir wissen jetzt, wer die Trägerin ist, und das ist das Wichtigste. Ich musste Black Ops früher in unser Projekt einweihen als geplant, aber unsere bisherigen Resultate sprechen zum Glück für sich. Bhaskars Bosse haben zugestimmt, uns zu unterstützen.«

Erin schwirrte der Kopf. Black Ops war ein Spitzname für die Außenagenten des Ordens. Die Personen, die Jagd auf Nachtboten machten. Die dafür sorgten, dass der Alltag normaler Menschen nicht von irgendwelchen abstrusen Vorkommnissen gestört wurde. Oder zumindest sicherstellten, dass niemand von außen Fragen stellte, wenn jemand aus den verborgenen Reihen der Nacht- und Tagboten Mist baute.

So, wie Erins Mutter es erklärt hatte, standen die Black Ops unter dem Kommando des konservativen Flügels: jenen Mitgliedern des Vorstands, die darauf aus waren, so viele Nachtboten wie möglich auszuschalten.

Josephine verfolgte ein anderes Ziel. Und wenn Rohan Bhaskar nun nach ihrer Pfeife tanzen und die Trägerin nicht umbringen, sondern lebend hierherbringen sollte? Dann hatte sich die Hierarchie innerhalb des Ordens soeben seismisch verschoben.

Das war gut, oder nicht? Der Plan ihrer Mutter war zumindest humaner als der Genozid, den der konservative Flügel propagierte.

Erin rieb wieder über den Saum des Sweatshirts und dachte an Diane Harling, die auf dem Boden ihres Zuhauses verblutete. Sie dachte an James, der verwirrt zu ihr aufsah und mit der Hand nach ihrem Fuß tastete. Als wollte er sich an ihr festhalten.

»… Sonnensiegel?«

Verwirrt sah Erin auf. »Was?«

»Das Artefakt, das Dianes Junge benutzt hat«, sagte ihre Mutter. »Du hast es mitgebracht?«

Erins Herz schlug schneller, als sie daran dachte, wie sie in James' Zimmer geschlichen und das Artefakt gestohlen hatte. Nein, nicht gestohlen. Sichergestellt. Sie zog die Steinscheibe aus ihrer Tasche und gab sie ihrer Mutter. Sie hätte ihr auch das Röhrchen mit dem Chaosdunst mitgebracht, aber das steckte in Diane Harlings Safe, bis jemand kam und ihren Besitz plünderte.

Josephine drehte das Siegel zwischen den Fingern, bevor sie es achtlos auf den Tisch warf. »Niedlich«, befand sie. »Das hätte niemals ausgereicht, um eine Trägerin auszubremsen.« Wieder verzog sie das Gesicht. »Ich wundere mich wirklich, dass Diane das nicht erkannt hat. Sie war verblendet, aber die cleverste Frau, die ich je gekannt habe.«

Vor Bhaskar mochte sie es überspielt haben, aber Erin merkte, dass Dianes Tod ihre Mutter aufwühlte. Sie wusste nicht, was sie mit dieser Beobachtung anstellen sollte. Vor allem wünschte sie sich, ihre Mutter wäre noch aufgebrachter. Aber was erwartete sie? Dass Josephine Bhaskar zur Rede stellte? Dass sie ihren Anteil an Dianes Tod bereute?

Und was war mit ihrem eigenen Anteil? Erin schluckte gegen den Druck in ihrer Kehle an. Egal, ob sie glaubte, dass ihr Anruf bei Josephine die richtige Entscheidung gewesen war: Ihretwegen waren Bhaskar und seine Wölfe nach Wildridge Hall gekommen.

»Sie haben Diane erschossen«, sagte sie. »Das hätten sie nicht tun müssen.«

»Das stimmt«, bestätigte Josephine. »Aber Diane hatte schon immer die Angewohnheit, in das nächstbeste Kreuzfeuer zu rennen. Sich für irgendwen oder irgendetwas in die Bresche zu werfen, weil das ihren ach so hehren Werten entsprach.« Sie seufzte. »Ich habe versucht, sie zu warnen. Sie hat nie auf mich gehört.« Ihr Blick fiel auf das Sonnensiegel, und sie stieß es mit der Fingerspitze an. »Alberner Klunker. Ich wünschte fast, ich hätte Diane erzählen können, dass wir längst eine effizientere

Methode für das Extrahieren von Chaoskraft und Nachtenergie gefunden haben. Ich hätte gerne ihr Gesicht gesehen.«

Erin starrte ebenfalls auf das Siegel. Sie spürte immer noch die raue Unterseite des Steins auf ihrer Haut und das eiskalte Brennen in ihren Adern, als das Siegel die Chaospartikel aus ihrem Blut saugte.

Erin ballte die Fäuste. »Als es mich berührt hat, hat sich das Ding nicht albern angefühlt.«

»Natürlich nicht«, sagte ihre Mutter. »Die Chaoskraft, die du abbekommen hast, war wie ein Gift für dich. Das Siegel hat die Fremdsubstanz aus dir herausgezerrt, aber eigentlich hätte man es an einem gewöhnlichen Menschen nicht ohne zusätzlichen Schutz anwenden dürfen. Es ist ein Wunder, dass du das Ganze schadlos überstanden hast. Jemand hätte dein Bewusstsein abschirmen, oder dich betäuben müssen, damit dein Körper sich nicht gegen den Extrahierungsprozess zur Wehr setzt. Aber Dianes Junge wusste das natürlich nicht. Hm.« Sie schüttelte den Kopf. »Ein Junge, vom Chaos überwältigt. Ein Junge, der laut Bhaskar Dunkelheit als Waffe einsetzt. Und eine Trägerin, die stark genug ist, um eine Flut loszutreten. Wie Diane jemals gedacht hat, sie könnte sich auf ihn und die anderen verlassen, ist mir ein Rätsel.«

Noch vor zwei Tagen hätte Erin ihre Einschätzung von James und dessen Ziehgeschwistern fraglos hingenommen. Aber jetzt?

Jetzt sah Erin James vor sich, wie er mit ihr unter der Decke lag. Schwache Lichtflecken drangen durch den Wollstoff und sprenkelten seine Haut wie Sommersprossen. Sie hörte seine ruhige Stimme, die ihr von dem Trost erzählte, den er in der Dunkelheit fand.

Was, wenn sie ihm die Wahrheit gesagt hätte? Wenn sie ihm noch einmal die Gelegenheit gegeben hätte, ihr zu erklären, wie er mit Nyx umgehen und die Chaosflut stoppen wollte?

Keine Wahl. Je öfter sie das dachte, umso schwächer klangen die Worte in ihrem Kopf.

»Nun ja«, sagte Josephine. »*Abyssus abyssum invocat.*« Ihr Blick richtete sich auf Erin. »Hast du irgendeine Idee, wo sich diese Nyx verstecken könnte? Haben sie oder der Junge irgendeinen Ort oder eine Person erwähnt, an dem sie Zuflucht finden könnte?«

Erin dachte an Birdie, die Seherin an Nyx' Seite, die behauptet hatte, sie könne Chaosträgern helfen. Erin wusste, dass sie diese Information weitergeben sollte. Doch sie konnte die Bilder in ihrem Kopf nicht ausblenden. Diane Harling und der starre Blick ihrer Augen. James, dessen Ferse durch das Blut seiner Ziehmutter schleifte, als die Agenten des Ordens ihn nach draußen schleppten.

»Nein«, antwortete sie. »Nein, ich habe keine Ahnung.«

32

ERIN

Oxfordshire | Dreizehn Jahre zuvor

Als Erin zehn Jahre alt war, nahm ihre Mutter sie zu einem Einsatz mit. Sie dachte, es wäre an der Zeit, dass Erin mit eigenen Augen sah, welchen Schaden Nachtboten anrichten konnten.

»Es wird Leute geben, die dir sagen, dass wir nicht alle Nachtboten über einen Kamm scheren sollten«, sagte Erins Mutter. »In gewisser Weise haben sie recht. Nicht alle Nachtboten handeln vorsätzlich, wenn sie andere verletzen. Manche reagieren aus dem Affekt heraus, andere haben ihre eigenen Fähigkeiten nicht unter Kontrolle. Aber egal, ob sie mit oder ohne Absicht handeln, eines dürfen wir nie vergessen: Die Essenz eines Nachtboten ist Chaos, und Chaos ist eine von Grund auf zerstörerische Kraft. Es liegt in ihrer Natur, sichere Strukturen aufzulösen und klare Geister zu verwirren, und die Natur lässt sich nicht verändern.«

Erin nickte. Lektionen wie diese begleiteten sie schon, solange sie denken konnte. Bereits die Märchen, die ihre Mutter ihr vorgelesen hatte, handelten von finsteren Mächten, die in der Nacht ihr Unwesen trieben, und von lichten Gestalten, die die Menschen beschützten und den Tag zurückbrachten.

An jenem Tag nahm ihre Mutter sie bei den Schultern und sah ihr tief in die Augen. »Was du heute siehst, wird dir Angst machen«, prophezeite sie. »Aber diese Angst kannst du in eine Rüstung verwandeln. Du wirst wissen, wogegen es sich zu kämpfen lohnt, und du wirst sehen, dass wir gewinnen können.«

Erin nickte ernst.

Ihre Mutter führte sie durch ein fremdes Haus – eine private Klinik, wie Erin später herausfinden sollte. Erin ging hinter ihrer Mutter, denn der Platz an Josephines Seite wurde von einem noch jüngeren Mädchen in einem gepunkteten Kleid eingenommen. Josephine hielt das Mädchen an der Hand. Erin bemühte sich, stolz darauf zu sein, dass sie schon alt und mutig genug war, um alleine durch den Flur zu gehen. Sie hielt ihr Kinn hoch und ging mit festem Schritt, bis sie sich einer Tür aus dunklem Eichenholz näherten.

Ein Stöhnen ächzte durch den Flur. Mit einem Schaudern begriff Erin, dass das Geräusch aus dem Zimmer hinter der Tür kam. Ein Wimmern folgte und ließ sie straucheln, doch da griff ihre Mutter bereits nach der Klinke. Josephine und das Mädchen gingen nach drinnen, und Erin folgte ihnen, obwohl sie plötzlich überall anders sein wollte, nur nicht hier.

In der Mitte des Zimmers stand ein Bett. Eine Frau war darauf festgebunden, mit Stahlseilen und gepolsterten Manschetten an ihren Knöcheln und Handgelenken. Sie trug ein weißes Nachthemd, und ihre langen, braunen Haare waren feucht und strähnig.

Vom Schweiß, dachte Erin entsetzt und roch im selben Moment den sauren Gestank, der im Zimmer hing. Sie wich zur Türschwelle zurück, blieb jedoch stehen, als ihre Mutter sich nach ihr umsah.

»Nimm deinen Mut zusammen«, wies Josephine sie an.

Erins Herz schlug wie ein gefangener Schmetterling gegen eine Fensterscheibe. Trotzdem trat sie ins Zimmer.

»Diese Frau ist ein Opfer von böswillig eingesetzter Nachtenergie«, erklärte Josephine. »Sie hat einer Nachtbotin den Mann abspenstig gemacht, und die hat sich an ihr gerächt. Sie hat ihr Talent missbraucht, um den Geist dieser Frau zu umnachten. Nun kann sie die Realität nicht mehr erkennen. Sie glaubt, sie wird von Fledermäusen und Käfern heimgesucht.« Erins Mutter sah auf sie hinunter. »Verstehst du, was ich sage?«

Erin nickte. Diese Frau war verflucht worden, genauso, wie die unglückseligen Menschen in den Märchen. Sie wollte die Augen schließen, konnte den Blick jedoch nicht abwenden. Das Gesicht der Frau war furchtbar verzerrt, und die Panik schien ihr aus jeder Pore zu dringen. Sie stöhnte vor Schmerzen, murmelte vor sich hin und zerrte an ihren Fesseln. Immer wieder bäumte sie sich auf, als wollte sie etwas von ihrer Brust schütteln.

Erin wurde übel. *Eine Rüstung*, erinnerte sie sich. *Verwandle deine Angst in eine Rüstung*. Aber sie wusste nicht, wie sie das anstellen sollte.

Josephine beugte sich zu dem Mädchen, das sie mitgebracht hatte. »Bist du bereit, Liebes?«, fragte sie.

Die Kleine grinste, ließ Josephines Hand los und trat an den Rand des Bettes. Sie war jünger als Erin, vielleicht sechs oder sieben Jahre alt, und schien von der armen Frau überhaupt nicht eingeschüchtert zu sein.

»Sieh gut zu«, ermahnte Josephine ihre Tochter.

Das Mädchen im Pünktchenkleid wackelte mit den Fingern, dann hob sie ihre Arme und presste ihre Handgelenke aneinander. Es sah aus, als wollte sie eine Kugel greifen, und tatsächlich: Innerhalb weniger Sekunden erblühte ein Leuchten im Hohlraum zwischen ihren Handflächen. Es wuchs und wuchs, bis sie etwas hielt, das aussah wie eine kleine Sonne aus goldenem Nebel.

Gebannt sah Erin zu, wie die Sonne aus dem Griff des Mädchens zum Bett schwebte. Zuerst zuckte die Frau zurück, dann erstarrte sie. Das Licht der Sonne glitt über ihre Brust, über ihren Hals hinauf über ihr Gesicht. Dann löste sich der schwebende Ball auf, und schimmernde Fäden aus Sonnennebel drangen in ihre aufgerissenen Augen.

Erin klappte der Mund auf vor Entsetzen. Die Augäpfel der Frau rollten zurück, so dass nur noch das Weiß zu sehen war. Sie verkrampfte sich in ihren Fesseln, verdrehte ihre Arme und Beine so, dass es ihr weh tun musste. Erin streckte schon die Hand nach ihrer Mutter aus, da stieß die Frau einen Seufzer der Erleichterung aus. Die Anspannung wich aus ihrem Körper, ihre Gesichtszüge erschlafften, und sie fiel mit geschlossenen Augen zurück auf die Matratze. Eine einzelne Träne rann aus ihrem Augenwinkel.

»Ich hab sie repariert«, verkündete das Mädchen im Pünktchenkleid.

»Gut gemacht«, lobte Josephine und legte der Kleinen die Hand auf den Kopf. Erin zog ihre eigene Hand zurück und versteckte sie hinter ihrem Rücken.

Ihr Blick klebte noch immer an der Frau, die nun ruhig zu schlafen schien. Ihr war immer noch schlecht, und der salzige Geschmack ihrer eigenen Spucke ekelte sie.

»Kriege ich jetzt Eiscreme?«, fragte das Mädchen und wippte vorfreudig auf ihren Fußballen.

»So viel, wie du willst«, versprach Josephine. Grinsend rannte das Mädchen nach draußen, während sich Erins Mutter zum ersten Mal ganz zu ihr umdrehte.

»Beeindruckend, nicht wahr?«, fragte sie mit einem Lächeln.

Erin schluckte. »Ja«, brachte sie heraus.

Josephines Lächeln wurde sanfter, dann beugte sie sich herab und gab Erin einen Kuss auf den Scheitel.

»Keine Sorge«, sagte sie. »Ich bin mir sicher, dass du mir bald genauso helfen kannst.«

Erin versuchte, sich auf die Nähe ihrer Mutter zu konzentrieren, aber ihr Blick huschte immer wieder zu der bewusstlosen Frau. Die Haut rings um die Handfesseln war rot und dunkelblau. *Ich will nicht hier sein*, dachte Erin. *Ich will das nicht sehen.*

»Ich bin so gespannt, was du zustande bringst, mein kleiner Sonnenschein«, sagte ihre Mutter.

Josephine irrte sich.

Fähigkeiten, wie sie das Mädchen mit den Sonnenhänden zur Schau gestellt hatte, würde Erin nie besitzen.

33

ERIN

Chariot House | Jetzt

Erin folgte ihrer Mutter und Bhaskar durch die Flure des Ordenshauses. Vor dem heutigen Tag war sie nie weiter als bis in die Lobby vorgedrungen. Und auch das lag Monate zurück. Sie hatte ihre Mutter zum Lunch abgeholt und war zwei Stunden danach zum Campus zurückgekehrt, um eine Vorlesung über sumerische Keilschrifttexte anzuhören.

Sie fühlte sich, als ob eine völlig andere Person das alles erlebt hatte. Der gemütliche Lunch mit ihrer Mutter, die über einen Senffleck auf ihrer blauen Bluse lachte. Erins Unikurse. Ihr winziges Zimmer mit den weinroten Vorhängen. Der Kaffee- und Nasse-Wäsche-Geruch, der nie ganz aus der Küche ihres Wohnheims verschwand.

Sie versuchte sich vorzustellen, wie sie in dieses Leben zurückkehrte. Doch das Einzige, was ihr bei dem Versuch in den Kopf drängte, war der Nachmittag, an dem ihre Mutter sie als Spionin rekrutiert hatte.

Ich brauche deine Hilfe. Das hatte sie gesagt. Keine Begrüßung, keine Vorbereitung. Dann hatte sie Erin offenbart, dass London eine Katastrophe bevorstand, die Millionen Menschen das Leben kosten konnte.

Wir müssen den Träger finden, und zwar ASAP, hatte Josephine an jenem Tag gesagt. Scheinbar hatte Diane ihren Ziehsohn bereits auf die Suche nach dem Träger geschickt, und Josephine wollte wissen, was er herausgefunden hatte.

Diane hat andere Netzwerke als wir. Und ihre Kinder haben wo-

möglich Kontakte in der Welt der Nachtboten, auf die wir keinen Zugriff haben.

Josephine war überzeugt, dass Diane ihre Informationen nicht teilen würde.

Sie will den Träger retten, sagte sie zu Erin. *Kannst du dir das vorstellen? Die ersten Opfer des Chaosverfalls liegen bereits auf unseren Obduktionstischen, und Diane will den Träger mit Samthandschuhen anfassen.*

Und wenn du ihr sagst, was du mit ihm vorhast?, schlug Erin vor. *Würde sie dir dann nicht helfen?*

Sie wäre mit unseren Plänen nicht einverstanden, glaub mir. Und wenn sie herausfindet, dass ich ihr nachspioniere, wird sie alles daransetzen, ihn vor mir zu verstecken. Josephine schüttelte den Kopf. *Nein, die beste Chance haben wir, wenn wir jemanden auf Dianes Schützling ansetzen, die scheinbar nichts vom Chaos und allem anderen weiß.* Ihr Blick richtete sich auf Erin. *Ich brauche jemanden, dem ich vertrauen kann. Jemand, der mir Bericht erstattet. Niemandem sonst.*

Schon während des Gesprächs hatte sich Erin mit der Idee, jemanden zu bespitzeln, unwohl gefühlt. Abgesehen davon, dass sie keine Ahnung hatte, wie man so etwas richtig anstellte, brach ihr bereits bei der Vorstellung, einem Nachtboten derart nahe zu kommen, der kalte Schweiß aus. Aber sie konnte ihrer Mutter noch nie einen Gefallen abschlagen. Und zu einem Auftrag wie diesem konnte sie erst recht nicht nein sagen.

Wenn wir es richtig anstellen, so die Worte ihrer Mutter, *dann unterbinden wir nicht nur die aktuelle Chaoswelle. Wir sorgen dafür, dass die Urkraft der Zerstörung nie wieder eine Bedrohung für die Menschheit darstellen wird.*

Also sagte Erin ja.

Josephine wusste, wann James Harling nach London zurückkehren und wo er wohnen würde. Erin sollte sich in seine Nähe begeben, ihn beobachten und herausfinden, ob er Kontakt zu dem Träger aufnahm. Er selbst konnte es nicht sein, hatte Josephine Erin versichert. Während die ersten Londoner am Chaosverfall starben, hatte sich James im Ausland aufgehalten.

Erin sollte ihn aus sicherer Entfernung überwachen und ihrer Mutter Bericht erstatten. Mehr nicht.

Im Nachhinein konnte sie nicht fassen, wie naiv sie in die Sache hineinspaziert war. Von Anfang ging alles schief. Dass sie der Trägerin über den Weg lief, bevor sie ihre Zielperson überhaupt erreicht hatte, war nicht vorgesehen gewesen. Dass sie mit Chaosdunst verseucht und beinahe getötet wurde, schon gleich dreimal nicht. Und ihre Absicht, James zu beschatten? Die war in dem Moment kollabiert, als er sie aus der Luft pflückte.

Erin trat hinter Bhaskar aus dem Fahrstuhl, der sie in den vierten Stock gebracht hatte. Bhaskar und ihre Mutter unterhielten sich, aber Erin blendete ihre Stimmen aus. Es war nicht nur ihr Nahtoderlebnis, es war die Geschwindigkeit, mit der alles aus dem Ruder gelaufen war, die ihren Kopf schwirren ließ. Nichts von dem, was in den letzten achtundvierzig Stunden passiert war, entsprach ihren Erwartungen.

Sie hatte sich gewappnet, in der Erwartung einen ruchlosen Nachtboten zu verfolgen. Stattdessen traf sie auf James, der alles daransetzte, um sie zu beschützen. Der selbst nervös und hilflos war. Der sie mit einem blöden Scherz dazu ermutigen wollte, Kekse zu essen, die er selbst kaum anrührte.

Und wie er geschrien hatte, als sie Sami in seinem Garten vorfanden. Nie würde Erin den Schmerz in James' Schrei vergessen. Genauso wenig konnte sie abschütteln, wie geschockt sie selbst beim Anblick von Samis leblosem Körper gewesen war.

Sie bemerkte, dass sich ihre Hand schon wieder um den Saum des Sweatshirts verkrampft hatte, und ließ los. Sami hatte ihr das Shirt gegeben, damit sie etwas Warmes auf der Fahrt nach Surrey hatte.

Ihr Blick fiel auf Bhaskar. Er ging gelassen neben ihrer Mutter, die Hände lose hinter dem Rücken verschränkt.

So, wie Erin das mitbekommen hatte, war Sami nicht nur ein anständiger, fürsorglicher Mensch. Er war ein wehrloser Zivilist. Und Bhaskar hatte ihn bedroht und angegriffen. Ganz zu schweigen von der Tatsache, dass er Luke fast die Haut vom Fleisch gebrannt hatte.

In der Theorie hatte Erin schon vorher gewusst, dass die Black Ops eine Kampfeinheit darstellten. Dass sie Menschen verletzten und töteten, wenn es nötig wurde. Sie hatte das hingenommen und nicht weiter darüber nachgedacht. Bhaskars Kompromisslosigkeit hautnah zu erleben stellte ihre Welt jedoch völlig auf den Kopf.

Erin starrte auf Bhaskars Rücken und dachte an die mittlerweile getapte Platzwunde, die sie ihm verpasst hatte. Sie könnte behaupten, dass sie den Topf geworfen hatte, um ihre Tarnung zu wahren. Aber das stimmte nicht. Als Bhaskar mit gleißenden Händen in Lukes Schuppen aufgetaucht war, hatte sie Todesangst vor ihm gehabt.

Dabei war er ein Tagbote. Ein Mitglied des Ordens. Sie standen auf derselben Seite.

»Da sind wir«, verkündete Josephine und blieb vor einer Tür aus grauem Stahl stehen. Sie zog eine Schlüsselkarte aus ihrer Tasche, während Bhaskar aufmerksam zusah.

Plötzlich verspürte Erin den Drang, ihre Mutter vor ihm zu warnen. Ihr haarklein zu erzählen, wie brutal Bhaskar vorging und damit anscheinend nicht das kleinste Problem hatte.

Josephine hielt ihre Karte an einen Wandleser. »Willkommen bei Project Daylight«, sagte sie.

Die Schiebetür glitt auf. Josephine und Bhaskar betraten nacheinander den Raum. Erin folgte ihnen und blieb kurz darauf wie angewurzelt stehen.

Sie wusste, was in diesem Labor vor sich ging. Josephine

hatte ihr immer wieder stolz berichtet, welche Arbeit sie hier leistete. Aber sie hatte den Raum nie beschrieben. Sie hatte nie erläutert, wie genau sie ihre Experimente durchführten. Und Erin hatte nie nachgefragt.

Bhaskar gab ein »Hm« von sich und klang zum ersten Mal überrascht.

Josephine lächelte. »Beeindruckend, nicht wahr?«

Vor ihnen lag ein Raum, der in seiner Größe eher als Saal bezeichnet werden konnte. Der Boden und die Wandpaneele bestanden aus irgendeinem polierten, plastikweißen Material. Hohe Standleuchten und Neonröhren an den Decken spendeten taghelles Licht. Es gab Stelen, an denen Monitore befestigt waren, Arbeitstische, auf denen sich Mikroskope und andere medizinische Geräte aufreihten.

Eine Handvoll Menschen in Laborkitteln hielt sich im vorderen Teil des Raumes auf, aber Erins Blick hing an der Konstruktion, die sich weiter hinten befand.

Inmitten einer freien Fläche standen acht Behandlungsstühle, im Kreis angeordnet, wie die Strahlen einer Sonne. Auf ihnen lag jeweils eine Person in weißer Kleidung. Erin konnte ihre Gesichter nicht erkennen. Dafür waren die Drähte, die aus ihren Armen ragten, um so sichtbarer. Wie freiliegende Adern verliefen sie von den hingestreckten Körpern zu einer wuchtigen Säule aus sandfarbenem Stein, die in der Mitte zwischen den Liegen emporragte.

Erin schwankte und zuckte zusammen, als Josephine sie rief.

»Erin? Kommst du?«

Sie hatte gar nicht bemerkt, dass ihre Mutter und Bhaskar bereits weitergegangen waren. Mit hämmerndem Herzen holte sie auf.

»Was Sie hier sehen, ist das Ergebnis jahrelanger Arbeit«, sagte Erins Mutter, während sie durch den Raum schritt. »Als Dr. Wilson und ich Project Daylight ins Leben gerufen haben, war natürlich noch nicht abzusehen, ob wir unsere Theorie in die Praxis umsetzen können.«

»Wurde das Projekt deshalb nicht an die große Glocke gehängt?«, wollte Bhaskar wissen.

Erins Mutter schnalzte mit der Zunge. »Na ja, das war wohl ein Grund, aber hauptsächlich ging es darum, genügend Unterstützung zu sammeln, bevor wir mehr Mittel beantragen. Sie wissen, wie das ist.«

»Ordensinterne Politik«, mutmaßte Bhaskar.

»Ganz genau.«

Erin ging ihrer Mutter hinterher und hatte das Gefühl, als würde sie über einen schwankenden Moorboden laufen. Es war kühl im Labor, und ein schwacher, chemisch-beißender Geruch hing in der Luft.

»Natürlich wollen wir alle dafür sorgen, dass Nachtboten keine Gefahr für die allgemeine Bevölkerung darstellen«, fuhr Josephine fort. »Aber wie wir das bewerkstelligen, darin ist man sich innerhalb des Ordens uneinig.« Sie maß Bhaskar mit einem Seitenblick. »Nehmen Sie's mir nicht übel, aber ich persönlich bin keine Verfechterin der ›Zuerst töten, später Fragen stellen‹- Methodik.«

Bhaskar zuckte mit den Schultern. »Ich bin nur das Werkzeug«, sagte er. »Die Entscheidung, wie ich eingesetzt werde, überlasse ich anderen.«

Erin Mutter blieb am Fußende einer der Liegen stehen und vollführte eine ausladende Geste mit ihrer Hand. »Mittlerweile sprechen unsere Erfolge für sich, und wir konnten den Ältestenrat davon überzeugen, unser Projekt mit allen verfügbaren Ressourcen zu fördern.« Sie nickte einer vorbeigehenden Wissenschaftlerin zu, dann fuhr sie fort: »Ich habe von Anfang an große Hoffnungen in unsere Arbeit gesetzt, aber seit wir dieses Labor zur Verfügung gestellt bekommen haben, übertreffen unsere Fortschritte sogar meine Erwartungen. Allein in den letzten zwei Monaten konnten wir dreizehn Nachtboten in unsere Obhut nehmen.«

Erin trat neben ihre Mutter und starrte auf die Frau, die vor ihnen lag. Sie war bereits älter. Ihre Haut war von Falten gezeichnet und wirkte papierdünn. Altersflecken sprenkelten ihre Schläfen und Wangen. Sie hatte die Augen geschlossen, aber ihr linker Augapfel zuckte unruhig unter ihrem Lid. Erin schauderte.

Die Lehne des Stuhls war leicht nach hinten gekippt. Lederne Manschetten banden die Frau an das Gestänge zu beiden Seiten. Sie war festgekettet, genauso wie die Frau, die Erin als Zehnjährige gesehen hatte.

Von nahem erkannte Erin, dass die Drähte aus Gold oder zumindest einer goldenen Legierung bestanden. Ihre Enden steckten in der schlaffen Haut in den Ellenbeugen der Frau. Anders als der Katheter an ihrem Unterarm schienen sie jedoch nichts zuzuführen, sondern eine Flüssigkeit abzuziehen.

Nein, keine Flüssigkeit. Ein violett-blau schimmernder Nebel wand sich entlang der Drähte nach oben. Überrascht sog Erin die Luft ein. Das, was da an den Drähten entlangglitt, sah aus, wie die Energiewellen, die Luke für sie sichtbar gemacht hatte.

Ihre Mutter fing ihren Blick auf und nickte ermutigend.

Erin fuhr sich mit der Zungenspitze über die trockenen Lippen. »Ist das …«

»Nachtenergie«, vervollständigte Josephine. »Noch.«

»Wie bitte?«, fragte Bhaskar.

Josephine lächelte. »Sehen Sie nach oben.«

Erin hob ihren Blick. An der Decke über den Liegen waren mehrere runde Steinscheiben angebracht. Sie konnte es nicht genau erkennen, aber es schien, als wären ihre Oberflächen mit Symbolen in geometrischer Anordnung verziert.

Zwischen den Scheiben verliefen weitere goldene Drähte.

Erin ließ ihren Blick an ihnen entlangwandern und sah, dass sie alle zu der Säule aus Sandstein zurückführten. Säulen wie diese kannte sie gut. Sie hatte sie in unzähligen Fotografien von Ausgrabungsstätten im heutigen Irak gesehen. Diese hier schien kein authentisches Stück zu sein, sondern ein Nachbau, aber … Ja, als Erin näher trat, erkannte sie, dass sie über und über mit Keilschrift bedeckt war.

Ihre Mutter trat dicht an ihre Schulter. »Beeindruckend, nicht wahr?«, fragte sie. »Ich wollte bis zu deinem ersten Symposium warten, bevor ich dir das alles zeige, aber jetzt ist es so. Überraschung gelüftet. Erkennst du den Ursprung der Schrift?«

»Sumerisch?«, mutmaßte Erin.

»Nah dran«, sagte ihre Mutter. »Babylonisch.« Sie drehte sich zu Bhaskar um. »Sagt ihnen der Name Šamaš etwas?«

»Ich fürchte, nein«, antwortete er.

»Erin?«, forderte ihre Mutter sie auf.

Erin räusperte sich. »Šamaš war ein Sonnengott innerhalb des babylonischen Pantheons.«

Ihre Mutter nickte stolz. »So ist es.« Zu Bhaskar sagte sie: »Erin schreibt ihre Doktorarbeit in Altorientalistik und Vorderasiatischen Studien. Sobald sie ihren Abschluss hat, wird sie hier bei uns mitarbeiten.«

Erin schauderte, sie konnte nicht anders. Ja. Das war der Plan gewesen, nicht wahr? Ein praktischer, vernünftiger Plan.

Erin sah zurück zu der alten Frau, die mehr einem Gespenst als einem Menschen glich. Ein paar Fingerbreit unter ihrer Kehle lag etwas, das Erin zunächst für den Anhänger einer Kette hielt, es dann jedoch als Münze erkannte.

»Bewundernswert«, sagte Bhaskar. »Und was genau hat ein babylonischer Gott mit Ihrem Projekt zu tun?«

Erins Mutter lachte. »Keine Sorge, wir sind nicht unter die Kultisten gegangen. Ich nehme an, bei Šamaš handelt es sich um eine Gallionsfigur oder eine Metapher, wie in den meisten

Religionen. Oder er war ein Tagbote, was sicherlich vieles erklären würde. Ah.« Sie warf einen Blick auf einen nahen Monitor, auf dem eine Messlinie plötzlich Wellen schlug. Wieder lächelte sie. »Bevor ich weiter erkläre, wie wäre es mit einer Kostprobe? *Show don't tell*, Sie verstehen schon.«

Erin, die mittlerweile dicht an der Säule stand, spürte eine Art Puls, schwach nur, wie ein zögerlicher Trommelschlag. Unwillkürlich wich sie zurück. Dabei fiel ihr Blick wieder auf die bewusstlose Nachtbotin. Der Nachtnebel, der aus ihren Armen drang, schimmerte jetzt intensiver. Auch schien mehr Energie über die Drähte zu wandern: Waren es vorher nur dünne Rauchfäden gewesen, hüllten nun dichte, violette Schlieren das Gold ein. Der Nebel schlängelte sich an den Drähten entlang und verschwand in der Säule.

»Die Nacht weicht, der Tag bricht an«, intonierte Josephine, und die Härchen an Erins Nacken richteten sich auf.

Ein Summen vibrierte durch den Raum, dann ging ein Leuchten durch die eingemeißelte Keilschrift. Das Licht wanderte nach oben und wandelte sich im Verlauf von Violett zu einem satten, fast bernsteinfarbenen Gold. Dieses Licht verteilte sich auf die anderen Drähte, die sich wie dürre Äste vom Kopfende der Säule zu den Steinplatten in der Decke ausstreckten. Kaum berührte sie der goldene Schimmer, da gleißten auch schon die Symbole in den Steinkreisen auf, bis diese wie flache Sonnen strahlten.

Erin stand wie angewurzelt da, doch Bhaskar trat näher an die Säule heran. Sein Blick klebte an dem sonnig-warmen Licht, das sich nun an der Decke sammelte.

»Unmöglich«, murmelte er.

Erins Mutter verschränkte zufrieden ihre Arme. »Nein«, sagte sie. »Nur kompliziert.«

Bhaskar wandte sich ihr zu. »Ist es das, wonach es aussieht?«, fragte er. »Sie verwandeln Nacht- in Tagenergie?«

»Der Fachbegriff ist Transmutation«, berichtigte Josephine. »Aber ja, genau das tun wir.«

»Wie?«

»Das kann Ihnen gerne Dr. Wilson erklären, aber fürs Erste: Wir haben eine Methode entwickelt, die moderne Biochemie mit alchemistischen Präparationsverfahren und babylonischen Bannschriften verbindet.«

Während sie sprach, verblasste das Licht an der Decke, bis nur noch ein Glimmen wie von verglühenden Kohlen zurückblieb. Die Messlinie auf dem Monitor war wieder abgeflacht, und für den Moment floss keinerlei Nachtenergie aus den Venen der alten Frau.

Die Nachtbotin selbst lag weiter reglos da. Nur ihre Finger zitterten. Erins eigene Hände verkrampften sich, als sie das bemerkte.

»Verstehen Sie es jetzt?«, fragte Erins Mutter. »Warum dieses Projekt so wichtig ist? Unsere bisherigen Methoden haben den Vorstoß des Chaos in unsere Welt nur kurzfristig eingedämmt. Wir haben situationsbedingt reagiert, sind tätig geworden, sobald Nachtboten auffällig wurden oder ein Träger anfing, Schaden anzurichten. Aber damit waren wir lediglich in einem Zyklus gefangen. Unser Projekt hat das Potenzial, das Karussell anzuhalten. Wir säubern Nachtboten nicht nur von der Essenz, die sie korrumpiert, wir ersetzen Chaos durch eine Kraft, die heilt, die Ordnung stiftet. Auf lange Sicht gewinnen wir damit nicht nur den Kampf gegen das Chaos. Wir verändern die Welt.«

Zum Besseren. Sie sprach es nicht aus, aber was sie meinte, war eindeutig. Als Erins Mutter ihr das erste Mal von ihrem Passionsprojekt erzählt hatte, hatte sie fast genau dieselben Worte verwendet wie jetzt bei Bhaskar. Sie wollte allen Menschen helfen. Den Zivilisten, die nicht ahnten, welche Gefahren ihnen durch unverantwortliche Nachtboten und Chaoswellen drohten. Den Tagboten, die ihr eigenes Leben aufs Spiel setzten, um die Welt zu beschützen.

Das Projekt sollte sogar das Leben von Nachtboten verbessern. Denn was wäre die Alternative? Dass sie vom Chaos in ihrem Innern überwältigt wurden? Dass Agenten wie Bhaskar Jagd auf sie machten? Durch Project Daylight hatten sie zumindest die Chance auf ein friedliches Leben.

Erin hatte verstanden, warum ihre Mutter tat, was sie tat. Project Daylight und der Gedanke dahinter waren ihr logisch erschienen.

Jetzt konnte sie den Blick nicht von der Hand der alten Frau abwenden.

»Wie lange ist sie schon hier?«, fragte Erin. Weitere Fragen drängten sich auf ihre Zunge. *Wie heißt sie? Wer war sie, bevor sie hierher kam?*

Josephine hob überrascht die Brauen. »Oh, sie? Noch nicht so lange. Zwei Wochen, glaube ich.«

Erin dachte an Luke. An die Angst auf seinem Gesicht, als James' sagte, der Erste Tag wäre hinter ihm und Erin her.

Für sie sind wir die Monster. Bei dem Gedanken kam ihr die Galle hoch.

Irgendwo in ihrer Nähe zischte eine Infusionspumpe. Ein Schauder schüttelte die Nachtbotin, dann kroch frischer Nachtnebel aus ihren Armen hinauf in die Drähte.

»Faszinierend«, bemerkte Bhaskar. »Fließt die Energie endlos weiter?«

»Nein, nein«, antwortete Erins Mutter. »Früher oder später brennen sie aus.«

Bei ihrer Wortwahl zuckte Erin zusammen. Ausbrennen.

Das hast du mir anders erklärt.

In der Vergangenheit hatte Erin durchaus gefragt, was mit den Nachtboten im Project Daylight passierte.

Das werden wir sehen, hatte ihre Mutter damals geantwortet.

Bisher hat noch kein Nachtbote die Prozedur vollständig durchlaufen. Aber wir hoffen, es irgendwann so hinzubekommen, dass wir die reingewaschenen Teilnehmer wieder entlassen können. Unter Aufsicht, natürlich, aber wenn alles gut geht, könnten sie im Anschluss ein ganz normales Leben führen.

Gehörte dieses Ziel immer noch zum Projekt?

»Was passiert mit der Tagenergie, die Sie so gewinnen?«, wollte Bhaskar wissen. »Wie wird sie genutzt?«

Diese Frage schien Erins Mutter nicht zu gefallen. Ein Muskel an ihrem Kiefer zuckte, bevor sie antwortete: »Daran arbeiten wir noch«, sagte sie. »Das ist die nächste Herausforderung. Momentan können wir die Energie nur aufbewahren, aber wir hoffen, dass wir mit der Zeit eine Methode entwickeln können, um die Energie, nun, weiterzureichen.«

»An wen?«, hakte Bhaskar nach.

»Vielleicht an Tagboten wie Sie«, antwortete Josephine mit einem fast schelmischen Lächeln. »Unser Endziel ist allerdings noch ambitionierter. Wir sind kurz davor, einen Ordnungsträger zu erschaffen.«

Fassungslos fuhr Erin zu ihr herum. »Was?«

»Überraschung Nummer zwei«, sagte ihre Mutter, immer noch gut gelaunt.

Bhaskar jedoch schien zum ersten Mal zu stutzen. »Wovon reden Sie?«

Josephine stemmte eine Hand an die Hüfte. »Nun, Sie wissen bestimmt, dass sich ein Teil unserer internen Forschung mit der Frage beschäftigt, warum es Chaosträger gibt und wie sie entstehen. Genauso wichtig ist jedoch die Frage: Warum gibt es keine Ordnungsträger?«

»Weil nur Chaoskraft dazu ausgelegt ist, unsere Welt zu überfluten?«, vermutete Bhaskar. »Die Kraft der Ordnung benötigt keinen Träger, weil sie immer in geregelten Bahnen auf die Welt Einfluss nimmt.«

»Sind wir uns da wirklich sicher?«, konterte Josephine. »Oder gab es irgendwann einen Vorfall, eine bedauerliche Entwicklung, die dafür sorgte, dass keine Ordnungsträger mehr auf die Welt kamen?«

Erin starrte sie an. Mit jedem Wort, das sie hörte, wurde ihr kälter. Sie hatte gedacht, sie wüsste über die Arbeit ihrer Mutter Bescheid. Aber die Ziele, von denen sie jetzt so unverblümt erzählte, trafen sie wie Geschosse aus dem Hinterhalt.

»Natürlich würde die Präsenz eines Ordnungsträgers eine völlig andere Wirkung haben«, fuhr Josephine fort. »Er würde keine Woge der Zerstörung ausschicken, sondern einen Reichtum an allem, was wir mit der Ordnung verbinden. Klarheit. Harmonie. Vielleicht sogar Heilung.«

Woher weißt du das?, dachte Erin und befürchtete, dass ihre Mutter es nicht wusste. Sie glaubte es.

»Natürlich testen wir all unsere Theorien durch praktische Experimente in einem abgeschirmten Raum«, versicherte Josephine. »Aber Sie sehen das Potenzial, nicht wahr?«

Bhaskar beäugte sie jedoch skeptisch, wenn nicht sogar argwöhnisch. »Und wie genau wollen Sie das bewerkstelligen? Einen Ordnungsträger ›erschaffen‹, wie Sie es nennen?«

Josephine neigte nachsichtig den Kopf in seine Richtung. »Keine Sorge«, sagte sie. »Der Vertrag, den Ihresgleichen mit dem Orden abgeschlossen hat, bleibt bestehen. Wir experimentieren nicht an Tagboten. Es würde auch nichts bringen, denn wir haben leider immer noch nicht herausgefunden, welche Bedingungen ein Körper erfüllen muss, um die Funktion eines Trägers zu übernehmen. Die Nachtboten und Chaosträger, die wir in der Vergangenheit untersucht haben, wiesen keinerlei Anomalien in ihrer Anatomie auf. Oder zumindest keine, in der wir einen gemeinsamen Nenner erkennen konnten.«

»Mum«, hakte Erin mit brüchiger Stimme ein, aber Josephine sprach unbeirrt weiter.

»Nein, unser Weg ist pragmatisch. Wir wissen, dass nachtgeborene Träger das Potenzial haben, Urkraft zu kanalisieren.« Wieder lächelte sie. »Wir müssen nur dafür sorgen, dass sie an eine andere Quelle angeschlossen werden.«

»Unmöglich«, wiederholte Bhaskar. »Nachtboten haben keinen Zugriff auf die Quelle der Ordnung.«

Josephine *zwinkerte*. »Was wäre, wenn wir einen Chaosträger erst von Nachtenergie reinigen und ihn dann mit Infusionen von Tagenergie ausfüllen?«

»Das …«

»… funktioniert besser, als Sie denken«, unterbrach Josephine. »Nach unserem derzeitigen Wissensstand sollte es durchaus möglich sein, einen Nachtboten umzupolen. Das Einzige, was wir brauchen, um die nächste Phase unseres Projekts einzuläuten, ist ein Träger, der vital genug ist, um die Prozedur durchzustehen. Tja, oder in unserem Fall, eine Trägerin.« Sie legte Bhaskar eine Hand auf die Schulter. »Stellen Sie sich das vor. Wenn wir Erfolg haben, können wir jeden Chaosträger von einem Werkzeug der Zerstörung in einen Hüter der Beständigkeit verwandeln. Wir könnten dafür sorgen, dass die Ordnung in unserer Welt endgültig die Oberhand gewinnt.«

Erin wandte sich ab, sie konnte nicht anders. Deshalb wollte ihre Mutter, dass man ihr Nyx lebendig brachte. Sie wollte die Trägerin nicht aufhalten. Sie wollte sie benutzen. Josephine schien ihr Entsetzen nicht zu bemerken. Stattdessen rief sie munter aus: »Ah, unser Neuzugang.«

Erschrocken sah Erin sich um, bis sie die beiden Männer bemerkte, die eine Liege durch den Raum schoben.

Ihr Atem stockte. Auf dem blauen Polster der Liege lag James. Er war bewusstlos und trug die gleichen weißen Klinikkleider wie die anderen Nachtboten im Labor.

Erin machte automatisch einen Schritt in seine Richtung, bevor sie sich wieder unter Kontrolle hatte.

Das ist falsch, klagte eine Stimme in ihr. *Was hier passiert, ist falsch!*

Wieder erinnerte sich Erin daran, wie sie nur eine Handbreit entfernt neben ihm gelegen und sein Gesicht in dem mattsilbernen Grau betrachtet hatte, das nicht ganz Licht und nicht ganz Dunkelheit gewesen war.

Owl Leet. Eulenlicht.

Am Ende des Saals öffnete sich eine Schiebetür aus Milchglas und gab den Blick frei auf eine weitere, mit Drähten behangene Säule. Die beiden Männer schoben James darauf zu.

»Es wird interessant zu sehen, wie viel Tagenergie wir aus ihm gewinnen können«, sagte Erins Mutter. »Und wenn wir erst die Chaosträgerin haben … Wer weiß, vielleicht können wir dann tatsächlich eine neue Ära einläuten.«

34

NYX

Eine Woche später
An der Rückseite von Birdies Cottage gab es einen kleinen Anbau, der als Schwelle zum Garten und als Abstellort für schmutzige Stiefel herhielt. Nach ihrer Ankunft hatten Birdie und Nyx den Schlammraum leer geräumt. Anstelle von Schuhregalen, Wischmop und Garderobe lehnten nun drei große Leinwände an der Wand. Daneben standen Dosen mit Acrylfarbe.

Nyx stand mit dem Rücken zum Fenster und starrte auf die unbenutzten Utensilien. Die Arme hatte sie vor der Brust verschränkt. Sie hielt sich an ihren Ellbogen fest, als ob sie ihre Hände davon abhalten wollte, sich selbständig zu machen. Nicht, dass dafür ein Risiko bestand. Sie hatte nicht das leiseste Bedürfnis, die Pinsel anzufassen, die neben den Farbdosen lagen.

Es war schon komisch, aber wenn sie malte, nahm sie immer nur die Träume anderer als Motiv. Nie ihre eigenen.

Die Tatsache war ihr das erste Mal bei einem Spaziergang vor ein paar Tagen bewusst geworden. Zusammen mit Birdie war sie einem Pfad oberhalb der Klippen gefolgt, und irgendwann unterhielten sie sich über Nyx' Talente. Als Birdie fragte, wie die Bilder von Nyx' Träumen aussehen, hatte Nyx geantwortet, dass es solche Bilder nicht gab.

Mit einem Stirnrunzeln betrachtete Nyx die leeren Leinwände und ließ ihr Gespräch mit Birdie Revue passieren.

»Warum nicht?«, fragte Birdie. »Dir geht beim Schlafen doch bestimmt auch genug durch den Kopf, was du kreativ verarbeiten könntest?«

Nyx zuckte mit den Schultern. »Ich weiß nicht. Es kam mir nie in den Sinn. Aber …« Sie brach ab, während sich ein paar Puzzleteilchen zusammenfügten. Es war kein angenehmes Gefühl. »Nachdem Leon starb, hatte ich viele Albträume«, gestand sie schließlich. »Ich kann meine eigenen Träume nicht verändern, also habe ich alles dafür getan, um sie zu unterdrücken. Um nicht über sie nachzudenken. Nach einer Weile hörten die Träume auf. Oder zumindest konnte ich mich nach dem Aufwachen nicht mehr an sie erinnern. Sie aufzumalen … hätte sie wieder an die Oberfläche gezerrt.«

Das war das Letzte, was sie gewollt hatte. Wäre es nach ihr gegangen, hätte sie ihre Träume abgeschnitten und zurückgelassen. Genauso wie ihre Vergangenheit in Wildridge Hall.

Nur, dass dieser Cut nicht wirklich funktioniert hatte.

Birdie schwieg. Sie wussten wohl beide, dass Nyx mit ihrer Verdrängungstaktik nicht mehr durchkommen würde, wenn sie den Tumult in ihrem Innern auflösen wollte.

Sie erkannte natürlich, woher ihre Blockade kam. Was der Stein war, der das Chaos in ihr zum Anschwellen brachte. Vielleicht ahnte sie es schon, als die Sternengestalt das erste Mal auf sie zugegangen war.

Leon war ihr Stein. Oder vielmehr, Leons Tod und ihr Anteil daran.

Allerdings verstand sie immer noch nicht, was genau passierte, wenn sie Leons Geist, sein Echo, sein Was-auch-immer sah. Wenn sie ihn spürte.

»Bilde ich ihn mir ein?«, fragte Nyx. »Oder ist das Ding, ich weiß nicht, eine Manifestation meiner Ängste? Meiner Albträume?«

Birdie drehte einen Grashalm zwischen den Fingern, den sie

im Gehen gepflückt hatte. »Ich bin mir nicht sicher«, antwortete sie. »Vielleicht könnte ich es dir beantworten, wenn du hier eine Erscheinung hättest. Wenn ich dabei wäre.«

»Seit London habe ich ihn nicht mehr gesehen«, sagte Nyx. Das Mantra, dass sie sich nach ihrer Flucht aus Wildridge aufsagte, funktionierte. Sie hatte ihre Fähigkeiten seit einer Woche nicht mehr angewandt. Derart enthaltsam zu sein, fühlte sich ungewohnt an. Zur Hölle, es fühlte sich beschissen an. Als wären sämtliche Muskeln in ihrem Körper dauerverkrampft. Und doch unterband Nyx ihre Verbindung zur Nacht mit einer Entschlossenheit, die sie so noch nicht gekannt hatte. Sie würde an ihrer Kontrolle festhalten, so lange, wie sie konnte. Sie würde sich von dem Vortex, der an ihrer Substanz zerrte, nicht in die Knie zwingen lassen.

Zugegeben, diese intensive Selbstüberwachung arbeitete direkt gegen Birdies Versuche, Nyx zum Entspannen zu bringen. Aber sie wusste nicht, wie sie sonst ihren Kopf über Wasser halten sollte.

»Meine Nan hatte eine Theorie«, sagte Birdie. »Sie ging davon aus, dass alles, was wir um uns herum wahrnehmen, aus Energie besteht. Sonnenlicht, Klänge, Gräser, Tiere, jeder einzelne Mensch. Wenn du's naturwissenschaftlich betrachten willst, denk an Moleküle und Atome. Oder denk an Reiki, an Konzepte von spiritueller oder geistiger Lebensenergie. Denk an beides, wenn du willst, das eine schließt das andere nicht aus.«

»Okay«, sagte Nyx.

»Sagt dir der Begriff ›Energieerhaltungssatz‹ was?«

»Nein.«

»Im Grunde beschreibt er ein physikalisches Gesetz«, erklärte Birdie. »Es besagt, dass Energie nicht verschwindet. Sie nimmt nur unterschiedliche Formen an.«

»Was hat das mit meiner Heimsuchung zu tun?«, fragte Nyx.

»Wenn wir Energie sind, was passiert, wenn wir sterben?«, fragte Birdie. »Unser Körper zerfällt, aber was wird aus der Energie, die uns ausmacht? Die uns antreibt? Nan war der Überzeugung, dass dieser Teil von uns weiterexistiert. Nur eben in anderer Form. Oder in anderer Frequenz, wenn du so willst.«

»Du sprichst von der Seele«, sagte Nyx.

Birdies Mundwinkel zuckte. »Das wird dir wieder zu New Agey, oder?«, neckte sie sie. »Es ist nur eine Theorie.«

Nyx war sich nicht sicher, was sie von dieser ›Theorie‹ halten sollte. Die Möglichkeit, dass ihr Verstand bereits porös genug war, dass sie sich die Sternengestalt einbildete, war beängstigend. Aber die Vorstellung, dass Leon in dieser Sphäre überdauerte, nur um sie zu verfolgen, war niederschmetternd. Wie wütend musste er gewesen sein, dass sich das, was von ihm übrig geblieben war, so an sie heftete?

»Ich muss rausfinden, warum er hier ist, oder?«, fragte Nyx mit einem sinkenden Gefühl im Magen. »Oder zumindest, warum ich denke, dass er mich verfolgt?«

»Gut möglich«, antwortete Birdie.

»Ich will das nicht.«

»Kann ich gut verstehen.«

Eine Weile gingen sie schweigend nebeneinanderher, während der Seewind durch das Gras um sie herum kämmte.

»Irgendwelche Ideen, Meister Yoda?«, fragte Nyx schließlich.

Birdie gab ein schnaubendes Lachen von sich. »Jede Menge.«

»Aber?«

Birdie drehte das Gesicht in den Wind. »Ich habe einen ganzen Koffer voller Hilfsmittel, die gut für dich sein könnten«, sagte sie. »Also, einen metaphorischen Koffer. Ich kann dir Kerzen gießen, die dich beruhigen, die deine Erinnerungen aufschließen oder unterdrückte Gefühle an die Oberfläche locken. Es gibt Kräutermischungen, die ich dir ins Bad oder in ein Öl für deine Schläfen mischen kann. Oder ich packe sie dir in einen Joint.«

Nyx hob die Brauen. »Im Ernst?«

Birdie grinste. »Klar. Das wäre zwar nicht die Verabreichungsform, die meine Nan gewählt hätte, aber in Gorenjska gibt es ein paar Wald- und Wiesenhexen, die verdammt gute Mischungen zum Rauchen herstellen.«

»Warum denke ich jetzt an eine Kommune aus Althippies, die bei Vollmond *Yellow Submarine* trällern?«

»So weit liegst du gar nicht daneben«, gestand Birdie. »Was ich damit sagen will: Ich kenne eine Menge Methoden, die dich dabei unterstützen könnten, deine innere Balance wiederzufinden. Was du brauchst, ist die goldene Mitte zwischen *go with the flow* und Kontrolle über deine Midi-Chlorianer.«

»Oh, bitte nicht«, stöhnte Nyx.

Birdie lachte. »Schon begriffen, dann eben die goldene Mitte zwischen Instinkt und Absicht. Aber was genau dir dabei hilft, das müssen wir erst herausfinden.«

Nyx dachte darüber nach.

Birdie gab ihr ein paar Minuten, dann fragte sie: »Ist dir das alles zu ungewiss?«

Nyx schob sich die Haare aus dem Gesicht. »Um ganz ehrlich zu sein, ich glaube, wir haben alle immer nur auf gut Glück herumexperimentiert. Auch Diane, selbst wenn sie das nie zugeben würde.« Sie warf Birdie einen Seitenblick zu. »Ein magischer Kräutertrip klingt auch nicht abwegiger als antike Artefakte, die dir, wenn's gut läuft, die Chaospartikel aus den Poren ziehen.«

»Ha«, machte Birdie. »So gesehen hast du natürlich recht.« Nachdenklich sah sie in die Ferne. Vielleicht sollte ihr Zögern Nyx nervöser machen. Aber Birdies Offenheit, ihr Eingeständnis, dass auch sie nicht alle Antworten hatte, beruhigte sie eher.

»Wenn ich dir Leinwände und Farbe besorge«, fragte Birdie schließlich, »möchtest du dann das, was dich umtreibt, malen?«

Bei dem Vorschlag sträubte sich alles in Nyx, doch ihr fiel auch kein Grund ein, warum sie die Idee von vornherein ablehnen sollte. »Ich kann's versuchen.«

Birdie grinste, und plötzlich wusste Nyx ganz genau, was sie als Nächstes sagen würde.

»Tue es oder tue es nicht. Es gibt kein Versuchen.«

Die Erinnerung an den Spaziergang ließ Nyx schmunzeln. Birdie machte diese ganze Sackgasse von einer Situation wenigstens ansatzweise erträglich.

Mit verkniffenen Augen starrte Nyx auf die Leinwände, als könnte sie dadurch ihren Kopf zwingen, die Hemmung zu durchbrechen, die sie davon abhielt, einen der Pinsel zu nehmen. Sie hätte Birdie wirklich gerne den Gefallen getan und ihren Vorschlag ausprobiert. Doch ein Teil von ihr ahnte, dass die Idee nur zu gut funktionieren würde. Dass Malen eine Tür aufstoßen würde, die Nyx nicht öffnen wollte.

Eine Tür mit drei Monden, ergänzte ihre innere Stimme wenig hilfreich.

Allein der Gedanke an diese spezielle Tür zur Nacht ließ Nyx' Herz schneller schlagen. Obwohl sie es nicht wollte, dachte sie daran, wie sie und Leon die Tür im Glaszimmer gestrichen hatten. Sie hatte den Geruch der Farbe in der Nase, ölig und mandelbitter. Sie erinnerte sich an die Farbkleckse auf ihren Händen, daran, wie unbeschwert sie gewesen waren. Wie arglos.

Gegen ihren Willen glitt Nyx' Blick zu der Tür, die in den Garten hinausführte. Sie könnte sie anmalen. Im Geist sah sie, wie sie das Holz mit einem breiten Pinsel bestrich, wie sie ein dunkles Blau auftrug, kreisförmig, wirbelnd, auf der Oberfläche der Tür und über den Rahmen hinaus bis auf die Wand.

Nyx fröstelte und verließ den Raum.

35

NYX

Ihr Puls hämmerte immer noch, aber zum Glück bauschte sich ihre Furcht dieses Mal nicht allzu heftig auf. Mittlerweile saß Nyx auf der Stufe vor der Haustür des Cottage und ging ihre Atemübungen durch. Sie hätte Birdie suchen können, wollte sie jedoch nicht ständig behelligen. Außerdem hatte Birdie ihr bereits ein paar Maßnahmen gezeigt, mit denen sie ihrer aufsteigenden Panik entgegenwirken konnte. Da war die Atemtechnik, die Nyx bereits kannte: einatmen und bis vier zählen. Atem anhalten, bis sechs zählen. Ausatmen. Bis acht zählen.

Momentan versuchte sich Nyx an einer Übung, bei der sie sich nacheinander Dinge bewusst machte, die sie sah, hörte, spürte, roch und schmeckte. Es war Abend, und der Vorgarten duftete nach Holunder. Nyx' Spucke schmeckte sauer und schal, was kein angenehmer Geschmack war, aber immerhin durchbrach der Fokus auf ihre Sinne die drückende Gedankenwand in ihrem Kopf.

All das erdete sie. Trotzdem konnte sie so nicht ewig weitermachen. Sie musste ihren inneren Aufruhr in den Griff bekommen. Zu viel stand auf dem Spiel, zu viele Menschen, zu viele Leben. Ob sie Angst hatte, sollte keine Rolle spielen.

Unwillkürlich dachte sie an Diane und das Credo, das sie ihnen vorgebetet hatte. *Ihr habt die Verantwortung für eure Talente, eure Fähigkeiten. Ob ihr anderen damit helft oder schadet, liegt allein bei euch.*

Wieder holperte ihr Herzschlag, aber noch bevor Nyx sich

wieder auf ihre Übungen besinnen konnte, tauchte Nimbus neben ihr auf. Er rieb seinen Kopf an ihrem Bein, und für ein paar Minuten saß sie einfach nur da und kraulte den Nacken des Katers.

Als sie sich wieder beruhigt hatte, kehrte sie in das Cottage zurück, nahm eine Decke von der Couch und ging weiter in die Küche.

Kurze Zeit später betrat Nyx mit der Decke und einer Tasse dampfendem Tee den Garten auf der Westseite des Hauses. Die Sonne versank hinter dem Horizont, und die Temperatur war ordentlich abgekühlt. Die Aussicht blieb dennoch spektakulär. Langgezogene Wolken leuchteten in sattem Orange, und unten in der Bucht schimmerte das Meer wie Goldfolie.

Birdie saß auf einer Bank an der Hauswand. Sie blickte zum Himmel, vielleicht um die Wolken oder die Farbabstufungen des Sonnenuntergangs zu lesen. Wenn sie in der Küche werkelte, erzählte sie gerne, aber wenn sie die für Nyx verborgene Wettersprache entzifferte, vergaß sie alles um sich herum.

Nyx bewegte sich so langsam und leise wie möglich. Birdie bemerkte sie trotzdem.

»Hey«, sagte sie mit einer Stimme, die ein wenig eingerostet klang.

»Hey«, antwortete Nyx. »Was machen die Vorzeichen?«

»Lassen sich heute Abend nicht blicken.«

»Ist das gut?«

»Für den Moment, ja.«

Hundertprozentig glücklich schien Birdie mit dem Ergebnis nicht zu sein. Nyx spürte einen Hauch von Verunsicherung, gab sich jedoch damit zufrieden, dass Birdie keine Omen sah, die den unmittelbaren Weltuntergang prophezeiten.

Vielleicht reichte ihre Selbstbeherrschung tatsächlich aus,

um die Chaosflut einzudämmen. Vorübergehend einzudämmen. Immerhin.

Birdie klopfte auf die Bank neben sich. »Willst du dich setzen?«

Nyx war in Versuchung, schüttelte jedoch den Kopf. Sie mochte Birdie. Mochte sie sogar sehr, wenn sie ehrlich war. Aber sich so zu öffnen, wie sie es in den letzten Tagen getan hatte, fiel ihr schwer. Sie machte sich verletzlich, und das Gefühl konnte sie überwältigen, das wusste sie aus Erfahrung. Sie brauchte einen Rückzugsort, einen Moment, um sich mit den Gedanken auseinanderzusetzen, die sie noch nicht offenlegen wollte.

»Ich wollte nur Bescheid sagen, dass ich noch einen Spaziergang mache.«

Birdie musterte sie aufmerksam. »Soll ich mitkommen?«

»Brauchst du nicht, danke. Ich komme klar.« Bevor Birdie nachhaken konnte, legte Nyx die Decke auf der Bank ab und reichte ihr die Tasse. »Falls du noch eine Weile draußen bleiben möchtest.«

Birdie hob überrascht die Brauen, fing sich aber schnell. »Danke«, sagte sie. »Du hast nicht zufällig …«

Wortlos zog Nyx einen Schokoriegel aus der Tasche. Sie kannte niemanden, der so versessen auf Süßes war wie Birdie.

Deren Augen funkelten verschmitzt, als sie den Riegel entgegennahm. »Oh, dich kann man gebrauchen«, sagte sie. »Du kannst bleiben.«

Mit einem trockenen Lächeln tippte Nyx sich zum Salut an die Stirn, dann ging sie in Richtung Klippen davon.

Nyx folgte einem Pfad, der vom Haus hinunter in die Bucht führte. Als sie unten ankam, leuchtete nur noch ein roter Streifen Sonnenlicht am Horizont. Darüber spannte sich der

Abendhimmel, ein Aquarell aus warmem Orange, zartem Rosa und einem fließenden Verlauf von Blau zu Schwarz.

Der Strand krümmte sich wie eine Mondsichel. Auch hier folgte eine Schicht auf die nächste: zuerst Kieselsteine, dann Sand, dann ein Band aus Muscheln und angeschwemmten Algen. Dort, wo die Brandung über den Sand strich, kräuselte sich Meerschaum wie feine Spitze.

Das Flüstern der Wellen erfüllte Nyx mit Wehmut. Bisher hatte das Geräusch sie immer beruhigt. Würde sie dieses Gefühl wiederfinden? Oder würde das Murmeln des Wassers und das Knistern der Sandkörner sie nur noch an den Vortex erinnern?

Nyx vergrub die Hände in den Taschen ihrer Strickjacke und betrachtete den Himmel. Die Nacht senkte sich herab wie ein Vorhang, schwer und samtschwarz.

Sie war immer noch schön. Trotz allem. Nyx schluckte, dann schlüpfte sie aus ihren Schuhen und stellte sich barfuß auf den Strand.

Die Barriere, die sie davon abhielt, ihren eigenen Albträumen Farbe und Form zu verleihen, war zu hoch. Sie wusste, wie schnell sie beim Malen die Kontrolle über ihr Bewusstsein verlor. Aber vielleicht konnte sie mit etwas anfangen, das weniger einschüchternd war. Sie konnte sich erinnern. Das sollte ungefährlich genug sein.

Nyx trat näher an die Wasserlinie und hatte das Gefühl, als würde sie auf die hereinbrechende Nacht zugehen.

Du kannst das, sagte sie sich. *Du musst*.

Sie konzentrierte sich auf den kalten, feuchten Sand unter ihren Fußsohlen und hoffte, dass die Berührung sie im Hier und Jetzt verankern würde.

Wie hatte eine ihrer Lieblingsautorinnen einmal geschrieben? *Ich fließe und bleibe dennoch verwurzelt*. Oder so ähnlich.

Nyx atmete aus, dann rief sie sich die letzten Stunden, die sie mit Leon verbracht hatte, ins Gedächtnis.

Es war ein Abend wie jeder andere gewesen. Keine Krise, keine Vorzeichen. Sogar Leon hatte sich gut gelaunt und ausgeglichen gegeben, und das, obwohl er seit dem Überfall der Söhne der Schöpfung vor Frust nahezu vibriert hatte.

Hatte sie etwas übersehen? Das hatte sich Nyx im Nachhinein oft gefragt. Hatte es eine Warnung gegeben, einen Hinweis? Oder hatten sie ihr Schicksal einmal zu oft herausgefordert?

Nyx grub die Zehen in den feuchten Sand. Sie …

… wanderte durch die Sphäre der Wahren Nacht. James ging neben ihr, die Hände in den Hosentaschen vergraben und ein entspanntes Lächeln auf dem Gesicht. Seinen Gips war er vor einer Woche losgeworden. Leon marschierte voraus und sprang über die Milchstraße, die durch den Himmelsboden mäanderte. Wenn seine bloßen Füße aufkamen, stoben helle Funken nach allen Seiten wie Sternschnuppen.

Nyx schmunzelte. Sie hatten die Tür, die zurück ins Glaszimmer führte, weit hinter sich gelassen. Vor dem Überfall hatten sie immer darauf geachtet, sie nicht aus den Augen zu verlieren. Aber nach allem, was passiert war, gaben sie ihre Vorsicht auf. Warum sollten sie sich beschränken, wenn sie trotzdem gejagt wurden?

Also erkundeten sie die Sphäre, in der …

… sie sich sicher fühlten. In der ihnen nie etwas Böses widerfahren war. Die Landschaft der Nacht war ihnen vertraut. Da war das Firmament, das sich flach wie ein Wattenmeer hinter der Schwelle ausbreitete. Diese Gestade erschienen Nyx genauso endlos wie die Dunkelheit, die sich über ihnen wölbte. Bei jener letzten Erkundung waren sie jedoch weiter vorgedrungen, als je zuvor, und sie fanden sich am Rand eines Waldes wieder. Zu sehen …

… dass sich dieser Ort ändern konnte, war ein Schock. Nyx stand noch am Rand des Waldes, während Leon bereits zwischen die Bäume trat.

»Leon, sei vorsichtig!«, rief James, aber wann hatte eine solche Warnung je funktioniert?

»Es ist nicht gefährlich«, kam prompt Leons Antwort. »Wow, schaut euch das an!«

Nyx und James wechselten einen Blick und betraten den Wald.

Ein Wald … war das wirklich die richtige Beschreibung? Die schlanken Pfeiler und verästelten Kronen ähnelten Bäumen, aber je genauer Nyx hinsah, umso unsicherer wurde sie. Vielleicht war ›Baum‹ einfach der Begriff, den ihr Verstand als Erstes an diese Form geheftet hatte.

Sie umrundete einen glitzernden Stamm, sah daran hinauf und hinunter. Was in der regulären Welt ein Stamm aus Rinde und Holz gewesen wäre, war hier ein Bündel aus Fasern, die aus Sternenstaub zu bestehen schienen. Nein, nicht Fasern. Nyx lehnte sich näher heran. Die leuchtenden Bahnen erinnerten sie an Adern, und die winzigen Lichter, die sie transportierten, bewegten sich. Fasziniert sah sie zu, wie der glitzernde Staub pulsierte, auseinanderstob, sich zu einem Strang verdichtete und nach oben strebte. Es sah aus, als würden sich die Adern, die die Säulen bildeten, ständig auflösen und wieder neu formen. Ihr Blick wanderte nach oben. Der Baldachin aus funkelnden Verästelungen war genauso im Fluss wie alles andere hier.

Es war wunderschön. Nyx spürte eine Freude, die von ihrem Bauch nach oben stieg wie der Sternenstaub zu den flackernden Baumkronen. Instinktiv wusste sie, dass nichts in der regulären Welt an dieses Spektakel herankommen konnte. Nichts würde sich für sie je so wundervoll anfühlen. Sie begriff noch nicht einmal genau, was sie vor sich sah, aber hier zu stehen fühlte sich plötzlich zutiefst richtig an. Als wäre sie kurz davor, eine Verbindung zu genau dem Platz im Kosmos zu finden, an den sie gehörte. Nyx streckte die Hand nach den Sternenadern aus. Eine Sehnsucht, für die ihr die Worte fehlten, ließ ihr Herz schneller schlagen.

Das Rascheln erklang, kurz bevor ihre Fingerspitzen das wandernde Licht berührten. Sie zuckte zusammen und erstarrte. Das

Geräusch erklang erneut, kurz nur, aber es sorgte dennoch dafür, dass sich …

… die Härchen auf ihrem Nacken aufrichteten. Nyx hörte das Rauschen der Wellen, und ihr Murmeln vermischte sich …

… mit dem Knistern der fließenden Bäume. Sie sah nach oben, dorthin, wo die Äste vor der Dunkelheit auseinanderdrifteten. Keine Äste, dachte sie. Die verzweigten, mäandernden Lichtbahnen sahen eher aus wie Rinnsale. Wie Flüsse, die über das Feld der Nacht rannen. Eins war jedoch seltsam. Die Bahnen aus Sternensand flossen in alle Himmelsrichtungen. In ihrer Mitte klaffte jedoch ein Fleck aus vollkommener Finsternis.

Sie runzelte die Stirn. Je länger sie zu dieser Leere hinaufstarrte, umso mulmiger wurde ihr. Da war etwas … etwas, das sie weder hören noch sehen, wohl aber spüren konnte. Die Dunkelheit über ihrem Kopf pulsierte, sie …

… atmete. Wasser spülte über Nyx' Zehen, und …

… kalte Angst schloss sich wie eine Faust um ihr Herz. Gedämpft hörte sie James, der immer eindringlicher auf Leon einredete. Dennoch konnte sie den Blick nicht abwenden. Licht strömte nach oben, strömte am Rand der Leere entlang in …

… kreisenden Bewegungen. Wellen umspülten ihre Knöchel, Sand glitt unter ihren Füßen davon. Sie begriff …

… dass sie zu einem Abgrund hinaufstarrte. Plötzlich erschien es ihr unmöglich, dass sie auf dem Boden stehen blieb. Sie würde nach oben fallen, sie würde jeden Halt verlieren!

Die Lichtflüsse strömten nun über den Rand des Abgrunds, rauschten an seinen Wänden entlang wie Wasserfälle. Nyx spürte den Sog, spürte das Ziehen direkt unter ihren Rippen. Als sie die Hand hob, schien das Licht durch ihre Finger. Sie holte Luft, fühlte, wie leicht sie wurde, dann warf James' Schrei sie zurück auf den Boden.

NYX. Wie ein Flehen, wie ein …

… Stich durch ihr Herz. Etwas Schreckliches passierte. Sie wusste es, noch bevor sie hinsah, bevor ihr …

... Verstand aufholte. Kälte brandete durch sie hindurch, ein Puls aus Eis in ihrer Magengrube. Nyx, Nyx ...

»Nyx, oh Gott, hilf mir!«

Sie riss die Augen auf, noch halb verfangen in ihrer Erinnerung. Für einen schrecklichen Moment wusste sie nicht, wo sie war, dann rückte das Meer in den Fokus, und die Wellen *leuchteten.* Sternenlicht glitzerte direkt unter der Wasseroberfläche, gleißte flackernd über jeden Wellenkamm, der zum Strand rollte.

Ihr Atem stockte. Das Licht glitt auf sie zu wie ein Schwarm Fische, dann erhob sich etwas aus den Untiefen, erst die Schultern, dann der gebeugte Kopf.

Entsetzt wich Nyx zurück, doch ihre Füße steckten im Sand. Sie keuchte, stolperte, stürzte rücklings ins seichte Wasser.

Das Sternenwesen kroch auf sie zu, und Nyx wimmerte. Sie krabbelte rückwärts, aber bei jeder Bewegung brach der Sand unter ihr weg. Sie hatte es fast aus der Brandung herausgeschafft, da sah sie, was tatsächlich passierte: Der Strand wurde nicht nur von den Wellen weggespült, er löste sich auf. Sand zerbröckelte, sackte nach unten und stürzte in eine gähnende, schwarze Leere, die sich wie ein Riss quer über den Strand zog.

Die Nacht ... die Nacht war hier, und es gab keine Tür, die sie zurückhielt, keine Schranke. Nyx schrie und krabbelte weiter, schnitt sich die Hände am Muschelgranulat auf.

Breiter und breiter klaffte die Nacht zwischen ihr und dem Meer, bis die leuchtenden Wellen in den Abgrund strömten.

Das Sternenwesen stürzte mit ihnen hinab, nur um kurz darauf am anderen Rand der Leere aufzutauchen. Es zog sich nach oben, hangelte sich über den Strand und streckte die Hand nach Nyx' Zehen aus. Sie wusste, wenn es sie berührte, würde sie den Verstand verlieren.

Sie stieß ein verzweifeltes Ächzen aus und warf sich herum, doch ihr Körper war zu schwer, der Sog zu stark, sie würde ...

»Nyx!«

Birdie schrie ihren Namen, dann war sie bei ihr. Sie packte Nyx unter den Achseln und zog sie den Strand hinauf. Sie rannten, stolperten, bis sie vor den Klippen zusammenbrachen.

Birdie schloss beide Arme um sie und hielt sie fest. »Du bist hier, du bist okay. Es ist alles okay. Shit. *Nyx*.«

Rauschen dröhnte in ihren Ohren, und sie spürte James' Schreie, wieder und wieder, wie Wellen, unter denen ihr Magen sich verkrampfte.

Stopp, dachte Nyx verzweifelt. *Stopp stopp stopp*.

»Nyx«, wiederholte Birdie. »Nyx, es ist okay. Du bist in Sicherheit.«

Nyx klammerte sich an Birdie. Als sie sich umsah, war der Strand wieder unversehrt. Die Nacht war verschwunden, und das einzige Licht, das hier nicht hergehörte, war Birdies Taschenlampe, die in den seichten Wellen hin und her rollte.

36

JAMES

Die Welt kehrte in Bruchstücken zu ihm zurück. Zuerst hörte er Geräusche, dann sah er seine Umgebung verschwommen, wie durch verschmiertes Glas. Er wusste nicht, wie viel Zeit verging, ob er bewusstlos wurde oder nur schlief. Sein Kopf fühlte sich dumpf und schwer an. Der Rest seines Körpers taub.

Erinnerungsfetzen trieben an ihm vorbei wie Treibgut. Diane. Diane mit vor Ärger verzerrtem Gesicht, Diane auf dem Boden.

Dann nichts mehr.

»... lange noch?«

James runzelte die Stirn, oder zumindest fühlte es sich so an. Zum ersten Mal drang eine Stimme mit klaren Worten zu ihm durch.

»Schwer zu sagen«, antwortete jemand in seiner Nähe. »Die Nachfolgen seiner Gehirnerschütterung dürften weitgehend ausgeheilt sein, und wir haben ihn so weit stabilisiert, dass wir die Schmerzmitteldosis senken können. Ob er für die Prozedur bereit ist, können wir allerdings erst feststellen, wenn wir die Sedierung ganz aufheben.«

»Dann tun Sie das.«

James versuchte vergeblich, die Augen zu öffnen. Ein pochender Schmerz kroch seinen Hinterkopf hinauf und breitete sich hinter seinen Schläfen aus.

Er spürte, wie er erneut das Bewusstsein verlor. Dafür war er dankbar.

Er lebte noch. Das war das einzig Positive, was er zu seiner Situation sagen konnte.

James lag auf einer Liege, die aussah wie eine moderne Version des Barbierstuhls von Sweeney Todd. Seit zwei Tagen war er genug bei Sinnen, um sich seiner Umgebung – und seiner beschissenen Lage – bewusst zu sein.

Sie hatten ihn erwischt. Am Ende hatte ihn der Orden des Ersten Tages verschleppt, genauso, wie Diane es immer befürchtet hatte.

Diane.

James schloss die Augen, als die Trauer über ihn hereinbrach. Der Schmerz hielt jedoch nicht lange vor, denn die Wut, die in ihm brodelte, löschte jede andere Emotion binnen Sekunden aus.

Eine Frau in weißem Laborkittel stand am Fußende seiner Liege und betrachtete den Monitor, auf dem scheinbar seine Vitalwerte aufgezeichnet wurden. Elektroden klebten auf seiner Haut, Katheter steckten in seiner Armbeuge, und Schläuche verbanden ihn mit Infusionsbeuteln. Sie hatten ihn mit gepolsterten Manschetten an den Stuhl gefesselt.

James presste die Lippen aufeinander. Seine Kehle war schmerzhaft trocken, aber er würde den Teufel tun und um Wasser bitten. Er wusste, dass er Angst haben sollte. Ein Blick auf den bewusstlosen Mann auf der nächsten Liege sollte ausreichen, um ihn in Panik zu versetzen. Stattdessen spürte er nichts als beißenden, bitteren Hass.

Er sah zu der zweiten Frau, die neben seinem Monitor stand. Josephine Morley. Er kannte sie von einem Foto in Dianes Arbeitszimmer. Auf dem Bild waren die beiden jünger, trugen

Tweed und prosteten der Kamera mit Emailletassen zu. Der Schnappschuss war an irgendeinem Uniwochenende aufgenommen worden. So lange kannten sich die beiden bereits.

Wann hatte Josephine beschlossen, Diane in den Rücken zu fallen? Hatte sie ihr ihre Freundschaft vorgegaukelt und die ganze Zeit auf der Lauer gelegen? James starrte auf Josephines gelassene, interessierte Miene und spürte, wie sich die Dunkelheit in ihm regte.

»Wir sind sehr zufrieden«, sagte die Frau im Laborkittel. Josephine nannte sie Dr. Wilson. Dr. Tod hätte besser gepasst. »Sein Körper nimmt die Infusionen gut an. Morgen können wir ihm die Münze auflegen, und dann beginnen wir mit der Extraktion.«

»Wunderbar«, antwortete Josephine. »Das läuft ja wie am Schnürchen.«

Er wollte sie ertränken. In Dunkelheit ersticken.

Der Wunsch dieser Frau, dieser Mörderin, weh zu tun, war so stark, dass ihm schwindelig wurde. Wieder spürte er die Dunkelheit hochschwappen, doch er konnte sie nicht greifen, nicht aus sich herausholen. Was auch immer sie ihm mit den Infusionen verabreichten, verhinderte, dass er sein Talent einsetzte. Die Hilflosigkeit, die sie ihm aufzwangen, erstickte ihn wie eine Decke aus Blei. Er wollte schreien, an seinen Fesseln zerren, aber diese Genugtuung würde er ihnen nicht geben.

Stattdessen zwang er sich, ruhig liegen zu bleiben und seinen Blick auf die letzte Person vor ihm zu richten.

Erin stand schräg hinter ihrer Mutter und starrte schweigend zur Seite. Weg war die Beanie, die sie getragen hatte, weg Samis Sweatshirt. Stattdessen trug sie ein hellblaues Hemd mit akkurat gebügeltem Kragen und einen roten Pullover.

Er hatte sie gemocht. Er hatte ihr vertraut.

Sieh mich an, dachte er. *Sieh mich an, verdammt nochmal.*

Sie rührte sich nicht.

James ballte die Fäuste, bis die Manschetten an seinen Handgelenken knirschten.

Josephine Morley musterte ihn kurz, dann führte sie ihr Gespräch mit Dr. Wilson fort.

Mit Mühe entkrampfte James seine Finger und schloss erneut die Augen.

Er sollte Angst haben. Er sollte trauern. Im Moment wollte er jedoch nur eins: die Wut in seinem Innern schüren, bis sie stark genug war, um ihn hier herauszubringen.

Die Zeit zog sich in die Länge wie Melasse, aber irgendwann leerte sich das Labor, und die Tagesbeleuchtung wurde ausgeschaltet. Lediglich ein paar Leuchthilfen am Boden strahlten weiter. Und natürlich blieb das mattviolette Leuchten, das durch die Drähte aus dem Körper von James' Bettnachbarn nach oben wanderte.

James neigte den Kopf zur Seite. Der Junge auf der anderen Liege sah aus, als wäre er fünfzehn, höchstens sechzehn Jahre alt. Obwohl er bewusstlos war, floss Nachtenergie aus seinen Armen. Ununterbrochen. Unaufhaltsam.

Tränen brannten in James' Augen. Niemand hatte ihm erklärt, warum er hier war. Aber er hatte das Labor beobachtet und sich ein paar Antworten zusammengereimt. Der Junge neben ihm war ein Nachtbote. James spürte ihn, wenn auch schwach. Er wusste nicht, ob seine Antennen durch Beruhigungsmittel gestört wurden oder ob die Aura seines Nachbarn verblasste. Eines begriff er jedoch: Dieses Labor existierte, um Boten wie ihm die Nacht aus den Adern zu ziehen. Die Steinplatten an der Decke sahen dem Sonnensiegel aus Alaca Höyuk nicht nur verdächtig ähnlich, die freigesetzte Nachtenergie schien auch von ihnen angezogen zu werden.

James wusste nicht, was der Orden damit bezweckte, zweifelte aber nicht daran, dass sie ihn bis aufs Mark aussaugen würden, wenn er blieb.

Er hatte nicht vor, zu bleiben.

James drehte den Kopf und starrte hoch zur Decke. Dorthin, wo die losen Enden goldener Drähte herabbaumelten und darauf warteten, unter seine Haut zu dringen. Er atmete durch die Nase aus, ließ alle Anspannung aus seinem Körper weichen und besann sich auf all das, was Diane ihm beigebracht hatte.

Zuerst blendete er seine Umgebung aus, dann schob er seine Benommenheit und das permanente Schwindelgefühl an den Rand seines Bewusstseins. Er sank tiefer, spürte seinen eigenen Herzschlag, spürte, wie sein Bauch sich mit jedem Atemzug hob und senkte. Er stellte sich vor, wie er eine Schale in einen nachtschwarzen See tauchte.

Du weißt, was du tun musst, ermahnte das Echo von Dianes Stimme. *Du hast eine besondere Kraft in dir, eine Kraft, die dich überrennen wird, wenn du es zulässt.*

In seinen Gedanken schöpfte James Dunkelheit in seine Schale. Ja, Diane hatte vieles zu verantworten. Sie hatte ihn stets auf Armeslänge von sich ferngehalten, hatte ihm das Gefühl gegeben, dass er ihr etwas beweisen musste. Dass er sich ihr Vertrauen verdienen musste. Sie hatte ihn so darauf getrimmt, seine Neigungen zu kontrollieren, dass er sich immer noch fühlte, als würde er nie frei atmen können.

Aber sie hatte ihm auch beigebracht, seine Fähigkeiten gezielt einzusetzen.

Wenn du es richtig anstellst, hast du die Zügel in der Hand. Du hast mehr als genug Willensstärke, James. Und jetzt sieh zu, dass du das hinbekommst.

James goss die Dunkelheit in sein Herz und spürte ihre seidige Schwere. Was auch immer der Orden durch seinen Blutkreislauf pumpte, hemmte ihn, sorgte dafür, dass ihm die Dunkelheit fast wieder entglitt. James sog tief den Atem ein, rief sich Josephines zufriedenes Gesicht vor Augen und hob die Dunkelheit weiter an, bis er sie unter seinem Brustbein fühlen konnte.

James atmete aus und schickte die Dunkelheit zu seinen Fuß- und Handgelenken. Schweiß perlte auf seiner Stirn, und ein drückender Schmerz bohrte sich in seinen Schädel, aber er machte weiter. Die Dunkelheit sammelte sich in seinen Pulsadern, direkt unter seiner Haut.

Was er jetzt versuchte, hatte er noch nie zuvor getan. Aber er wusste, dass er nur diese eine Chance hatte. Er würde es schaffen. Er würde verdammt nochmal nicht auf diesem Stuhl krepieren.

Die Wut kochte in seinem Innern. Er bündelte sie zusammen mit der Dunkelheit, ließ sie anschwellen, hielt sie gerade noch im Zaum, bis er drohte zu bersten. Dann entließ er die Dunkelheit mit einem Schlag, und die Fesseln barsten mit einem lauten Krachen.

James keuchte auf und hob die Arme. Ein blauschwarzer Nimbus schwebte um seine Hände wie stoffgewordene Nacht. Das war neu.

Er blinzelte, schüttelte seine Glieder, und die lokalisierte Dunkelheit verflog. Mit zitternden Fingern riss er das Pflaster von der Kanüle, zog die Nadel des Katheters aus dem Arm und setzte sich auf. Sofort überkam ihn Schwindel. Mit Mühe unterdrückte er den Drang, sich zu übergeben, schob sich vom Rand der Liege und stand auf.

Schwankend sah er sich um. Wohin sollte er gehen? Dr. Wilson und die anderen hatten das Labor durch die breite Milchglastür verlassen, aber ihnen nachzugehen erschien ihm zu riskant. Der Pfleger, der die letzten beiden Nächte seine Runden gedreht hatte, war stets von dort gekommen, also stand die Chance, dass da draußen jemand Wache hielt, hoch.

James' Blick fiel auf einen Durchgang am anderen Ende

des Labors, hinter dem lediglich ein dunkler Raum zu warten schien.

»Okay«, murmelte er. »Okay.«

Er fuhr sich mit der Zunge über die rissigen Lippen, dann drehte er sich zu den Liegen um. Es waren acht, wie er jetzt feststellte, doch nur eine von ihnen war belegt.

James schluckte gegen den sauren Geschmack in seinem Mund an und schleppte sich zu dem Nachtboten, neben dem er gelegen hatte. Höchstens sechzehn. Wahrscheinlich jünger, auch wenn sein graues, ausgemergeltes Gesicht ihn viel zu alt wirken ließ. Eine kleine Falte hatte sich zwischen seine Augenbrauen gegraben, und James verspürte den Drang, sie mit seinem Daumen zu glätten.

»Es tut mir leid«, flüsterte er. Er könnte versuchen, den anderen Boten hier herauszutragen. In seinem geschwächten Zustand käme er jedoch keine fünf Meter weit. Wenn er hier irgendetwas bewirken wollte, musste er entkommen und Hilfe holen. Es war die logische Entscheidung, und sie zerriss James das Herz.

Eine Kupfermünze lag auf der Brust des Jungen, auf der blanken Haut im Ausschnitt seines Hemdes. Das eingestanzte Motiv war grob zerschnitten worden, doch James konnte noch das Abbild einer lilienähnlichen Blüte erkennen. Er berührte den Arm des Jungen, dann bewegte er den Daumen zu dem Draht, der ihm die Nachtenergie entzog. James wollte ihn herausreißen, wollte alles in diesem Labor zerschlagen.

Dunkelheit pulsierte in ihm, ungefragt und ungerufen. James keuchte erschrocken und stützte sich auf dem Kopfteil der Liege ab. Er drängte die Dunkelheit zurück, doch die Wut, die nun mit ihr verwoben war, schmerzte bei ihrem Rückzug wie die Schnitte von Rasierklingen.

Für ihn hatte die Dunkelheit immer Schutz bedeutet. Sie war zärtlich gewesen, eine Umarmung, ein Geschenk für sich selbst und für andere.

Auch das hatten sie ihm weggenommen.

»Ihr verdammten Scheißkerle«, murmelte er.

Vorsichtig drückte er die Schulter des bewusstlosen Nachtboten, dann drehte er sich um und ging auf den Ausgang zu.

37

NYX

Als Nyx aufwachte, war es noch dunkel im Zimmer. Unten in der Bucht krachte die Brandung mit einem dumpfen Donnern an den Strand. Durch das offene Fenster wehte der Geruch von Holunder und Meer.

Birdie lag neben ihr, kaum mehr als eine Armeslänge entfernt. Ihr Gesicht hatte sie halb in einem Kissen vergraben. Sie trug ein ärmelloses Top, und eine Galaxie an dunklen Sommersprossen zeichnete sich auf ihrer hellen Haut ab.

Sie schlief, oder zumindest waren ihre Augen geschlossen. Eine einzelne Haarsträhne ringelte sich über ihre Wange, und Nyx wollte sie zurück hinter Birdies Ohr schieben. Es war absurd, aber der Wunsch, Birdie zu berühren, war so stark, dass es ihr die Kehle zuschnürte.

Gerade jetzt. Warum fühlte sie gerade jetzt so, wenn sie sich mehr denn je zusammenreißen musste? Wenn sie drohte sich aufzulösen, wenn sie eine verdammte Gefahr für andere war?

Sie dachte an das Tagebuch der anonymen Trägerin, das sie einst so erschreckt hatte. Daran, wie sie das Gesicht ihres Liebhabers beschrieben hatte.

Es ist nicht mehr da, nur Rauch, nur Sterne.

Nyx schlang die Arme um ihre Mitte und zog die Knie enger an die Brust.

Als die Matratze knarzte, öffnete Birdie die Augen. »Hey«, sagte sie leise.

Sie fragte nicht: Geht es dir gut? Ist alles in Ordnung? Seit sie vom Strand zurückgekehrt waren, hatte sie das kein einziges Mal gefragt. Stattdessen half sie Nyx dabei, ihre nassen Sachen auszuziehen, drehte sich weg, während sie in T-Shirt und Shorts schlüpfte, und schlug derweil die Bettdecke für Nyx zurück.

Als Nyx am Ende ihrer Kräfte dagestanden hatte, die Stirn an Birdies Schulter gelehnt, hatte Birdie sie festgehalten. Nyx wusste nie, wie sie andere nach einer Umarmung fragen sollte. Die meiste Zeit vermisste sie körperliche Nähe nicht, oder sie dachte zumindest nicht darüber nach. Aber manchmal, in Momenten, die sie weder vorhersehen noch abpuffern konnte, sehnte sie sich so sehr nach einer liebevollen Berührung, dass es weh tat. In solchen Momenten ahnte sie, dass diese Sehnsucht sie mitreißen würde, wenn sie jemand in den Arm nahm. Dann würde sie die andere Person zu fest halten. Sie würde Angst davor haben, loszulassen. Würde zu viel von sich preisgeben.

Also blieb sie vorsichtig. Durch ihre Zurückhaltung wirkte sie auf andere verschlossen, das wusste sie. Die meisten Leute gingen im Kontakt mit ihr entweder irritiert oder respektvoll auf Abstand.

Aber Birdie?

Birdie war geblieben, ohne dass Nyx sie darum hatte bitten müssen. Egal, was Nyx tat, egal, wie sichtbar sie einbrach oder die Welt zum Bröckeln brachte, Birdie hatte keine Berührungsängste. Nyx sollte sie warnen. Sie sollte von hier verschwinden und Birdie nicht länger in Gefahr bringen. Aber sie brachte es nicht über sich.

Birdie hatte keine Angst vor ihr.

»Was ich unten gesagt habe, habe ich so gemeint«, sagte Birdie. »Du bist in Sicherheit.«

»Was hast du gesehen?«, fragte Nyx, ihre Stimme kaum mehr als ein Krächzen. »Am Strand.«

»Sie war da«, antwortete Birdie ohne Umschweife. »Die Gestalt aus Sternen, genau so, wie du sie beschrieben hast.«

Nyx drehte sich auf den Rücken und spürte, wie sich ihre Kehle noch enger zusammenschnürte. Das beantwortete zumindest die Frage, ob ihr Verstand ihr etwas vorgaukelte. Es bedeutete jedoch auch, dass die Wahre Nacht tatsächlich in diese Sphäre durchgebrochen war, und das war eine Katastrophe.

»Da war noch mehr, oder?«, fragte Birdie zögernd. »Zwischen dem Meer und dir. Ich konnte es nicht richtig erkennen. Ich wollte hinsehen, aber es war, als ob … nicht, als ob mich etwas blendet, eher das Gegenteil. Als ob da etwas ausgeblendet würde? Es war wie eine Lücke, etwas, das nicht dort sein konnte. Was war das?«

»Die Nacht«, antwortete Nyx. Mit einem Mal war ihr speiübel. Alle Quellen, die sie kannte, besagten dasselbe: Normale Menschen starben, wenn sie versuchten, die Sphäre der Wahren Nacht unverschleiert anzusehen. Sie ›zerfaserten‹, ›vergaßen ihre Form‹, ›verloren ihre Existenz‹. Um Nyx zu helfen, musste Birdie direkt auf jenen Riss in ihrer Realität zugerannt sein. Hätte sie einen richtigen Blick auf das abbekommen, was Nyx in diese Welt eingelassen hatte, dann wäre sie jetzt nicht mehr hier.

Ihr Herz schlug schneller. Noch nie hatte sich die Nacht einfach so um sie herum geöffnet. Sie verlor die Beherrschung. Hatte sie wirklich geglaubt, dass sie ihre Kräfte erfolgreich unterdrückt hatte? Sie war die Chaosträgerin, sie …

Sie durfte nicht aus der Fassung geraten, nicht schon wieder.

Birdie berührte sie an der Schulter. Nyx zuckte zusammen, blieb jedoch liegen. Birdies Fingerspitzen ruhten ganz leicht auf ihrem Arm.

»In Ordnung?«, fragte Birdie.

Nyx starrte an die Decke, ihr Herzschlag flatterte immer noch, dann nickte sie.

Lass nicht los.

Behutsam legte Birdie ihre Hand auf Nyx' Arm. Ihre Haut war weich, ihre Berührung ein Ruhepol. Dankbar schloss Nyx die Augen. Mehrere Sekunden lang liefen all die Gründe, warum sie Birdies Berührung nicht annehmen sollte, in ihrem Kopf Sturm. Dann gab sie nach. Sie war zu müde, zu erschöpft, zu alles.

»Sag's mir noch einmal«, bat sie leise.

Birdie strich sanft mit dem Daumen über ihren Arm. »Du bist in Sicherheit.«

Nyx wandte den Kopf, so dass ihr Atem über Birdies Fingerknöchel streifte. Nach und nach spürte sie wieder die Nachtluft auf ihrer klammen Haut, die aufgewärmten Laken unter ihrem Rücken und Birdies Hand, warm und schwer auf ihrer Schulter.

»Erzähl mir von deinem Tattoo«, bat Birdie nach einer Weile.

»Was?« Überrascht sah Nyx zu ihr.

Birdie stupste Nyx' Wade sacht mit den Zehen an. Die Tätowierung, die Nyx dort trug, war um einiges größer als die kleine Eule hinter ihrem Ohr. Es war ein Baku, ein Chimärenwesen mit dem Kopf eines Elefanten, einer Mähne aus Eulenfedern, den Tatzen eines Tigers und dem Körper eines Bären. Die Tätowiererin hatte den Yōkai in Grün und Rot auf Nyx' Haut verewigt und ihn aus einem Bett aus Ringelblumen aufsteigen lassen.

»Baku sind Schutzgeister, die Albträume verschlingen«, erklärte Nyx.

»Oh«, sagte Birdie. »Oh, verstehe.«

Nyx hätte es dabei belassen können, aber mit einem Mal drängten die Worte nach draußen. »Meine Mutter hat an sie geglaubt«, sagte sie. »Anscheinend. Ich kann mich nicht an sie erinnern. Nach ihrem Tod bin ich bei meinem Großvater väterlicherseits aufgewachsen. Er hat mir erzählt, dass meine Mutter jeden Abend einen Baku gemalt und neben mein Kopfkissen gelegt hat.«

»Wusste sie, dass du selbst Albträume auflösen kannst?«

»Kann sein. Diane meinte, meine Mutter wäre auch eine Nachtbotin gewesen. Deshalb ist Diane auf mich aufmerksam geworden.«

In ihren Teenagerjahren hatte Nyx versucht, mehr über ihre Geburtsfamilie herauszufinden. Diane hatte ihr geholfen, ein paar entfernte Verwandte in der Nähe von Kyoto aufzuspüren.

»Ich war noch nie in Japan«, sagte Birdie, als Nyx ihr das erzählte. »Ich habe darüber nachgedacht, aber bisher hat mein Geld nur für Interrail-Tickets gereicht.«

Ihr Daumen strich über Nyx' Schulter. Nyx blickte zur Decke.

»Ich dachte, ich würde nach meinem Schulabschluss dorthin gehen«, sagte sie. »Wir haben Pläne geschmiedet. James, Leon und ich.« Die Erinnerung daran schmerzte, aber Nyx wollte sie nicht mehr zurückhalten. Sie dachte daran, wie sie den Japanreiseführer durchgeblättert hatte, wieder und wieder. James hatte die Orte, die er besuchen wollte, mit grünen Post-its markiert, Leon seine Favoriten mit Pink.

Nyx markierte nichts, aber jedes Mal, wenn sie an die Reise dachte, breitete sich eine vorfreudige Wärme in ihr aus. Sie stellte sich vor, wie ihre beiden Familien aufeinandertrafen, und dachte an Puzzleteile, die sich zusammenfügen.

»Leon war total aufgeregt deswegen«, erzählte Nyx. »Er wollte unbedingt weg aus Wildridge, das war das eine. Aber er … er freute sich auch für mich. Dass ich Familie hatte, die ich aufsuchen konnte.«

Wieder schnürte sich ihre Brust zusammen. Birdie schob ihre Hand über Nyx' Schlüsselbein und ließ sie dort ruhen.

»Wie war er so?«, fragte Birdie. »Leon?«

Nyx stieß ein halb ersticktes Lachen aus. »Anstrengend«, sagte sie. »Wundervoll. Er sprudelte immer mit irgendwas über. Er war neugierig, hat tausend Fragen gestellt, wollte immer mehr lernen und ausprobieren. Wenn Diane sagte: ›Das geht nicht, das ist zu riskant‹, dann wollte er es noch mehr.« Sie wischte sich eine Träne aus dem Augenwinkel. »Er war für James und mich da, egal, was wir brauchten.«

»Klingt, als hättet ihr drei euch sehr nah gestanden.«

»Ja«, sagte Nyx, und etwas presste sich an ihr Herz, drückte es zusammen wie ein Seil voller Knoten. »Ja.«

Sie schluckte, und eine weitere Träne rann über ihre Wange. »Er ließ sich phantastische Dinge einfallen«, sagte sie leise. »Ich kann Träume von außen manipulieren, aber Leon konnte Träume besuchen. Er konnte in sie eintauchen und Bilder erschaffen, die in den Köpfen der Träumenden zuvor nicht da waren. Das war eins seiner Talente. Er erschuf unmögliche Dinge aus dem Nichts, nur aus seiner Vorstellungskraft.«

Die letzten Jahre über hatte Nyx jede Erinnerung an Leon abgeblockt, auch die guten. Jetzt leuchteten sie auf, wie Windlichter auf einer Fensterbank.

Diane hatte Leon gesagt, dass er das Traumwandeln unterlassen sollte. Er wäre zu ungestüm, zu unvorsichtig, um in den Geist anderer Menschen einzugreifen. Mit anderen Worten: Er wäre zu chaotisch.

Aber für Nyx hatte sich Leons Chaos nie bedrohlich angefühlt. Im Glaszimmer klatschte Leon Farbe an die Wand, anstatt sie einfach mit dem Pinsel aufzumalen, und die Wirbel aus unterschiedlichen Blautönen ließen Nyx' Herz höherschlagen. In der Küche drehte er spontan Musik auf, und sie tanzten wild herum, während das Gemüse darauf wartete, fertig geschnitten zu werden. Er stiftete sie und James an, die Schule zu schwänzen. Zu dritt streiften sie durch die Gegend, immer der Nase nach, auf der Suche nach Alltagsabenteuern. Nyx hatte sich nie wieder so frei oder beflügelt gefühlt wie in der Zeit, in der Leon ihr Leben durcheinanderwirbelte.

»Mit zwölf oder dreizehn bekam ich Albträume«, sagte sie. »Einer davon kam immer wieder. Ich stand in einem grauen, leeren Raum, und irgendwo neben mir stand mein Großvater. Ich konnte mich nicht mehr an sein Gesicht erinnern, und im Traum konnte ich mich nicht zu ihm umdrehen. Ich wusste, da waren noch andere, meine Mutter, mein Vater, aber egal, wie sehr ich mich anstrengte, ich schaffte es nicht, mich in ihre Richtung zu drehen.«

»Leon hat dafür gesorgt, dass du sie wiedergesehen hast?«, fragte Birdie.

Nyx lächelte. »Nein. Aber er hat mir einen anderen Traum geschenkt. Er hat mir einen Moment zurückgegeben, den ich schon fast vergessen hatte.«

Leon hatte ihr wie E. T. einen Finger auf die Stirn gelegt, und als sie eingeschlafen war, träumte sie von dem Aquariumsbesuch, der sie als Fünfjährige so sehr beeindruckt hatte. Pappoú war bei ihr, und obwohl sie ihn immer noch nicht sehen konnte, spürte sie seine große, schwielige Hand, die sie so sanft festhielt. Sie sah hoch zu den Scheiben, hinter denen die bunten Fische schwammen. In ihrem Traum glitzerten sie, zogen Schweife aus Sternenstaub hinter sich her, dann wuchsen sie und verwandelten sich in riesige, glitzernde Wale. Die Glaswände lösten sich auf, und die Wale glitten und tollten um Nyx herum, füllten ihr ganzes Wesen mit Liebe und Staunen aus.

»Er wusste, das angenehme Träume für mich die Form von Fischen annahmen«, sagte Nyx. »Also hat er für mich die größten Fische erschaffen, die er sich ausdenken konnte.«

»Hat er je herausgefunden, dass Wale Säugetiere sind?«, fragte Birdie.

»Ich glaube nicht«, antwortete Nyx mit heiserer Stimme. »Er hatte es nicht so mit Recherche.«

Erinnerungen drangen aus allen Ritzen, hell, warm, wärmer, als sie es für möglich gehalten hatte. Sie verschmierte blaue Farbe mit beiden Händen, während Leon begeistert grinste. Sie lag auf einer Picknickdecke und lachte, als Leon und James sich links und rechts neben ihr auf den Rücken fallen ließen. Sie döste mit dem Kopf an James' Schulter, während sie im Bus zur Schule fuhren. Sie stand in der Wahren Nacht und sah zu, wie Leon Buckelwale aus Sternen über ihren Köpfen vorüberziehen ließ.

Leon war fort, und auch James hatte sie verloren.

Nyx weinte, still, ohne einen Laut von sich zu geben. Irgendwann drehte sie sich auf die Seite, in Birdies Richtung, und sie nahm sie in ihre Arme. Nyx kauerte sich in die Kuhle von Birdies Körper, als wollte sie darin verschwinden.

38

JAMES

Die Kraft wich beängstigend schnell aus seinem Körper. James schleppte sich quer durch einen schummrigen Raum voller Labortische, konnte die Geräte, die hier herumstanden, jedoch kaum wahrnehmen. Seine Sicht verschwamm, und seine Knie knickten ein, so dass er sich an einer Tischkante abstützen musste.

Für ein paar Sekunden verharrte er dort, versuchte, von irgendwoher den Anschub zu bekommen, den er brauchte. Er dachte an den jungen Nachtboten, für den er Hilfe holen wollte, doch dann rutschte seine Erinnerung seitwärts, und er sah Sami, der auf bloßen Füßen durch seine Wohnung tappte. Der am Frühstückstisch saß und sich mit einer Lesebrille auf der Nase über ein Buch beugte.

Er musste aus diesem Gebäude heraus. James hob den Blick, und das grün leuchtende Ausgangsschild am anderen Ende des Labors flutete ihn mit Adrenalin. Irgendwie schaffte er es, die letzten Schritte bis zum Notausgang zu bewältigen.

Er lehnte sich an die Tür und betete zu wem auch immer, dass der Ausgang nicht alarmgesichert war. Wenn er jetzt wegrennen musste, wäre er geliefert.

Weiter, trieb er sich an. *Weiter*.

Seine Finger schlossen sich gerade um den Türgriff, als er es spürte. Den Hauch einer Aura. Eine Berührung, zart wie ein Grashalm, der über seinen entblößten Arm strich.

Mit hämmerndem Herzen verharrte James an der Tür. Er kannte diese Signatur.

Er kann es nicht sein. Das ist unmöglich.

James hob den Arm und spürte dieselbe, federleichte Berührung an der Innenseite seines Handgelenks. Danach war es keine Entscheidung mehr. Er ließ den Türgriff los und folgte der vertrauten Spur durch das verlassene Labor.

39

ERIN

Erin hatte die Schuhe ausgezogen und sich auf dem einzigen Stuhl im Zimmer zusammengefaltet. Aus ihrem neuen Handy klang die leise Melodie von Sibelius' Violinkonzert in D-Moll, während draußen vor dem Ordenshaus vermutlich der erste Morgenschimmer über den Himmel wanderte.

Der Stuhl war alles andere als bequem, doch das machte nichts. Sie kam ohnehin nicht zur Ruhe. Seit den Ereignissen in Wildridge Hall konnte Erin nicht mehr schlafen. Wenn sie sich hinlegte, wälzte sie sich ruhelos herum. Ab und zu dämmerte sie ein, nur um von verwirrenden Träumen in einem dämmrigen Halbschlaf heimgesucht zu werden. Sie hörte Wortwechsel zwischen ihr, James, Sami, Luke. Sie hörte Gras flüstern und ein Knirschen, wie von trockener Erde, die auseinanderbrach.

Am Tag war alles wie immer. Autos rollten die Straßen der Londoner Innenstadt entlang. Menschen eilten mit Kaffeebechern aus einem der zahllosen Prets und Costa Cafés. Erin navigierte die Gehwege und hatte das Gefühl, gegen den Strom zu schwimmen. Ihre Umgebung fühlte sich unecht an. Als wäre die Welt, die sie bisher gekannt hatte, nichts weiter als Kulisse.

Sie brauchte keine Therapeutin, um zu verstehen, was das alles bedeutete. Die letzten Tage hatten ihr Verständnis von dem, was wahr und real war, erschüttert. Die Reaktion an sich überraschte sie nicht. Nein, was sie umtrieb, war die Erkenntnis, dass sie sich nicht zum ersten Mal so fühlte.

Sie war acht oder neun gewesen, als sich das eigenartige Störgefühl das erste Mal bemerkbar machte. Solange sie denken konnte, hatte ihre Mutter ihr die Welt und ihren Platz darin erklärt. Wenn sie sprach, klang alles logisch und nachvollziehbar. Die Realität war von Gegensätzen bestimmt. Es gab Tag und Nacht, Logik und Unverstand, Ordnung und Chaos. Da waren diejenigen, die Klarheit schaffen wollten, und diejenigen, die für Verwirrung sorgten. Diejenigen, die anderen Menschen Sicherheit boten, und diejenigen, denen nur daran lag, alles, was von Dauer sein sollte, einzureißen.

›Weiße‹ und ›schwarze‹ Ritter. Dieser Vergleich war ihr spätestens als Jugendliche sauer aufgestoßen.

Josephine jedoch wankte nie in ihren Überzeugungen. Alles, was sie Erin zeigte, ließ sich in diese eindeutige Struktur aus entweder/oder, richtig/falsch, gut/böse einsortieren. Trotzdem hatte Erin immer wieder Momente, in denen die Erklärungen ihrer Mutter in ihrem Kopf aneinanderrieben wie quadratische Bauklötze, die durch ein rundes Loch gezwängt werden sollten.

Wenn wir die Welt hinter der Welt sehen, haben wir die Wahl, hatte Josephine einmal gesagt. *Wir stellen uns entweder auf die Seite des Lichts oder auf die Seite der Finsternis.*

Das hatte Erin nicht verstanden. Wenn man als Botin geboren wurde, landete man dann nicht automatisch auf der einen oder der anderen Seite?

Das stimmt, hatte Josephine bestätigt. *Deshalb ist es ein großes Glück, wenn Kinder taggeboren werden. Denn dann ist das Licht ihre Bestimmung.*

Erin hatte sich so sehr gewünscht, dass das auf sie zutreffen würde. Aber egal, wie angestrengt sie in sich hineinhörte, da war kein besonderes Band, kein Funke, der ihr sagte: Ich bin der Tag und du gehörst zu mir.

Doch nicht nur das. Zu Erins Schrecken fand sie die Nacht nicht scheußlich. Ja, sie fürchtete sich vor der Dunkelheit, aber der Anblick von Sonnenuntergängen bereitete ihr einen wohligen Schauder. Oft blieb sie heimlich wach, bis das letzte Licht unter dem blauschwarzen Nachthimmel wegschmolz. Sie streckte ihre Hand aus dem Fenster, weil sich die frühe Nachtluft verboten gut anfühlte.

Der Verdacht, dass sie all das ansprach, weil sie eine Nachtbotin war, hatte sich wie Dornen unter ihre Haut gegraben. Sie hatte nie über diese Ängste gesprochen, also waren sie zu Albträumen herangewachsen.

Als sich herausstellte, dass sie überhaupt keine Botin war, hatten sich die Ketten ihrer Furcht zum ersten Mal gelöst. Doch danach …

… danach hatte sie sich genauso verwirrt gefühlt wie zuvor. Nur war noch ein Gefühl der Leere hinzugekommen, ein wachsender Zustand der Sprachlosigkeit. Wenn sie weder eine Tag- noch eine Nachtbotin war, was war sie dann? Wohin gehörte sie? Und wieso fühlte sich die Weltansicht, die ihre Mutter so klar, so selbstsicher darlegte, für sie so brüchig an?

Erin schlang einen Arm um ihr Knie und sah auf den Jungen, der auf dem Bett vor ihr lag. Das blonde Haar fiel ihm schräg in die Stirn. Es war ordentlich gekämmt, doch Erin dachte, dass es wild sein würde, wenn man es nicht zähmte. Seine Gesichtszüge waren fein, seine Haut kalt und blass wie Marmor.

Sie kannte seinen Namen, auch wenn er hier nirgends verzeichnet war. Leon Harling. Ein Chaosträger, der sich selbst zerstört hatte. Neun Jahre war es her, seit Erins Mutter ihn als Testperson in ihr Projekt aufgenommen hatte.

Früher, als Leon noch in der kleinen Privatklinik in Oxford untergebracht war, hatte Erin ihn hin und wieder besucht: Ein Prinz in einem Turm, den kein Kuss aufwecken würde. Damals konnte sie sich selbst nicht erklären, warum sie seine Nähe suchte. Doch irgendetwas an ihm zog sie in seinen Orbit. Und obwohl es Unsinn war, glaubte ein kleiner Teil von ihr, dass er die Antworten auf die Fragen besaß, die sie umtrieben.

Aber Leon sprach nicht mit ihr. Natürlich nicht. Und der Berg ihrer Zweifel wuchs und wuchs.

Erin hatte nie nachgehakt, aber jetzt fragte sie sich, was genau damals passiert war. Hatte Diane Josephine ihren Ziehsohn übergeben? Im Tausch für all die kleinen und großen Gefallen? Oder hatte Josephine Leon verschwinden und Diane glauben lassen, seine Asche befände sich in einer Urne auf irgendeinem Friedhof?

Noch vor ein paar Tagen hätte sie die zweite Option nicht einmal in Erwägung gezogen. Aber jetzt?

Mittlerweile hatte sie die Forschungsberichte von Project Daylight gelesen. Darin war haarklein dokumentiert, wie Dr. Wilson und die anderen an Leon herumexperimentierten. Wie sie versuchten, Leon das Chaos aus den Adern zu waschen und ihn mit Tagenergie zu füllen. Wie sie wiederholt daran scheiterten, ihn zu einem Ordnungsträger umzuprogrammieren, und dennoch weitermachten.

Experimente an Menschen. Forschung, die darauf abzielte, die Barrieren zwischen der irdischen Sphäre und der Quelle der Ordnungs-Urkraft einzureißen. Und Erins Mutter hatte nicht nur die Zügel in der Hand, sie war die treibende Kraft hinter Project Daylight.

Das war ihre *Mum*. Dieselbe Person, die mit Erin nach Italien in den Urlaub fuhr. Die ihr Himbeereis kaufte, nachdem ihre Kindergartenfreundin wegzog. Die im Auto mitsang, wenn ihre Playlist Nina Simone spielte.

Wer zur Hölle sind wir?, fragte Erin stumm. *Was* tun *wir hier?*

Ihr Blick streifte zu Leon und zu den Münzen, die auf seinen geschlossenen Augen lagen. Selbst wenn er sie hören könnte, würde er ihr keine Antworten geben. Wahrscheinlich würde er sie genauso hasserfüllt anstarren wie sein Bruder, der nur ein paar Räume entfernt von ihnen lag.

James wusste nichts von Leon. Er hatte wirklich gar nichts

kommen sehen, weder die Schlinge, die sich um ihn und seine Familie zusammenzog, noch Erins Verrat.

Erin biss so heftig auf ihre Unterlippe, dass sie Blut schmeckte. Es war keine gute Idee, immer wieder in dieses Labor zurückzukehren. Ihr Auftrag war abgeschlossen. Hier weiter aufzutauchen, half weder ihr noch James.

Aber war es das, was sie wollte? Ihm helfen?

Erin schloss die Augen. Noch hatten sie ihn nicht ins Koma versetzt wie die anderen Nachtboten. Die Erleichterung, die sie verspürte, wenn sie das Labor betrat und noch keine Drähte in James' Armen steckten, erschütterte sie, und ihre Unruhe wuchs mit jedem Tag.

Sie hatte versucht, ein gutes Wort für ihn einzulegen. Oder zumindest dafür zu sorgen, dass seine Mutter mehr in ihm sah als nur einen weiteren Nachtboten.

Er hat mir das Leben gerettet.

Ihre Mutter hatte von ihrem Tablet aufgesehen. *Darling. Ich bin so froh, dass er das getan hat. Und es tut mir leid, dass es nötig war. Aber jetzt helfen wir ihm, nicht wahr?*

Für Josephine stand außer Frage, dass sie James einen Gefallen taten, wenn sie ihm seine Nachtenergie entzogen.

Darüber, dass sie ihm eine Prozedur aufzwang, die seinen Körper und Geist ausbrennen konnte, sprach sie nicht. Erin wusste – sie *wusste* –, dass sie ihre Mutter konfrontieren musste. Sie konnte nicht einfach hinnehmen, was hier passierte, nicht dieses Mal. Nicht mehr. Und doch bereitete ihr allein die Vorstellung eines Streits mit Josephine Übelkeit.

Mum, was wir hier tun, ist nicht richtig.

Es war erbärmlich, aber sie fürchtete sich davor, diese Worte auszusprechen. Sie wusste: In dem Moment, wo sie ihre Zweifel laut aussprach, würde die Maske, die sie so lange getragen hatte, fallen. Alle Unsicherheiten, alle Fragen und Gefühle, die sie nicht haben sollte, würden aus ihr herausbrechen.

Sie hatte so vieles vor ihrer Mutter verborgen. Auch, dass sie Leon erkannt hatte, als sie ihn in das Klinikbett des Ersten Tages legten, wusste Josephine nicht.

Er hat einen Nachtfalter aus dem Nichts heraufbeschworen, dachte sie. *Für mich*. Zehn Jahre lang hatte Erin diese Begegnung für sich behalten.

Was würde Josephine tun? Wie würde sie Erin ansehen, wenn sie hinter ihre Fassade blickte? Und wie würde Erin mit sich selbst leben können, wenn sie sich eingestand, dass sie ihr Leben lang bei einem Spiel mitgespielt hatte, das bis in seinen Kern verdorben war?

Erin stieß die Luft aus, nahm ihr Handy und rief Samis Nummer auf. Er hatte sie ihr aufgeschrieben, bevor sie auseinandergegangen waren.

Wenn du Hilfe brauchst oder einfach nur reden willst, melde dich.

Ihr Daumen verharrte über dem Anrufsymbol.

Ruf ihn an, drängte eine Stimme in ihr. *Sag ihm, was mit James passiert ist. Wenn du es schon nicht hinkriegst, ihm zu helfen, dann können Sami und Nyx ihn vielleicht retten.*

Aber wenn sie Nyx warnte und sie dadurch Bhaskar entkam? Egal, was Erin von den Methoden des Ordens hielt, wenn Nyx frei blieb, würden noch viel mehr Menschen sterben.

Erin starrte auf Samis Namen, bis der gellende Schrei einer Sirene sie aus ihrer Gedankenspirale riss. Sie reckte den Kopf, aber natürlich konnte sie nicht sehen, was den Alarm draußen ausgelöst hatte. Was sie sah, war die Nachtenergie an den Drähten, die in Leons Armen steckten. Sonst blieb sie beinahe farblos, ein dünner, grauer Rauch, der sich an goldenen Fäden hinaufschleppte. Nun jedoch flackerten stecknadelkopfkleine Lichter im Rauch auf. Und nicht nur das: Die Energie pulsierte. Sie schwoll an und flachte ab, als würde sie sich dem Rhythmus eines atmenden Körpers anpassen. Erins Herz schlug schneller.

Ein Beben rollte durch den Raum und ließ Möbel und Maschinen erzittern.

Nervös setzte sie die Füße auf den Boden, dann öffnete sich die Zimmertür, und James kam herein.

40

ERIN

James' Blick streifte Erin, dann wandte er sich dem Bett zu, und die Zeit blieb stehen. Draußen heulten Sirenen, und weiter hinten im Labor gingen die Lichter an.

James jedoch starrte auf Leon. Langsam, wie in Zeitlupe, entglitten ihm die Gesichtszüge. Erin öffnete den Mund, wollte etwas sagen, musste etwas sagen, aber da stürmten bereits zwei Sicherheitsleute von hinten auf James zu. Einer von ihnen zückte etwas, das wie eine Waffe aussah, und Erin sprang entsetzt auf. James schaffte es noch, sich halb umzudrehen, da schoss ihm der Sicherheitsmann mit einem Taser in den Rücken. Er stöhnte, zuckte und krachte zu Boden.

Erin lief auf ihn zu, doch der Sicherheitsmann beugte sich bereits über James und streckte ihr abwehrend die Hand entgegen.

»Zurückbleiben, Miss«, befahl er, und Erin, die daran gewohnt war, auf Spur zu bleiben, gehorchte.

Eine Frau mit blondem Pferdeschwanz eilte zu ihrem Kollegen. »Ist er außer Gefecht?«, fragte sie.

Der Mann nickte.

Die Frau tippte an ein Funkgerät, das an ihrer Schulter befestigt war. »Wir haben ihn.« Dann, zu ihrem Kollegen: »Wir bringen ihn zurück.«

Mit weit aufgerissenen Augen sah Erin zu, wie sie James hochhievten und ihn aus dem Zimmer schleiften. Genauso hatten sie ihn in Wildridge Hall gepackt.

Mit einem Mal konnte sie sich nicht mehr zurückhalten.

»Fuck!«, zischte sie und lief dem Sicherheitsteam hinterher. Als hätte sie nur auf diese Sekunde gewartet, brüllte ihre innere Stimme: *Zu spät, zu spät, du bist verdammt nochmal zu spät!*

Die Deckenbeleuchtung flammte auf, als Erin durch den Arbeitsraum vor Leons Zimmer rannte. Sie stieß mit ihrem Schenkel gegen einen Labortisch und stürzte. Die Sirenen schlugen immer noch Alarm, und ihr Heulen bohrte sich in Erins Ohren. Kurz schien es, als würde die Umgebung um sie herum zersplittern, dann sah sie wieder klar.

Sie stolperte durch die nächste Tür in den Hauptbereich des Labors und sah, dass die Sicherheitsleute James zurück zu seiner leeren Liege trugen. Dr. Wilson war bereits dort und bediente hastig ein Touchpad in der Nähe der gefälschten babylonischen Säule.

Erin wurde eiskalt. Sie lief auf James zu und wurde dabei beinahe von einem Laborassistenten umgerannt. Verwirrt registrierte sie die Hektik im Raum. Drei weitere Sicherheitsleute in schwarzer Kluft nahmen James in Empfang, während sich Dr. Wilson und ein weiterer Wissenschaftler an den Geräten rund um die Liegen zu schaffen machten. Wo kamen alle diese Leute plötzlich her? Und wieso stellte niemand die verdammten Sirenen ab?

James ächzte. Er schien seine Benommenheit abzuschütteln, trat mit den Beinen um sich, und im selben Moment bebte der Raum, so dass sämtliche Gerätschaften klirrten.

»Wir müssen ihn anschließen, sofort«, rief Dr. Wilson. »Stellen Sie ihn ruhig!«

Die Sicherheitskräfte hoben James auf die Liege, und der Laborassistent riss die Verpackung einer Spritze auf. Erin packte sein Handgelenk. »Nicht!«

Er starrte sie irritiert an, und sein Gesicht verzerrte sich – vor was? Vor Ärger? Vor *Angst*? Grob stieß er Erin beiseite und hastete hinein in den Tumult rund um James. Erin wollte ihm nach, wurde jedoch von der Sicherheitsfrau mit dem Pferdeschwanz zurückgehalten.

Erin wehrte sich gegen ihren Griff, aber die Frau zerrte sie weg von der Liege. »Raus«, blaffte sie. »Hier ist es nicht sicher!«

Verständnislos starrte Erin sie an. Ihr Herz schlug so wild, dass ihre Rippen schmerzten. »Was?«

»Wo bleibt die verdammte Infusion?«, schrie Dr. Wilson. Ein Schauer ging durch die goldenen Kabel, die über James' Liege hingen, und die Keilschrift auf der Säule begann zu leuchten.

James kämpfte voller Zorn und Verzweiflung. Erin versuchte, zu ihm zu gelangen, doch die Sicherheitsfrau packte nur noch fester zu.

»Ich sagte: Raus!«

Irgendwo links von ihnen schrie jemand, doch noch während Erin zu dem Klang herumfuhr, schleifte die Sicherheitsfrau sie zu einem der Notausgänge. Über ihrer Schulter sah Erin, wie sie James auf der Liege fixierten. Der Laborassistent versuchte, für eine Injektion an ihn heranzukommen, aber James wand sich und bäumte sich auf.

Das konnte nicht stimmen, das konnte nicht die richtige Vorgehensweise sein, dachte Erin. Eine Kakophonie an Geräuschen, Panik und Verwirrung wirbelte durch ihren Kopf, doch in der nächsten Sekunde war ihr klar:

Nichts, was hier passierte, war richtig.

Etwas knackte und knirschte, dann drang eine Stimme aus dem Funkgerät der Sicherheitsfrau. »Fuck, ist er eingedämmt, Deirdre?«

»Sind dabei«, antwortete die Sicherheitsfrau knapp, dann riss sie die Notausgangstür auf.

»Was ist hier los?«, sprudelte es aus Erin heraus. »Was ist passiert, warum …?«

»Zum Ausgang«, unterbrach die Sicherheitsfrau. »So schnell Sie können.«

Ohne ein weiteres Wort stieß sie Erin aus dem Labor. Die Sicherheitstür fiel hinter ihr ins Schloss, während sie noch über ihre eigenen Füße stolperte. Rotes Warnlicht flackerte über die Stufen vor ihr.

»Verdammt«, krächzte Erin und zerrte ihr Handy aus der Tasche. Sie wählte Samis Nummer und hörte den Freiton, als hinter ihr ein Donnerschlag explodierte, den sie bis in die Zähne spürte.

»Hallo?«, fragte Samis Stimme an ihrem Ohr.

Erin hielt den Atem an, dann erloschen alle Lichter im Treppenhaus.

41

NYX

Birdie band den Reif aus Kräutern um Nyx' Handgelenk. »Gartenraute, Breitwegerich und Weißdorn«, erklärte sie. »Alles, was böse Geister oder negative Energien abwehrt. Das sollte dafür sorgen, dass du erst mal keine unerwünschten Besuche von funkelnden Gestalten bekommst.«

Sie saßen in der Küche. Frühes Morgenlicht fiel schräg durch das Fenster und die offene Tür zum Garten. Nimbus schlief auf der Stufe hinter der Schwelle.

»Sicher, dass das eine gute Idee ist?«, fragte Nyx und musste sich beherrschen, nicht sofort an dem Reif herumzuzupfen. »Wenn ich meine Blockade lösen will, sollte ich Leon dann nicht konfrontieren?«

Birdie schob die übrigen Kräuter und ihre silberne Schere beiseite. »Wenn du so weit bist, nehmen wir ihn ab«, antwortete sie.

Eine dicke Kerze brannte auf dem Tisch und verbreitete einen angenehmen Rosmarinduft. So langsam begriff Nyx, dass das ganze Cottage darauf angelegt war, ein Refugium zu sein. Wohlriechende Kerzen, weiche Laken, helle Wände, Schutzformeln, die in die Balken an der Decke und in die Türrahmen geritzt waren.

Noch nie hatte sich Nyx an einem Ort derart wohlgefühlt. Gleichzeitig nagte das schlechte Gewissen an ihr. Konnte sie es sich wirklich erlauben, sich in Sicherheit zu wiegen?

Wenn du so weit bist. In Birdies Stimme war kein Vorwurf gewesen, aber Nyx verpassten die Worte dennoch einen Dämpfer.

Anscheinend war sie weder robust noch mutig genug, um sich ihren Dämonen zu stellen.

»Tut mir leid«, sagte sie. »Wegen gestern. Ich wollte mich vorsichtig herantasten. Ich dachte, das schaffe ich.«

Birdie, die eben das Garn zusammenrollte, mit dem sie den Reif gebunden hatte, sah überrascht auf. »Was? Nein, so habe ich das nicht gemeint.« Sie runzelte die Stirn. »Bist du deshalb an den Strand gegangen? Für eine Art Konfrontationstherapie?«

Nyx zuckte mit der Schulter. Sie hatte sich überschätzt. Das brauchte sie nicht zu beschönigen.

Birdie sah bestürzt aus. »Das tut mir leid. Oh, ich hätte dir das besser erklären sollen.« Mit jeder Sekunde wurde sie aufgebrachter. »Als ich sagte, dass wir deine Blockade lösen sollten, meinte ich nicht, dass du dich sofort allem aussetzt, was dich traumatisiert hat. Das ist nicht der erste Schritt.«

»Traumatisiert?«, wiederholte Nyx verständnislos.

Etwas zuckte über Birdies Gesicht, das sie nicht deuten konnte. »Ja«, sagte sie mit Nachdruck und griff nach Nyx' Hand. »Ich glaube, was auch immer mit Leon passiert ist, hat in dir eine richtig tiefe Kerbe geschlagen. Und ehrlich gesagt, nach allem, was du erzählt hast, kam danach noch eine Menge dazu, was den Schock verstärkt hat.«

Nyx runzelte die Stirn, versuchte, Birdies Blick auf ihr Leben zu teilen. Bei ihr klang es so, als ob sie an Leons Tod keinen Anteil gehabt hatte. Doch das stimmte nicht.

»Ich war dabei, als er gestorben ist«, platzte es aus ihr heraus. *Es war meine Schuld.* Das eigentliche Geständnis kam ihr nicht über die Lippen. Stattdessen sagte sie: »Wir waren in der Wahren Nacht. Leon hat sich dem Chaos geöffnet und ist daran zerbrochen. Ich … ich habe gesehen, wie er die Beherrschung verloren hat. Genau wie ich gestern.« Sie schluckte. Birdie musste wissen, wer sie war, welche Fehler sie bereits gemacht hatte. Das schuldete Nyx ihr. »›Verlier die Kontrolle und du öffnest dem Chaos den Weg‹«, zitierte sie. »Ich schätze, Leon und ich, wir haben die Lektion beide nicht gelernt.«

Als Birdie daraufhin schwieg, schrumpfte Nyx innerlich zusammen. Was würde Birdie von ihr denken, jetzt, wo sie ihr Versagen eingestanden hatte? Nach ein paar Sekunden hielt sie es nicht mehr aus. Als sie jedoch einen Blick auf Birdie wagte, erkannte sie auf ihrem Gesicht weder Abscheu noch Ablehnung. Nur Wut.

»Verstehe ich das richtig?«, sagte Birdie. »Du glaubst, Nachtboten werden zu Chaosträgern, wenn sie zu schwach oder unkontrolliert sind?«

Nyx schwieg verblüfft. Natürlich dachte sie das.

Birdies Miene verdunkelte sich noch mehr. »Wer hat dir das weisgemacht? Diane?«

»Birdie«, setzte Nyx an, aber zu ihrem Schrecken nahm die ihre Hand weg und warf wütend die übrigen Kräuter in einen Korb.

»Dieser Scheißorden«, fluchte sie. »Wie kann man so einen verkorksten Mist weitergeben? Und auch noch an Kinder, verdammt nochmal.«

Nyx schob ihren Stuhl zurück. Sie wusste nicht, wie sie Birdie beleidigt hatte, aber es war wohl besser, sie verließ den Raum. Birdie jedoch ergriff blitzschnell ihren Arm. »Nicht«, bat sie, und als Nyx Anstalten machte, ihr den Arm zu entziehen, hielt sie fest. »Nein, Nyx, hör mir zu. Chaosträger entstehen, wenn die Urkräfte im Ungleichgewicht sind. Das passiert nicht, weil eine einzelne Person vergisst, zu meditieren, oder sonst wie durch eine Krise geht. Chaosfluten entstehen zyklisch. Egal, was wir als einzelne Personen tun, es wird immer wieder passieren, dass das Chaos eine große Auflösung anbahnt. Einfach, weil Chaos so funktioniert. In dem Fall sucht es sich einen Träger, schickt Wellen über ihn oder sie hinaus und generiert ein lokales Ungleichgewicht. Leute wie ich nehmen das wahr und können handeln, also sind wir vielleicht ein vom Universum vorgesehener Notfallknopf, wer weiß.« Birdie lockerte ihren Griff, nur um Nyx' Hand zwischen ihren zu halten. »Was ich damit sagen will, ist: Chaosträger zu werden ist keine Charakterschwäche. Es ist einfach nur Pech.«

Nyx sträubte sich. Das konnte nicht stimmen. »Aber du hast gesagt, in mir sitzt eine Blockade, die dafür sorgt, dass das Chaos anschwillt«, warf sie Birdie vor. »Ein Stein im Fluss.«

Birdie verzog das Gesicht. »Ja«, gab sie zu, »aber das Ding ist: Jeder und jede von uns schleppt mindestens einen Stein mit sich herum. Irgendeine Verletzung, Angst, etwas, das wir bereuen oder vermissen. Das können wir nicht vermeiden, das ist Teil des Menschseins. Und es ist nicht der Grund, warum jemand zum Träger wird. Wie gesagt, Chaos steigt und fällt, es folgt unberechenbaren Gezeiten. Entweder das, oder es reagiert auf drastische Veränderungen in unserer Sphäre.«

»Was meinst du damit?«, hakte Nyx nach.

»Manchmal sorgen viele einzelne Vorfälle dafür, dass zu viel Nachtenergie in unserer Sphäre freigelassen wird, oder es bauscht sich zu viel Tagenergie auf«, erklärte Birdie. »Das ist nicht gut, denn damit der Laden hier funktioniert, brauchen wir eine Balance zwischen den Urkräften.«

Nyx verzog den Mund zu einem schmalen Lächeln. »Der Erste Tag hätte gegen die Behauptung, zu viel Tagenergie sei schlecht, bestimmt was einzuwenden.«

»Ja, und damit liegen sie eben falsch«, wetterte Birdie. »Sie glauben, Tagenergie und Ordnungskraft haben einen positiven Einfluss auf die Welt und ihre Bewohner, und Nachtenergie und Chaos beeinflussen uns nur negativ. Aber nichts in diesem Universum ist so einseitig gestrickt. Ja, in mancher Hinsicht repräsentiert Chaos die große Auflösung. Aber gleichzeitig ist es eine schöpferische Kraft. Wir könnten über den Wert von

Unvorhersehbarkeit und Regelbrüchen in der Evolution sprechen, aber denk nur allein an uns Menschen, an unsere Psyche. Unsere Köpfe brauchen zumindest ein bisschen Chaos, um kreative Ideen zu entwickeln. Planlose Gedankensprünge, absurde Verknüpfungen, spontane Einsichten – ohne das würden wir uns nie weiterentwickeln. Und das alles hat etwas Wunderbares, Überraschendes, was uns inspiriert und antreibt.« Birdie schüttelte den Kopf. »Der Orden«, sagte sie mit düsterer Stimme. »Das sind verblendete Demagogen, nichts weiter.«

Nyx schob einen Finger unter das Schutzband an ihrem Handgelenk. »Das ist ja alles gut und schön«, sagte sie. »Aber das ändert nichts daran, dass eine Chaosflut die größte Gefahr ist, die über diese Welt hereinbrechen kann.«

»Stimmt«, gab Birdie zu. »Aber genau genommen ist selbst die Flut eine Methode, um die Kräfte, die das Universum aufrechterhalten, auszupendeln. Egal, wie ein Ungleichgewicht der Urkräfte zustande kommt, eine Chaoswelle würde alles auslöschen und neu erschaffen. Uns gäbe es nicht mehr, aber das Gleichgewicht wäre wieder hergestellt.«

Und damit dieses Ausmaß an Zerstörung funktioniert, braucht das Chaos eine Trägerin, dachte Nyx. *Jemanden, die ihm die Tür öffnet.*

»Du hast gesagt, dass Chaos auf Vorfälle in unserer Welt reagiert«, sagte sie. »Heißt das nicht, dass Menschen doch für den Anstieg des Chaoslevels verantwortlich sind?«

»Ja«, sagte Birdie. »Aber wir sprechen hier von Entwicklungen, die sich über eine lange Zeit aufbauen und von einer Masse an Menschen vorangetrieben werden. Nan hat mal erzählt, dass ein abgedrehter Verbund aus Nachtboten in Pompeji ihre Kräfte einsetzten, um eine hundertjährige Nacht einzuläuten. Frag mich nicht, warum. Irgendwann mussten sie wohl zu viel Nachtenergie freigesetzt haben, ein Träger wurde aktiviert, und den Rest brauche ich dir nicht zu erklären. Aber das Ding ist: Einer allein hätte niemals einen solchen Einfluss auf das Chaos gehabt.«

Nyx schüttelte den Kopf. Nicht, weil sie Birdie nicht glaubte. Aber das, was sie hier ausbreitete, war zu gewaltig, zu fremd, als dass Nyx es hätte annehmen können. Die Kerze auf dem Tisch flackerte unruhig, doch Birdie ignorierte sie.

»Nyx.« Ohne ihren Blickkontakt zu unterbrechen, beugte Birdie sich vor. »Es ist nicht deine Schuld, dass du zur Chaosträgerin geworden bist. Es ist dir einfach zugestoßen.«

Nyx wich ihrem Blick aus und grub ihren Daumen in ihr Handgelenk. Ihr Schock hätte nicht größer sein können, wenn Birdie ihr plötzlich gezeigt hätte, dass der Himmel immer schon grün und nie blau gewesen war.

»Wenn das alles stimmt«, sagte sie mit belegter Stimme, »wenn eine einzelne Person das Chaos nicht lenken kann, dann war's das. Dann habe ich keine Chance, um die … die Flut in mir zurückzuhalten.«

»Doch, die hast du«, beharrte Birdie. »Nichts, was existiert, hat nur eine Eigenschaft, erinnerst du dich? Träger sind die einzigen Menschen, durch die Chaoswellen in unsere Welt eindringen können, aber im Umkehrschluss sind sie auch in der Lage, die Flut zu besänftigen. Weil das Chaos sie braucht. Weil sie es am besten verstehen.« Birdie legte eine Hand an Nyx' Wange. »Du bist nicht hilflos. Du willst helfen. Und du hast bereits alles, was du dafür brauchst. Deine Erfahrungen, deine Kräfte als Nachtbotin und deine Bindungen in dieser Welt, zu den Menschen, die du liebst, all das …« Sie brach ab, räusperte sich. »Du bist stärker, als du denkst.«

Nyx sah sie an, sah den weichen Ausdruck in ihren Augen, und dieses Mal zuckte sie nicht zurück. Wie war es möglich, dass sie dieser Person, dieser Fremden, die einfach so in ihr Leben gestolpert war, so sehr vertraute?

»Glaubst du mir?«, fragte Birdie.

»Ich versuche es«, sagte Nyx leise. »Es ist nur …«, zu fremd, zu verwirrend, zu tröstlich, »… zu viel.« Birdie fuhr mit dem Daumen über ihre Wange, dann ließ sie los und wandte selbst den Blick ab. »Es tut mir so leid.«

»Was meinst du?«, fragte Nyx.

Birdie lächelte traurig. »Ich wünschte, ich hätte dich früher getroffen.«

Kurz fehlten Nyx die Worte, dann griff sie zum ersten Mal selbst nach Birdies Hand. »Ich auch.«

Birdie schluckte, und die Hoffnung, mit der sie Nyx ansah, war schwer auszuhalten.

Sie zog ihre Hand zurück, sanft, damit Birdie nicht dachte, sie würde vor der Berührung Reißaus nehmen, dann fragte sie: »Was ist der erste Schritt?«

»Hm?«, fragte Birdie verwirrt.

»Du hast gesagt, Konfrontation ist nicht der erste Schritt«, sagte Nyx. »Was ist es dann?«

»Ah.« Birdie lächelte schräg. »Als Erstes sorgen wir dafür, dass du dich sicher fühlst. Also, sicher genug, damit du das aushalten kannst, was die Erinnerung an Leons Tod in dir auslöst.«

Leons Tod. Zum ersten Mal sprach sie es so deutlich aus. Ihr ging auf, dass Birdie nie fragte, was genau vorgefallen war. Weil sie es nicht wissen wollte? Nein. Weil sie Nyx die Zeit und den Raum geben wollte, erst darüber zu reden, wenn sie so weit war.

Wenn sie sich sicher genug fühlte.

Was für ein abwegiger Gedanke.

Nyx lächelte und überraschte sich selbst damit. Mit Birdie zu reden, dröselte die Fäden des Strickmusters auf, aus dem Nyx' Weltbild bisher bestanden hatte. Es war ein erstaunlich gutes Gefühl.

Sie hob ihr Handgelenk mit dem Reif. »Das hier hilft schon.«

Birdie lehnte sich in ihrem Stuhl zurück. »Das freut mich. Vielleicht– oh. Moment.« Sie hielt inne und zog ihr brummendes Handy aus der Gesäßtasche. »Sorry, ich wollte es eigentlich auf lautlos …«

Mit einem Stirnrunzeln brach sie ab.

»Wer ist es?«, fragte Nyx.

»Sami.« Birdie wollte den Anruf eben annehmen, als die Rosmarinkerze erneut flackerte und laut knisterte. Mit dem Daumen über dem Display hielt Birdie inne und musterte die Flamme.

»Da stimmt was nicht«, murmelte sie, dann gab die Kerze einen lauten Knall von sich, und eine weiße Stichflamme schoss in die Höhe.

Erschrocken sprangen Nyx und Birdie auf und wichen vom Tisch zurück.

»Was zur Hölle soll das?!«, rief Birdie, im selben Moment, als Nimbus durch die Küche sprang und wie ein geölter Blitz ins Haus flitzte. Schatten rollten über den Boden und verdunkelten die Küche.

»Shit«, fluchte sie und eilte zur offenen Tür. Nyx lief ihr hinterher. Hintereinander stolperten sie nach draußen und blieben entsetzt stehen.

Der Wind zerrte an ihren Haaren, und die Hecken ums Haus bogen sich zum Boden. Ein Kreischen schnitt durch den Sturm, und als Nyx den Blick hob, sah sie Schwärme von Seevögeln. Es mussten Hunderte, Tausende sein, die alle zum Festland strömten und schrien, als würden sie gegen ihren Willen angezogen.

Nyx stolperte zurück. Sie kamen ihretwegen! Die Vögel verdunkelten den Himmel, weil das Chaos in ihr aufstieg. Aber wie war das möglich? Wenn sie in sich hineinhorchte, bemerkte sich nichts, keinen Anstieg von Nachtenergie, nicht einmal das Brausen des Vortex. Panisch tastete sie sich ab, als könnte sie die Kraft, die sich durch sie hindurchfraß, mit den Händen spüren.

Die Vögel! Jede Sekunde würden sie auf die Erde herunterstürzen, wie in Nyx' Vision.

»Birdie!«, rief sie mit erstickter Stimme.

Birdie stand im Sturm und sah mit weit aufgerissenen Augen zu den Schwärmen. Sie verdunkelten den Himmel, fegten auf das Haus zu und darüber hinweg.

Birdie lief zu Nyx, packte sie am Arm und schrie über den Lärm. »Sie sind nicht deinetwegen hier. Nyx, sie fliegen nach Osten, sie …«

Das Geschrei der Vögel verschlang ihre Worte, aber Nyx hörte ohnehin nicht mehr zu.

Draußen auf dem Meer, im Kielwasser der Vögel, ballten sich graugelbe Sturmwolken, die rasend schnell näher kamen. Nyx dachte an ein Reiterheer, an eine Chimäre aus den äußersten Regionen des Kosmos, dann brandeten die Wolken über sie hinweg und strömten nach Osten, nach London.

NACHT

42

NYX

Sami traf sie am Ausgang der Holborn Station in Camden. Nyx lief auf ihn zu, und sie fielen einander wortlos in die Arme.

»Verdammte Scheiße, Nyx«, murmelte er.

»Allerdings«, gab sie zurück.

Sie ließen einander los, und Sami nickte Birdie knapp zu.

Seit die Kerze auf Birdies Tisch explodiert war, fühlte sich Nyx, als ob sie auf einem Karussell saß, das urplötzlich die Richtung geändert hatte. Zuerst der Sturm und die panischen Vögel, die als böse Omen nicht hätten deutlicher sein können. Dann der Anruf von Sami, der so lange bei Birdie Sturm geklingelt hatte, bis sie abnahm.

Bitte sag mir, dass du weißt, wo Nyx ist. Kein Hallo, keine Erklärung, nur Samis panikerfüllte Stimme. *Der Erste Tag hat James verschleppt.*

Drei Stunden und eine halsbrecherische Autofahrt später waren Birdie und Nyx zurück in London. Der Sturm war ihnen vorausgeeilt und dräute als schiefergraue Wolkenmasse über der Stadt. Von den Vogelschwärmen fehlte allerdings jede Spur.

»Warst du schon beim Ordenshaus?«, fragte Nyx.

Sami schüttelte den Kopf. »Ich habe auf euch gewartet, wie du's wolltest.«

Nyx musterte ihn besorgt. Irgendetwas an ihrer Miene musste ihm verraten, was sie als Nächstes fragen wollte.

»Wenn du mir vorschlagen willst, nicht mitzukommen, spar es dir«, sagte er.

Nyx presste die Lippen aufeinander, aber sie nickte. Sie hatte nichts anderes erwartet. »Gehen wir.«

Sami ging voraus, das Handy in der Hand. Laut Navigationsapp war die Adresse, die Erin ihm genannt hatte, nur dreihundert Meter weit entfernt.

Die Adresse des Ordenshauses. Der Orden des Ersten Tages hatte einen Sitz in London. Diese Neuigkeiten verdaute Nyx immer noch. Bisher waren sie alle davon ausgegangen, dass der Erste Tag von Oxford aus operierte. Was hatten sie sonst noch übersehen?

»Hat Erin noch irgendetwas anderes gesagt?«, fragte Nyx.

»Nein, nichts«, antwortete Sami. »Sie sagte nur, dass der Orden James hier festhält und dass er in Gefahr ist. Ich glaube, sie wollte weiterreden, aber unser Anruf wurde unterbrochen. Auf ihrer Seite war die Hölle los. Da plärrte irgendein Alarm, und sie … sie klang panisch.«

»Hast du …«

»… versucht, sie zurückzurufen? Ja. Mehrmals. Sie geht nicht ran.«

Seine Stimme klang gepresst vor Sorge. Nyx wusste, wie er sich fühlte. Fragen über Fragen drängten sich in ihren Kopf. Was war passiert? Wann hatte der Orden James und Erin erwischt? Und was war mit Diane? Auf der Fahrt nach London hatte Nyx verzweifelt versucht, sie zu erreichen. Sie ging nicht ans Handy, und auch auf dem Festanschluss in Wildridge Hall meldete sich niemand.

Böse Vorahnungen rumorten in Nyx' Magengrube. Immer wieder huschte ihr Blick nach oben. Über London erschien die düstere Wolkendecke wie die normale Vorhut von schlechtem Wetter. Nyx wurde jedoch das Gefühl nicht los, dass sich die Qualität der Luft verändert hatte. Als wäre sie aufgeladen, angespannt.

Hinter einem Supermarkt bogen sie rechts ab. Nyx wurde

beinahe von einem Mann umgerannt, der gedankenverloren in die entgegengesetzte Richtung eilte.

»Was machen wir, wenn wir dort sind?«, fragte Birdie.

»Wir befreien James«, antwortete Sami ohne Umschweife.

»Schon klar, aber wie stellen wir das an?«

»Wir improvisieren«, antwortete Nyx. Was ein lausiger Plan war, das wusste sie sehr genau. Jetzt zu zögern, kam jedoch nicht in Frage.

Das hier war die Katastrophe, vor der sich Nyx und James jahrelang gefürchtet hatten. Nyx hatte endlose Albträume über diverse Entführungsszenarien gehabt: gesichtslose Häscher, die ihr schwarze Hauben über den Kopf stülpten, die durch die Tür ihrer Londoner WG krachten, die James mitnahmen und Nyx ohne Anhaltspunkt zurückließen, wo sie nach ihm suchen sollte.

Jetzt, wo dieser Fall tatsächlich eingetroffen war, pumpte Adrenalin durch Nyx' Adern. Die Angst saß wie ein öliger Geschmack in ihrem Mund, aber trotzdem fühlte sie sich wacher und entschlossener als seit Tagen. Hier ging es nicht mehr um sie. Es ging um James.

Im Gegensatz zu ihr schien Birdie jedoch zum ersten Mal die Fassung zu verlieren.

»Alles okay bei dir?«, fragte Nyx, während sie an einem Restaurant vorbeigingen. »Wenn du lieber–«

»Nein«, unterbrach Birdie. »Ich komme mit.« Ihr Blick huschte zum Himmel. »Aber ich verstehe nicht, was hier los ist. Die Zeichen, die wir gesehen haben, waren Untergangszeichen. Ich bin mir fast sicher. Aber wenn du die Chaosträgerin bist, dann hätten sie sich um dich herum ballen müssen.«

Dieser Widerspruch hatte sie schon während der Fahrt gequält. Natürlich hatten sie auch über die naheliegendste Lösung des Rätsels gesprochen, aber bis jetzt hatte keine von ihnen sie akzeptieren wollen: Wenn Nyx nicht der Nukleus der Chaosomen war, dann war sie nicht die Trägerin.

»Was habe ich übersehen?«, fragte Birdie. »Ich kann doch nicht so falsch gelegen haben.«

Nyx blieb stehen. »Birdie.«

Birdie sah sich nach ihr um, doch Nyx starrte hinunter auf den toten Spatz vor ihren Füßen. Der kleine Kopf stand in unnatürlichem Winkel ab, der Hals war gebrochen.

Nyx krallte die Hände in den Saum ihres Hemdes, dann hob sie den Kopf. Vor ihr befand sich die Straße, die sie in der Vision in Inglebys Büro gesehen hatte.

Da waren die Platanen am Straßenrand, dort die Bäckerei mit blauer Fassade. Nyx erkannte die Bürohäuser mit den auf antik getrimmten Fassaden und das Haus mit den grünen Fliesen, vor dem sich die Straße teilte. Alles genau wie in ihrer Vision.

Noch klafften keine Risse im Himmel. Noch pflasterten keine Hundertscharen an Vogelleichen den Boden. Noch.

Birdie starrte auf den toten Spatz, und Nyx wusste, dass sie ihn als Unheilsboten erkannte. Sami jedoch ließ mit einem Stirnrunzeln seinen Blick über ihre Umgebung schweifen.

»Okay, das ist gruselig«, sagte er. »Wo sind alle?«

Nyx sah sich um, und jetzt bemerkte sie es auch. Sie befanden sich mitten in einem der geschäftigsten Bezirke der Stadt. Der Morgen war bereits vorangeschritten, die Gehwege sollten wimmeln vor Passantinnen und Passanten. Stattdessen war ihre Umgebung menschenleer, und auch in den Cafés und Restaurants schien sich niemand aufzuhalten.

Nyx schauderte.

»Twilight Zone«, murmelte Sami.

»›Vögel strömen der Auflösung zu, sie haben keine Wahl‹«, sagte Birdie in mattem Ton, als würde sie etwas zitieren. »›Menschen vermeiden ihre Nähe, solange sie können.‹«

Nyx sah noch einmal nach oben, wo die Wolkendecke noch tiefer zu hängen schien als zuvor. Dann richtete sie ihre Aufmerksamkeit auf das Gebäude auf der anderen Seite der Straße. Es war sechs Stockwerke hoch, besaß moderne Fenster, die zwischen kantigen Säulen und Friesen aus Sandstein steckten.

»Das ist es, oder?«, fragte sie.

Sami warf einen Blick auf sein Handy. »Ja.«

Nyx' Pulsschlag beschleunigte sich, dann trat sie hinaus auf die leere Straße.

Als sie nur noch ein paar Meter vom Ordenshaus trennten, fegte eine Windbö über die Straße. Sie brandete über Nyx hinweg, änderte abrupt die Richtung, schwappte gegen ihre Hüfte und fiel in sich zusammen.

Nyx setzte einen Fuß auf den Gehsteig. Der Boden fühlte sich dünn an, als wäre die Welt unter ihr plötzlich hohl. Kurz war sie davon überzeugt, dass sie durch die Kruste aus Asphalt brechen würde, aber am Ende trug sie ihr Gewicht.

Vor der Glastür am Eingang blieben sie stehen. Das tote Laub, das sich am Sockel des Gebäudes staute, raschelte, obwohl sich in dieser Sekunde kein Lüftchen regte.

»Hat sonst noch jemand Gänsehaut?«, fragte Sami.

Nyx sah zu Birdie, die blass wie ein Laken geworden war. »Siehst du hier irgendwelche Zeichen?«, fragte sie. »Hattest du recht mit deinem Verdacht?«

»Ja«, sagte Birdie.

Nyx schloss die Augen. Sie sollte erleichtert sein. Stattdessen spürte sie nur einen dumpfen Hall in ihrer Magengrube, als hätte irgendwo eine Glocke geläutet.

»Ja was?«, fragte Sami.

»Wir dachten, dass Nyx die Chaosträgerin ist«, sagte Birdie. »Aber das, was hier passiert, unsere Gänsehaut, der tote Vogel, dieses Gefühl, als würde die Luft stehen und sich ein riesiges

Unwetter anbahnen – das alles deutet darauf hin, dass sich hier das Epizentrum einer Chaoswelle befindet. Wer auch immer die Welle ausgelöst hat, befindet sich in diesem Gebäude.«

»Wer auch immer?«, wiederholte Sami.

Nyx sah ihn an. Seine Augen weiteten sich, dann verhärtete sich seine Miene.

»James.«

Nyx schloss die Hand um den Griff der Eingangstür. Es musste nicht stimmen. Jemand anderes konnte der Chaosträger sein. Aber sobald Birdie den Verdacht geäußert hatte, dass Nyx doch nicht die Trägerin war, dass die Zeichen wieder nach London zeigten, da hatte ihre Furcht sofort James' Namen hochgespült. Sie spürte die bittere Ironie bis in ihre Knochen. Noch vor ein paar Stunden hätte sie alles dafür gegeben, um dem Schicksal als Trägerin zu entkommen. Jetzt wünschte sie sich, sie wäre es doch.

»Nyx?«, fragte Birdie.

Wortlos zog Nyx die Tür auf und betrat das Haus des Ersten Tages.

Im Foyer herrschte Totenstille, und auch hier ließ sich niemand blicken. An der Wand über der Rezeption hing ein monumentales Marmorrelief, das einen Wagen zeigte, der von vier Pferden gezogen wurde. Eine strahlenbekränzte Gestalt hielt die Zügel. Der Sonnengott Helios, wenn Nyx nicht alles täuschte.

»Oh«, murmelte Sami, als er neben Nyx trat. Nyx verstand, was ihn beunruhigte. Am hinteren Ende des Foyers wartete Dunkelheit. Sie quoll aus den Ritzen der geschlossenen Fahrstuhltür und breitete sich wie Rauch über dem Boden aus.

»Platzt unsere Wirklichkeit auf?«, fragte Birdie besorgt. »Ist das Nacht?«

»Nein«, antwortete Nyx. »Das ist James' Schutzmantel.«

Mit festem Schritt ging sie darauf zu. Es war Jahre her, dass sie sich auf dieser Seite von James' Dunkelheit befunden hatte. Sie wusste jedoch noch, wie es sich anfühlte, und als sie nun näher kam, spürte sie die Barriere aus Emotionen, die jeden stoppen sollte, den James nicht in seinen Radius einlassen wollte.

Als Erstes fiel ihr auf, dass die Beschaffenheit der Gefühlsbarriere sich geändert hatte. Früher hatte sie lediglich abgelenkt: Menschen, die James nicht in seiner Dunkelheit haben wollte, fiel plötzlich etwas Wichtiges ein, das sie woanders zu erledigen hatten. Oder sie freuten sich unbändig darauf, sich irgendwo einen Kaffee oder ein Stück Kuchen zu holen. In jedem Fall war man einfach nur zufrieden mit sich, wenn man sich abwandte und vergaß, dass es die Dunkelheit gab.

Nun war das anders. James' Dunkelheit war nicht nur weithin sichtbar, ihre bloße Nähe versetzte Nyx in Alarmbereitschaft.

Zuerst fühlte sie Angst. Ein Zittern glitt über ihre Haut, und die Knie wurden weich. Als Nächstes wurde ihr übel, und sie überkam das dringende Bedürfnis, auf dem Fuß kehrtzumachen. Dann kam der Kummer, der sich wie eine Hand um ihr Herz legte und zudrückte.

»James«, flüsterte sie, und Tränen stiegen ihr in die Augen. Die Dunkelheit erfand nichts. Sie gab nur weiter, was ihr Urheber in sich trug.

Nyx hatte es bis kurz vor die Tür geschafft, die ein Schild als Eingang zum Treppenhaus kennzeichnete. Dunkelheit kräuselte sich wie Rauch um ihre Fußgelenke. Sie sah sich nach Birdie und Sami um, die ein paar Schritte zurückgeblieben waren. Beide waren sichtlich erschüttert.

»Ich glaube nicht, dass wir weitergehen sollten«, sagte Birdie mit zittriger Stimme, während ihr die Tränen über die Wangen liefen.

Samis Brust bebte mit schnellen Atemzügen, aber er drückte den Rücken durch und trat an Nyx' Seite.

»James würde uns niemals weh tun«, sagte er, dann ging er voraus in die Dunkelheit.

43

NYX

Langsam tasteten sie sich durch das verdunkelte Gebäude. Nyx übernahm die Führung und lotste die anderen die Treppe hinauf. Sie sprachen nicht, halfen sich jedoch gegenseitig, wenn einer von ihnen strauchelte. Auf einem Treppenabsatz sank Sami plötzlich in sich zusammen, verschränkte die Hände im Nacken und weinte unkontrollierbar. Nyx und Birdie ließen sich zu beiden Seiten von ihm nieder und hielten ihn im Arm, bis er sich beruhigte. Birdie klammerte sich an Nyx' Ärmel, während Nyx eine abgrundtiefe Trauer verspürte. In Gedanken stand sie vor einem Spiegel und trug das schwarze Samtkleid, das Diane ihr für Leons Beerdigung ausgesucht hatte. Sie hasste dieses Kleid. Sie spürte wieder das Kratzen des Kragens an ihrem Hals, wollte schreien, wegrennen, zwang sich jedoch, die Treppe weiter nach oben zu steigen.

Als sie das zweite Stockwerk erreichten, schienen sie den äußeren Ring der Dunkelheit passiert zu haben, und die abschreckenden Gefühle verblassten. Nyx hörte, wie Sami erleichtert ausatmete.

»Wenn du willst, kannst du die Taschenlampe an deinem Handy einschalten«, sagte Nyx. »Ab jetzt sollte sie auch hier drin funktionieren.«

»Immerhin etwas«, murmelte Sami. Kurz darauf flammte eine kleine Lampe in seiner Hand auf und beleuchtete das Treppenhaus. Sie hatten es beinahe in den ersten Stock geschafft.

»Wohin?«, fragte Sami.

Nyx drehte sich zu Birdie um. »Kannst du James spüren?«

Birdie, die sich auf dem Geländer abstützte, ließ den Kopf hängen. »Ich weiß nicht.«

Besorgt trat Nyx näher an sie heran. »Was ist los?«

Birdies Hand schloss sich fester um das Geländer. »Irgendetwas stimmt hier nicht«, sagte sie.

»Dämpft die Dunkelheit deine Antennen?«

Birdie stieß ein trockenes Lachen aus. »Nein. Nein, das ist es nicht. Ich spüre *zu viel*.«

Sie hob den Kopf, und im kalten Licht von Samis Handy wirkte ihr Gesicht fahl und verkniffen. »Dieses Haus ist voll von Energie, Nyx. Es ist aufgebläht wie eine Zecke.«

»Chaoskraft?«

»Mmh, nein, es ist mehr wie … es ist hell. Zu hell. Es fühlt sich an, als würde ich direkt unter einem Scheinwerfer stehen.«

Nyx schluckte. Wie viele Tagboten mussten sich in diesem Gebäude aufhalten, dass sie eine solche Wirkung auf Birdie hatten? Und wie zur Hölle sollten sie zu dritt gegen eine solche Überzahl ankommen?

»Kannst du weitergehen?«, fragte Nyx.

Birdie biss sichtlich die Zähne zusammen, aber sie nickte.

»Wenn Birdie James nicht aufspüren kann …«, setzte Sami an.

»Dann durchsuchen wir jedes Stockwerk«, vervollständigte Nyx und nickte zu der Tür, die auf dem Treppenabsatz über ihnen wartete.

Sie betraten einen Raum, der vermutlich als Lounge oder Cafeteria genutzt wurde. Das Licht von Samis Handy glitt über Sitzecken mit Sofas und niedrigen Tischen, über Topfpflanzen und große Glühbirnen, die von der Decke baumelten.

Nyx war in Habachtstellung, aber außer ihnen schien sich niemand hier drin aufzuhalten. Vorsichtig gingen sie weiter, bis

Birdie schwankte und mit einem Wimmern stehen blieb. Nyx fasste sie am Arm, um sie zu stützen.

»Kannst du dich abschirmen?«, fragte sie.

»Hab ich schon«, sagte Birdie. »Was auch immer hier in der Luft hängt, dringt trotzdem durch. Fuck. Auf das hier war ich nicht vorbereitet.«

»Mach dich nicht verrückt«, sagte Nyx. »Was hier passiert, erwischt uns alle kalt.«

Bevor Birdie etwas erwidern konnte, rief Sami nach Nyx. Die hielt Birdie fester, aber sie wedelte sie mit der Hand weg. »Geh.«

Widerwillig ließ Nyx sie los und lief dorthin, wo Sami stand. Noch bevor sie fragen konnte, was los war, schaltete Sami das Licht an seinem Handy aus. Was sie dann sah, jagte ihr eine frische Welle an Gänsehaut die Arme hinauf.

Mehrere Meter vor ihnen hing ein violettes Licht in der Dunkelheit. Nyx konnte die Quelle nicht erkennen, aber die langgezogene, halb zerfaserte Form des Leuchtens ließ sie ahnen, was dort auf sie wartete.

Birdie schloss zu ihnen auf. »Was ist das?«, fragte sie.

Anstatt zu antworten, trat Nyx nach vorn. »Bleibt hinter mir«, warnte sie und ging auf das Licht zu.

Je näher sie kamen, umso mehr verschwand alles andere aus Nyx' Bewusstsein. Sie trat auf die Scherben einer zerbrochenen Tasse, ging weiter, immer weiter, bis ihre Füße anhielten und keinen Schritt mehr gehen wollten.

»Heilige Scheiße«, flüsterte Sami.

Zwischen Esstischen und umgestürzten Stühlen schwebte ein halb aufgelöster Mensch. Der Mann – oder das, was von ihm übrig war – hing gute zwei Meter über dem Boden in der Luft. Seine Zehen zeigten nach unten, die Arme hielt er vom Körper abgespreizt. Sein Kopf war verschwunden, aufgelöst in einer Wolke aus träge wirbelndem, blaurotem Nebel. Winzige

Sterne funkelten in dem Miasma und an den Rändern des Risses, der sich vom Kehlkopf des Mannes bis nach unten in seine Brust zog. Sein Verfall, so schien es, war noch nicht beendet. Noch immer breitete sich der Riss aus, drang tiefer in seinen Körper, verwandelte Haut und Fleisch und Knochen in Sternensand und Staubnebel. Alles mit der trägen Unerbittlichkeit einer Supernova in Zeitlupe.

Mehrere Sekunden lang sagte niemand ein Wort. Dann beugte Birdie sich zur Seite und übergab sich geräuschvoll. Nyx war als Erste an ihrer Seite, dann trat auch Sami zu ihr, und gemeinsam halfen sie Birdie, sich wieder aufzurichten. Nyx fing Samis Blick auf, aber der schüttelte nur den Kopf.

»Erklär's mir nicht«, bat er. »Nicht jetzt.«

Nyx konnte den Wunsch nachvollziehen.

»Weiter«, sagte sie. »Aber passt auf, dass ihr ihm nicht zu nahe kommt.«

In weitem Bogen führte sie Birdie und Sami um den schwebenden Toten herum. Sie wollte nicht wissen, was passierte, falls einer von ihnen mit den winzigen Sternen in Berührung kam, die wie Sporen aus den Bruchlinien seines Körpers trieben. Der beißende Geruch von Ozon lag in der Luft, und Nyx musste sich zusammenreißen, um den Inhalt ihres Magens nicht ebenfalls hochzuwürgen.

Als sie weitergingen, schaltete Sami die Lampe seines Handys wieder an. Kurz darauf ließ er das Telefon beinahe fallen.

Nyx' Blick glitt über den Boden hinter den Tischen. *Scheint so, als müssten wir uns wegen einer Überzahl an Ordensmitgliedern doch keine Sorgen machen*, dachte sie und schluckte die Galle hinunter, die ihren Hals hinaufdrängte.

Im hinteren Bereich der Cafeteria lagen mindestens sechs Menschen. Sie alle waren zu Boden gestürzt und lagen mit verrenkten Gliedern und geöffneten Mündern auf dem Linoleum. Wenn sie das Licht von Samis Lampe streifte, leuchteten silberne Adern auf ihrer Haut. Nyx wusste, wenn sie sich zu ihnen hinunterbeugen würde, würde sie in ihren Augen nur graue, erstarrte Schlieren sehen.

Sie beugte sich nicht hinunter.

Birdie klammerte sich an ihren Arm, bis sie es nicht mehr aushielt und sich neben eine der Leichen kauern wollte.

»Nicht«, warnte Nyx und zog sie mit sich. »Wir können nichts mehr für sie tun.«

Birdie schauderte. »Was ist mit ihnen passiert? Warum hängen sie nicht in der Luft, wie …«

»Ihre Körper haben aufgegeben, bevor sie das zweite Stadium des Chaosverfalls erreicht haben«, sagte Nyx. War das eine Gnade? Nicht mehr mitzubekommen, wie der eigene Körper auseinanderfiel, wie die eigenen Augen …

»Da!«, rief Sami und lief los.

»Shit«, fluchte Nyx. Birdie grub die Finger in ihren Arm, dann rannten sie ihm hinterher.

Es schien, als hätten sie endlich das Ende der Cafeteria erreicht. Dort, am Fuß der Wand, kauerte eine kleine Gestalt. Sie war am Leben, hatte die Stirn fest auf die Knie gedrückt und hielt ihre Beine umklammert. Nyx wusste zuerst nicht, wen sie vor sich hatte, aber Sami hatte sie bereits erkannt.

»Erin«, redete er ihr gut zu. »Hey, Erin, ich bin es, Sami.«

Erin zuckte zusammen und hob vorsichtig den Kopf. Als sie ihn erkannte, löste sie ihre Arme. Dann bemerkte sie Nyx und fuhr zurück, als ob Nyx eine Waffe auf sie richtete.

»Fass mich nicht an!«, keuchte sie.

Verstört wechselte Sami einen Blick mit Nyx, dann wandte er sich wieder an Erin. »Erin«, wiederholte er. »Beruhig dich, okay? Niemand will dir weh tun.«

Sami griff nach ihr, aber sie schlug seine Hand beiseite.

»Du warst das!«, fauchte sie Nyx an. »Du hast sie umgebracht!«

Nyx taumelte zurück, doch diesmal hielt Birdie sie aufrecht.

»Nein, hat sie nicht«, sagte Birdie. »Nyx ist nicht die Trägerin. Wir haben uns geirrt. Es ist jemand hier im Haus.«

»Was?«, fragte Erin verständnislos.

Nyx trat vor. »Wo ist James?«

Erin starrte sie an, schien ihre Frage jedoch nicht verstanden zu haben. »Sie sind einfach auseinandergebrochen. Sie–«

»Erin«, unterbrach Nyx und ging vor ihr in die Hocke. Erin wollte wieder Reißaus nehmen, aber Nyx hielt ihren Blick fest. »Wo ist James?«

44

JAMES

Wildridge Hall | Einundzwanzig Jahre zuvor

James war sieben, und seine Welt hatte sich in Asche verwandelt. Das kleine Haus mit den gelben Küchenschränken. Die Wochenendausflüge mit seiner Familie. Der Duft von frisch frittierten, goldbraunen Puff-Puffs und das Lächeln seines Vaters, wenn James den Puderzucker über das Gebäck streute. Die Couch, auf der seine große Schwester ihm vorlas. All das war unter einer Schicht aus kaltem Grau begraben.

Er lebte jetzt in einem anderen Haus, in einem großen Haus, in dem die meisten Zimmer leer standen. Manchmal hatte er das Gefühl, er würde träumen, ohne je aufzuwachen. Egal, was er aß, auf seiner Zunge verlor es jeden Geschmack. Das Blau des Himmels, die grünen Bäume, alles wirkte matt, als hätte sich ein Schleier aus Ruß über seine Augen gelegt.

Er dachte, das würde von nun an immer so bleiben. Dann platzte ein Junge mit hellem Haar in seine Aschewüste und ließ Sterne über seine Finger tanzen.

Vierzehn Jahre zuvor

James war dreizehn, und Leon gab ihm einen Spitznamen.

»Jay Bird«, sagte er. »Passt perfekt.«

»Ich bin doch kein Vogel«, murrte James.

Leon grinste. »Und ob du das bist. Frei und mutig und immer auf der Hut für uns.«

James spürte, wie sein Gesicht glühte. In der nächsten Sekunde drückte Leon ihm einen feuchten Kuss auf die Wange.

»Und wenn du versuchst zu singen, krächzt du wie ein Eichelhäher«, sagte er. »Das passt auch.«

Zehn Jahre zuvor

James war siebzehn, und die Abenddämmerung spiegelte sich im Wasser des Pools. Leon und er hatten die Hosenbeine hochgekrempelt und streckten ihre Füße ins Wasser. James' gebrochener Arm steckte in einem Gips, aber Leon hielt seine heile Hand vorsichtig in seiner.

»Das klappt nicht«, sagte James. »Wir sind auf der falschen Seite der Tür.«

»Klar klappt das«, behauptete Leon. Er strich mit den Fingerspitzen über James' Unterarm, hinauf zu seinem Handgelenk, dann beugte er sich vor und hauchte in James' hohle Hand. Als er sich zurückzog, schwebte ein Stern über James' Handfläche, eine strahlend helle, stecknadelkopfkleine Gaskugel mit einem irisierenden Hof.

James vergaß zu atmen und spürte, wie etwas Warmes, Weiches sich um sein Herz schmiegte.

»Siehst du?«, fragte Leon. »Jetzt hast du einen Leitstern, wann immer du ihn brauchst.«

Chariot House | Jetzt

James war sechsundzwanzig, und der Stern, den Leon ihm geschenkt hatte, schwebte über dem Körper des Jungen, den er für verloren gehalten hatte.

Grüne Messlinien glitten flach über einen Bildschirm, weiße Elektroden bedeckten Leons Stirn. Zwei Münzen lagen auf seinen geschlossenen Augen.

James stand am Rand des Klinikbettes, umgeben von seiner Dunkelheit, und spürte, wie seine Welt sich erneut in Asche auflöste.

45

NYX

Laut Erin befand sich James im vierten Stock. Zumindest war er dort gewesen, als Erin ihn das letzte Mal gesehen hatte. Mehr war nicht aus ihr herauszubekommen.

Nyx war so kurz davor, Erin zu packen und mehr Informationen aus ihr herauszuschütteln. Ihr war jedoch klar, dass das nichts bringen würde. Erin stand unter Schock. Außerdem beobachtete sie Nyx mit angstgeweiteten Augen, egal, wie oft Birdie ihr versicherte, dass von Nyx keine Gefahr ausging.

Das zumindest konnte Nyx ihr nicht verübeln.

Sie schafften es bis in den vierten Stock, bevor Erin schließlich zusammenbrach. Eben hatten sie eine Art Chemielabor betreten, als Erin auf die Knie fiel und anfing, zu klagen.

»Ich kann nicht«, flüsterte sie. »Ich kann nicht dorthin zurück. Es tut weh, da ist so viel Schmerz. Es ist zu laut.«

Mit einem Wimmern beugte sie sich vornüber. Sami kauerte sich neben sie und strich mit der Hand über ihren Rücken. Er redete beruhigend auf sie ein, aber Nyx ahnte, dass Erin vorerst nicht weitergehen würde.

Sie sah sich um. James musste seine Dunkelheit zum eigenen Schutz heraufbeschworen haben. Und wenn Erin zu dem Zeitpunkt in der Nähe gewesen war, hatte sie die volle Breitseite der Schmerzschwelle abbekommen. Sinnlos, ihr zu erklären, dass ihr die Emotionen, die den Rand von James' Dunkelheit verdichteten, körperlich nichts anhaben konnten.

Zumindest war Nyx immer davon ausgegangen, dass es so war.

Ihr Blick glitt über die Arbeitstische, über Mikroskope, Computer, Mörser und Glaskolben, die dank ihrer Nachtsicht als graue Schemen im Raum hervortraten. Am anderen Ende des Labors, nahe eines offenen Durchgangs, sah sie einen Arm, der hinter einem Tischbein hervorschaute.

Scheinbar hatte sich auch hier mehr als nur Dunkelheit ausgebreitet.

Furcht ließ Nyx' Herzschlag stolpern. Wie würde sie James vorfinden? Wusste er noch, wer er war, oder hatte ihn die Kraft des Chaos bereits völlig unter sich begraben?

Sie tastete nach der Tischkante neben sich. *Atmen*, sagte sie sich. *Atme, verdammt.*

Birdie berührte sie sacht am Rücken, und Nyx senkte dankbar den Kopf.

»Wenn er noch weiß, wer er ist, kannst du ihm dann helfen?«, fragte sie. Ihre eigene Stimme war ihr fremd. Sie klang viel zu jung.

»Ich werde alles versuchen«, versprach Birdie.

Nyx nickte und sagte sich, dass sie sich an diese Hoffnung klammern würde. Bis zum allerletzten Augenblick. Sie wollte zu Erin zurück, als Birdie sagte: »Es tut mir so leid.«

»Was meinst du?«, fragte Nyx.

»Es war mein Fehler«, sagte Birdie zerknirscht. »Ich hätte bemerken müssen, dass du nicht die Trägerin bist. Ingleby hat von einem Jungen gesprochen, und ich habe das zu schnell abgetan. Aber …« Sie sah zur Seite, bevor sie mit erstickter Stimme fortfuhr. »Ich war mir so sicher, dass du meine Hilfe brauchst.«

Wäre Nyx jemand anderes gewesen, hätte sie Birdie behutsam am Kinn gefasst und sie zu sich zurückgedreht. So streifte sie jedoch nur mit den Knöcheln über Birdies tätowierte Fingerrücken.

»Das habe ich«, sagte sie. »Das tue ich noch immer.«

Birdie sah sie von der Seite an und lächelte traurig. »Natürlich treffe ich dich jetzt«, sagte sie. »Die Apokalypse hat echt beschissenes Timing.«

Nyx schluckte, dann schob sie ihre Hand unter Birdies und verhakte ihre Finger ineinander. Sie dachte an die Nacht, als sie zusammen in Birdies Bett gelegen hatten, mit Seewind auf der Haut und dem rauen Rauschen des Meeres. In jenem Moment hatte sich Nyx nicht vor dem Geräusch gefürchtet.

Birdie hob Nyx' Hand, küsste erst das Schutzarmband, dann ihren Handrücken. Nyx schloss kurz die Augen, dann ließen sie einander los und gingen zurück zu den anderen.

Erneut ging Nyx vor Erin in die Hocke, nur griff sie dieses Mal auch nach ihrem Arm. Erin wehrte sich, wollte sich aus ihrem Griff winden, aber Nyx hielt sie fest, bis sie ihrem Blick begegnete.

»Wo hast du James das letzte Mal gesehen?«

Kurz starrte Erin sie an wie ein Kaninchen die Schlange, dann nickte sie zu einer Tür auf der rechten Seite des Labors.

»Danke«, sagte Nyx und stand auf. Sami wollte sich ihr anschließen, aber sie hob abwehrend die Hand.

»Zu gefährlich.« Wenn James das Chaos nicht mehr im Griff hatte, wäre jeder Mensch, der ihm zu nahe kam, der Gefahr eines Verfalls ausgesetzt. Als Nachtbotin würde Nyx vielleicht ein paar Momente länger durchhalten.

Vielleicht.

»Nyx«, begann Sami.

»Vertrau mir«, unterbrach sie ihn.

Kurz sah es so aus, als wollte er widersprechen, dann sank er geschlagen zurück auf die Knie.

»Hol ihn zurück«, sagte Sami. »Bitte.«

Ihre Brust zog sich schmerzhaft zusammen. Sie nickte. Birdie trat neben sie, bereit, sie zu begleiten, doch Nyx wehrte sie ebenfalls ab.

»Ich gehe allein.«

»Ich kann James helfen«, widersprach Birdie.

Nyx lächelte matt. »Das hoffe ich. Aber das Chaos, das aus ihm ausbricht, hat die Menschen hier drin wie nasses Papier zerrissen.« Sie neigte den Kopf zu Birdies Fingern. »Wie lange können deine Schutzzeichen dich abschirmen, wenn du ihm jetzt gegenübertrittst?«

Birdie biss sich auf die Unterlippe, dann sagte sie: »Ich bin mir nicht sicher.«

Nyx drückte ihren Arm. »Er kennt mich«, sagte sie und hoffte inständig, dass das immer noch stimmte. Dass sein Bewusstsein noch intakt genug war, um seine Umgebung wahrzunehmen. »Ich kann ihn erden. Und dann hole ich dich nach, okay?«

Birdie zögerte, sichtlich hin und her gerissen.

»Bitte, Birdie«, sagte Nyx. Wenn sie zusehen musste, wie sie neben ihr auseinanderbrach, würde sie den Verstand verlieren.

Birdie presste die Lippen aufeinander, dann straffte sie die Schultern. »Ruf nach mir, sobald wie möglich.«

»Versprochen«, sagte Nyx. Sie trat vor, schaffte jedoch kaum zwei Schritte, bevor Birdie sie zurückhielt.

»Der Vogel«, sagte sie rasch. »Der Spatz unten auf der Straße. Er kann Opfer einer Chaoswelle sein, aber Vögel mit gebrochenen Hälsen sind auch Todesomen.«

Nyx versteifte sich.

»Du hast ihn gefunden«, sagte Birdie. »Und deine Vision war voller toter Vögel.« Ihre Finger krallten sich in Nyx' Ärmel. »Sei vorsichtig.«

Nyx schluckte gegen den Kloß in ihrem Hals an, dann ging sie zu der Tür, auf die Erin gezeigt hatte.

46

JAMES

Er hatte keine Ahnung, wie lange er sich bereits in seiner Dunkelheit versteckte. Er wusste nicht einmal genau, wie er sie heraufbeschworen oder wie er sich befreit hatte. Menschen in Uniformkluft hatten versucht, ihn auf eine Liege zu schnallen. Jemand hatte sich mit einer Nadel genähert.

James hatte nur einen Gedanken gehabt. Er wollte zurück zu Leon.

Das Nächste, woran er sich erinnerte, war der Stern, der über seiner Handfläche aufleuchtete und zu Leons Bett hinüberwanderte.

Wieso war Leon hier? Wie konnte es sein, dass sein Körper scheinbar unversehrt auf diesem Bett lag?

James' Fragen trafen nur auf Stille. Auf Stille und eine gähnende, aschgraue Hoffnungslosigkeit.

Er saß auf einem Stuhl neben dem Bett, so, als wäre dies ein ganz normaler Besuch in einer Klinik. Nur, dass James nicht wusste, wie er jemals wieder aufstehen sollte. All die Jahre. All die Jahre hatte er weitergemacht. Er hatte seine Trauer entweder weggeschoben oder ertragen, wenn sie durch seine Schutzwälle brach.

Schon ironisch, dass ihn am Ende die Hoffnung in Stücke riss.

Sein dummes Herz hatte ihn zurück in dieses Zimmer getrieben. *Leon ist zurück, Leon ist am Leben.* James hatte sich so verzweifelt gewünscht, dass es stimmte.

Zwei Monitore flankierten das Kopfende von Leons Bett.

Auf dem linken der beiden zuckten blaue und grüne Linien auf und ab. James hatte vermutet, dass sie Leons Herzfrequenz aufzeichneten, aber womöglich maßen sie eine andere Aktivität in seinem Körper. Der zweite Monitor, der mit den Elektroden auf Leons Kopf verbunden war, zeigte nur flache, reglose Linien.

Leon war hier und nicht hier. Seine Haut war glatt und kalt, und die Muskeln an seinen Armen fühlten sich zu weich und nachgiebig an. Er hätte eine gänzlich leblose Puppe sein können, wären da nicht die Drähte gewesen, die in seinen Armbeugen steckten.

Schimmernde Tagenergie troff an ihnen herab wie Honig. Das Licht drang unter seine Haut, schien dort ein paar Sekunden zu verweilen, dann quoll purpurgrauer Chaosdunst aus den Einstichstellen.

Der Anblick der Drähte nagte an James, aber er traute sich nicht, sie herauszuziehen. Vorhin hatte er schon die Hand nach ihnen ausgestreckt, aber dann packte ihn die Angst, Leons Körper könnte zu Staub zerfallen, sobald er die Drähte entfernte.

Was hatte der Orden Leon angetan?

Das Licht des Sterns glomm über Leons Brust, und es war so einfach, sich vorzustellen, wie er die Augen aufschlug. James schob seine Hand unter Leons schlaffe Finger, und seine Kehle schnürte sich so fest zu, dass er kaum noch schlucken konnte.

»James?«

Mühsam hob er den Kopf. Nyx stand am Fußende des Bettes, ihre Miene starr und schockiert. Kurz wirkte sie wie gelähmt, dann durchquerte sie den Raum und sank neben James auf die Knie. Sie zögerte, ergriff jedoch seinen Arm.

Er sackte in sich zusammen und lehnte sich vor, bis er seine Stirn auf ihren Kopf ablegen konnte. Ihre Finger schlossen sich noch fester um seinen Unterarm, und die Taubheit, die von ihm Besitz ergriffen hatte, ebbte ein wenig ab. Nyx war hier. Wie und warum, war egal. Sie war *hier*.

»Ich hab mir Riesensorgen um dich gemacht«, krächzte sie.

»Tut mir leid.« Er hob den Kopf, und sein Blick glitt zurück zu Leon. Nyx sah in dieselbe Richtung.

»Wie kann er hier sein?«, fragte sie. »Was ist mit ihm passiert, was machen sie mit ihm?«

James berührte wieder Leons Hand. »Ich weiß es nicht.«

Nyx kniete weiterhin auf dem Boden. »Ist er … ist er am Leben?«

Die Frage fühlte sich noch schlimmer an, wenn sie sie laut aussprach. James' Blick glitt zu den Münzen auf Leons Augenlidern. Als er dieselbe Münze auf der Brust seines eigenen Liegennachbarn bemerkt hatte, hatte er sie zunächst nicht erkannt. Und auch bei Leon hatte es ein paar Minuten gedauert, bis er sich an die Fotos in Dianes Akten erinnerte.

Münzen, geprägt mit einer Blüte. Einem Weißen Affodill, um genau zu sein, jener Blume, die laut antiker Mythen die Wiesen der griechischen Unterwelt schmücken sollte. Die Münzen bestanden aus einer Metalllegierung, die mit Tag- und Nachtenergie versetzt war. Die Spur dieser Münzen hatte James zu Remzi und Ipek geführt. Sie waren bei einer Ausgrabung dabei gewesen, während der eine Amphore voller Münzen entdeckt wurde. Später war jener Fund auf unerklärliche Weise verschwunden, aber Ipek hatte herausgefunden, welchen Zweck die Münzen ursprünglich gehabt hatten.

Es sind Charonspfennige, hatte sie James erklärt. *Du weißt schon, Münzen, mit denen die Toten den Fährmann für die Überfahrt in die Unterwelt bezahlen sollen.*

Laut Ipek hatte ein Zusammenschluss aus Tag- und Nachtboten mit Metallurgie, Bannsprüchen und ihren eigenen Talenten herumexperimentiert, um den Tod abzuwenden. Dabei schufen sie diese Münzen. Die Affodilblüte auf ihrer Oberfläche symbolisierte den Tod. Die überkreuzten Schnitte, mit denen das Motiv zerkratzt wurde, sollten die gewünschte Wirkung unterstreichen.

Non moriar. ›Ich werde nicht sterben.‹

Meinst du, das hat je funktioniert?, hatte James Ipek gefragt.

Daraufhin zuckte Ipek mit den Schultern. *Wenn ich die Quellen richtig deute, dann nein. Zumindest nicht so, wie sie sich das damals gewünscht hätten. Die Münzen haben zwar den Körper der Sterbenden am Leben gehalten, aber ihr Bewusstsein, ihr Geist, ihre Seele, wie auch immer du es nennen willst, das ist erloschen. Egal, wie viele Münzen man auf ihnen verteilte.*

Die Münzen erklärten, warum der Nachtbote im anderen Labor weder einen Beatmungsschlauch noch eine Magensonde brauchte. James vermutete, dass sein Körper weiterarbeiten würde, solange der manipulierte Charonspfennig auf seiner Haut lag.

Der Junge im Labor lag in einem künstlichen Koma, aber er war noch am Leben. Leon jedoch atmete nicht, noch schien er zu altern. Und als James die Finger an seine Pulsschlagader gedrückt hatte, hatte er zwar einen Herzschlag gespürt, doch das monotone, träge Pochen hatte nichts mit dem Rhythmus eines lebendigen menschlichen Herzens gemein.

Ist er am Leben?

James schüttelte den Kopf.

Leons Stern flackerte, und eine neue Woge aus Dunkelheit schwappte aus James hinaus, getränkt mit dem Schmerz, der sich wie eine Klinge in seiner Brust drehte. Nyx keuchte, und James zerrte schuldbewusst seine Gefühle zurück. So ganz gelang es ihm nicht, das spürte er, und die Anstrengung ließ ihn schaudern.

Nyx nestelte an ihrem Handgelenk herum. James erkannte diese nervöse Angewohnheit von ihr wieder. Nur, dass Nyx dieses Mal kein Gummiband, sondern ein Armband aus irgendwelchen Blüten und Grashalmen trug. »Was ist los mit dir?«

»Ich kann die Dunkelheit nicht mehr lenken«, gestand er. »Ich kann sie nicht im Zaum halten, ich kann nicht–«

Er verstummte und spürte, wie sich die Dunkelheit unter seinem Brustbein ballte. Verzweifelt presste er die Hände an seine Brust, um den nächsten Ausbruch zurückzuhalten. Obwohl Nyx ihn festhielt, drohte er in seinem Schmerz versinken. Der Geschmack von verbrannter Holzkohle füllte seinen Mund.

»James.«

Die Dunkelheit glitt ihm durch die Finger, genauso, wie ihm Leon durch die Finger geglitten war. Er war gefangen. Gefangen in einer Zeitschlaufe, in der er immer wieder versuchte, die Menschen, die er liebte, festzuhalten. Leon, Diane, Nyx, Sami. Sie alle wurden ihm aus den Händen gerissen, und er konnte nichts tun, rein gar nichts, um das zu verhindern.

»Sie haben Diane getötet«, brachte er heraus.

Stille. Dann sagte Nyx: »James. Schau mich an.« Warme Hände legten sich zurück auf seine Knie. »Schau mich an, okay?«

Er öffnete die Augen. Wann hatte er sie geschlossen?

Nyx verstärkte den Druck ihrer Hände. »Ich bin hier«, sagte sie. »Du bist nicht allein.«

»Ich kann nicht.«

»Ich weiß«, beruhigte sie. »Es ist in Ordnung. Wir sind zusammen. Versuch … versuch mit mir zu atmen.«

Sein Kopf schwirrte. Die Dunkelheit drückte gegen seinen Brustkorb, aber Nyx hielt Augenkontakt, während sie gut sichtbar ein- und ausatmete.

James nahm einen Atemzug, und Nyx nickte ermutigend. Es funktionierte. Nach zwei, drei Atemzügen löste sich der Druck in James' Brust.

Dichte, schwarze Dunkelheit hüllte sie beide ein wie ein Kokon. Leons Stern war nahezu erloschen, aber der letzte Schimmer seines Glanzes spiegelte sich noch in Nyx' Augen. James versuchte, sich nur darauf zu konzentrieren, als er wieder den Flügelschlag jener Aura spürte, die ihn in dieses Zimmer gelockt hatte. Sofort spannten sich alle seine Muskeln an. Sie waren nicht mehr allein.

Noch während er seine Sinne ausstreckte, weiteten sich Nyx' Augen, und das Leuchten, das sich in ihnen spiegelte, wurde heller.

Hell wie eine Sonnenfackel, dachte James und spürte, wie seine Nackenhaare sich aufrichteten.

»Shit«, zischte Nyx und streckte abwehrend die Hand mit dem gläsernen Armband vor sich aus.

James drehte sich um. Er wappnete sich gegen einen Angriff, doch zu seinem Erstaunen war es nicht Bhaskar, der sich durch die Dunkelheit näherte.

Ein paar Meter hinter Leons Bett, dort, wo die Wand des Zimmers sein sollte, schälte sich eine schimmernde Gestalt aus den zähen Schatten von James' Dunkelheit.

»Was zum …«, murmelte er, aber da schritt die Gestalt bereits auf ihn und Nyx zu. Der Stern über Leons Bett schwebte, wuchs und pulsierte, bevor er an den Rändern wie Zuckerwatte auseinanderfaserte. Leuchtende Schlieren trieben durch das Zimmer auf die funkelnde Gestalt zu, als würden sie von ihr angezogen.

James stand auf, und kurz darauf tat Nyx es ihm nach. Sie stand so dicht an seiner Seite, dass er spüren konnte, wie sie zitterte. Sie zog an seinem Arm, aber James rührte sich nicht. Er hatte keine Angst, nicht, während die Gestalt auf ihn zukam, und auch nicht, als sie die Hände nach ihm und Nyx ausstreckte.

Erst als die Gestalt eine glitzernde Fingerspitze an seine Stirn drückte, schlug die Furcht wie eine brechende Welle über ihm zusammen.

47

JAMES

James hatte nicht erwartet, dass sich die Landschaft der Wahren Nacht verändern konnte. Heute hatten sie sich jedoch weiter als je zuvor von Nyx' Tür entfernt und eine Region erreicht, in der ein Wald aus lebendigen Säulen aufragte. Hier war alles in Bewegung. Die Sterne unter ihren Füßen strömten auf die Sockel der Säulen zu, strudelten wie glitzernde Luftblasen nach oben und verzweigten sich über ihren Köpfen zu filigranen Adern.

Nyx und Leon wanderten fasziniert umher, aber James fühlte sich unbehaglich. Irgendetwas an diesem Ort saß ihm quer. Entweder das, oder seine Nerven lagen blank, weil ihm Leon in letzter Zeit Sorgen bereitete. Seit dem Überfall der Söhne der Schöpfung war er noch gereizter als sonst. Er ließ seinen Frust nie an James oder Nyx aus, aber nahezu jedes Gespräch mit Diane uferte in einem Streit aus. Er war abgelenkt, steckte ständig mit dem Kopf in den Wolken, und wenn James ihn fragte, was los war, gab er ausweichende Antworten. Nur wenn sie sich in die Sphäre der Nacht schlichen, schien seine Unzufriedenheit von ihm abzufallen.

Leon war wie ein Gewitter, das darauf wartete, loszubrechen. James hatte Angst um ihn, auch wenn er nicht genau wusste, woran das lag oder wovor er sich fürchtete.

Vielleicht sollten wir eine Weile nicht mehr herkommen, dachte er, wusste jedoch, dass sich Leon nie auf solch eine Pause einlassen würde.

Plötzlich wurde James bewusst, wie lange er schon zu den

Lichtadern hinaufstarrte. Eine böse Vorahnung strich über seinen Nacken. Rasch sah er sich nach Nyx und Leon um. Nyx konnte er auf den ersten Blick nicht entdecken, aber Leon stand dicht neben einer der Säulen und streckte die Hand nach dem wandernden Licht aus.

James rutschte das Herz in die Hose. In drei Schritten war er bei Leon, aber da hatte dieser schon die Fingerspitzen in das Licht gesteckt.

»Schau dir das an«, murmelte er. »Es ist so wunderschön.« Das Licht kräuselte sich über seinen Fingern. James biss sich auf die Lippe, dann griff er nach Leons Arm und zog seine Hand zurück.

»Mach das besser nicht«, warnte er. Normalerweise bremste er Leon nicht aus. Er mochte seine ungestüme Neugier genauso wie seine nachdenkliche Seite. Aber als er mit ansehen musste, wie die Söhne über Leon und Nyx herfielen, war auch in ihm etwas kaputtgegangen.

»Hm«, machte Leon und drehte seine Hand. Ein paar Lichtpartikel tanzten immer noch über seine Finger. Es sah aus, als würden sie in seiner Haut versinken, aber da sie im selben Moment erloschen, war das hoffentlich nur ein Trugbild.

»Verdammt, Leon«, murmelte James und zog besorgt Leons Hand zu sich heran.

Leon lachte. »Ich bin okay, mach dir keine Sorgen. Das hat sich phantastisch angefühlt.« Mit einem Grinsen sah er nach oben.

James ließ ihn los und sah sich nach Nyx um. Endlich erspähte er sie ein paar Meter weiter. Auch sie hatte den Kopf in den Nacken gelegt und betrachtete das, was in dieser Sphäre wohl eine Art Himmelszelt darstellte. Als James ihrem Blick folgte, hatte er allerdings nicht das Gefühl, als würde sich dort ein Himmel ausbreiten. Auf ihn wirkte es eher, als würde sich hinter den fließenden Sternen eine schwarze Leere öffnen, die absolut gar nichts mit seiner eigenen, schützenden Dunkelheit zu tun hatte.

Wenn er es nicht besser wüsste, würde er behaupten, dass dort oben ein riesiger Schlund klaffte, ein Abgrund ohne Boden.

»Hörst du das auch?«, fragte Leon.

»Was?« Überrascht wandte James sich ihm zu. Leon drehte sich langsam im Kreis, das Gesicht immer noch nach oben gewandt.

»Die Musik«, sagte er. »Klingt wie Wind oder ein Rauschen in den Bäumen. Sind das Stimmen?«

Jetzt machte James sich wirklich Sorgen.

»Ich glaube, wir sollten zurückgehen«, sagte er, aber falls Leon ihn hörte, reagierte er nicht.

Unschlüssig sah James sich nach Nyx um. Später würde er diesen Moment durchspielen, wieder und wieder. Er würde sich fragen, was passiert wäre, wenn er Leon sofort gepackt und zur Tür zurückgeschleift hätte. Hätte er ihn dann retten können? Hätte er rechtzeitig eingegriffen?

Noch während James mit sich haderte, blieb Leon stehen. Sein Mund öffnete sich, seine Finger zuckten, dann entwich ein leises, verwundertes »Oh« seinen Lippen.

James' Herz gefror zu Eis.

Leon senkte den Kopf und hob seine Hand. Lichter glommen in seinen Fingerspitzen auf, zehn, dann zwanzig, dann unzählige mehr. Sie wanderten hinunter in seine Handfläche, sprenkelten seine Handwurzel. Instinktiv packte James Leons Handgelenk, als könnte er den Fluss der Lichter so zurückhalten.

»Was zur Hölle …?«, murmelte er. Die Lichter erloschen, nur um kurz darauf erneut aufzuflammen. Dieses Mal leuchteten sie bereits in den Venen an Leons Unterarm.

»James?« Leons Stimme klang verunsichert. Er streckte

seine freie Hand nach James' Schulter aus, als bräuchte er eine Stütze.

»Was ist los?«, fragte James mit wachsender Panik. »Was stimmt nicht?«

Leons Knie knickten ein, und er schien seinen Kopf nicht anheben zu können. James hörte seinen hektischen, abgehackten Atem, dann sog Leon tief Luft ein und sah James an. Der Moment, in dem sich ihre Blicke begegneten, traf James wie ein Schlag in die Magengrube. Leons Augen waren voller Sterne: wirbelnde, kreisende Lichter, die seine Augenhöhlen ausfüllten und an seinen Wimpern klebten.

James' Mund klappte auf vor Entsetzen, aber er brachte keinen Ton heraus.

»Das ist zu viel«, flüsterte Leon. »Ich glaube, das kann ich nicht aushalten.«

Irrlichter schwirrten in seinem Mund, bevor er abrupt die Lippen aufeinanderpresste. Ein Ruck ging durch seinen Körper, dann wurde er urplötzlich in die Höhe gerissen. James keuchte erschrocken und packte Leons Arme. Was auch immer von ihm Besitz ergriffen hatte, zerrte so heftig an ihm, dass James ihn kaum halten konnte.

»Nein!« James lehnte sich mit seinem ganzen Gewicht nach unten und zog. Er schaffte es, Leon ein paar Zentimeter nach unten zu zwingen, bekam seinen Gürtel zu fassen und schlang seinen Arm um seine Taille. Er zog Leon an sich, aber sein Körper strebte weiter nach oben. Er drehte sich in James' Umklammerung, bäumte sich auf und legte den Kopf in den Nacken.

»Nyx!«, brüllte James.

Panik grub ihre Krallen in ihn, während ihm immer klarer wurde, dass hier etwas Furchtbares passierte. *Ich verliere ihn.* Der Gedanke schoss wie ein silberner Fisch durch sein Bewusstsein, aber nein, das konnte nicht sein. Das war unmöglich.

Er spürte die Veränderung über ihnen, bevor er sie sah, hörte das Knistern wie von feinem Regen, während er seine Stirn gegen Leons Rücken drückte und ihn mit beiden Armen umschlungen hielt. Erst als Leon ein fast tonloses »Ah« von sich gab, hob er den Kopf und sah, wie violette Funken auf sie herunterrieselten. Sie fielen wie Schnee, wanden sich um Fäden aus schimmerndem Nebel und stürzten unaufhaltsam auf Leons Gesicht zu.

James umklammerte Leon mit aller Kraft und sah sich verzweifelt um. Nyx stand schräg hinter ihm, so reglos und steif, als wäre sie auf dem Boden der Nacht verwurzelt. Die blanke Angst auf ihrem Gesicht traf ihn wie ein zweiter Faustschlag.

»Nyx!«, flehte er. »Nyx, oh Gott, hilf mir!« Da kam sie in Bewegung. Sie lief um ihn herum und packte Leon an der Vorderseite seines Gürtels. Zusammen zogen sie ihn ein Stück weiter nach unten, aber seine Füße berührten den Boden noch immer nicht.

Die fallenden Funken hatten Leon beinahe erreicht, blieben dann jedoch mitten in der Luft hängen. James spürte schon einen Anflug von Hoffnung, da ging ein Schauder durch Leons Köper. Noch bevor er richtig begriff, was passierte, sah er, wie sich glitzernde Sterne über Leons Kopf erhoben. Es sah aus, als würden sie von seinem Gesicht aufsteigen.

Zu spät, jammerte eine Stimme in James' Kopf. *Zu spät, zu spät, zu spät.*

»Wir müssen weg hier, wir müssen zurück«, rief er. Kurz sah Nyx ihn nur hilflos an, dann ließ sie sich auf die Knie fallen und presste die Hände auf den Boden.

James zerrte an Leon. Langsam drehte er sich um die eigene Achse, doch er sank noch ein paar Zentimeter zu James hinunter. Jetzt konnte James ihn an den Schultern festhalten.

»Beeil dich«, drängte er Nyx, dann sackte Leons Kopf nach vorne, und ein stummer Schrei verfing sich in James' Kehle.

Die Sterne lösten sich nicht aus Leons Haut. Sie strömten aus seinen Augen.

James stieß ein Keuchen aus. Instinktiv wollte er Leon die Hand vor die Augen pressen, doch noch bevor er reagieren konnte, ging ein Schauder durch die Wahre Nacht. Nyx sackte in sich zusammen, und plötzlich befand sich eine Tür direkt unter ihr. James zerrte Leon noch enger zu sich heran, trat die Tür mit seiner Ferse auf, und sie fielen, sie stürzten, sie …

48

NYX

… krachten auf den Boden des Glaszimmers.

Nyx' Herz dröhnte wie ein Gong, dann fühlte sich ihre Brust plötzlich hohl und geprellt an. Wie betäubt sah sie sich um. Da war die Sitzbank am Fenster, dort die Kissen, die sie und die Jungs auf dem Boden ausgebreitet hatten. Waren sie wirklich zurück in Wildridge Hall? Alles fühlte sich so falsch, so unwirklich an.

Nyx blinzelte, dann rutschte die wahre Welt zurück an ihren Platz.

»Nein, oh bitte, nein. Leon!«

Sie richtete sich auf. James kniete eine Armeslänge von ihr entfernt. Er beugte sich über Leon, hielt ihn in seinen Armen und flehte ihn an. »Komm schon, *komm schon*. Wach auf. Bitte!«

Grauen stieg in ihr auf wie brackiges Wasser. Es schwappte in ihrer Brust, in ihrem ganzen Körper. Nyx stemmte sich auf die Knie, schaffte es jedoch nicht, aufzustehen. Wie gelähmt sah sie mit an, wie James' Hände über Leons Körper flogen, wie sie seinen Puls suchten, seine Wange berührten, ihn schüttelten.

Leon bewegte sich nicht. Seine viel zu blassen Lippen blieben leicht geöffnet, und seine Augen waren seltsam leer und grau. Ein Netz aus verglimmenden Linien zeichnete sich unter seiner Haut ab. Er sah aus wie eine zerbrochene Porzellanpuppe.

James schluchzte, ein kehliger, rauer Laut, der sich durch Nyx hindurchbohrte. Kurz durchzuckte sie der Gedanke, dass hier etwas nicht stimmte. James hätte ein schlaksiger Siebzehnjähriger sein sollen. Doch der James, der hier um Leon trauerte, war erwachsen. Die Erkenntnis rutschte ihr jedoch sofort aus dem Kopf, und an ihren Platz rückte eine erstickende Mischung aus Schuld und Angst.

»Komm zurück«, flehte James, kaum hörbar. »Komm zurück.«

Nyx sollte zu ihm gehen, doch stattdessen wich sie zurück. Da war immer noch dieses schwappende Gurgeln in ihrer Brust. Es stieg hinauf in ihre Kehle, schnürte ihr die Luft ab. Ihr Blick glitt hinüber zur Mondtür, und zu ihrem Schrecken sah sie, dass die Tür noch offen stand. Nicht nur das: Die Wahre Nacht quoll aus dem Türrahmen hervor. Risse sprangen im Holz und in der Wand auf. Dort, wo Nyx und Leon die Tapete mit indigoblauer Farbe bemalt hatten, löste sich das Haus auf und gab den Blick frei auf die endlose Tiefe eines unerbittlichen Universums. Weiter und weiter wanderten die Risse, wie gierige Finger.

Dann flog die Tür zum Glaszimmer auf, und Diane stürmte herein. Sie warf einen Blick auf Leon, und ihr Gesicht schien in sich zusammenzufallen. Unmittelbar darauf bemerkte sie die offene Mondtür, und ihre Miene gefror zu Stein. Sie rannte an Nyx vorbei und schlug die Tür zu. Ein Donnerschlag erschütterte das Haus, die Fensterscheiben klirrten, und Nyx taumelte. Sie hatte sich kaum gefangen, da packte Diane sie so brutal am Arm, dass sie vor Schmerz keuchte.

»Was hast du getan?«, zischte Diane. »Was zum Teufel hast du getan?«

Ihre Anklage versank in Nyx' Herz wie ein Splitter aus Eis. Dianes Finger gruben sich in ihren Arm, und die Zeit blieb stehen.

Nyx sah Diane an, sah ihren wutentbrannten Blick, der sie von da an in ihren Albträumen verfolgen sollte. Später, nachdem der erste Schock verflogen war, würde Diane Nyx ausfragen, bis sie ihr alles gebeichtet hatte. Ja, sie konnte Türen zur Wahren Nacht öffnen. Nein, sie hatte nicht darüber nachgedacht, welchen Schaden sie damit anrichten konnte.

Diane sprach es nie direkt aus. Sie sagte nie: Deinetwegen kam Leon mit zu viel roher Chaoskraft in Berührung. Deinetwegen hat er sich von ihrem Ruf hinreißen lassen und sich für sie geöffnet. Diese Worte kamen ihr nie über die Lippen, aber Nyx hörte sie in ihrem eigenen Kopf, und dort sollten sie bleiben.

Und diese Schuld hatte alles unter sich zerdrückt, oder nicht? Nyx konnte nicht trauern, konnte sich nicht lösen aus diesem Moment, in dem alles in ihr vor Schock und Verzweiflung erstarrt war. Ein Teil von ihr stand immer noch in diesem Raum, gefangen in dem Wissen, dass Leon tot war und die Familie, die sie in ihr Herz geschlossen hatte, in Scherben lag.

Von da an würde nichts mehr so sein wie zuvor. Diane würde auf Abstand gehen. Lu und Pablo würden Wildridge Hall verlassen. James und Nyx würden noch eine Weile aneinander festhalten, würden versuchen, die Nähe, die sie geteilt hatten, zu bewahren. Aber stets klaffte eine Lücke zwischen ihnen, und mit der Zeit drifteten sie auseinander und redeten nicht mehr über das, was zählte. Nyx spürte, wie James sich weiter von ihr entfernte, und zog sich als Antwort in sich selbst zurück. Sie wusste weder, wie sie diese Entfremdung aufhalten konnte, noch ob sie es überhaupt sollte. Vielleicht mussten sie das tun, was alle sagten: ihren Verlust überwinden, nach vorne schauen, weitermachen.

Nyx stand in ihrem eingefrorenen Albtraum und erkannte mit einer plötzlichen Klarheit, dass das so nicht funktionierte. Sie konnte ihren Verlust nicht abstreifen. Sie konnte ihn auch nicht abwälzen wie einen Stein. Sie wusste nicht, was der richtige Weg war, aber hier und jetzt konnte sie sich nicht mehr vor ihrer Angst und ihrem Kummer verschließen. Sie wollte sie nicht mehr wegdrücken.

Wieder sah sie zu Diane, und dieses Mal bemerkte sie denselben Schmerz in ihren dunklen Augen, der auch Nyx überwältigt hatte. Vorsichtig zog sie Dianes Hand von ihrem Arm, dann ging sie zu James und tat, was sie im echten Leben nie getan hatte. Sie sank neben Leon auf die Knie, nahm seine Hand in ihre und weinte. Tränen rannen ihre Wangen hinunter, als James seine Hand über ihre legte.

»Eulchen«, sagte er mit gebrochener Stimme. »Bist du hier?«

Nyx sah auf. Um sie herum war immer noch alles eingefroren, doch James schien sich des Traums ebenso bewusst zu sein wie sie.

»Ja«, sagte Nyx. »Und du?«

»Ja.« Verwirrt sah er sich um. »Wir träumen, oder?«

Nyx rieb sich mit der Hand übers Gesicht. »Zusammen? Wie kann das sein?«

James' Augen weiteten sich. »Leon«, sagte er leise.

Wie zur Antwort glommen überall um sie herum Lichter auf. Sie schwebten in der Luft wie funkelnde Staubkörnchen.

War das der Grund, warum die Sternengestalt sie heimgesucht hatte? Wollte das, was von Leon noch übrig war, sie in die Nacht zurückstoßen, in der er gestorben war? Mit pochendem Herzen sah Nyx auf Leon, aber er lag immer noch leblos in James' Armen.

Nyx rieb mit dem Daumen über seine Finger. *Bist du hier?*

Ein Lichtkörnchen schwirrte über das Armband, das böse Geister abwehren sollte, und landete auf ihrem Handrücken. Sie spürte ein Kitzeln, und der Traum …

… veränderte sich.

Eine Sommerwiese breitete sich unter ihnen aus. Der Duft der Gräser und Butterblumen hing süß in der Luft. Am taubenblauen Abendhimmel hing ein winziger Sichelmond.

Leon lag mit dem Kopf auf James' Bauch, und Nyx lag bäuchlings neben ihm. Sie zupfte einen fedrigen Grashalm auseinander, während Leon sich über eine von Dianes Lektionen ausließ.

»Ihre Sermone gehen mir auf den Geist«, murrte er.

»Mmh, echt?«, fragte James gelassen, während er mit der Hand durch Leons Haare fuhr. »Das ist ja ganz was Neues.«

Leon schnaubte, schnippte mit dem Finger gegen James und schmiegte sich dann wie ein Welpe in seine Berührung. Nyx grinste amüsiert in sich hinein.

Nach einer Weile fuhr Leon in ernsterem Ton fort. »Wir sind nicht nachtgeboren, um uns einzuschränken«, sagte er. »Wer wir sind, ist keine Strafe und verdammt nochmal kein Makel.«

»Wissen wir doch«, sagte Nyx und tippte ihre Stirn beschwichtigend an seine Schulter.

»Ich mein's ernst«, beharrte Leon. »Wir sind völlig in Ordnung, so wie wir sind. Und es ist okay, es ist einfach nur normal, dass wir uns weiterentwickeln. Dass wir herausfinden wollen, wer wir noch sein können. Was wir noch geben können.«

Er sah Nyx in die Augen. »Deine Mum hat es gewusst«, sagte er. »Du bist wie der Baku. Du und deine Talente, ihr seid ein Talisman. Ein Geschenk für andere. Wir alle sind das.«

»Leon«, murmelte James und legte den Arm um ihn. Plötzlich klang seine Stimme älter, schwerer.

»Ich liebe euch«, sagte Leon. »Das wisst ihr, oder?«

Nyx spürte einen Kloß im Hals, drehte sich auf die Seite und kuschelte sich an Leon. Er hielt sie mit einem Arm fest, und kurz darauf spürte sie James' Hand an ihrem Hinterkopf.

»Wir alle«, murmelte Leon.

Nyx atmete den Geruch von Sommergras ein, spürte die Wärme, die von ihren Brüdern ausging, und …

49

NYX

… wachte auf. Sie beide wachten auf. Nyx und James knieten auf dem Boden neben Leons Bett und hielten einander fest. Die undurchdringliche Schwärze von James' Dunkelheit war verflogen, aber das Zimmer lag weiterhin im Dunkeln. Nur die Lichtkörnchen, die Nyx in ihrem Traum gesehen hatte, leuchteten um sie herum. Sie sprenkelten alles: die Monitore am Kopfende des Bettes, die Ränder der Schränke, die Lehne des Stuhls, den Boden.

Nyx seufzte leise und lehnte ihre Wange an James' Schulter. Sie fühlte sich immer noch leer, aber dieses Mal war es eine leichte Leere. Als hätte sie lange genug geweint. Als wäre ein Damm gebrochen.

James' Arme schlossen sich noch enger um sie.

»Es war meine Schuld«, murmelte er.

»Was?« Überrascht rückte Nyx ein Stück von ihm ab.

»Ich hätte schneller bei ihm sein müssen«, sagte er. »Ich hätte ihn festhalten müssen.«

Bestürzt starrte Nyx ihn an.

»Es hätte keinen Unterschied gemacht«, sagte sie, und plötzlich wusste sie, tief in sich, dass sie damit recht hatte. Keiner von ihnen hätte aufhalten können, was Leon widerfahren war. Sie erinnerte sich an Birdies Worte, und eine letzte Träne rann über ihre Wange.

Chaosträger zu werden ist keine Charakterschwäche. Es ist einfach nur Pech. »Ich dachte immer, dass es meine Schuld war«, gestand sie.

»Was? Nein«, widersprach James sofort. Er schob sie ein Stück von sich, um sie besser ansehen zu können. »Wieso um alles in der Welt hast du das geglaubt?«

Sie zuckte mit den Schultern. »Ich habe für Leon eine Tür zur Nacht geöffnet, immer wieder. Was in diesem Lichterwald passiert ist, war vielleicht der letzte Auslöser, der ihn für das Chaos geöffnet hat. Wenn ich nicht gewesen wäre, wäre er nie dort gewesen.«

»Nyx«, sagte James. »Leon hat immer seine eigenen Entscheidungen getroffen. Wenn er deine Tür nicht gehabt hätte, hätte er andere Wege gefunden, um das Chaos stärker zu spüren.«

Sie schluckte, hatte nicht geahnt, wie dringend sie das hören musste.

»Nyx«, sagte James. »Es tut mir so leid. Wenn ich das gewusst hätte … Ich hätte mit dir reden sollen, schon viel früher.«

Sie schniefte und setzte ein schiefes Lächeln auf. »Ich hätte mit *dir* reden sollen«, konterte sie. »Ich hätte dich fragen sollen, wie es dir geht.«

»Ich hab dir ja kaum eine Gelegenheit gegeben«, sagte James. »Ich habe alles falsch gemacht, oder? Nach Leons Tod? Ich hätte für dich da sein sollen, und stattdessen bin ich abgehauen.«

»Du standest unter Schock«, sagte Nyx. »Das tust du immer noch. Das ist okay, hörst du? Du musst mich nicht –«

»–beschützen?«, vervollständigte er ihren Satz mit bitterem Tonfall.

Nyx schüttelte den Kopf. »Du musst mich nicht vor dem beschützen, was dich belastet«, korrigierte sie. »Es stimmt, oder? Du hast deinen Schmerz vor mir versteckt, weil du ihn mir nicht aufbürden wolltest.«

Ertappt wich James ihrem Blick aus.

Sie hob ihre Hand, zögerte, dann legte sie sie an seine

Wange. »Du musst nicht die ganze Zeit stark sein«, sagte sie. »Leon und ich, wir wollten nie, dass du dich verstellst, nur damit wir uns besser fühlen.« Sie schluckte und gab sich keine Zeit, um ihre nächsten Worte abzuwägen. »Du hast uns so sehr geliebt. Dass wir das gespürt haben, das hat uns beschützt. Das beschützt uns immer noch.«

Es gab so viel, was sie ihm sagen wollte. Was er verstehen musste. Wie wichtig er für sie war, für sie und Leon. Sie hatte gedacht, James wüsste das. Glaubte er wirklich, er hätte sie im Stich gelassen? Dass er nicht genug für sie gegeben, nicht genug auf sie aufgepasst hatte?

James betrachtete sie mit einem gequälten Blick. »Nyx.«

»Ich kann's nicht richtig in Worte fassen«, gestand sie.

Da löste sich seine Miene, und er nahm sie in den Arm. »Doch«, sagte er leise. »Doch das kannst du.«

Nyx überließ sich seiner Umarmung, wie sie es als kleines Kind getan hatte. Sie fühlte sich warm und geborgen und war gleichzeitig froh, dass er sich auch an ihr festhalten konnte.

»Danke«, murmelte James. Er gab ihr einen Kuss auf den Scheitel, dann seufzte er lange und traurig.

In stillem Einvernehmen lösten sie sich voneinander. Um sie herum funkelte das Zimmer immer noch unter einer dünnen Schicht aus Sternenstaub.

»Er war wirklich bei uns, oder?«, fragte James. »Leon war in unserem Traum?«

Nyx wischte sich mit dem Handrücken über das Gesicht. »Ich glaube schon. Ich glaube, er wollte, dass wir …« Sie verstummte, als es ihr wie Schuppen von den Augen fiel. »Er wollte, dass wir nach Hause kommen.«

James runzelte die Stirn. »Nach Wildridge?«

Nyx stieß ein brüchiges Lachen aus. »Nein. Nein, er wollte, dass wir den Weg zurück zueinander finden.«

»Hm«, machte James überrascht, dann lächelte er. »Oh, das

ist typisch. Er hat uns immer schon in die Richtung geschubst, in die er uns haben wollte.«

»Ja«, antwortete Nyx. Sie schüttelte den Kopf, dann stand sie auf und trat an Leons Bett. »Hättest du das nicht hinbekommen, ohne mir eine Scheißangst zu machen?«, fragte sie und spürte, wie neue Tränen in ihren Augen aufstiegen.

James rappelte sich ebenfalls hoch. »Er hat *was* gemacht?«

»Erkläre ich dir später.« Nyx drückte kurz Leons Hand, dann musterte sie die Drähte, die aus seinen Armen ragten. Ein leuchtender Nebel in der Farbe reifer Pflaumen kroch in regelmäßigen Pulsschlägen an ihnen empor und verschluckte das goldene Schimmern, das von den Drähten selbst ausging. Eine bittere Gewissheit überkam sie. »Nachtenergie?«, fragte sie James.

»Und Chaoskraft«, bestätigte James.

»Diese Scheißkerle«, fluchte Nyx. »Sie bluten ihn aus, oder? Entziehen ihm seine Energie?«

»Nicht nur ihm.«

Nyx ballte die Fäuste. »Wozu?«

»Das finden wir noch heraus«, versprach James. Er berührte Leons Unterarm und strich mit dem Daumen über seine Haut, knapp unter der Einstichstelle des linken Drahtes.

Nyx hatte wieder einen Kloß im Hals. »Er liegt nicht im Koma, oder?«

James presste die Lippen aufeinander, dann nickte er zu einem der Monitore. »EEG«, erklärte er knapp. »Misst die Aktivität des Gehirns.«

Der Monitor verzeichnete vier Linien. Keine davon zeigte auch nur ein leichtes Kräuseln an. »Er ist wirklich tot«, murmelte Nyx, und obwohl sie es eigentlich längst gewusst hatte, tat es nicht weniger weh. »Wieso? Wieso strömt immer noch Energie aus ihm heraus?«

»Die Pfennige.« James wies auf die hässlichen Münzen, die

auf Leons Lidern lagen. »Sie halten seinen Körper in dieser Stasis. Ich bin mir nicht sicher, aber ich vermute, solange sein Herz schlägt, bleibt er …«

»… eine offene Schleuse«, flüsterte Nyx. Sie betrachtete den mit Chaoskraft durchsetzten Dunst, der die Drähte hinaufglitt. »Er ist es«, platzte es aus ihr heraus. »Er ist der Chaosträger. Er war's die ganze Zeit.« Verdammt, jetzt ergab es auch Sinn, warum Ingleby von einem Jungen gesprochen hatte. Einem Jungen mit hellen Haaren.

Diese Mistkerle. Diese bornierten Mistkerle, die sich an Toten vergriffen, um beschissene Experimente durchzuführen. Sie hatten einen Plan gehabt. Eine genaue Vorstellung, zu was dieser Tabubruch gut sein konnte, daran zweifelte Nyx keine Sekunde lang. Sie hatten gedacht, sie hätten alles im Griff. Jetzt lagen sie in ihrem hochmodernen Bonzenbau mit aufgelösten Innereien, und wenn niemand etwas unternahm, würde es dem Rest der Stadt bald genauso ergehen.

Wut brodelte in ihr, und sie musste ein paarmal durchatmen, bevor sie sich wieder unter Kontrolle hatte. Schließlich setzte sie sich auf den Rand des Bettes und legte ihre Hand ebenfalls auf Leons Arm.

»Wir müssen ihn gehen lassen«, sagte sie. »Das hier würde er nicht wollen.«

»Ich weiß«, sagte James. Er legte seine Hand über die von Nyx, und für einen Moment saßen sie schweigend da. Dann, einer nach dem anderen, erhoben sich die Sternenpartikel von allen Oberflächen und strömten auf das Bett zu. Wie eifrige Glühwürmchen wirbelten sie um die goldenen Drähte herum.

James ließ den Kopf hängen. »Ja, ja«, sagte er. »Hör auf zu schubsen.«

Nyx drückte seine Hand, dann ging sie zur anderen Seite des Bettes. Sie wechselten kein Wort mehr, sahen sich nur noch einmal an, dann zogen sie behutsam die Drähte aus Leons Armen. Sterne kräuselten sich um James' Finger und führten sie zu den Münzen, die auf Leons Lidern lagen. James entfernte sie, beugte sich vor und gab Leon einen Kuss auf die Stirn.

Als es getan war, kehrte Nyx zu James zurück. Schulter an Schulter sahen sie zu, wie die Sterne sich auf Leons Körper herabsenkten, wie sie ihn von Kopf bis Fuß bedeckten und dann langsam, ganz langsam erloschen.

50

NYX

Als sie ins Chemielabor zurückkehrten, spendete die Notbeleuchtung über den Ausgängen ein kränkliches grünes Licht. Birdie, Erin und Sami drängten sich an einem der Tische an der anderen Seite des Raumes. Erin saß auf der Tischkante, Birdie lehnte daneben, und Sami trommelte nervös mit den Fingern gegen sein Bein.

James stockte, als sein Blick auf die anderen fiel. »Sami?«, fragte er ungläubig. Im nächsten Moment rannte er los. Sami traf ihn auf halbem Weg, und die beiden umarmten einander, als ob sie nicht mehr loslassen wollten.

Na endlich, du Sturkopf, dachte Nyx und lächelte erschöpft. Sie fing Birdies Blick über die Entfernung hinweg auf und ging auf sie zu. Ihre Beine fühlten sich an wie Gummi. Die letzten Stunden, nein, die letzten Tage über war ihr Körper in ständiger Alarmbereitschaft gewesen. Ihr Kopf hatte ein Horrorszenario nach dem anderen durchgespielt.

Schwer zu glauben, dass nichts davon eingetroffen war.

Birdie trat ihr entgegen und musterte sie besorgt. »Geht's dir gut?«

Nyx lächelte wieder. »Ja, mehr oder weniger.«

Birdie runzelte die Stirn und sah hinüber zu James. »Und James?«, fragte sie. »Was ist mit ihm?«

»Er ist okay«, antwortete Nyx. »Er war nicht der Träger.«

Schritte näherten sich, und als Nyx sich umsah, schlossen James und Sami zu ihnen auf.

»Es war Leon«, sagte sie. »Lange Geschichte.«

Erin, die bis eben noch auf der Tischkante gesessen hatte, sprang auf den Boden und kam zu ihnen. »Wovon redet ihr?«, fragte sie mit heiserer Stimme.

»Leon«, wiederholte Nyx. »James und ich sind mit ihm aufgewachsen, und er …«

»Bleib, wo du bist.«

James' harsche Worte schnitten wie ein Messer durch Nyx' Erklärung. Wut versteinerte sein Gesicht. Er starrte Erin an, und sie blieb mitten in der Bewegung stehen.

»Was ist los?«, fragte Nyx verwirrt.

»Sie gehört zum Orden«, sagte James. »Josephine ist ihre Mutter.«

Sami riss vor Überraschung die Brauen in die Höhe, während Nyx sich langsam zu Erin umdrehte.

»Du?«, fragte sie ungläubig. Erin presste die Arme an ihre Seiten und schien auch sonst alle Muskeln anzuspannen. So, als ob sie kurz davor war, wegzurennen.

Gleich mehrere Puzzleteile rutschten an die richtige Stelle, und Nyx' Gedanken verfinsterten sich. »Du hast James verraten«, stellte sie fest. »Du hast ihm den Orden auf den Hals gehetzt!«

»Nyx?«, fragte Birdie, aber bevor sie weiterreden konnte, zischte Sami: »Verdammt, Erin. Warum?«

»*Nyx*«, wiederholte Birdie eindringlicher. Besorgt drehte Nyx sich nach ihr um, nur um festzustellen, dass Birdie sich mehrere Schritte von ihr entfernt hatte. Sie stand in der Nähe einer breiten, gläsernen Schiebetür und hielt sich an ihren eigenen Oberarmen fest, als ob sie sich gegen irgendetwas wappnen wollte.

Nyx warf noch einen verächtlichen Blick auf Erin, dann ging sie hinüber zu Birdie. »Was ist?«

»Was habt ihr mit Leon gemacht?«, fragte sie.

»Der Orden hat Chaosenergie aus seinem Körper gezogen«,

sagte Nyx. »Wir haben das beendet. Wir haben ihn gehen lassen.« Beunruhigt bemerkte sie die Schweißtropfen auf Birdies Stirn und an ihren Schläfen. »Was ist mit dir?«

Mittlerweile waren auch James und Sami näher gekommen. Erin hielt Abstand, beobachtete sie jedoch.

»Irgendwas stimmt immer noch nicht«, sagte Birdie. Nyx' Unbehagen wuchs, als sie hörte, wie kurzatmig sie klang. »Hier hängt immer noch viel zu viel konzentrierte Energie in der Luft. Es fühlt sich so verdammt falsch an.« Sie schlang die Arme noch enger um sich. »Ich verstehe nicht, was hier vorgeht.«

»Dann holen wir uns Antworten«, sagte James und richtete seinen Blick auf Erin. »Du weißt Bescheid. Erklär uns, was der Orden hier abzieht, und dieses Mal–«

»Sie entziehen Nachtboten nicht nur ihre Energie«, unterbrach ihn Erin. »Sie verwandeln sie in Tagenergie.«

Die Antworten platzten förmlich aus ihr heraus.

»Sie machen was?«, fragte Nyx entsetzt.

Birdie packte Erin am Arm. »Sag mir, dass das nicht stimmt!«

Erin gab einen erschrockenen Laut von sich.

»Warum«, setzte Sami an, doch James antwortete, bevor er seine Frage überhaupt stellen konnte.

»Weil sie alles, was mit der Sphäre der Nacht zu tun hat, auslöschen wollen«, sagte er. »Ist doch so, oder?«

Erin schluckte. »Es geht nicht um die Nacht«, behauptete sie. »Es geht um das Chaos. Meine … Project Daylight will die Tagenergie, die sie hier … produzieren, benutzen, um Chaosfluten zu verhindern.«

James' Miene verfinsterte sich noch mehr. »Und wie genau wollen sie das anstellen?«

Erin schwieg einen Moment lang, dann sagte sie: »Sie wollen einen Ordnungsträger erschaffen.«

Nyx sog scharf die Luft durch die Nase. Sie hatte sich verhört. Sie *musste* sich verhört haben.

»Scheiße«, murmelte Birdie. Dann rief sie es laut durch den Raum. »Verfluchte *Scheiße*!« Angewidert ließ sie Erin los. »Das Ungleichgewicht. Der Orden hat es ausgelöst!«

»Bitte was?«, fragte James, doch Birdie war nicht zu bremsen. Wieder knöpfte sie sich Erin vor. »Deine Buddys wollen eine Ordnungsflut auslösen, richtig? Darum geht's hier?«

Nyx runzelte die Stirn. »Ordnungskraft flutet nicht.«

Birdie stieß ein freudloses Lachen aus. »Nein, tut sie nicht. Normalerweise. Aber wenn jemand auf die Idee kommt, die Energieflüsse zwischen den Sphären zu manipulieren, dann ist es kein Wunder, dass die Urkräfte außer Kontrolle geraten.«

»Oh, verdammt nochmal«, stöhnte Nyx.

Birdie hatte gesagt, dass sich Chaoskraft immer dann aufstaute, wenn irgendjemand oder irgendetwas einen Überschuss an Nacht- oder Tagenergie in der Welt erzeugte. Und wenn der Orden hier nicht nur Nachtenergie abzapfte, sondern Tagenergie am Fließband produzierte? Wenn er versuchte, eine Woge an Ordnungskraft loszutreten, die es eigentlich nicht geben dürfte? Dann schufen sie das perfekte Rezept für ein Ungleichgewicht von kosmischem Ausmaß.

»Hey, wovon redet ihr?«, mischte Sami sich ein.

»Zu kompliziert, um das schnell zu erklären«, sagte Nyx. Sie trat auf Erin zu, die mittlerweile so blass wie ein Laken geworden war. »Wie lange läuft das hier schon?«

»Seit zwölf Jahren«, murmelte sie betreten.

Zwölf Jahre. Die Antwort echote in Nyx' Kopf. Hatte sich das Chaos deshalb einen Träger gesucht? Hatte es deshalb nach Leon gegriffen?

»Ich fasse es nicht«, schimpfte Birdie. »Wer hat euch denn ins Gehirn geschissen, dass ihr glaubt, das wäre eine gute Idee? Eine Ordnungsflut könnte uns genauso zerstören wie Chaos. Sie wäre das Ende von allem, von Entwicklung, von Zeit, sie wäre der katastrophale Stillstand!«

»Meine Mutter«, setzte Erin an, aber James unterbrach sie sofort.

»Denk nicht mal dran«, grollte er.

Erin jedoch hob ihr Kinn. »Meine Mutter wollte helfen«, sagte sie mit leiser, aber fester Stimme. »Sie wollte verhindern, dass wir von immer neuen Chaoswellen überrollt werden.«

»Den Bullshit glaubst du nicht wirklich, oder?«, fragte Sami. »Deine Mum hat Menschen entführt und an ihnen herumexperimentiert. Leute sterben in diesem Labor. Und du wiederholst hier irgendeineUeckspropaganda?«

Daraufhin erwiderte Erin nichts.

»Wir müssen sie aufhalten«, sagte Birdie. »Wenn Leon der Chaosträger war, habt ihr die aktuelle Flut unterbunden. Aber solange der Orden weitermacht, wird sich das Chaos immer wieder neu aufstauen.«

Nyx legte ihr eine Hand auf die Schulter. »Ich glaube nicht, dass hier drin noch jemand übrig ist, den wir aufhalten müssen.«

»Nyx?«, fragte James.

»Wir haben auf dem Weg hierher Leichen gefunden«, erklärte sie. »Leons Körper hat mindestens eine Chaoswelle ausgesandt. Wahrscheinlich waren es mehr.«

Bei diesen Worten wurde Erin geradezu gespenstisch blass und schwankte wie ein Schilfrohr im Wind.

»Was ist mit den anderen Nachtboten?«, fragte James. »Den Gefangenen im Labor? Hat der Chaosverfall sie auch getötet?«

Andere Nachtboten, dachte Nyx und fröstelte. Wie viele von ihnen hatte der Orden hierhergeschleppt? »Ich weiß es nicht.«

Sie sahen zu Erin, aber die schüttelte auch nur ratlos den Kopf.

»Lasst uns nachsehen«, sagte James. »Und so viele retten, wie wir noch können.«

Erin öffnete den Mund, doch James ließ sie nicht zu Wort kommen. »Sag nicht, dass es dir leidtut«, warnte er. »Sag uns bloß, wo wir die anderen Nachtboten finden.«

51

JAMES

Sami fühlte nach dem Puls des nachtgeborenen Teenagers, während James erst die Drähte und danach die Infusionsnadeln aus seinen Armen zog. Nyx und Birdie sahen indessen hinter einem Durchgang auf der rechten Seite des Raumes nach, ob dort noch weitere Opfer des Ordens aufgebahrt lagen.

James warf einen Blick auf den leeren Platz neben dem Jungen. Dort hatte er selbst gelegen. Eine Handfessel baumelte noch vom Geländer. Von den Leuten, die versucht hatten, ihn festzuketten, fehlte jede Spur. Allerdings lag ein Transfusionsständer umgestürzt am Boden, und Glasscherben knirschten unter Samis Schuhen. Dr. Tod und ihre Lakaien mussten Hals über Kopf geflohen sein. Vor James' Dunkelheit? Oder vor dem Chaos, das aus Leons Zimmer in den Rest des Hauses gebrandet war?

»Er lebt noch«, sagte Sami. »Wie wecken wir ihn auf?«

»Ich weiß es nicht«, antwortete Erin, die verloren am Fuß der Liege stand. Leuchtstreifen durchzogen den Boden wie die Notfallwegweiser in Flugzeugen und verliehen ihrer Haut einen klinisch-bläulichen Ton.

James konnte sie kaum ansehen, ohne dass rote Punkte vor seinen Augen tanzten. Seine Dunkelheit rumorte immer noch in seinem Innern, aber nach allem, was passiert war, hatte er sie zum Glück wieder im Griff.

»Ich glaube, sie verabreichen den Nachtboten Betäubungsmittel«, sagte Erin. »Und irgendwelche anderen Präparate, damit …«

»… damit wir nicht aufwachen und wegrennen?«, unterbrach James.

»Khara«, murmelte Sami und hielt sich entsetzt die Hand vor den Mund.

Fast wünschte sich James seine maßlose Wut zurück, denn ohne sie verfingen sich seine Gedanken in den Fragen, die ihn schon sein halbes Leben quälten. Er stützte sich auf die Kante der Liege. »Warum?«, fragte er. »Warum hasst ihr uns so? Wo ist eure Empathie, hm?« Er drehte den Kopf zu Erin. »Sieh ihn dir an«, forderte er sie auf. »Wir sind Menschen, gottverdammt. Wir sind Menschen, genau wie du.«

»Ich weiß!«, platzte es aus Erin heraus, dann wiederholte sie leiser: »Ich weiß.«

Einen Moment lang sagte niemand etwas, dann fragte Sami: »Warum hast du mich angerufen?«

»Was?«, fragte James.

Sami nickte zu Erin. »Sie hat mir erzählt, was mit dir passiert ist. Dank ihr sind wir überhaupt hier.«

Erin sagte nichts, sondern nagte nur an ihrer Unterlippe. So geschwollen, wie sie aussah, tat sie das nicht das erste Mal.

»Erin?«, hakte Sami nach.

Als sie immer noch nicht antwortete, richtete James sich auf.

»Lass gut sein«, sagte er zu Sami. »Es spielt keine Rolle.«

Erins Kopf ruckte hoch, bevor sie seinem Blick erneut auswich. »Nein«, stimmte sie ihm zu. »Das tut es nicht.«

Mit einem Mal war James es leid, sich mit ihr auseinanderzusetzen. Selbst wenn sie jetzt ihr Gewissen plagte, ihre Reue kam zu spät. Sie schaffte weder die Gräueltaten in diesem Labor aus der Welt, noch brachte sie Diane zurück.

James wandte sich dem Jungen auf der Liege zu. Er überlegte, wie sie ihn und die anderen hier herausschaffen sollten, als Nyx und Birdie zurückkamen. »Da hinten ist nichts«, sagte Nyx. »Wie viele andere Räume wie diesen hier gibt es?«

Wieder nahmen alle Erin aufs Korn.

»Ich weiß es nicht«, sagte sie. »Ich kam das erste Mal ins Labor, als sie James hergebracht haben.«

»Aber du wusstest, was deine Mutter und die anderen hier machen«, stellte Birdie fest.

»Ja.«

Birdie schüttelte den Kopf. »Wie kannst du nachts überhaupt schlafen?«

»Gar nicht«, antwortete Erin. Sie drehte sich um und ging zu der gläsernen Schiebetür, die diesen Bereich des Labors vom nächsten trennte.

Birdie murmelte etwas, das James nicht verstand, dann sah sie zu dem bewusstlosen Jungen. »Er wacht nicht von alleine auf, oder?«

»Wahrscheinlich nicht in den nächsten paar Minuten«, sagte Sami. »Er braucht ein richtiges Krankenhaus.«

Besorgt runzelte Birdie die Stirn. »Wie bekommen wir ihn dorthin?« Sie stöhnte. »Ihn und wen wir sonst noch hier finden?«

»Das habe ich mich auch gerade gefragt«, sagte James. »Irgendwelche Ideen? Nyx?«

Beunruhigt stellte er fest, dass sie abseits der Gruppe stand und scheinbar gedankenverloren ins Leere starrte. Erst als er ihren Namen ein zweites Mal sagte, drehte sie sich zu ihnen um.

»Hm?«, fragte sie.

»Alles okay?«, fragte James.

»Ja.« Nyx schüttelte sich leicht, dann trat sie näher an die Liege heran. »Ich habe nur so ein komisches Gefühl hier drin. Als ob der Boden dünner wird.« Sie sah zu Birdie. »Kann das eine Nachwehe von Leons letzter Chaoswelle sein?«

»Möglich«, antwortete Birdie. Sie klang jedoch alles andere als überzeugt. Plötzlich wollte James nur noch eins: So schnell wie möglich raus aus diesem Horrorkabinett.

»Gehen wir.«

Er beschloss, den Jungen zu tragen und sich um den Rest Gedanken zu machen, wenn es so weit war. Als er sich jedoch der Liege zuwandte, hob Sami den Nachtboten bereits auf seine Arme. Er tat es so selbstverständlich und behutsam, als ob er seine eigene kleine Schwester tragen würde.

Ein Gedanke, ein Wunsch zuckte durch James' Kopf. Wenn Sami ihn zurück in sein Leben ließ, würde er bei ihm Wurzeln schlagen. »Du kannst sie nicht alle hier raustragen«, sagte er.

»Nein«, stimmte Sami ihm zu. »Aber einer ist ein Anfang.« Er lächelte. »Den Nächsten kannst du übernehmen.«

»Deal«, sagte James. Mit einem letzten Blick auf die verhassten Liegen wandte er sich ab und ging zum Ausgang des Laborraums.

Erin wartete an der halb offenen Schiebetür.

James betrat den Raum auf der anderen Seite als Erster und blieb abrupt stehen.

Nur wenige Meter hinter der Tür lag eine Leiche. Der hingestreckte Körper war von der Schulter bis zum Kreuz aufgerissen. Eine gewöhnliche Wunde war es jedoch nicht. James sah weder Blut noch Haut- und Stofffetzen. Stattdessen war ein Teil des Rückens schlicht auseinandergeklappt und zu Asche zerfallen.

James Mund war schlagartig trocken. Erst als er in die Hocke ging, erkannte er seinen Irrtum. Das war keine Asche, es war eine Art schwarzer Sand. *Wie die feingeriebenen Überreste eines Meteors*, dachte er und schauderte.

James berührte den Toten, noch bevor er richtig darüber nachdachte. Er wusste, was er vorfinden würde, wenn er den Mann auf den Rücken drehte: leere Augen und ein von Chaosadern durchzogenes Gesicht. Er musste die Leiche des Mannes jedoch nicht bewegen. Er erkannte ihn auch so. Rohan Bhaskar trug sein Sakko immer noch mit hochgerollten Ärmeln.

James' Hand ruhte auf dem unversehrten Oberarm des Tagboten. Er empfand keinerlei Genugtuung. Stattdessen spürte er die niederdrückende Erkenntnis, wie sinnlos diese ganze Zerstörung war. Dutzende Menschenleben ausgelöscht, und für was?

James stand auf, hatte sich jedoch kaum aufgerichtet, als plötzlich ein goldenes Licht aufblitzte. Er sah sich um. In der Mitte des Raums stand eine weitere Säule, umringt von acht Liegen. Auf jeder von ihnen lag ein Mensch. Nachtenergie schimmerte an den Drähten in den Armen der Nachtboten, doch die Säule strahlte wie eine aufgehende Sonne. Das Licht wanderte nach oben, floss über die Decke und flutete runde Steinscheiben, die die Säule umkreisten wie Planeten auf einer Sternenkarte.

James ging bereits auf die gefesselten Nachtboten zu, als etwas durch die Luft zuckte. Es fühlte sich an wie ein Tremor, das Vibrieren eines straff gespannten Segels beim Einschlag einer Windbö. Die feinen Haare auf seinen Unterarmen richteten sich auf, dann spürte er den Hauch einer Aura wie die Fühler von Nachtfaltern auf seiner Haut. Er *kannte* diese Signatur. Er hatte sie in Samis Küche gespürt, als er neben frisch gewürfelten Tomaten Erins Hand gehalten hatte. James' Herz setzte einen Schlag aus, und im selben Moment sagte Birdie: »Oh. Oh nein.«

»Erin?«, rief Sami.

James fuhr herum. Erin stand einige Meter von ihnen entfernt, stockstarr, den Blick nach vorne gerichtet. Hinter ihr konnte James mehrere hingestreckte Menschen ausmachen. Einige trugen weiße Laborkittel, andere –

»Mum.«

In der Stille des Labors hörten sie alle Erins Flüstern. Ein

Beben ging durch den Raum, ließ den Boden knirschen und Metall klirren. Dann stieß Erin ein kehliges Stöhnen aus und rannte zu den Leichen.

James lief ihr hinterher, taumelte jedoch zurück, als er von einer Explosion an Energie getroffen wurde, die wie eine Stahlbürste über seine Haut schliff.

»Was …«, setzte Nyx an, aber da erschütterte ein erneutes Beben den Raum, so stark, dass eine der Deckenplatten mit lautem Knall auf den Boden krachte und irgendwo Glas splitterte.

»In Deckung!«, warnte Sami, aber hier gab es nichts, was sie schützen konnte.

Die nächste Druckwelle fegte über James hinweg, und er fiel mit einem erstickten Schrei auf die Knie. Hastig suchte er den Blickkontakt zu Nyx.

»Erin!«, keuchte er und stand auf. »Wir müssen zu Erin!«

Nyx begriff, und ihre Miene wandelte sich von Unverständnis zu Entsetzen. Ohne ein weiteres Wort sprinteten sie los.

Am anderen Ende des Labors kauerte Erin über einer der Leichen und wiegte sich vor und zurück.

Sie kann es nicht sein, protestierte eine Stimme in James' Kopf. *Sie ist keine Botin!* Doch noch während er das dachte, glomm eine dunkelviolette Aura um Erins Körper auf.

»*Nein*«, zischte Nyx.

Erins Wimmern drang zu ihnen herüber, dann ertönte ein Schrei so voller Schmerz und Verzweiflung, dass James der Atem wegblieb. Sie waren zu weit entfernt, um irgendetwas auszurichten, und zu nah dran, um das, was als Nächstes passieren würde, zu überleben.

Mit einem Ruck erhob sich Erins gekrümmter Körper in die Luft.

Nyx wollte weiterrennen, aber James packte sie am Rücken ihres Shirts und riss sie zurück. Birdie, die neben Nyx gerannt war, stolperte, fiel hin und rappelte sich sofort wieder hoch.

»Nicht«, warnte James und sah sich panisch um. Sami, der erst den Jungen abgelegt hatte, war zurückgefallen, würde sie jedoch in wenigen Sekunden eingeholt haben. James zögerte keine Sekunde lang, rief die Dunkelheit in seine Hand und schleuderte sie gegen Sami. Er sah noch, wie der zurückgeworfen wurde – *weg von Erin, oh bitte, weg aus ihrem Radius* –, dann warf er seine Dunkelheit wie einen Schutzschirm über Erin, Nyx, Birdie und sich selbst.

Das wird niemanden retten, dachte er verzweifelt, aber er wusste einfach nicht, was er sonst tun sollte.

Erin hing bereits mehrere Meter über dem Boden. Ihre Aura, die nun unverkennbar mit Chaos durchtränkt war, pulsierte, und mit jedem Pulsschlag strahlte sie weiter hinaus.

Voller Entsetzen begriff James, dass er beobachtete, wie sich eine Chaoswelle aufbaute.

Wir sind geliefert.

Nyx klammerte sich an seinen Arm, und beim Anblick ihres vor Angst verzerrten Gesichts kam ihm eine letzte, schreckliche Idee.

»Eine Tür«, platzte es aus ihm heraus. Nyx' Augen weiteten sich.

Erins Aura pochte, und dieses Mal ertönte ein Krachen wie von nahem Gewitter. Chaosfunken trieben aus Erins geöffnetem Mund, winzig und todbringend. Nyx fiel auf die Knie und presste die Hände auf den Boden, bis die Materie unter ihren Füßen aufriss.

52

ERIN

Surrey | Zehn Jahre zuvor
Das Licht der untergehenden Sonne spiegelte sich in den Fenstern des Krankenhauses. Erin saß im Auto ihrer Mutter, den Blick auf den Haupteingang des Gebäudes gerichtet. Ein Teil von ihr hoffte immer noch, dass ihre Mum jeden Moment zurückkommen würde. Aber im Grunde genommen wusste sie, dass es bereits zu spät war. Das Konzert würde in einer Viertelstunde beginnen, und sie parkte irgendwo draußen in Surrey. Selbst wenn ihre Mutter in der nächsten Sekunde aus dem Gebäude gesprintet käme, würden sie es niemals rechtzeitig zum Konzerthaus schaffen.

Erin presste die Lippen aufeinander, dann ließ sie sich gegen die Lehne des Beifahrersitzes fallen. Ihren Geigenkasten hielt sie auf dem Schoß.

Die Enttäuschung lag ihr wie ein Stein im Magen. Es wäre ihr erstes Solo vor einem größeren Publikum gewesen. Kein Auftritt in der Albert Hall, nur ein musikalischer Abend auf der Bühne einer Tanz- und Theaterschule. Aber Erin hatte sich darauf gefreut. Sogar ihre Mum schien aufgeregt zu sein. Sie hatte sich eins ihrer schicksten roten Kleider angezogen und eine Tapas-Bar herausgesucht, in der sie den Abend nach dem Konzert ausklingen lassen konnten.

Erin fuhr mit dem Daumen über die Schließe des Kastens. Sie hatten den Veranstaltungsort schon fast erreicht, als Diane Harling anrief und Josephine um Hilfe bat. Es ging um Nachtboten, natürlich. Scheinbar hatte einer von denen ein Mädchen in ein Koma versetzt. Josephine hatte versprochen, sofort hinzufahren. Sie hatte sich bei Erin entschuldigt, während sie das Auto wendete. Aber sie hatte auch keine Sekunde lang gezögert.

Erin war nicht überrascht. Wenn es um Angelegenheiten des Ordens ging, spielte sie die zweite Geige, haha.

Trotzdem, dachte sie. Ein Abend. Ein Abend, an dem es um sie ging, um die Musik, die sie liebte, und die rein gar nichts mit dem monumentalen Dauerkonflikt zwischen Tag und Nacht zu tun hatte. War das zu viel verlangt?

»*Story of my life*«, murmelte sie. Noch einmal wanderte ihr Blick zum Eingang des Krankenhauses, und plötzlich wollte sie keine Minute länger in diesem Auto sitzen.

Sie stieg aus, nahm ihren Geigenkasten und ging hinüber in den kleinen Park, der neben dem Hauptgebäude lag. Sie zupfte den Rock zurecht, auf dem ihre Mutter bestanden hatte, dann trat sie auf einen der Schotterpfade, der vom Parkplatz wegführte.

Schon vor ihrer Geburt hatte Erins Mutter große Pläne für sie geschmiedet. Josephine war Ordensmitglied aus tiefster Überzeugung. Sie glaubte fest an die Ziele des Ersten Tages.

Für sie fielen soziale Bindungen, die nicht über den Ersten Tag definiert wurden, unter die Kategorie ›Ablenkung‹. An einer Ehe war sie nie interessiert gewesen, aber ein Kind wünschte sie sich sehr. Zumindest hatte sie es Erin so erzählt. Was Erin sich aus anderen Informationen zusammenreimte, war Folgendes:

Josephine Morley wollte der Welt und dem Orden ein taggeborenes Kind schenken. Sie selbst besaß keine übernatürlichen Talente. Sie behauptete, damit hätte sie sich schon lange abgefunden. Die Tatsache, dass sie immer wieder erwähnte, dass es in ihrer Ahnenreihe bereits mehrere Tagboten gegeben hatte, regte in Erin jedoch den Verdacht, dass ihre Mutter nie ganz mit dem Thema abgeschlossen hatte.

Nein, ziemlich sicher hatte sie nicht damit abgeschlossen. Warum sonst hatte sie mit großer Sorgfalt einen Tagboten als Samenspender für ihr Baby ausgesucht? Josephine und die Wissenschaftler des Ordens behaupteten, dass die Affinität mit Tag oder Nacht biologisch weitergegeben wurde. Zwar hatte noch niemand ein Tag- oder Nachtgen identifizieren können, aber das änderte nichts an der Beliebtheit dieser Theorie.

Nach allem, was Erin bisher mitbekommen hatte, zweifelte sie daran, dass die Frage, wer als Bote oder Botin geboren wurde, so einfach zu beantworten war. Sicher, die Stammbücher, die im Archiv des Ordens aufbewahrt wurden, dokumentierten Blutlinien mit taggeborenen Mitgliedern. Aber Erins Meinung nach gab es zu viele Ausnahmen, um die Theorie der genetischen Vererbung zu beweisen. Ahnenlinien, die Tagbotinnen und Tagboten hervorbrachten, versandeten irgendwann. Gleichzeitig wurden Kinder mit Tag- oder Nachtaffinität in allen möglichen Familien geboren, Familien, in denen niemand zuvor ein übernatürliches Talent hatte erkennen lassen.

Erin fand die Vorstellung, dass die Affinität arbiträr auftrat, tröstlich. Das würde ihre eigene Talentlosigkeit erklären. Aber natürlich könnte sie auch schlicht ein Blindgänger sein. Ein misslungenes Experiment, sozusagen.

Egal, wie hoffnungsvoll ihre Mutter sie beobachtete und ermutigte: Erin hatte keine besonderen Talente abbekommen. Ein paar Jahre lang beharrte ihre Mutter darauf, dass sich ihre tagaffinen Fähigkeiten noch zeigen würden, aber je älter Erin wurde, umso weniger ließ sich verleugnen, dass sie nur eines war: gewöhnlich.

Nach ihrem zwölften Geburtstag wurde Erin wie alle anderen Ordensmitglieder auf Spuren von Tag- oder Nachtenergie getestet. Das Ergebnis fiel in beide Richtungen negativ aus.

Und da die aus Urkräften gespeisten Energien spätestens in der Pubertät ihre Wirkung entfalteten, zerstörte das Ergebnis die Hoffnungen, die Erins Mutter für sie gehabt hatte.

Erin erinnerte sich daran, wie ihre Mutter die Schultern gestrafft und dann ihre Hand getätschelt hatte.

Nicht zu ändern, hatte sie gesagt. *Wir machen das Beste draus.*

Sie hatte sich bemüht, ihre Enttäuschung zu verbergen. Doch Erin bemerkte die resignierten Blicke, die ihre Mutter ihr immer noch heimlich zuwarf. Sie erkannte die falsche Fröhlichkeit in ihrer Stimme, wenn sie Erin versicherte, dass es natürlich in Ordnung war, wenn sie erst einmal studieren ging, bevor sie sich entschied, ob sie dem Orden beitreten würde.

Erin hätte ihrer Mutter gerne gegeben, was sie sich so offensichtlich von ihr wünschte. Stattdessen konnte sie sie nur nach besten Kräften unterstützen. Und wenn das hieß, dass sie ihr eigenes Konzert verpasste, dann war es so.

Sie ging weiter, bis sie außer Sichtweite des Parkplatzes war. Im Schatten eines Busches hielt sie an. Die Sonne war hinter das Krankenhaus gesunken, aber ein apricotfarbener Schimmer erhellte immer noch den Himmel. Die Schatten der Büsche und Hecken waren lang, die Pfade und Bänke im Park verlassen. Erin war allein.

Sie warf einen letzten, prüfenden Blick über ihre Schulter, dann schlüpfte sie aus ihren Ballerinas und trat auf den Rasen. Mit einem Seufzen atmete sie aus. Zu Hause war sie immer froh, wenn sie die Gelegenheit bekam, morgens oder abends unbeobachtet in den Garten zu gehen. Sie liebte es, barfuß über taunasses oder von der Sonne gewärmtes Gras zu laufen. Wenn sie ganz alleine war, wenn ihre Mutter arbeitete oder noch schlief, dann nahm sie ihre Geige mit. Sie konnte nicht sagen, warum, aber im Freien zu spielen – außer Reichweite von Lehrern, Partituren und Notenständern – befriedigte eine Sehnsucht in ihr, die sie nicht in Worte fassen konnte.

Im Park hinter dem Krankenhaus hob Erin ihre Geige aus dem Kasten. In der Tanz- und Theaterschule würden die anderen jetzt ihre Instrumente stimmen. Die letzten Leute aus dem Publikum würden sich ihre Plätze suchen.

Erin setzte ihre Geige an, hob ihren Bogen und schloss die Augen. Für ein paar Sekunden verharrte sie so und lauschte auf die entfernten Geräusche des Parkplatzes, auf das Brummen von Motoren und die Brise, die die Hecken um sie herum leise rascheln ließ.

Sie begann zu spielen. Zuerst fand sie sich in das Stück, das sie heute Abend aufgeführt hätte. Die Töne fühlten sich warm und vertraut an. Sicher. Erin lächelte, genoss die Kontrolle … und ließ los. Sie ließ die Musik über die vorgegebenen Noten hinausfließen, wob Varianten in ihr Spiel ein, folgte spontanen Eingebungen und ließ die Musik zu etwas anderem, etwas Neuem wachsen.

Sie war kein musikalisches Genie, kein Mozart oder dergleichen. Aber irgendetwas an dem Akt, frei Musik zu spielen – sich von einer unbekannten, noch ungeordneten Melodie tragen zu lassen, einer Melodie, die eben erst im Werden begriffen war –, irgendetwas daran fühlte sich unbeschreiblich befreiend an. Erin hörte die Musik nicht nur, sie spürte sie. Wie ein Wind, der durch sie hindurch und aus ihr herauswehte. Tränen sammelten sich hinter ihren Augenlidern, ihr Lächeln wurde weicher, ihr Herz auch.

Irgendwann ließ sie den letzten Ton ausklingen, hielt die Augen jedoch geschlossen. Sie fühlte etwas, tief in ihrer Magengrube, wie ein zartes Flattern. Erin öffnete die Augen und hielt überrascht die Luft an. Auf dem gewundenen Kopf ihrer Geige saß ein rosiger, durchscheinender Nachtfalter.

Erin wagte kaum, zu blinzeln, doch der Klang einer Stimme ließ sie zusammenzucken.

»Wow.«

Erschrocken fuhr sie herum und sah einen Jungen auf dem Rasen stehen. Er war schlank, nicht größer als sie, und das helle Haar hing ihm wirr in die Stirn. Sein linkes Auge war zugeschwollen, und ein erschreckend dunkler Bluterguss zog sich von seinem unteren Lid bis zu seiner Schläfe.

Bevor Erin noch richtig darüber nachdachte, riss sie die Geige von der Schulter und stöhnte enttäuscht, weil der Falter davontrudelte.

Beinahe wäre ihr ein ›Geh nicht‹ über die Lippen gerutscht. Wie absurd. Wie peinlich. Ihr Blick huschte von ihren nackten Zehen zu ihren achtlos hingeworfenen Schuhen und zurück zu dem fremden Jungen.

Was …

Der Falter war nicht geflüchtet, sondern flog gelassen auf den Jungen zu. Als der die Hand hob, landete er auf seinen Fingerspitzen. Der Junge drehte seine Hand, um den Falter zu bewundern, dann schloss er die Augen und seufzte. Keine Sekunde später verwandelte sich der Falter in glitzernden, rotgoldenen Staub. Der Staub wirbelte um die Finger des Jungen, trudelte in das Zwielicht des Abends hinauf und verschwand.

Erin starrte ihn hilflos an, während der Junge auf sie zukam. Von nahem konnte sie die Tränenspuren auf seinem Gesicht sehen. Er legte die Hand an ihre Wange, dieselbe Hand, auf der der Falter gesessen hatte.

»Tu mir einen Gefallen«, sagte er. »Lass dir das von niemandem wegnehmen.«

Er strich sacht über die Rundung ihrer Wange, dann drehte er sich um und ging in Richtung des Krankenhauses davon.

53

NYX

Jetzt

Sie machte es schlimmer. In ihrer Panik rief Nyx keine Tür. Sie zerfetzte die Realität, wie sie es am Strand von Dorset getan hatte, und plötzlich befand sie sich in der Wahren Nacht.

Bestürzt riss Nyx ihre Hände von der obsidiandunklen Fläche, die eben noch der Laborboden gewesen war. Vor ihren Augen drehte sich alles, und kurz hatte sie den Eindruck, sie würde mit dem Kopf nach unten an der Decke hängen. Dann drehte sich ihre Wahrnehmung in einem halsbrecherischen Schwung um die eigene Achse, und sie stürzte mit einem Aufschrei nach vorn.

Keuchend sog sie die Luft ein, dann traf sie der nächste Schock. Wie groß war das Loch, das sie gerissen hatte? Wer war mit ihr in die Wahre Nacht gestürzt? Hektisch sah sie sich um, blickte zurück über ihre Schulter und stieß einen erstickten Laut aus.

Birdie stand mehrere Meter hinter ihr. Sie schwankte und starrte mit weit aufgerissenen Augen nach oben. Anders als sonst war die Weite, die sich über dem Boden der Nacht wölbte, nicht schwarz. Sie war durchzogen von purpurnem Licht, das sich wie Stoffbahnen unter Wasser wellte. Blutrote Funken blitzten hinter den Schleiern, und sie alle fielen wie in Zeitlupe nach unten.

Das Universum brach ein, und Chaos sickerte durch die Fissuren. Es war ein Anblick, den nur Boten überleben konnten.

Ein dünner Klagelaut entrang sich Nyx' Kehle, dann sprang sie auf die Füße, stolperte und rannte los.

»Mach die Augen zu«, rief sie, aber ihre Stimme war viel zu schwach. »Birdie, mach–«

Sogar aus dieser Entfernung sah sie, wie sich die Chaosfunken in Birdies Augen spiegelten, und ihr Herz sprang förmlich ihre Kehle hinauf. Dann tauchte James auf. Er stürzte von rechts auf Birdie zu, wirbelte sie zu sich herum und drückte ihr in derselben Bewegung die Hand vor die Augen.

Nyx dankte allen großen und kleinen Göttern, an die sie nicht glaubte, dann hatte sie Birdie und James erreicht. James zitterte, aber seine Hand wich nicht von Birdies Gesicht.

»Ist sie okay?«, fragte Nyx atemlos. »Birdie, bist du in Ordnung?«

Das entrückte Seufzen, das daraufhin über Birdies Lippen kam, drehte Nyx den Magen um. Hilfesuchend drehte sie sich zu James, der jedoch genauso erschüttert aussah, wie sie sich fühlte.

»Sie muss hier raus«, flehte Nyx. »Bring sie zurück, lass sie nicht los.«

Ein Rumoren, wie Nyx es hier noch nie gehört hatte, rauschte durch die Nacht. Sie drehte den Kopf, bis sie eine Gestalt sah, die langsam nach unten schwebte. Die Luft um sie herum schimmerte wie eine Fata Morgana, und an mehreren Stellen konnte sie Laborwände hinter den Schlieren erkennen. Brachen die Barrieren zwischen Sphären ein? Das war nicht gut, das sollte nicht passieren. Nyx hatte gedacht, dass die Trägerin nur zur Gefahr für Menschen würde, wenn sie sich in der irdischen Sphäre befand. Da hatte sie sich wohl getäuscht.

»Nyx«, setzte James an, aber sie packte ihn an der Schulter.

»Bitte, Jay.«

Er schluckte, nickte.

Sie streckte ihre freie Hand aus, während sie die Augen schloss und sich ein zweites Mal auf ihren Nachtsinn und das Bild einer Tür konzentrierte.

Bitte, flehte sie innerlich, als sie nur hallende Leere in sich spürte. *Bitte, lass mich nicht im Stich.*

Ein Aufwallen unter ihren Rippenbögen, wie ein Vorhang, der sich im Wind blähte, dann hörte sie ein Knarzen und spürte kaltes Glas an ihrer Handfläche. Als sie die Augen öffnete, befand sich die halbgeöffnete Schiebetür aus dem Labor direkt vor ihr. Sobald Nyx ihre Hand entfernte, bebte die Tür, und ein gezackter Sprung schoss mit einem Knacken durch das Glas. Lange würde diese Tür nicht Bestand haben.

»Geh«, sagte sie. »Schnell.«

Ohne die Hand von ihren Augen zu nehmen, drehte James Birdie, so dass sie vor ihm stand. »Was ist mit Erin?«, fragte er.

»Ich kümmere mich um sie«, versprach Nyx. »Ich halte sie auf.«

Immer noch zögerte James. Erst als Birdie an seinen Fingern zupfte, straffte er die Schultern.

»Komm zurück, wenn du es erledigt hast.« Er ergriff ihre Hand, und kurz spürte Nyx ein Prickeln wie von elektrischen Funken zwischen ihren Handflächen. »Versprich es mir.«

Bevor sie antworten konnte, knackte und klirrte die Tür, und das Glas bekam weitere Risse. Nyx presste erneut ihre Hand gegen die Tür, spürte jedoch, dass sie sie nicht halten konnte.

»Beeil dich«, drängte sie. »Pass auf euch auf, okay?«

James nickte grimmig, dann führte er Birdie an Nyx vorbei und quetschte sich mit ihr durch den schmalen Spalt. Die beiden hatten die Schwelle kaum passiert, da löste sich sowohl die Tür als auch der Übergang in Rauch auf.

Zurück blieben nur Nyx und das Mädchen, das wie eine Galaxie in der Wahren Nacht leuchtete.

Ich werde sie aufhalten.

Große Worte. Dumm nur, dass Nyx keine Ahnung hatte, wie sie das anstellen sollte.

Sie ging auf Erin zu, merkte, dass ihre Schritte sich verlangsamten, und streckte den Rücken durch. Keine Zeit, zu hadern.

Das Firmament trudelte unruhig unter ihren Füßen dahin, und die Sterne strömten alle auf Erin zu. Bei ihr angekommen, wirbelten sie im Kreis. Erin sah aus wie ein Monolith, der über der Mitte eines glitzernden Wasserstrudels schwebte.

Ein Stein und ein Vortex. Nyx entging die Ironie nicht. Die Furcht saß ihr tief in den Knochen. Trotzdem ging sie weiter, bis sie den Rand des Strudels erreichte.

Ein vorsichtiger Test mit ihrer Fußspitze bestätigte, was sie bereits vermutet hatte. Ab hier verlor der Boden seine Form und verwandelte sich in einen reißenden Strom. Nyx wog ab, ob sie nach Erin rufen sollte, entschied sich dann jedoch dagegen. So entrückt, wie Erin in der Luft hing, würde sie ohnehin nicht reagieren.

Unschlüssig sah Nyx zu Erin hinauf. Was sollte sie tun? Sie hatte keine Hilfsmittel, kein mystisches Artefakt oder auch nur eine Idee, wie sie Erin aufhalten sollte. Sie hob ihren Blick noch höher und sah, wie die glühenden Funken aus den Chaoslichtern senkrecht nach unten fielen. Sie zogen schnurgerade Lichtschweife hinter sich her, die nicht verblassten. In wenigen Sekunden würden sie Erin erreichen.

Ihre Ratlosigkeit trieb ihr die Hitze ins Gesicht, dann fiel ihr Birdie ein. Ihr Rat wäre wahrscheinlich: Sorg dafür, dass Erin sich sicher fühlt. Hilf ihr, sich so weit zu beruhigen, dass das Chaos sich nicht an der Barriere ihrer Furcht aufstauen kann.

Gut und schön, aber wie sollte Nyx das anstellen? Wie hatte Birdie es bei ihr hinbekommen?

Sie hatte mit ihr geatmet, hatte sie berührt und sie damit geerdet.

»Ach, verdammt«, murmelte Nyx. Dann ging sie in die Hocke und stieg vorsichtig in den Strudel.

Zu ihrer Erleichterung stellte sie fest, dass sich unter den wirbelnden Sternen noch immer ein fester Grund befand. Sie hatte keine Ahnung, ob man durch ein verflüssigtes Firmament schwimmen konnte. In die Sterne hineinzutauchen fühlte sich schon seltsam genug an.

Nyx biss die Zähne zusammen und watete voran. Der Sternenstrom reichte ihr bis zu den Oberschenkeln, und sein Sog zerrte an ihren Beinen. Wieder hörte sie das Rauschen, das sie in ihren Träumen verfolgt hatte. Nur wusste sie dieses Mal genau, woher es kam. Sie ging weiter und zuckte zusammen, als der erste Funken Chaos in den Strudel tropfte. Die Einschlagsstelle glomm lila und schwarz und verbreiterte sich zu einem spiralförmigen Wirbel innerhalb des Mahlstroms. Nyx wich dieser neuen Anomalie so weit aus, wie sie konnte, und erreichte schließlich Erin.

Zum Glück schwebte sie nicht allzu weit in der Luft. Ihre Füße hingen lediglich in der Höhe von Nyx' Schultern.

»Erin«, rief Nyx gegen das Rauschen an. »Kannst du mich hören?«

Keine Reaktion.

»Ich fasse dich jetzt an, okay?«, warnte Nyx. »Nicht erschrecken.«

Sie streckte ihren Arm hoch und umfasste Erins Knöchel. Sie versuchte nicht, Erin nach unten zu ziehen, sondern drückte nur sanft zu.

»Ich weiß, du steckst in deinem Kopf, und da drin herrscht gerade die Hölle.« Überrascht hielt sie inne. Sie hatte gedacht, dass sie sich verstellen müsste, aber tatsächlich empfand sie Mitgefühl für Erin. Sie hatte James und Diane verraten und wer weiß was noch auf dem Kerbholz, aber der Schrei, den sie beim Anblick ihrer toten Mutter ausgestoßen hatte, hatte eine sehr vertraute Saite in Nyx angeschlagen. Sie kannte Verlust. Sie kannte das Gefühl, wenn man nicht wahrhaben wollte, dass jemand aus dem Leben gerissen wurde, und man nichts tun konnte, um das rückgängig zu machen.

Nyx streckte auch ihre zweite Hand nach oben und hielt Erin an beiden Beinen fest. »Wahrscheinlich rasen deine Gedanken wie der Strudel hier unten«, rief sie. »Aber du kannst aus ihnen heraustreten, hörst du? Du musst nicht in ihnen versinken. Hör auf meine Stimme. Konzentrier dich auf meine Hände.« Wieder drückte sie zu, aber Erin gab kein Anzeichen von sich, dass auch nur irgendetwas von Nyx' Versuchen zu ihr durchdrang.

Immer mehr Chaosfunken stürzten in den Sternenstrudel. Einer schlug direkt hinter Nyx auf, und ihr Rücken kribbelte vor Unbehagen. Verzweifelt versuchte sie, Erins Gesicht zu sehen, aber sie hatte den Kopf zu weit in den Nacken gelegt.

Nyx' Finger krallten sich in Erins Hosenbeine. Wie sollte sie Erin aus ihrem Dämmerzustand herausholen? Wie konnte sie ihr ein Gefühl von Sicherheit vermitteln? Nyx kannte Erin nicht, sie hatte keinerlei Beziehung zu ihr. Die einzige Verbindung, die sie bisher geteilt hatten, war der Traum, den Nyx für Erin manipuliert hatte.

Der Gedanke war kaum aufgeblitzt, da kam Nyx eine Idee. Wenn es Erin auch nur ansatzweise so ging, wie es Nyx an Birdies Strand gegangen war, ertrank sie in quälenden Erinnerungen. Und während die ihr ganzes Bewusstsein überschwemmten, träumte Erin mit offenen Augen.

Einen Versuch war es wert.

Nyx entspannte ihre Hände, legte sie nur noch ganz leicht an Erins Schienbeine. Dann weckte sie den Teil ihres Nachtsinns, der Träume manifestierte. Chaostropfen regneten mit klaren, metallischen »Pling«-Tönen um sie herab, doch Nyx ignorierte sie. Sie spürte, wie ein Schauder durch Erin lief, dann kroch ein kleiner grauer Frosch an ihrem Bein hinauf.

»Danke«, stöhnte Nyx und ließ los. Sie hatte die Hände jedoch kaum von Erin genommen, als ein zweiter Frosch zu ihrer Hüfte hinaufkletterte. Zwei weitere tauchten über dem Rand ihres linken Schuhs auf, und als Nyx hochsah, entdeckte sie fünf weitere, die sich an Erins Bauch, ihren Rippenbogen und ihre Arme klammerten.

»Oh, Schande«, entfuhr es ihr. So viele Träume, und kein einziger davon war freundlich. Schockiert beobachtete sie, wie ein weiterer Frosch unter dem Kragen von Erins Hemd hervorkroch, dann sackte der Boden unter ihren Füßen nach unten.

Nyx schrie auf, aber in derselben Sekunde stand sie wieder auf solidem Untergrund. Nur, dass der Strudel jetzt ihre Hüften umspülte. Mit Schrecken erkannte sie, dass der Sternenstrom mittlerweile von Dutzenden violetten Wirbeln durchzogen war, die sich um ihre eigenen Achsen drehten. Sie streiften an Nyx entlang wie ein Schwarm Quallen. Ihre Berührung brannte nicht, nicht direkt, aber sie spürte ein Ziehen und Zerren, als ob sich winzige Widerhaken in ihre Kleidung gruben und wieder losrissen.

»Okay«, murmelte sie. »Zeit, das Tempo anzuziehen.«

Sie spreizte ihre Finger und begann, Erins Träume zu verändern. Der erste Frosch löste sich von Erins Knie, wurde durchsichtig, leuchtete hell auf und verwandelte sich in einen weiß schimmernden Fisch.

»Einer erledigt«, sagte Nyx. Sie warf einen Blick nach oben, und ihr Mund wurde schlagartig trocken. Der Funkenregen hatte aufgehört, doch an seiner statt schien sich der komplette, lichtdurchwirkte Himmel nach unten zu wölben. Dunkler Nebel, der an den Rändern strahlte, senkte sich auf Erin und Nyx herunter wie eine riesige Hand.

Sie stieß einen Atemzug aus, fuhr sich mit der Zunge über die Lippen und machte weiter. Der Boden unter ihren Füßen wurde weggeschwemmt. Sie stellte sich breitbeiniger hin, erkämpfte sich immer wieder ihr Gleichgewicht, während sie einen Traum nach dem anderen änderte. Ihr Nachtsinn wurde schwächer, aber schließlich waren alle Frösche verschwunden. An ihrer Stelle umschwärmten Erin an die zwanzig Fische mit perlmuttschillernden Schwanzflossen.

Nyx schob sich ihre schweißnassen Haare aus der Stirn. »Das kannst du fühlen, oder?«, fragte sie.

Mit einem Seufzen sank Erin weit genug nach unten, dass Nyx sie an den Händen fassen konnte. Sie hatte ihre Finger kaum um die von Erin geschlossen, als diese mit einem Blinzeln die Augen öffnete. Es waren normale Augen, mit blassblauer Iris und dunkler Pupille. Keine Spur von Lichtfunken oder Chaosnebel. Erin hatte noch ein Bewusstsein. Das Chaos hatte sie noch nicht völlig überwältigt. Nyx' Knie wurden weich vor Erleichterung, und beinahe stürzte sie in den Sog des Mahlstroms.

Schön stehen bleiben, mahnte sie sich.

Erins Hände lagen nur lose in Nyx' Griff, aber sie betrachtete ihre Traumfische mit aufmerksamem Blick.

»Sie sind wunderschön«, sagte sie.

Nyx spürte einen wachsenden Druck auf ihrer Kopfhaut und wagte einen weiteren Blick nach oben. Der längste Ausläufer des Chaosnebels war nur noch wenige Meter von ihnen entfernt. Erin bemerkte, wohin Nyx schaute, und runzelte die Stirn. Rasch nahm Nyx wieder Augenkontakt mit ihr auf. Wenn Erin jetzt hochsah und in Panik geriet, würde Nyx sie verlieren. Also lenkte sie Erins Aufmerksamkeit auf die Fische.

»Ich hab sie für dich gemacht«, sagte sie.

Eines der Tiere glitt geschmeidig an Erins Nase vorbei. Erin blinzelte wieder, und lächelte. »Ich habe mal einen Jungen getroffen, der Nachtfalter aus dem Nichts schaffen konnte«, sagte sie verträumt. »Zumindest habe ich geglaubt, dass er es war.

Aber in meinen Träumen … in meinen Träumen war ich es selbst. Ist das möglich?«

»Würde mich nicht mehr wundern«, sagte Nyx. Was auch immer Erin war, ein gewöhnlicher Mensch war sie nicht.

»Ich hatte immer Angst davor«, gestand Erin. »Dass ich etwas Verbotenes tun könnte, etwas, das mich als Betrügerin entlarvt.«

Nyx schluckte. Irgendwie musste sie dafür sorgen, dass das Chaos Erin nicht erreichte, aber sie hatte keine Ahnung, wie. Zumindest blieb Erin ruhig, solange sie miteinander redeten. »Wie meinst du das?«, fragte sie.

»Meine Mutter«, sagte Erin, und ihr Gesicht verzerrte sich vor Kummer. Rasch verstärkte Nyx ihren Griff, und diesmal erwiderte Erin den Händedruck. »Ich wollte, dass sie stolz auf mich ist. Aber ich habe die Welt nie so gesehen wie sie.« Sie sah auf ihre Schuhspitzen und fügte dann leiser dazu. »Ist das dumm?«

»Nein«, platzte es aus Nyx heraus. »Nein, überhaupt nicht.«

Eine Träne rollte über Erins Wange. »Ich wollte nicht, dass sie herausfindet, wie verunsichert ich andauernd war.«

Nyx starrte sie an. *Josephine hat dir echt ein Päckchen aufgebunden*, dachte sie. *Genau wie Diane uns.* Mit einem Mal spürte Nyx die Blessuren, die sie in ihrer Kindheit abbekommen hatte, in aller Deutlichkeit. Und das Perfide daran war, dass sie Kummer überkam, wenn sie an Dianes Tod dachte.

Sie wollte Erin nicht umarmen, aber eines konnte sie ihr geben.

»Jemand, den ich sehr liebhabe, hat mir gesagt, dass wir völlig in Ordnung sind. Komplett mit allem, was uns ausmacht.«

Erin hob den Kopf. »Wir?«

»Yep«, sagte Nyx und hob den Mundwinkel zu einem kleinen Lächeln. Wäre James jetzt hier, würde er sagen, dass das Universum einen beschissenen Humor hatte.

Nyx presste die Lippen aufeinander. Sie versuchte, sich nichts anmerken zu lassen, aber ihre Konzentration drängte immer mehr unter die Oberfläche des Sternenstrudels, zu ihren Füßen und Beinen, an denen sich das Kitzeln inzwischen zu einem Stechen gesteigert hatte. Ihre Vorstellung warf ihr Bilder von sprudelnden Chaosfunken zu, die ihre Jeans auflösten, in ihre Haut eindrangen und mit winzigen Teilen von ihr davonwirbelten. Sie versuchte, einen Fuß nach vorne zu setzen, stellte jedoch fest, dass sie ihre Beine nicht mehr bewegen konnte.

Ein grollendes Knurren rollte über ihre Köpfe hinweg. Erin machte Anstalten, den Blick zu heben, aber Nyx hielt sie an den Schultern zurück.

»Kannst du das für den Moment ignorieren?«, bat sie. »Und dich auf die Fische konzentrieren?«

Funken schwebten auf Erins Haar zu, waren nur noch wenige Zentimeter entfernt. Sie hob die Brauen, aber sie gehorchte. »Was sind sie?«

»Träume«, antwortete Nyx. Ihr linker Fuß rutschte nach hinten, und sie drückte ihn mit aller Kraft zurück auf den unsteten Boden. »Nur die guten.«

Erin hob ihre Hand und hielt sie unter einen der Fische. Der kleine Kerl drehte sich im Kreis und schlug einen gelassenen Salto über ihrer Handfläche. Während sie ihn ansah, sanken Erins Lider herab, und sie rutschte noch ein Stück abwärts. Mittlerweile berührten ihre Fußspitzen beinahe den Strudel. »Ich würde gerne einschlafen.«

Wenn Nyx sie jetzt losließ, würde Erin dann in diesem Chaospfuhl versinken und sich auflösen? Wenn sie wie Leon starb, wäre die Chaosflut abgewendet. Dann hätten James und die anderen vielleicht genügend Zeit, die Maschinerie von Project Daylight zu zerstören, bevor der nächste Träger aktiviert wurde.

»Das ist okay«, sagte Nyx. Sie selbst war mittlerweile bis

über den Bauchnabel eingesunken. »Mach einfach die Augen zu, und wenn du aufwachst, bist du in Sicherheit.«

Erin nickte schläfrig. Nyx, der vor Anstrengung der Schweiß in die Augen lief, streckte ihre freie Hand aus und bemühte noch einmal ihren Nachtsinn. Sie schaffte es nicht mehr, eine Tür herbeizurufen, aber direkt hinter Erin öffnete sich ein gezackter Riss. Nyx sah Wände, auf denen sich ein unruhiges, goldenes Licht abzeichnete. Sie hoffte, dass es das Labor war.

»Viel Glück«, murmelte sie und schob Erin nach hinten. Sie kippte durch den Spalt, während dieser sich bereits wieder schloss. Plötzlich alleine und ohne Anker sackte sie bis zur Brust in den Strudel. Nur einen Meter vor ihr schlossen sich die Ränder des Risses und des einzigen Auswegs nahtlos.

Erin hatte es auf die andere Seite geschafft. *Immerhin*, dachte Nyx.

Ihr Herz schlug so schnell, dass seine Frequenz sich wie das Surren von Insektenflügeln anfühlte. Die Angst war immer noch da, natürlich war sie das. Sie saß wie ein Stein in ihrem Magen. Gleichzeitig fühlte sie sich seltsam befreit. Sie hatte getan, was sie konnte. Hatte gekämpft, so lange wie möglich.

Ein letztes Mal sah sie nach oben. Der Chaosnebel dräute immer noch über ihr, schien sich jedoch zurückzuziehen. Er ballte sich wie Gewitterwolken, die im Zeitraffer zum Horizont zurückwichen. War es das? Hatten sie es geschafft? Sie wusste es nicht, und es fiel ihr immer schwerer, sich zu konzentrieren.

Nyx senkte den Kopf, und ihr Blick fiel auf ihre Hände. Sterne leuchteten unter ihrer Haut, fremde und vertraute Konstellationen entlang der Linien ihrer Handflächen.

Sie musste lächeln. *Immer noch schön*, dachte sie. *Trotz allem.*

Um sie herum erhoben sich Chaosfunken aus dem Strudel und strebten nach oben. Die Sterne folgten, trudelten hinauf in die Nacht.

Nyx stand mitten darin. Sterne lösten sich auch aus ihrer

Haut, aber sie spürte es nicht mehr. Sie betrachtete ihre Hand. Eins der Lichter unter ihrer linken Handfläche leuchtete besonders hell. *Hundsstern*, dachte Nyx. *Der hellste Stern am Himmel.*

Sie streckte ihre Arme aus. Ihre Haut wurde durchsichtig, und Birdies Armband zerfiel zu Staub. Immer mehr Lichtpunkte drangen aus ihrem Körper und schwebten mit dem Rest des Lichtgestöbers nach oben. Sie wusste nicht, ob der Boden unter ihren Füssen verschwunden oder ob sie selbst schwerelos geworden war.

Nyx dachte an Birdie und James. »Den Rest müsst ihr übernehmen«, murmelte sie. Dann sprudelte das Licht von ihren Fußsohlen durch ihren Körper, und sie stob auseinander wie –

Komm nach Hause.

54

NYX

In der Tiefe des Chaosstroms, in dem immerwährenden Fluss aus Materie, Antimaterie, Licht und Dunkelheit, erinnerte sie sich daran, wer sie war. Sie versuchte, die Form, die sie bewohnt hatte, festzuhalten: ein Körper mit Armen, Beinen, anderen Bestandteilen. Doch die Moleküle, die sie einst zusammengehalten hatten, blieben in Bewegung, sammelten sich, stoben auseinander, bildeten Formen und lösten sie auf. Mit jeder Woge der Entwirrung schwand ihre Erinnerung, verlor sie den Halt.

Was wird aus der Energie, die uns ausmacht?

Jemand hatte ihr diese Frage einmal gestellt.

Nyx.

Nyx. War das ihr Name? Nyx. Νύχτα. 夜. Nacht.

Mit ihrem letzten Rest Bewusstsein betrachtete sie das Sternbild, dass einmal ihre Hand gewesen war. Einer der Sterne …

einer der Sterne …

einer der …

einer der Sterne leuchtete heller als die anderen.

Hundsstern.

Sirius.

Der hellste Stern am Nachthimmel.

Vergesst den Nordstern. An Sirius und dem Großen Hund kann man sich viel besser orientieren.

Das sagst gerade du? Wo du uns mit schöner Regelmäßigkeit irgendwohin lotst, wo wir gar nicht sein sollten?

Das ist Absicht, Jay Bird, pure Absicht. Und ihr habt noch nie bereut, mit mir auf Entdeckungstour zu gehen. Oder, Eulchen?

Der Stern löste sich von den anderen und schwebte wie ein Löwenzahnsamen im Äther. Er ließ sie an Erdnussbutter-Sandwiches denken, an Wale, an einen lachenden Jungen, an Leon.

Hundsstern.

Puppy.

Bist du hier?

Sie erinnerte sich. An den Stern, der über Leons Klinikbett schwebte. An James, der einsam neben dem Bett saß. Der mit einem Reiserucksack über der Schulter aus ihrer WG verschwand. Der sie anflehte, zu ihm zurückzukommen.

Kummer. Trost. Wärme. Unsicherheit.

Alles. Alles davon.

Sie erinnerte sich an Freyas Buchhandlung. Den Tulpenstrauß im Schaufenster. Den Geschmack von buttrigem Zimtgebäck. Sie dachte an Birdie, die auf einer Gartenbank saß und über das ganze Gesicht strahlte, als Nyx ihr einen Schokoriegel reichte.

Wir existieren weiter. Nur eben in anderer Form.

Sie war dabei, eine neue Form anzunehmen.

Konnte sie auch in eine vertraute Form zurückfinden?

Nyx war daran gewöhnt, das Ungreifbare in etwas Sichtbares, Stoffliches, Verständliches zu verwandeln. Egal, ob sie malte oder ihre Talente nutzte, sie verlieh Gedanken, Gefühlen, Träumen eine Gestalt.

Die Sterne, die Atome und Eigenheiten, die sie einmal ausgemacht hatten, wanderten wie eine Stranddüne durch die Dunkelheit. Licht krümmte sich in eleganten Kurven, bäumte sich auf, fiel in sich zusammen und strudelte einer Windhose gleich nach oben.

Einer der Sterne, der Hundsstern, bewegte sich nicht vom Fleck. Nyx benutzte ihn als fixen Punkt und malte sich selbst zurück ins Sein.

55

JAMES

James Hände zitterten, als er den zweiten Draht aus dem Arm einer Nachtbotin zog. Birdie tat dasselbe bei dem Nachtboten auf der nächsten Liege, während Sami sich um einen dritten kümmerte.

James warf einen Blick zu Birdie, die stoisch weitermachte, obwohl sie nicht stehen konnte, ohne sich irgendwo abzustützen. Das grauenvolle Staunen, das in der Nacht von ihr Besitz ergriffen hatte, war von ihr abgefallen, sobald sie in die irdische Sphäre zurückgekehrt war. Auch ihre Augen schienen zum Glück unversehrt, aber durch dieses Erlebnis befand sie sich anscheinend am Rand des Kollapses. Das hatte sie jedoch nicht davon abgehalten, die Finger in James' Krankenhaushemd zu krallen.

»Wir müssen dafür sorgen, dass die Transmutation der Energien aufhört«, stieß sie aus. »Sofort.«

James fragte nicht nach, sondern legte los. Fieberhaft entfernte er Drähte und suchte mit den Augen bereits nach dem nächsten Boten. Vier von acht hatten sie bereits losgelöst. Bisher schienen ihre Bemühungen jedoch keine Auswirkung auf die Maschinerie zu haben, welche die gewaltvoll generierte Tagenergie verströmte. Die Inschrift auf der zentralen Säule leuchtete genauso golden wie die Steintafeln an der Decke. Mit jeder Sekunde drückte das Übermaß an Energie schwerer auf James. Und mit jeder Sekunde schlitterten sie alle näher an den ältesten aller Abgründe.

Zum bestimmt hundertsten Mal sah James nach oben. Zwischen den Steintafeln löste sich das Labor auf. Die Deckenpaneele schlugen Blasen, die aufplatzten und an den Rändern zerfaserten. Bereits an mehreren Stellen hing nur noch ein Schleier aus feinkörnigem Staub in der Luft, und dahinter glomm ein violettes Gewitterleuchten.

Keine von Dianes Quellen hatte je von einem derartigen Kollaps zwischen den Sphären gesprochen.

Nyx, beeil dich. James eilte zur nächsten Liege, kam jedoch keine zwei Schritte weit, bevor Birdie seinen Namen rief.

Er fuhr herum. Nur wenige Meter von ihnen entfernt öffnete sich ein Riss in der Luft und gab den Blick auf die Nacht frei. Mit einem Schrei wirbelte Birdie herum und riss sich den Arm vors Gesicht. James' Herz rutschte mehrere Stockwerke in den Keller, dann stürzte ein Körper rücklings aus der Nacht.

Erin.

James trat auf sie zu, sah hoch und erwartete, Nyx hinter ihr auftauchen zu sehen. Doch der Riss zwischen den Sphären schloss sich bereits.

Plötzlich war Sami an seiner Seite. »Wo ist Nyx?«

James brachte kein Wort heraus. Er starrte auf die Stelle, wo der Riss gewesen war, und hatte das Gefühl seine Zunge und seine Kehle wären zu Stein erstarrt.

Sami drückte seinen Arm, dann lief er zu Erin und half ihr, sich aufzusetzen. James hörte, wie Entschuldigungen aus ihr heraussprudelten.

»Es tut mir leid«, wimmerte sie. »Es tut mir leid, es tut mir so leid.«

Sami legte ihr einen Arm um die Schultern, während der Stein aus James' Kehle hinunter zu seinem Herzen kroch. In den nächsten Sekunden bebte und knirschte der Raum unter einer neuen Erschütterung. Automatisch sah James nach oben. Die Laborwand war nahezu komplett verschwunden, nur die leuchtenden Scheiben hingen wie falsche Sonnen vor einem kosmischen Nebel, der nichts anderes sein konnte als rohe Chaoskraft.

Birdie stolperte in ihn hinein, hielt sich an ihm fest.

»Kommt schon«, drängte sie verzweifelt. »Das Chaos staut sich weiter auf, wenn wir diesen Scheißenergiefluss hier nicht unterbrechen.«

Sami sah zu James, und blanke Hoffnungslosigkeit zeichnete sich auf seinem Gesicht ab. *Zu spät*, dachte James. Niemals würden sie es schaffen, alle Nachtboten in diesem Gebäude zu entkoppeln, bevor das Chaos durchbrach.

»James, bitte«, flehte Birdie.

Erin murmelte etwas.

»Was?«, fragte Sami mit erstickter Stimme.

Erin suchte James' Blick. »Die Säulen«, rief sie. »Die Inschrift. Durchbrecht den Kreislauf.«

James verstand nicht, bis Erin mit der flachen Hand auf den Boden schlug. Dann sog er die Luft durch die Nase, drehte sich um und rannte zu der Säule inmitten der Liegen. Er fühlte immer noch den Stein in seiner Brust. Es war ein nicht auszuhaltender Druck, aber darunter regte sich seine Dunkelheit. Er krümmte die Finger, als er sie nach oben, nach außen, in seine Hände rief. Er dachte daran, wie er seine Fesseln gesprengt, wie er seine Kraft aufgestaut hatte, bis er sie beinahe nicht mehr halten konnte.

Als er die Säule erreichte, glomm wieder jener blauschwarze Nimbus um seine Finger. James hob seine Arme, spreizte die Finger und stieß beide Hände mit Wucht gegen die beschriebene Säule. Ein dumpfes »WUMP« erklang, Dunkelheit klatschte gegen den Sandstein, und eine Druckwelle schleuderte James zu Boden.

Jemand schrie, jemand anderes rief seinen Namen. James stemmte sich auf die Unterarme. Kurz klebte seine Dunkelheit wie ein losgelöster Schatten an der Säule, dann schäumte sie an ihr empor und löschte jedes Leuchten in ihrem Kielwasser aus. Sie schwappte gegen die Decke und verschwand. Die gleißenden Linien, die die Drähte, die Deckentafeln und die zentrale Säule durchzogen, erloschen wie eine ausgeblasene Kerzenflamme.

James rappelte sich auf. In der Säule prangte ein gezackter Riss auf der Höhe, auf der seine Hände den Stein getroffen hatten.

Mit einem Aufflattern von Hoffnung richtete er den Blick wieder nach oben. Dort fand er nur die deaktivierten Tafeln und eine graue Deckenverkleidung vor. Keine Spur mehr vom Chaos oder anderen Sphären.

Birdie trat neben ihn and sank mit einem zutiefst erschöpften Seufzen auf den Boden. »Es ist vorbei«, murmelte sie, dann beugte sie sich vornüber und vergrub das Gesicht in den Händen. Ihre Schultern bebten, dann entrang sich ihrer Kehle ein Schluchzen.

James lag immer noch halb auf dem Rücken, als Sami auftauchte und ihm auf die Füße half. Wortlos legte er eine Hand an James' Nacken, und für einen Augenblick schloss James seine Finger um Samis Kragen. Dann ließ er los und sah sich um. Nichts regte sich mehr im Labor. Er spürte kein Aufwallen von Energie, keine Erschütterung in den unsichtbaren Wänden, die die Sphären voneinander trennten.

Nyx war nicht hier.

Sami sah ihn mitfühlend an, aber James schob ihn sanft beiseite. Zuerst drehte er sich zu der Schiebetür, die ein Stück weit offen stand. Doch in dem Spalt zwischen Wand und Tür erkannte er nur das benachbarte Labor. Er drehte sich um und ging stattdessen zum gegenüberliegenden Ausgang des Raumes.

Die Schiebetür auf dieser Seite verschloss den Durchgang in

den nächsten Bereich vollständig. Undurchsichtiges Milchglas versperrte die Sicht auf das, was hinter der Tür liegen mochte.

James berührte die Barriere mit den Fingerspitzen. Ein Teil von ihm war sich sicher, dass er dahinter nur ein weiteres Labor, eine weitere Säule und betäubte Nachtboten finden würde. Er weigerte sich, auf diesen Teil zu hören.

James lehnte erst seine Hände, dann seine Stirn gegen das Glas.

»Nyx«, sagte er. »Ich werde dich nicht verlieren. Nicht jetzt. Nicht nach allem, was wir durchgemacht haben.«

Er wusste nicht, wie lange er dort stand, aber mit einem Mal sanken seine Hände in Glas, das so weich wie Rauch geworden war. Er wich zurück.

Vor seinen Augen verschwamm die Tür zu milchigem Nebel. Er verdunkelte sich, löste sich auf und offenbarte perfekte Schwärze und einen mit Sternen gepflasterten Boden, der sich ins Unendliche erstreckte.

James zog sich weiter zurück. Der Durchgang wuchs, wanderte über den Umriss der Tür hinaus, bis er die Größe eines Tors hatte, dann begann er wieder zusammenzuschrumpfen.

»Komm schon«, murmelte James.

Aus den entlegenen Winkeln der Nacht näherte sich eine Gestalt, die vollständig aus wirbelnden Sternen zu bestehen schien. Je näher sie kam, um so dichter zogen sich die Schwärme aus Lichtern zusammen, bis James einen Kopf, Schultern, einen Torso und den Rest eines menschlich anmutenden Körpers ausmachen konnte.

Sein Atem verfing sich in seiner Kehle. Er spürte sie, bevor er sie mit den Augen erkennen konnte. Die Berührung ihrer Aura war federleicht und so lautlos wie eine Eule im Flug. Die Gestalt kam näher, und James erkannte schwarze Chucks. Sie ging weiter auf ihn zu, und er sah Hosen, deren Beine am Saum hochgerollt waren. Ein Handgelenk mit einem Armband aus

Gräsern und Blüten, ein schlanker Arm, ein hellblaues Jeans-Shirt. Hals, Kopf, Gesicht, für den Moment aus funkelnden Lichtern geformt. Doch James beobachtete die Veränderung, sah, wer zu ihnen zurückkehrte.

Der Übergang zwischen den Sphären schloss sich, und Nyx stand vor ihm. Lose Haarsträhnen hingen ihr ins Gesicht, und da war diese kleine Furche zwischen den Brauen, die immer auftauchte, wenn sie etwas irritierte.

James holte so tief Luft, als hätte er die letzten Minuten unter Wasser zugebracht, dann schloss er sie in die Arme. Sie verbarg ihr Gesicht an seiner Brust, und James verspürte eine so allumfassende Dankbarkeit, dass er sich weder rühren noch klar denken konnte.

Irgendwann klopfte Nyx mit der Hand gegen seine Seite und nuschelte: »Oy, Atmen wäre jetzt ganz gut.«

Mit einem Laut, der halb Schluchzen, halb Lachen war, ließ er sie los. Nyx grinste zu ihm hinauf und hob ihre linke Hand, die sie zur Faust geschlossen hatte.

»Das hier gehört dir«, sagte sie. »Danke, dass du ihn mir geliehen hast.« Als sie ihre Finger öffnete, schwebte Leons Stern über ihrer Handfläche. Eine Träne rann über James Wange, und er wischte sie rasch weg. Er fasste Nyx am Hinterkopf, lehnte seine Stirn gegen ihre, während Leons Stern zwischen ihnen schimmerte.

56

NYX

Whitechapel | Elf Monate später
Ein Schwarm Tauben flatterte über den Abendhimmel. Unten, auf der Dachterrasse von Freyas Haus, drang eine Playlist mit Songs von Melissa Etheridge, den Indigo Girls und Tracy-Chapman-Remixen aus den Lautsprechern.

Nyx saß auf einem Sofa, das aus umgebauten Holzpaletten und knautschigen Kissen bestand, und hatte die Beine vor sich ausgestreckt.

Um sie herum spielte sich eine befriedigend gemütliche Party ab. Es war die Nacht zum ersten Mai, Beltane, und Freya hatte ihre traditionelle Feier aufgrund des schönen Wetters aufs Dach verlegt. Alle Leute aus dem *Wicked Witch*-Buchclub waren gekommen, genauso wie die Nachbarinnen von nebenan, River, die andere Person, die im Laden arbeitete, und Mark, einer der Nachtboten, der aus Project Daylight entkommen war.

Nyx sah zu ihm hinüber und verspürte einen Anflug von Bedauern und Kummer, der sie wohl ihr Leben lang begleiten würde. Sie hatten versucht, alle Nachtbotinnen und -boten aus dem Chariot House zu befreien. Doch für ein paar von ihnen kam jede Hilfe zu spät. Einige andere kämpften immer noch mit den Spätfolgen der Chemikalien und alchemistischen Gebräue, die der Orden ihnen ins Blut gepumpt hatte. Mark jedoch schien mit dem Schrecken davongekommen zu sein. Immerhin.

Für ein paar Wochen nach dem Fall von Project Daylight hatten sich alle, die es aus dem Ordenshaus geschafft hatten, regelmäßig getroffen und sich gegenseitig unterstützt. Auch Luke war ein paarmal dazugestoßen, hatte sich jedoch schnell wieder abgeseilt. Sami meinte, er hätte London verlassen, um sich irgendwo einen Ort zu suchen, wo er neu anfangen konnte.

Mit der Zeit hatte sich die Selbsthilfegruppe der Nachtgeborenen wieder zerstreut. Es war sicherer so, denn es gab immer noch genügend Geheimbünde, Verschwörungsanhänger und Anhänger okkulter Wissenschaften, die Jagd auf Nachtboten machten. Nur der Orden des Tages würde ihnen vorerst keine Schwierigkeiten mehr machen.

Hatte die Tatsache, dass ihre Experimente eine Chaosflut ausgelöst hatten, die Ordensoberen zum Umdenken bewegt? Natürlich nicht. Wahrscheinlich hätten sie sogar die Zahl der Opfer in ihren eigenen Rängen als verkraftbaren Verlust verbucht und Project Daylight unter neuer Leitung weitergeführt. Diese Gelegenheit gab ihnen Erin jedoch nicht. Sie trug das gesammelte Wissen ihrer Mum zusammen, alle Forschungsergebnisse, Anleitungen, Finanzvorgänge, Versuchsprotokolle, und ließ sie dem Orden um die Ohren fliegen. Zusammen mit ein paar Kontaktleuten aus Dianes Adressbuch machte sie die Machenschaften des Ordens publik – mit einigen Auslassungen und Anpassungen, versteht sich. In den Zeitungs- und Fernsehberichten über den Orden war weder von Boten und Botinnen noch von Urkräften die Rede. Stattdessen deckten brisante Berichte illegale Experimente in der Gentechnik, Schmiergeldaffären und Entführungen auf. Die Schadensbegrenzung würde den Orden noch eine sehr lange Zeit auf Trab halten.

Was in der Presse auch nicht erwähnt wurde: Einen Tag nach ihrer Flucht waren James, Nyx, Erin und ein paar andere Nachtbotinnen ins Chariot House zurückgekehrt. James hatte das Haus in Dunkelheit gehüllt und in ihrem Schutz hatten sie das Labor kurz und klein geschlagen. Das dort aufbewahrte Equipment würde niemand mehr benutzen können.

Diese Erinnerung verschaffte Nyx zumindest ein wenig Genugtuung.

Wir haben es geschafft, dachte sie. *Unglaublich, aber wahr.*

Ihr Blick fiel auf Sami, der Büschel von Thymian in ein Hochbeet pflanzte. Nach seiner Ankunft hatte er es genau eine halbe Stunde lang ausgehalten, bevor er Freya fragte, ob er ihren Thymian umsetzen durfte. Scheinbar vertrug sich das Kraut nicht mit der Kapuzinerkresse.

Mit einem amüsierten Lächeln beobachtete Nyx, wie er die Kräuter in der Erde versenkte. James lehnte an einem Blumenkasten in Samis Nähe und nippte an einer Flasche Cider.

Eine laue Brise fuhr durch die Lichterketten über Nyx' Kopf und ließ die Plastikglühbirnen klappern. Sie lauschte dem Geräusch, als Birdie sich neben ihr aufs Sofa fallen ließ. Dabei überschätzte sie entschieden den Weichheitsgrad der Polsterung.

»Autsch«, beschwerte sie sich, als ihr Allerwertester durch die Kissen plumpste und mit dem harten Widerstand der Holzpaletten Bekanntschaft machte. »Das ist verbesserungswürdig.«

»Hat Freyas Ex gebaut«, sagte Nyx. »Kannst ihr gerne Vorschläge machen, wie sie das Ding aufpimpen kann.«

Birdie lachte auf. »Und damit den Zorn der Wikingerin auf mich ziehen? Ich passe.« Sie rutschte herum, bis sie es bequem hatte, dann warf sie einen spekulierenden Blick in Freyas Richtung.

»Du glaubst immer noch, dass Freya inkognito eine Hexe ist, oder?«, fragte Nyx amüsiert.

»Na ja, überleg mal«, sagte Birdie. »Sie nennt ihren Buchladen *Wicked Witch Books*, sie feiert die Sonnenwenden, und neulich hat sie so eine schnöselige Buchladentouristin mit einem derart finsteren Blick angestarrt, dass ihr sofort Pickel am Kinn gesprossen sind.«

»Birdie.«

»Ehrlich!« Birdie grinste und hielt Nyx den Teller hin, den sie mitgebracht hatte. Er war überhäuft mit Plunderstücken aus Nyx' Lieblingsbäckerei.

»Hab dir eins mit Schokolade ergattert.«

»Danke«, sagte Nyx und fischte ein vielversprechend aussehendes Croissant aus dem Gebäckberg.

Birdie stellte den Teller auf ihren Oberschenkeln ab und betrachtete Nyx' Unterarm, bevor sie mit der Fingerspitze über ein paar Sommersprossen fuhr.

»Waren deine Träume heute okay?«, fragte sie.

»Mh-hm«, antwortete Nyx. »Alles friedlich.«

In den ersten Wochen nachdem das Chaos sie aufgelöst hatte, konnte sie sich nicht an ihre Träume erinnern. Trotzdem hatte sie sich nach dem Aufwachen seltsam entrückt gefühlt. So, als wäre sie nicht ganz bei sich. Außerdem passierte es immer wieder, dass sie mitten in irgendeiner Tätigkeit innehielt und in Geräuschen oder im Widerspiel von Licht und Schatten versank. In solchen Momenten breitete sich ihr Bewusstsein aus wie ein feiner Morgennebel und verband sie mit allem, was sie umgab.

Diese Zustände konnte sie nur durchbrechen, wenn sie sich aktiv bewusst machte, dass sie ein lebender Mensch mit einem Körper war und nicht nur das Hauchen ihres Atems oder das Gurgeln des Wasserkochers.

Gerade in der ersten Phase, als sie am Tag mehrmals in diese entrückten Zustände rutschte, half es ihr enorm, andere Leute um sich zu haben. Und an denen mangelte es ihr zum Glück nicht. Birdie, James, Sami, Freya und die anderen *Wicked Witch*-Stammgäste sorgten dafür, dass sie froh war, ein Mensch unter vielen zu sein.

Mit der Zeit schwanden die Momente, in denen sie ihr Körperbewusstsein verlor. Sie fing wieder an, zu malen. Sie sammelte graue Frösche ein, wenn sie spürte, wie jemand von einem besonders bedrückenden Albtraum geplagt wurde. Sie brachte sie weiterhin in die Sphäre der Wahren Nacht, stellte jedoch fest, dass sie sich immer besser gegen die Emotionen abschirmen konnte, die die fremden Träume in ihrem Kopf und ihrem Nervenkostüm hinterlassen wollten.

Sie vermutete, das lag mit an dem, was sie durchgemacht und überstanden hatte. Vielleicht hatte sie sich auch weiterentwickelt, oder, wie Sami es ausdrückte: Sie hatte sich auf ein neues Powerlevel hochgespielt, als sie ungeahnte Fähigkeiten einsetzte, um ihre Auflösung rückgängig zu machen.

Endlich über all das reden zu können, was die Jahre an Ballast in ihre Knochen gerieben hatten, spielte wohl auch eine Rolle. Birdie vermittelte ihr den Kontakt zu einem Therapeuten in Dublin, der selbst Nachtbote war. Mittlerweile verabredeten sie sich nur noch alle drei Wochen für einen Onlinetermin, aber für Nyx blieben die Gespräche ein sicherer Ort, an dem sie die Kontrolle loslassen oder neu ergreifen konnte, je nachdem, was sie brauchte.

Sie biss in ihr Schokocroissant und bemerkte, dass Birdie sie immer noch beobachtete.

»Was ist?«, nuschelte sie mit vollen Backen.

»Nichts«, behauptete Birdie und wandte ihren Blick dem Rest der Feiergesellschaft zu. River saß hinter Carol von nebenan und flocht ihr einen französischen Zopf in die grauen Haare. Freya und Rob aus dem Buchclub diskutierten lebhaft über irgendetwas, während ein paar andere Leute am Rand des Daches standen und mit Marks kleiner Nichte Seifenblasen in die Luft pusteten.

Während Nyx hinsah, trat Erin hinaus auf die Terrasse und ging zu Sami und James. Als sie bei den beiden ankam, richtete Sami sich gerade auf und klopfte sich die Erde von den Händen. James reichte ihm einen Cider, den er für ihn bereitgestellt hatte, und die drei verfielen in ein entspanntes Gespräch.

Nyx bemerkte das zufriedene Lächeln auf James' Gesicht und dachte nicht zum ersten Mal, dass das Leben verdammt unvorhersehbar sein konnte. Als sie vor einem Jahr das Ordenshaus verließen – durchgeschüttelt, lädiert, und in James' Fall, barfuß – hätte sie nicht gedacht, dass Erin lange in ihrem Orbit bleiben würde. Aber eigentlich hätte sie es damals schon besser wissen müssen.

Zwar hatten sie das Chaos vorerst zurückgedrängt, aber Erin war immer noch eine Trägerin. Sollten die Urkräfte wieder in ein Ungleichgewicht geraten, hatte Erin das erwiesene Potenzial, eine Schleuse für die nächste Welle der Zerstörung zu werden. Dieses Risiko verschwand nicht, bloß weil Nyx ihre Albträume für eine Nacht von ihren Schultern gehoben hatte.

Also hatte Birdie Erin unter ihre Fittiche genommen. Sie hatte das Vermächtnis ihrer Nan weitergeführt, wie sie es ursprünglich vorgehabt hatte, und Erin geholfen, ihre eigene, innere Balance zu finden. Zwei Monate verbrachte Erin in Dorset, und auch jetzt noch arbeitete Birdie mit ihr daran, Strategien einzuüben für die Phasen, in denen Erins Gleichgewicht ins Wanken geriet.

Im Nachhinein wurde Nyx auch klar, dass Inglebys Vision sie von vornherein zur richtigen Person geschickt hatte. Nur Inglebys Interpretation hatte für Verwirrung gesorgt. Er hatte eine androgyne Gestalt mit hellen, kurzen Haaren gesehen und keinen Moment angezweifelt, dass es sich dabei um einen Jungen handeln musste. Der arrogante Esel.

Andere Rätsel, die nach dem Showdown im Chariot House offenblieben, waren allerdings schwieriger zu lösen. Im vergangenen Jahr hatte James sich Dianes Forschungsunterlagen angeeignet und ihr Archiv nach einer Antwort darauf durchforstet, was es mit Erin auf sich hatte. Eine Nacht- oder Tagbotin schien sie nicht zu sein, aber dass sie anders beschaffen war als gewöhnliche Menschen, daran bestand kein Zweifel. Nicht nur, weil sie eine Trägerin war, sondern auch, weil ihre Aura ungewöhnlich unstet blieb. Ihre Energielevel schwankten, zogen auf und verblassten wie das Licht zu den Schwellenzeiten zwischen Tag und Nacht.

James berichtete frustriert, dass Dianes gesamte Quellen von genau zwei Sorten Boten ausgingen. Das passte auch ganz wunderbar in das binäre Bild des Kosmos, das Organisationen wie der Orden propagierten. Wenn es je Informationen über andere Formen der Affinität gegeben hatte, Boten, die sich irgendwo jenseits oder zwischen den bekannten Kategorien verorten ließen, dann waren sie entweder unterschlagen, verschwunden oder vernichtet worden.

James gab seine Suche nicht auf, und auch Erin hatte sich mittlerweile in die Recherche eingeklinkt. Bisher hatten sie noch kein neues Material auftreiben können, aber sie hatten einen Begriff erfunden, der zu Erins wachsendem Selbstverständnis zu passen schien.

Liminalis.

Botin der Dämmerung.

Nyx schnaubte belustigt und schüttelte den Kopf. Und sie hatten gedacht, sie wüssten so gut über alles Bescheid.

»Woran denkst du?«, fragte Birdie, während sie Himbeeren aus einem Blätterteignest pflückte.

»An das Zitat, das du bei unserer ersten Begegnung aus dem Ärmel gezogen hast. *Es gibt mehr Ding im Himmel und auf Erden, als Eure Schulweisheit sich träumt.*«

Birdie hob eine Braue. »Ganz schön clever von mir.«

»Ja, und es passt«, sagte Nyx. »Noch besser, als wir dachten.«

Ihr Blick streifte zurück zu Erin, Sami und James.

»Erin kommt klar, oder?«, fragte sie.

»Ich denke schon«, sagte Birdie. »Sie arbeitet echt hart an sich. Manchmal zu hart, aber ich glaube, so langsam kann sie auch mehr entspannen.« Sie nickte in Richtung des Trios. »Es ist gut, dass sie nicht alleine ist.«

Nyx hatte nicht damit gerechnet, dass James noch mal irgendetwas mit Erin zu tun haben wollte, geschweige denn, dass sich eine Freundschaft zwischen ihr, James und Sami entwickeln könnte. Aber aus irgendeinem Grund drifteten die drei zusammen. Zuerst vielleicht nur wegen der traumatischen Erlebnisse, die sie geteilt hatten, doch mit der Zeit bekam Nyx das Gefühl, dass es zwischen ihnen einfach klickte. James wohnte längst bei Sami, und als dessen Mitbewohnerin Mirabell vor drei Monaten ausgezogen war, übernahm Erin ihr Zimmer.

An einem Abend, an dem Nyx zu Besuch war, hatte sie mitbekommen, wie Erin auf dem Dach der Garage neben der Wohnung Geige spielte. Sie stand mit dem Rücken zum Fenster, und im schwindenden Licht der untergehenden Sonne schwirrten flackernde, halbtransparente Falter um sie herum. Sie wiegten sich mit der Melodie durch die Luft, ein bezauberndes, blütenzartes Gestöber.

Einer der Falter taumelte zu Nyx. Als er sich auf ihrem Handrücken niederließ, durchfuhr sie ein so reines Gefühl der Freude, dass sie kurz glaubte, sie wäre wieder sechs Jahre alt und würde in der sonnendurchfluteten Küche von Wildridge auf ihr Frühstück warten. Sie roch sogar den nussigen Duft von angerösteten Haferflocken und schmeckte den süßsauren Geschmack von Rhabarberkompott in ihrem Mund.

Es gab wirklich eine ganze Menge Dinge im Himmel und auf Erden und darüber, darunter und dazwischen auch.

Nyx sah zur Seite, zu der Hauswand, auf der sie vor mehreren Wochen ein Gemälde verewigt hatte. Es zeigte einen schlanken Jungen mit blonden Haaren vor einem blauschwarzen Hintergrund. Er stand mit dem Rücken zu den Betrachtenden und sah nach oben, während um ihn herum Wale schwammen, die so hell schimmerten wie Sternschnuppen.

»Ich hab dir noch nicht erzählt, was mich dazu gebracht hat, nach London zu fahren, oder?«, fragte Birdie. »Etwas kam ans Cottage. Hat wie ein Poltergeist gegen die Tür geschlagen, und plötzlich wusste ich, dass sich etwas zusammenbraut. Dass ich nach dem Träger suchen muss. Ich bin mir nicht sicher, wer oder was das war.«

»Deine Großmutter?«, schlug Nyx vor.

Birdie schüttelte den Kopf. »Es fühlte sich nicht an wie sie. Ehrlich gesagt, fühlte es sich mehr so an, wie das, was ich mit dir am Strand gesehen habe.«

»Leon.«

Birdie nickte. »Wenn er es war … vielleicht wollte er, dass ich dich finde. Dass ich bei dir bin, damit du Rückendeckung hast.«

Nyx schloss die Augen und lehnte sich gegen das Rückenpolster des Sofas. Sie dachte an Sommerwiesen. An drei Kinder, die zuhörten, wie die Grillen ihr Abendkonzert anstimmten. Sie dachte an Birdies Garten, an Gläser voller dunklem Holundergelee und an Spaziergänge am Strand.

Sie liebte jede einzelne dieser Erinnerungen. Mehr, als sie sich jemals erhofft hatte.

Als Birdie sie sacht auf die Schulter küsste, wandte sie den Kopf und rieb mit der Nasenspitze über Birdies Stirn.

»Sag's mir noch mal«, bat sie.

Birdie drückte einen weiteren Kuss auf ihre Schulter, knapp neben den Träger von Nyx' Hemd. Nyx spürte ihr Lächeln an ihrer Haut.

»Wir sind in Sicherheit.«

how wonderful to be who I am,
made out of earth and water,
my own thoughts, my own fingerprints–
all that glorious, temporary stuff.

MARY OLIVER, **ON MEDITATING, SORT OF**

Heather Fawcett
Emily Wildes Enzyklopädie der Feen

Die Cambridge-Professorin Emily Wilde ist die führende Expertin in Sachen Feen. Mit Menschen kommt sie allerdings weniger gut zurecht. Als sie für ihre Forschung in das verschneite Dorf Hrafnsvik reist, hat sie keinerlei Ambitionen, sich mit den ruppigen Einwohnern anzufreunden oder Zeit mit ihrem Rivalen Wendell Bambleby zu verbringen, der mit seinem unerträglichen Charme alle um den Finger wickelt. Doch während Emily den Geheimnissen des Feenvolkes auf den Grund geht, beschleicht sie ein schrecklicher Verdacht: Verfolgt Bambleby insgeheim noch andere Ziele? Emily versucht auch diesem Rätsel auf die Spur zu kommen – und findet eine Antwort, die sie zutiefst erschüttert.

Roman
Aus dem amerikanischen Englisch
von Eva Kemper
416 Seiten, gebunden